Anne Wokun

dtv

Paula ist völlig aus dem Häuschen. Sie kommt von ihrer x-ten Ferienreise nach Hause und muß feststellen, daß in ihrem Freundeskreis plötzlich alle Nägel mit Köpfen machen: Anna, die immer auf allen Hochzeiten tanzte, bekommt nun ein Kind und will – heiraten! Rakel setzt ganz auf Karriere, und Paulas Freund Johan, der noch jede Eskapade seiner Paula ertragen hat, winkt ungeduldig mit dem Trauschein. Was ist denn bloß los? Und was, verflixt noch mal, ist so toll an einer Festanstellung, an einem Ring am Finger oder an einem plärrenden Kind? Auf einmal sieht Paula ihr lustiges Leben von allen Seiten in Frage gestellt: Reisen, Aushilfsjobs und halbherzige Affären kommen bei den anderen nicht mehr so gut an. Doch bevor sie Gelegenheit hat, sich um eine anständige Lebensplanung zu kümmern, erhält sie ein Angebot, dem sie nicht widerstehen kann …

Kajsa Ingemarsson, 1965 geboren, hat 2002 ihren ersten Roman veröffentlicht. Zuvor hat sie bei der schwedischen Sicherheitspolizei, als Model in Mailand und anschließend als Übersetzerin und Radiomoderatorin gearbeitet. Ihre Bücher gelangen regelmäßig auf die Bestsellerlisten. Die Autorin lebt mit Mann und zwei Töchtern südlich von Stockholm.

Kajsa Ingemarsson

Eins, zwei, drei – beim vierten bist du frei

Roman

Aus dem Schwedischen
von Stefanie Werner

Deutscher Taschenbuch Verlag

Von Kajsa Ingemarsson
sind im Deutschen Taschenbuch Verlag erschienen:
Liebe mit drei Sternen (21091)
Vermisse dich jetzt schon ... (21249)

Für Lasse

**Ausführliche Informationen über
unsere Autoren und Bücher
finden Sie auf unserer Website
www.dtv.de**

MIX
Papier aus verantwortungsvollen Quellen
FSC® C019821

Neuausgabe 2011
Veröffentlicht 2006 im
Deutschen Taschenbuch Verlag GmbH & Co. KG, München

Titel der schwedischen Originalausgabe:
›På det fjärde ska det ske‹ (Forum, Stockholm)

Umschlagkonzept: Balk & Brumshagen
Umschlaggestaltung: Wildes Blut, Atelier für Gestaltung,
Stephanie Weischer unter Verwendung eines Fotos von
gettyimages/ZenShui/Laurence Mouton
Satz: Fotosatz Reinhard Amann, Aichstetten
Druck und Bindung: Druckerei C. H. Beck, Nördlingen
Gedruckt auf säurefreiem, chlorfrei gebleichtem Papier
Printed in Germany · ISBN 978-3-423-21291-5

Fernflüge haben gute Seiten und schlechte. Paula überlegte einen Moment. Man hat eine Entschuldigung, einfach nichts zu tun. Das ist ein Vorteil. Man bekommt romantische Komödien mit Meg Ryan zu sehen. Auch nicht schlecht. Mit ein bißchen Glück hat man eine nette Begleitung. Das kommt allerdings seltener vor. Der Mann auf dem Sitz neben ihr schlief mit halb geöffnetem Mund. Paula versuchte, nicht hinzusehen. Es war sehr privat, jemanden beim Schlafen zu beobachten. Irgendwo hatte sie gelesen, daß ein schlafender Mensch etwas sehr Intimes sei. Paula schielte auf den Mann neben ihr. Er sabberte. Sie selbst hatte seit sechs Stunden kein Wort mit ihm gewechselt, abgesehen von einer Entschuldigung auf dem Weg zur Toilette und einer zweiten auf dem Weg zurück. Ihr taten die Knie weh. Das Buch, das sie am Flughafen Newark gekauft hatte, hatte sie zu Ende gelesen und die Handlung bereits vergessen. Paula sah durch das kleine beschlagene Fenster hinaus. Am Horizont konnte man den Sonnenaufgang ahnen, und sie sog das rosafarbene Licht in sich hinein. In eineinhalb Stunden würde sie in Arlanda landen. Schweden im Februar. Paula fröstelte.

Die Türen der Ankunftshalle wurden aufgerissen, und Paula räkelte sich. Sie hatte sich die Haare gebürstet und die Zähne geputzt, einen Pickel abgedeckt und den Versuch unternommen, die dunklen Ringe unter den Augen zu verstecken. Keinen Lippenstift.

In der Ankunftshalle waren nur wenig Menschen. Die meisten Passagiere hatten den Flughafen mit ihren Verwandten bereits verlassen, und Paula brauchte nur ein paar Sekunden, um festzustellen, daß Johan nicht gekommen war.

Sie biß die Zähne zusammen. Vielleicht war er auf die Toilette gegangen, sie selbst hatte ja auch eine Viertelstunde gebraucht, um sich in der Damentoilette frisch zu machen, während sie auf das Gepäck wartete. Sie stellte die Koffer ab. Ein Taxifahrer hielt ein Schild hoch, auf dem Winston Electrics stand, und sah sie gelangweilt an.

Es war erst zwanzig nach acht, vielleicht hatte er verschlafen, dachte sie. Nicht daß Johan versprochen hätte, sie abzuholen, oder daß Paula ihn darum gebeten hätte. Doch sie war davon ausgegangen. Weil er nach der Ankunftszeit gefragt hatte. Und weil er sie immer abholte.

Um halb neun beschloß sie, zur Bushaltestelle hinauszugehen. Winston Electrics, womit, wie sich herausstellte, der sabbernde Mann im Sitz neben ihr gemeint war, war mit dem wartenden Taxi abgerauscht, und eine Gruppe sonnengebräunter Touristen, die gerade von Lanzarote zurückgekommen waren, bevölkerte die Halle.

In dem Moment, als sie auf den Fußweg hinaustrat, kam ein Bus. Ein paar Leute standen in einer Schlange vor ihr, doch ein Mann in Uniform winkte sie herbei, um ihre zwei Koffer im Kofferraum zu verstauen.

»Paula!« Johan kam an den Taxis entlang auf sie zugerannt.

»Entschuldige! Tut mir leid, daß ich so spät dran bin. Gut, daß du noch nicht losgefahren bist! Komm, gib mir die Koffer.« Er nahm sie dem uniformierten Mann aus der Hand und stellte sie gleich wieder hin. »Meine Güte – ich hab dich ja noch gar nicht begrüßt! Willkommen zu Hause!« Er umarmte sie fest und lange, dann sah er sie an. »Deine Haare sind gewachsen.«

»So was passiert«, antwortete Paula. Sein intensiver Blick war ihr unangenehm.

»Sieht schön aus.« Er beugte sich vor und küßte sie. »Ich hab dich vermißt.« Der uniformierte Mann drehte sich diskret zur Seite.

»Ich habe dich auch vermißt.« Sie sahen sich schweigend an. Schließlich wandte Paula den Blick ab und sah in die Richtung, aus der Johan gekommen war. »Wie bist du hergekommen?« Johan strahlte.

»Überraschung! Komm mit.« Er hob ihre Koffer wieder hoch, machte ein verheißungsvolles Gesicht und sah sie ernst an. Wenig einzupacken war für Paula schon immer ein Problem gewesen.

»Kein besonderes Wetter, um nach Hause zu kommen.« Johan nickte in Richtung der grauen Wolken und trat demonstrativ in einen Matschhaufen am Wegrand.

Nein, dem Februarwetter in Schweden gab es nichts hinzuzufügen.

»Wir sind gleich da! Ich wollte mich genau vor den Eingang stellen, aber überall wird kontrolliert, deshalb habe ich mich verspätet. Ich bin zigmal um den Pudding gefahren.«

»Diese Überraschung, Johan, hat die zufälligerweise vier Räder?«

»Du mußt schon nachzählen.« Johan hatte angehalten und die Koffer auf dem nassen Fußweg abgestellt. »Voilà!« Mit einer übertriebenen Geste präsentierte er den roten Audi, der vor ihnen geparkt war. »Zu Ihren Diensten ...«

»Das ist deiner? Sieht klasse aus.«

»Nicht gerade ein Sportwagen, aber geräumig. Und durchgecheckt, keine Mängel! Letzte Woche gekauft. Ich habe noch keinen Parkplatz gemietet, aber vielleicht kann ich in einem Monat einen Garagenplatz in der Högbergsgata übernehmen.«

»Ist ja super. Herzlichen Glückwunsch.«

»Ich habe mir gedacht, wir könnten doch im Sommer mit dem Auto durch Europa fahren, nach Frankreich vielleicht oder Italien.«

»Italien kann im Sommer sehr, sehr heiß sein.« Paula fand die Idee nicht so berauschend. Sie warf einen raschen Blick auf Johan, der schien nichts gemerkt zu haben.

»Mit Klimaanlage! Ich lade nur schnell die Koffer ein, und dann geht's los.« Stolz zeigte er in den Kofferraum. »Schau mal, nicht mal halb voll!« Die Heckklappe knallte zu, und Johan öffnete die Beifahrertür. Er machte einen kleinen Diener. »Fräulein Wilhelmsson ...«

Johan fuhr auf die Autobahn. Es hatte zu schneien begonnen. Große, nasse Flocken, die immer dichter wurden.

»Was für ein Glück, daß wir Winterreifen haben. Ich verstehe nicht, wie Leute um diese Jahreszeit mit abgefahrenen Sommerreifen unterwegs sein können. Wir haben heute einen Typ auf dem Essingeleden angehalten. Ein alter, rostiger Mazda, die Reifen waren so glatt, daß man sich in ihnen spiegeln konnte ...«

Paula lauschte Johans vertrauter Stimme, während sie in die graue Landschaft draußen sah. Sie hatte versucht, sich auf das Gefühl der Leere einzustellen, das sie immer irgendwo zwischen Arlandas Gepäckband und den heruntergekommenen, orangefarbenen Bürogebäuden in Upplands Väsby befiel. Man kann sich nach seinem Zuhause sehnen, Menschen vermissen, Essen, Licht, Gerüche, aber tatsächlich heimkommen ... Wenn man feststellt, daß alles beim alten ist. Paula hatte oft gehört, wie Leute sagten, das Beste am Wegfahren sei das Nach-Hause-Kommen. Die Post durchsehen, die Wasserhähne einmal durchlaufen lassen, den Fernseher anstellen ... sie hatte nie verstanden, wovon sie sprachen.

»Es wird alles gut, du wirst sehen.« Johan hatte eine Weile nichts gesagt. Sie sah ihn an, und ihre Blicke trafen sich, kurz bevor er sich wieder dem Verkehr zuwenden mußte. »Laß es jetzt einfach ruhig angehen«, sagte er nur, »es muß nicht alles auf einmal geklärt werden. Jetzt bist du erst mal angekommen, können wir das nicht einfach genießen? Zumindest eine Zeitlang?«

»Ja, du hast recht.« Paula holte tief Luft. »Es ist nur so ...«

»Du mußt nichts erklären. Ich weiß Bescheid.«

Paula strich ihm über die Wange. »Danke.« Er ergriff ihre Hand und küßte ihre Innenfläche. »Mußt du heute eigentlich nicht arbeiten?« fragte sie, um ihn abzulenken.

»Ich habe frei genommen. Ich habe mir gedacht, daß wir nach Hause fahren, du dich hinlegst und ich etwas zu essen koche, bis du aufwachst.«

Nach Hause, dachte sie, sagte aber nichts. Sie wußte, daß es ihn verletzen würde, wenn sie das großzügige Angebot kommentieren würde.

»Klingt phantastisch. Ich bin völlig platt«, sagte sie.

Johans Wohnung war in den letzten drei Jahren ihr Zuhause gewesen, das heißt, wenn sie in Schweden war, aber sie hatte es nie ihr Zuhause genannt. Fast all ihre Sachen hatte sie in Bananenkisten verstaut und in der Garage ihres Vaters abgestellt. Viel war es nicht: Kindheitserinnerungen, ein paar Taschenbücher, ein bißchen Studienliteratur. In einer Kiste waren Klamotten, von denen sie sich aus verschiedenen Gründen nicht trennen konnte: ein Kaftan, den ihr ihre Mutter in Indien gekauft hatte, ein Paar rote, knielange Hosen mit goldenen Schnürbändern, die sie bei einer Fete in der siebten Klasse angehabt und ein Kaninchenpelz, den sie von ihrer Oma geerbt hatte – vielleicht würde irgendein entfernter Verwandter dieses Kulturerbe einmal zu schätzen wissen?

Als sie das letzte Mal zu Hause gewesen war, hatte ihr Vater davon gesprochen, daß sie vielleicht ihr Puppenhaus und ihre Spielsachen mitnehmen könnte, denn so langsam bekämen sie Platzprobleme, und außerdem würde Anita gern einen Webstuhl kaufen, den sie in die Garage stellen wollte. Paula hatte verstanden. Daß jemand, der nicht einmal im Telefonbuch stand, seine Kinderzeichnungen aufheben wollte, war wohl auch ein bißchen zuviel verlangt.

Das einzige, was ihr in Johans Wohnung gehörte, war ein Morgenmantel, den er ihr vor ein paar Jahren zu Weihnachten geschenkt hatte, und zwei riesengroße blaue Teetassen, ein Geschenk von Rakel zum Fünfundzwanzigsten. Als Teetassen waren sie eigentlich völlig nutzlos, weil der Tee schon vollkommen abgekühlt war, wenn man gerade die Hälfte getrunken hatte. Außerdem hatte die eine einen Sprung, den Johan aber so gut geleimt hatte, daß er fast nicht zu erkennen war. Vielleicht war das nicht genug, um sich zu Hause zu fühlen, aber Tatsache war, wenn Paula wirklich einmal Heimweh hatte, dann waren es meist der weinrote Morgenmantel und die blauen Teetassen, die sie vor sich sah.

Der Audi hatte den Mariatorg umrundet, war in die Sankt Paulsgata abgebogen und an der Konditorei vorbeigefahren. Noch ein paar Meter, dann hielt Johan vor dem Eingang.

»So, da wären wir.«

Über der Wohnung lag ein Geruch von Putzmittel, und auf dem Küchentisch stand eine Vase mit roten Rosen.

»Das hast du aber schön gemacht.« Paula sah sich um, gleichzeitig hielt sie ihm die Tax-free-Tüte hin, die sie schon die ganze Zeit in der Hand gehalten hatte. »Ein kleines Mitbringsel.«

»Danke.« Er schaute in die Tüte hinein und hob eine Flasche Jack Daniels heraus. »Mein Lieblingswhiskey. Danke!« sagte er brav und stellte ihn neben der Spüle ab. Sie schämte sich für das phantasielose Geschenk. »Willst du duschen, bevor du dich hinlegst?«

»Wahnsinnig gern.« Paula ging in den Flur und öffnete einen der Koffer. Die Schmutzwäsche quoll heraus. Mit einem Seitenblick sah sie Johan in der Küchentür stehen. »Tja, wir hatten keine Waschmaschine, und ich dachte, ich ...«

»Was für ein Glück, daß es hier eine gibt.«

»Also, ich ...«

»Du mußt dich nicht entschuldigen. Die allerwenigsten Leute kommen von ihren Reisen mit Koffern voll frischgewaschener Wäsche zurück.«

»Ist das so?« Paula mußte lachen. Sie zog ihren Kulturbeutel unter einer dreckigen Jeans hervor und wollte den Koffer wieder verschließen. Ein paar Klamotten wurden eingeklemmt, und andere landeten auf dem Fußboden. Johan sah Paulas unglückliches Gesicht.

»Geh und dusch erst mal.«

»Okay.«

In ihren weinroten Bademantel eingewickelt, kam Paula aus dem Badezimmer heraus. Johan nahm sie an der Hand und zog sie ins Schlafzimmer. Das Bett war frisch gemacht, und die zugezogenen Gardinen ließen das trübe Februarlicht nicht herein.

»Jetzt wird geschlafen!« Johan versuchte streng zu klingen.

Paula zog den Morgenmantel aus und ließ ihn zu Boden fallen. Beiden ignorierten, daß sie völlig nackt dastand, und Paula hatte es eilig, unter die frisch bezogene Bettdecke zu schlüpfen. Johan setzte sich auf die Bettkante. Fast gleichzeitig mußten sie kichern.

»Ja, und wie war es?«

»Husten.« Paula faßte sich an den Hals und krächzte ein wenig.

»Hm, Fieber etwa?«

»Vielleicht ein bißchen.«

Johans Lächeln verschwand. Er beugte sich vor und küßte sie vorsichtig.

»Wir reden weiter, wenn du wieder wach bist.«

Das Zimmer war kohlrabenschwarz, und es brauchte einige wirre Sekunden, bis Paula sich erinnern konnte, wo sie war. Aus dem Wohnzimmer hörte sie, wie Lloyd Coles mit schwermütiger Stimme die unglückliche Liebe schönsang, und sie begriff, daß Johan sie damit wecken wollte. Ihre Finger tasteten erfolgreich nach der Nachttischlampe, und der Raum füllte sich mit gelbem Licht. Einen Augenblick lang lag sie da und sammelte sich. Die blaugestrichenen Wände, der passende Bettüberwurf, ordentlich zusammengefaltet auf dem Korbstuhl, die gepflegten Pflanzen hinter den Gardinen und all die eingerahmten Fotografien – kaum zu glauben, daß ein Mann in dieser Wohnung lebte. Nicht weil die Einrichtung feminin war, eher im Gegenteil, Johans Stil war schlicht, die Farben klar. Aber es war wohnlich und gemütlich bei ihm, was in Junggesellenwohnungen eher selten vorkommt. Nun war Johan ja auch nicht gerade Junggeselle, aber mit zwei Teetassen und einem Morgenrock trug Paula wirklich nicht nennenswert zum Design der Wohnung bei. Sogar Geronimo, der Paula selbst als Accessoire in seiner New Yorker Wohnung richtig hip fand (She's actually Swedish!), hatte über ihr Unvermögen, es sich gemütlich zu machen, nur den Kopf geschüttelt.

Anna war diejenige gewesen, die den Kontakt zu Geronimo hergestellt und dafür gesorgt hatte, daß Paula ein Zimmer in seiner Wohnung mieten konnte. Sie selbst hatte ihn vor ein paar Jahren auf einer Theaterschule in New York kennengelernt und sich in ihn verliebt. Erst ein paar Monate später begriff sie, daß er schwul war. Paula hatte sehr gelacht: »Er wohnt in Chelsea, ist auf die Ballettschule gegangen, er hat nur mit abgöttisch schönen Männern zu tun, die enge Klamotten tragen, und außerdem feilt er seine Nägel. Was sollte er noch tun, damit du es kapierst? Sich ein Schild mit der Aufschrift SCHWUL um den Hals hängen?!« Anna war es peinlich, als sie im nachhinein zugeben mußte, daß es eigentlich nicht zu übersehen war.

Geronimo hatte seine Träume vom Theater aufgegeben. Jetzt arbeitete er für ein Unternehmen, das sich darauf spezialisiert hatte, schwerreichen homosexuellen Männern exklusive europäische Autos zu verkaufen. Als Paula von dieser Firma hörte, dachte sie zuerst, es sei ein Scherz, aber nach einiger Zeit bekam sie mit, daß es in New York in beinahe allen Branchen Unternehmen gab, die sich auf homosexuelle Kunden spezialisiert hatten, von Versicherungen bis zu Blumengeschäften.

Geronimo wußte von den Autos, die er verkaufte, auch nicht mehr als das, was in einer normalen Werbeanzeige stand, aber er besaß die Gabe, im richtigen Moment einen kompetenten Eindruck zu vermitteln. Dies war der Grund, in Kombination mit dem aufregendsten Körper, der je in einem Paul-Smith-Anzug gesteckt hatte, daß seine monatliche Provision weit höher lag als der Durchschnitt. »Wenn zu uns ein Kunde kommt, überlegt er nicht, ob er ein Auto kaufen möchte oder nicht, sondern er will wissen, was cooler ist, ein BMW oder ein Saab«, kommentierte er seine Karriere schüchtern. »Und dann stehen sie auf meinen Hintern«, fügte er grinsend hinzu.

Geronimo hatte viele Laster: schöne Männer, Margaritas, Designerklamotten, teure Autos – wahrscheinlich eine Berufskrankheit – und ... Möbel, das war für keinen, der seine kleine Dreizimmerwohnung betrat, zu übersehen. Einen Monat lang staffierte er das Wohnzimmer mit Ethno-Deko aus: farbige Kissen, afrikanische Masken, Tücher und marokkanische Sitzkissen. Einen Monat später konnte sie klinisch rein sein, außer einer Alvar-Aalto-Vase, die Paula als Gastgeschenk aus Schweden mitgebracht hatte, darin als einziger Schmuck weiße Tulpen. Allein die exklusiven Einrichtungszeitschriften überlebten sämtliche Spleens – sie lagen überall in dicken Stapeln in der Wohnung herum.

So wie jemand nach jedem One-Night-Stand glaubt, die große Liebe gefunden zu haben, so reagierte Geronimo auf jede seiner Veränderungen mit einer neuen Einrichtung. Endlich hatte er den Stil gefunden, der sein Inneres widerspiegelte, so wie er wirklich war. An einem Abend standen sie spät in seiner gerade mexikanisch gestylten Küche, zwischen unglasierten Keramikschalen und grob bedruckten Stoffen, da versuchte Paula, ihm zu erklären, daß er tief in seinem Innern vielleicht gar nicht auf einen einzigen Stil festzulegen sein müsse, sondern das Nebeneinander veschiedenster Richtungen ihm vielleicht eher entsprach. Was zur Folge hatte, daß er sich sofort um einen mosaikbesetzten Küchenboden kümmerte.

Die Tür öffnete sich vorsichtig. Paulas Gedanken verließen New York.

»Bist du wach?« Johan flüsterte fast.

»Mmh, bin gerade aufgewacht. Wie spät ist es denn?«

»Fünf.«

»Echt?«

»Man schläft eben nicht richtig im Flugzeug. Hast du Hunger? Ich habe Fischsuppe gekocht.«

Paula bemerkte mit einem Mal, wie gut es duftete, und bekam einen Riesenhunger. Sie schob die Decke zur Seite, und noch einmal ignorierten beide die Tatsache, daß sie nackt war.

»Hast du etwas Sauberes anzuziehen, oder soll ich dir von mir etwas leihen?« fragte Johan.

»Ich habe schon noch was. Im anderen Koffer sind eine schwarze Hose und mein grüner Strickpullover. Kannst du mir das bitte holen?« Johan verschwand, und Paula nutzte die Gelegenheit, Unterwäsche anzuziehen. Kurz darauf war er mit den Klamotten zurück.

»Hier, bitte schön.« Er legte sie aufs Bett, und Paula hörte ihn in der Küche klappern. Sie zog sich an und ging hinterher.

Als sie aßen, lobte Paula Johan für sein hervorragendes Essen. So gut hätte sie im letzten halben Jahr nicht gegessen. Johan schenkte Wein nach, trank auf Paula und gab zu, daß er sie wirklich vermißt habe.

Paula lächelte und sagte das gleiche.

Was heißt das, gefeuert? Sie können dich doch nicht einfach rausschmeißen?« Rakel wirkte völlig entsetzt.

»Aber meine Liebe, ich dachte, du wärst diejenige, die sich mit so etwas auskennt. Ich meine, es gibt tatsächlich Länder ohne Arbeitnehmerrechte, Lohnfortzahlung, humanen Strafvollzug, Sitzplätze für Schwerbehinderte ...«

»Ja, natürlich, das weiß ich, aber ...«

»Und sie hatten ja wirklich recht. Meine Rechtschreibung ist eine Katastrophe. Man kann nicht die erste Anlaufstelle im Büro sein, wenn man nicht weiß, ob man *commercial* mit einem m oder mit zweien schreibt. Jedenfalls nicht in einer Werbeagentur. Und ich war immerhin noch in der Probezeit. Außerdem waren sie so anständig, mir noch ein Gehalt zusätzlich auszuzahlen.«

»Aber sie haben dich damit immerhin gezwungen, nach Hause zu fahren!« Rakel hatte schon immer etwas gegen Ungerechtigkeit.

»Nein, sie haben mich nicht gezwungen. Ich habe mich so entschieden. Kein Job, kein Geld, keine Wohnung ... Schlechte Voraussetzungen, um das Leben in New York zu genießen. Und der Agentur kann man wohl kaum die Schuld in die Schuhe schieben, daß Geronimo sich verliebt hat, oder?«

Rakel schnaubte. »Wenn's in einer Firma um Profit geht, kann man nie wissen!«

Paula mußte lachen. »Es war eine Werbeagentur, nicht die geballte Waffenindustrie!«

Rakel machte ein empörtes Gesicht, dann lachte sie. »Herrgott, ich bin so froh. Endlich bist du wieder zu Hause!«

»Und du hast noch immer nicht gelernt zu fluchen. Es ist schön, daß so vieles beim alten ist!« Paula warf einen Blick auf die Uhr.

»Zum Beispiel, daß Anna sich verspätet ...« Paula hatte es gerade ausgesprochen, da war eine aufgeregte Frauenstimme von der Garderobe her zu hören.

»Ja, ich werde nur meinen Mantel ablegen, sage ich. Ich

komme gleich wieder!« Die Tür zum Restaurant ging auf, und Anna stand da. Ihr Blick wanderte durch das Lokal, bis er auf Paula und Rakel fiel. Sie stürmte mit ausgestreckten Armen auf den Tisch zu.

»Paula! Ist es zu glauben! Wie schön, dich zu sehen!« Sie warf sich Paula an den Hals, die alles tat, um die Umarmung zu erwidern, soweit das möglich war, denn sie hatte sich noch nicht von ihrem Stuhl erheben können. »Ist es zu fassen, du bist wieder zu Hause! Wie geht's dir? Wie war es? Gut? New York ist doch bestimmt super, oder?« In dem Moment hatte der Herr von der Garderobe Anna ausfindig gemacht und klopfte ihr auf den Rücken.

»Der Mantel der Dame ...«

»Mein Gott!« seufzte Anna. »Ja, ja, ich komme.« Bevor sie zurück zur Garderobe marschierte, drehte sie sich zum Tisch um, zog eine Grimasse und flüsterte ihnen zu: »Faschisten!« Paula lachte, nicht nur in Sachen Pünktlichkeit war Anna ganz die alte.

»Okay, bist du soweit?« Rakel warf Paula einen bedeutsamen Blick zu.

»Soweit wofür?«

»Hierfür.« Anna war zurück und stand lächelnd vor ihrem Tisch, die Hände in die Seiten gestützt. Paula fragte sich, warum sie sich nicht einfach setzte und zur Ruhe kam, ihr Auftritt war doch schon aufsehenerregend genug gewesen.

»Aber ... Woher ...?«

Anna lachte über Paula, die nach Worten rang.

»Ich ... ich ...« Paula starrte auf Annas früher immer so flachen Bauch und streckte fast automatisch die Hand aus, um die runde Kugel zu fühlen. »Du ... du ...«

»... bist schwanger. Juhu!«

»Aber ... wie ist denn das passiert ...?« Sogar Rakel lachte über Paulas entsetztes Gesicht.

»So wie üblich, nehme ich an. Du weißt doch, Blume und Biene, Mädchen und Junge ...«

Rakel wurde rot und räusperte sich. »Hmm, Anna, ich glaube, das war nicht das, was Paula wissen wollte.«

»Ach so, schade, ich wollte gerade von Menstruationszyklen und nächtlichen Ergüssen und so was anfangen!« Anna grinste. Währenddessen hatte Paula sich gefaßt.

»Aber Anna, wer ist denn der Vater? Wie lange ...? Und warum hat mir keiner was gesagt?«

»Okay, auf die Frage b) antworte ich: fünf Monate. Auf die Frage c) weiß ich nur eine Menge Ausreden. Du weißt, wie schlecht ich im Briefeschreiben bin, und zuerst habe ich selbst Monate gebraucht, bis ich es richtig glauben konnte, und dann verging noch ein Monat, bis ich mir im klaren war, was ich tun sollte ...«

»Sprichst du von Abtreibung ...?«

»Aber!« Rakel warf Paula einen bösen Blick zu. »So was fragt man doch nicht.«

»Ist schon okay, Rakel. Ich habe ja tatsächlich darüber nachgedacht. Warum soll ich die Heilige spielen, es wäre schließlich nicht das erste Mal gewesen ...«

»Aber was war der Grund, daß du dich entschieden hast ... es zu behalten?« Paula machte noch immer einen total verwirrten Eindruck.

»Nun kommen wir zu Frage a). Sture.«

»Sture?«

»Na ja, der Vater.«

»Moment mal, du bekommst ein Kind von einem, der Sture heißt!?«

»Ja und nein, er wird Sture genannt. In der Oberstufe gab es in seiner Klasse vier Jungen, die Stefan hießen ...«

»... darum wird er Sture gerufen.«

»Das ist nicht so schlimm, nach einer Weile hat man sich daran gewöhnt.« Rakel wandte sich Paula zu.

»Kennst du ihn!? Sture?«

»Ja.«

»Und du hast mir nichts davon erzählt?«

»Jetzt schimpf doch nicht mit Rakel.« Anna versuchte, Paula ein wenig zu beruhigen. »Ich habe sie gebeten, dichtzuhalten. Ich wollte es dir so gern selbst erzählen, und dann wollte ich es dir schreiben, aber, na ja, die Zeit verging, dann hörte ich, daß du nach Hause kommst, und da fand ich, daß es bis dahin Zeit hätte.«

Inzwischen war eine Bedienung an den Tisch getreten und machte ein erwartungsvolles Gesicht. Ein kleineres Chaos entstand, denn keine von ihnen hatte bislang in die Karte geschaut.

»Soll ich noch mal wiederkommen?« Die Bedienung verlagerte demonstrativ das Gewicht auf ihr anderes Bein und sah gelangweilt auf Paula, die sich nicht so schnell entscheiden konnte.

»Nein, nein! Ähh, ich nehme, ähh, eine Frikadelle, oder nein, einen Kartoffelsalat, oder nein, doch nicht, doch eine Frikadelle. Und Rotwein.«

»Den Hauswein?«

»Ja. Wollen wir eine Flasche bestellen?« Paula sah die anderen fragend an.

»Ich trinke Weißwein zum Fisch«, sagte Rakel, »wenn du also nicht vorhast, selbst eine ganze Flasche zu trinken, reicht eventuell ein Glas ...«, fügte sie hinzu und deutete auf Annas Bauch.

»Ach ja, ich bin wirklich blöd.« Paula drehte sich zur Bedienung um. »Dann nehme ich ein Glas von dem roten Hauswein.«

Als die Bedienung gegangen war, wandte sich Anna an Rakel. »Vielen Dank für deine Fürsorge, aber ich kann mich wirklich um mich und meinen Bauch selber kümmern.«

»Hmm, letztes Mal, als wir uns gesehen haben, floß ganz schön viel Sekt ...«

»Zwei Gläser. Irgendwie mußte ich einfach feiern. Und du warst die erste, die es erfahren hat. Außerdem ist Sekt kein Alkohol.« Rakel sah Anna streng an, die die Augen verdrehte.

»Mein Gott, ihr schaut einer Frau ins Gesicht, die sogar die Finger vom Sushi läßt! Wie große Opfer bringt man eigentlich für jemanden, den man noch nicht einmal kennengelernt hat?«

»Aber du Liebe, nun erzähl doch mal, wie das alles angefangen hat. Wie hast du denn diesen ... Sture kennengelernt? Wo ist er jetzt?« Paula nahm einen großen Schluck Rotwein. Sie hatte kaum geschluckt, da erhob sie das Glas schon wieder. »Und überhaupt: Zum Wohl, und herzlichen Glückwunsch, oder ...« Anna beeilte sich, etwas Selters in ihr Glas zu füllen.

»Zum Wohl!«

»Ihr lernt euch also im Sturehof kennen. Ihr tanzt und trinkt etwas. Und dann geht ihr nach Hause, macht ein Kind und beschließt, für den Rest eures Lebens zusammenzubleiben?«

»Klingt etwas vereinfacht aus deinem Mund.«

»Aber im großen und ganzen?«

»Im großen und ganzen, ja.«

Paula sah Anna an, doch ihr standen nicht die geringsten Anzeichen von Reue im Gesicht. Überhaupt schien sie ruhiger und stabiler denn je. Und hübscher, fand Paula. Das sonst so schmale Gesicht hatte eine Kleinigkeit rundere Wangen bekommen, ihre Haut war rosig, und die Augen glitzerten. Außerdem hatte sie größere Brüste bekommen, die sie – wenn es schon so war – auch in einem weit ausgeschnittenen Shirt exponierte, das ihre Kurven bis über den Bauch preisgab. »Geronimo hätte das gemocht ...«

»Was?«

»Entschuldige, ich führe Selbstgespräche. Ich mußte nur gerade an Geronimo denken, dem hättest du gefallen. Ein bißchen wie in einem Jane-Austen-Roman.« Paula grinste.

»Du meinst die hier«, Anna lachte und griff sich an die Brüste. »Man muß die Gelegenheit nutzen. Hinterher flattern sie vielleicht im Wind ...« Anna wurde ernst. »Mir ist klar, daß das verrückt klingt. Als ich erfuhr, daß ich schwanger bin, kannte ich Sture gerade mal sechs Wochen.«

»Sture ...« Anna überging Paulas Gemurmel.

»Natürlich war das nicht geplant, und ich bekam die gleiche Panik, die ihr auch bekommen würdet.« Rakel blickte peinlich berührt auf den Tisch, als Anna andeutete, daß es auch sie hätte treffen können. »Man sollte kein Kind mit jemandem bekommen, den man kaum kennt. Man sollte ein paar Jahre zusammengewesen sein, man sollte zusammen wohnen und gemeinsam Geld für die Rente zur Seite legen, man sollte seine Ausbildung abgeschlossen haben und genügend Jahre gearbeitet haben, daß man nicht gleich vergessen wird, wenn man eine Weile von der Bildfläche verschwindet. Ja, und auf keinen Fall sollte man eine arbeitslose Schauspielerin sein, denn das kann ich euch sagen, für Dreißigjährige mit wenig Erfahrung sind die Rollen dünn gesät, das heißt, für eine schwangere Dreißigjährige mit wenig Erfahrung sind die Chancen mikroskopisch gering! Aber trotz alledem, und glaubt nicht, daß ich die Augen davor verschlossen habe, war neben der Panik das Gefühl, daß es richtig war. Ich liebe Sture.«

Rakel sah Paula streng an, bevor Anna mit leisem Zittern in der Stimme weitersprach: »Vielleicht war der Zeitpunkt nicht der allerbeste, aber auf der anderen Seite, woher soll ich wissen, wann es der richtige ist?« Tränen liefen mit einem Mal über Annas Wangen.

»Du Liebe.« Paula streckte ihre Hände über den Tisch.

»Ist nicht schlimm, das kommt gerade immer so schnell.« Anna wischte sich ärgerlich die Tränen weg und richtete sich auf.

»Die Hormone«, sagte Rakel ernst, wurde aber im nächsten Moment ganz rot. »Habe ich gehört ...«

Am Tag nach ihrem Wiedersehen rief Paula bei Rakel an.

»Erzähl du mir doch mal was über diesen Sture.«

»Ach, er ist ganz in Ordnung. Verläßlich. Irgendwo aus dem Norden, aus Sundsvall oder Umeå, glaube ich.«

»Wie sieht er aus?«

»Das Wichtigste zuerst, stimmt's!« Rakel lachte. »Nicht besonders groß, ziemlich breit, hat dunkle Haare ... Was soll ich sagen, er sieht normal aus. Schöne Augen!«

»Und er ist Bauarbeiter?«

»Ja. Aber schon Vorarbeiter oder so.«

»Ich hab das noch nicht verdaut.« Paula seufzte. »Ich meine, es ist ja nichts Besonderes: Mann trifft Frau, Frau wird schwanger ... Nur bei Anna habe ich nicht damit gerechnet.«

»Daß sie einen Mann trifft oder daß sie schwanger wird?«

»Ich glaube, sowohl als auch. Oder eigentlich keins von beiden. Vielleicht liegt es auch nur daran, daß es so schnell ging. Und daß ich nicht da war.«

»Vielleicht verstehst du das besser, wenn du Sture kennenlernst oder wenn du die beiden zusammen siehst.«

»Johan und ich wollen am Wochenende hinfahren.«

»Ich hab's gehört.«

»Mensch, ich bin total nervös. Es ist, als würde ich meine eigene Tochter verheiraten.«

»Komm schon. Ich glaube nicht, daß Anna deinen Segen braucht, sie hat sich ja längst entschieden.«

»Stimmt. Du hast recht, wie immer, Rakel! Wollen wir uns zum Mittagessen treffen?«

»Tut mir leid, um eins kommt eine Delegation aus Botswana, da muß ich mich noch ein bißchen vorbereiten.«

»Wieder die Welt retten, oder?«

»Ich tue, was ich kann.«

Als Paula ihr schnurloses Telefon ausgeschaltet hatte, saß sie noch einen Moment in ihrem Korbstuhl, den Hörer in der Hand. Johan war erst gegen zehn Uhr zur Arbeit gegangen und hatte vorher noch die Betten gemacht. Und den Abwasch vom Frühstück erledigt. »Auf dem Heimweg kaufe ich ein«, war das letzte, das er sagte, bevor er sie küßte und ihr einen schönen Tag wünschte. Das einzige, was zu tun war, stellte Paula fest, war, sich anzuziehen, aber mit dem Gedanken an ihr Tagesprogramm sah sie keine Veranlassung, sich zu beeilen.

Sie ging in die Küche und blätterte die Morgenzeitung noch einmal durch. Sie war noch keine Woche wieder zu Hause und schämte sich bei dem Gedanken an Johans enttäuschten Blick, als er sah, daß sie die Reiseannoncen eingehend studierte.

So funktioniert es nicht, dachte sie frustriert. Ich muß für Ruhe und Ordnung sorgen. Ich brauche einen anständigen Job. Einen, der Spaß macht und den man jahrelang aushält. Und dann, vielleicht... Paula verweilte einen Moment an diesem Punkt, vielleicht können Johan und ich so richtig zusammenziehen und ein ... oder einen Hund anschaffen. Oder so.

Sie lächelte, als sie daran dachte, wie froh sie Johan mit diesem Gedanken machen würde. Wie oft schon hatte er das Thema auf den Tisch gebracht und Pläne machen wollen für ihre gemeinsame Zukunft. Aber jedesmal fühlte Paula sich derart provoziert, daß er aufgab. Als er vor drei Jahren seine erste feste Anstellung als Polizist bekam, nahm er seine gesamten Ersparnisse und einen gigantischen Kredit auf, um sich die Wohnung zu kaufen, in der sie nun wohnten. Trotzdem redete er von ihrer gemeinsamen Wohnung. Paula sprach von seiner.

Das Telefon klingelte, und Paula holte es aus der Tasche ihres Morgenmantels heraus. Es war ihr Vater.

»Hallo Paula, wieder im Lande? Warum hast du nicht angerufen, ich dachte, du hättest deine Pläne geändert und die Heimreise verschoben. Ich habe versucht, dir eine E-Mail ins Büro zu schicken, aber die kam zurück. Ich wollte gerade Johan anrufen und nachfragen.«

»Ich weiß, entschuldige, ich hätte anrufen müssen, aber es ist so viel auf einmal, wenn man nach Hause kommt, und ...« Paula merkte selbst, wie dünn ihre Ausrede war.

»Das macht nichts, ich hätte ja auch anrufen können. Wann kriegen wir dich denn mal zu Gesicht?« Trotz der Wärme in seiner Stimme konnte Paula nur schwerlich über das kleine ärgerliche Pronomen hinwegsehen. Nach zwölf Jahren konnte sie es noch immer nicht leiden, daß er von wir sprach, wenn er Anita und sich meinte. Er nahm die Funkstille wahr und fügte rasch hinzu: »Rebecka und Alexander freuen sich schon so lange auf dich.«

Rebecka und Alexander waren Vaters und Anitas Kinder. Vaters neue Kinder, dachte Paula. Das war nicht besonders gerecht. Alexander würde bald zwölf werden, und Rebecka war sieben, und sie mochte sie wirklich recht gerne. Die Kinder selbst vergötterten Paula und erzählten ihren Freunden stolz, daß sie ihre große Schwester sei. »Obwohl«, ergänzte Rebecka immer etwas altklug, »wir haben nicht die gleiche Mama.«

»Kannst du nicht mit Johan am Wochenende zu Besuch kommen?« fragte Vater.

»Wir müssen am Samstag zu Anna, aber vielleicht am Sonntag?«

»Gut, dann halten wir den Sonntag fest. Ich kann es kaum erwarten.«

»Geht mir auch so. Gruß an die Kinder.«

»Richte ich aus. Und übrigens von Anita soll ich grüßen.«

»Mmh. Dann bis Sonntag.«

Es war halb acht, als Johan nach Hause kam. Seine Lederjacke roch nach Kälte, als sie ihn zur Begrüßung küßte. Sie hatte vor einer Stunde geduscht und sich angezogen und bekam ein schlechtes Gewissen, als sie die Tüten mit Einkauf auf dem Boden stehen sah.

»Du hast ja eingekauft.«

»Ja, klar. Hähnchen. Hast du den Ofen angestellt?«

»Den Ofen? Ach ja!« Johan hatte gegen sieben Uhr angerufen und sie gebeten, den Backofen schon anzustellen. »Tut mir leid, hab ich vergessen ...«

»Macht nichts. Wir stellen den Grill an, das geht schneller. Wie war dein Tag?«

»Ja, ging so.« Paula zog die Antwort etwas in die Länge. »Nicht viel passiert.«

»Warst du unterwegs? Hast du wen besucht?«

»Nein ...« Sie kam sich blöd vor. Was hatte sie eigentlich den ganzen Tag getan? »Ich habe übrigens mit Papa gesprochen«, sagte sie, froh, daß es ihr noch eingefallen war. »Ich habe gesagt, daß wir am Sonntag hinfahren könnten.«

»Am Sonntag muß ich arbeiten.«

»Ach, so was Blödes. Dann rufe ich an und verschiebe es.«

»Nein, das macht nichts. Ihnen liegt sicher viel daran, dich zu sehen, und ich kann das nächste Mal wieder mitkommen.«

»Wirklich?«

»Ja, sicher. Dann hast du am Sonntag auch gleich etwas zu tun, wenn ich nicht da bin, um dich zu unterhalten.« Paula war klar, daß Johan es nicht böse meinte, aber irgendwie ärgerte sie sich. Wie lächerlich. Als müßte sie unterhalten werden, weil sie selbst nichts Wichtiges um die Ohren hatte.

Während des Essens zog Johan einen Zettel aus seiner Hosentasche.

»Ich weiß, daß du es eigentlich nicht magst, wenn ich mich einmische, aber ich mußte an dich denken, als ich das hier gesehen habe. Wenn es dich nicht interessiert, wirf es einfach weg.« Er hielt ihr das knittrige Papier hin. Eine Anzeige.

»Internationaler Tourismus«, las Paula, »eine dreisemestrige Ausbildung mit Schwerpunkt auf dem internationalen Tourismus in Schweden. Der Kurs endet mit einem Praxissemester in der Hotel- oder Tourismusbranche. Anforderungen: drei Jahre Gymnasium, Englisch fließend, Deutsch oder Französisch sowie eine weitere Sprache. Es wird gern gesehen, wenn die Bewerber über Reiseerfahrung verfügen.« Paula sah auf. »Wo hast du die denn aufgetrieben?«

»Habe ich in der U-Bahn gelesen. Du kannst sie ja wegschmeißen, wenn sie dich nicht interessiert«, fügte er nervös hinzu.

»Hast du bereits gesagt.« Sie sah Johan an. »Bin ich so schrecklich?«

»Nein, natürlich nicht, ich dachte nur, du wirst manchmal so sauer, wenn ich ...«

Paula unterbrach ihn. »Wer weiß, vielleicht habe ich mich weiterentwickelt ...« Sie legte den Zettel auf dem Fensterbrett ab. »Wie war denn dein Tag?«

Johan hatte am folgenden Tag Frühdienst und ging zeitig ins Bett. Paula versank vor dem Fernseher. Sie war kein bißchen müde und fühlte sich nach einem ganzen Tag Nichtstun unruhig.

»Ich gehe eine Runde spazieren.« Sie steckte den Kopf ins dunkle Schlafzimmer. Johan brummelte eine Antwort, er war vermutlich schon eingeschlafen. Sie schlich hinaus und schloß die Tür.

Draußen war es kalt, schon am frühen Abend minus acht Grad, und jetzt war es sicher noch kälter. Der Schnee war seit langem grau und der Matsch zu ungleichmäßigen Hügeln auf dem Gehweg gefroren. Sie bohrte das Kinn in ihr Halstuch und ärgerte sich, daß sie unter ihre Jacke nicht noch einen Pullover angezogen hatte. Trotzdem war es herrlich, hinauszukommen. Sie bog um die Ecke, die Swedenborgsgata entlang. Ein einzelner Lichterbogen leuchtete noch immer in einem Fenster und erinnerte an Weihnachten – was sonst um diese Zeit nur ein paar entnadelte Tannen am Straßenrand taten.

Paula mußte an ihr letztes Weihnachtsfest denken. Geronimo und Frank hatten versucht, sie zu überreden, mit ihnen in der Wohnung zu feiern, aber obwohl sie so lieb waren, hatte Paula keine Lust, das fünfte Rad am Wagen zu sein.

Geronimo hatte das ganze Haus nach den Vorgaben aus ›Maisons Weihnachtsheft‹ dekoriert. Überall in der Wohnung hingen weinrote Rosetten mit gekräuseltem Band, und kleine Engel wachten über Toilette, Spiegel und Schlafzimmer. Rakel hatte ihr fertigen Pfefferkuchenteig geschickt, obwohl die Einfuhr von Lebensmitteln streng verboten war. Aber wie Rakel es kommentierte: »Wir haben einen saftigen Importüberschuß an amerikanischen Produkten in unserem Land, jetzt können wir es ihnen heimzahlen!« Paula hatte ihnen gezeigt, wie man Pfefferkuchen aussticht, und Geronimo hatte ein gigantisches Herz geformt, das nun im Küchenfenster hing. Mit rosa Glasur hatte er G ♥ F daraufgeschrieben.

Paula hatte sich entschieden, Weihnachten mit einer Gruppe Schweden zu feiern, die sie im Red Cottage kennengelernt hatte, einem Club in Soho, der von Balthazar Eklund geführt wurde. Das war ein beleibter Mann aus Göteborg mit Pferdeschwanz, der sich sein Penthouse und seinen Mercedes damit verdient hatte, daß er partygeile New Yorker mit wesentlich mehr als einer Tanzfläche versorgte.

Das Fest war ziemlich bald ausgeartet, als Christoffer und Melker, zwei schwerreiche Jungs aus Djursholm, der Meinung waren, daß man »Schnee« zu Weihnachten bräuchte. Die Gesellschaft teilte sich schnell in pro und contra, und die Jungs wurden gebeten, das Fest zu verlassen. Danach war die Luft raus, und Paula kam gegen Mitternacht heim.

Nach dem mißglückten Heiligen Abend dachte Paula daran, am ersten Weihnachtstag zu Hause zu bleiben, aber als sie Geronimo sah, verliebt wie ein Vierzehnjähriger, während er Franks Weihnachtsstrumpf vorbereitete, gab sie vor, am Abend zu einer offenen Gesellschaft in der Schwedischen Botschaft eingeladen zu sein. Statt dessen ging sie aus und aß in einem chinesischen Restaurant, ein paar Straßen entfernt, vier Vorspeisen. Zur Feier des Tages bekam sie eine fritierte Banane spendiert. Ganz wie zu Hause, dachte Paula.

Wie sehr sich Paula auch bemühte, den Zettel mit der Annonce zu übersehen, er schien sich ihr an die Fersen zu heften wie der Teufel an die arme Seele. Als sie sich in der Wohnung nützlich machen wollte und beschloß, die Blumen zu gießen, mußte sie ihn vor dem Ertrinken auf dem Fensterbrett retten. Sie schüttelte das Wasser ab und erinnerte sich daran, was Johan ihr einmal gesagt hatte: daß man nicht monatelange Trockenzeiten durch plötzliches sturzbachartiges Gießen kompensieren könne, wenn schon die Hälfte der gelben Blätter abgefallen sei. Das funktioniere möglicherweise im Regenwald, hatte er hinzugefügt, aber bei Usambaraveilchen eher weniger.

Sie legte die Anzeige zum Trocknen auf den Küchentisch. Im Verlauf des Tages mußte sie einen angetrockneten Marmeladenfleck von ihm abkratzen, denn sie wollte die Reste des Frühstücks beseitigen, bevor Johan nach Hause kam.

Auf der Mikrowelle lag er dann ungefähr einen Tag lang, streng überwacht von der aktuellen Ausgabe von ›Svensk Polis‹, dann flatterte er davon, wahrscheinlich von dem Windzug, der entstand, als Paula in der Speisekammer nach etwas Eßbarem suchte. So hob sie den wassergewellten und marmeladeverklebten Zettel wieder auf und dachte kurz daran, ihn in den Müll zu befördern. Als Kompromiß stopfte sie ihn in die Tasche ihres Morgenmantels, wo er aber auch nicht lange blieb. Johan leerte noch am selben Abend die Taschen des Mantels aus, bevor er ihn und den größten Teil aus Paulas Koffer in die Waschküche trug.

So blieb die Annonce neben etwas zerknülltem Toilettenpapier aus der Manteltasche im Badezimmer liegen. Johan ignorierte sie, doch Paula war klar, daß er sie gesehen hatte.

Am nächsten Morgen beschloß sie, sich der Sache zu stellen. Sie holte sich die Anzeige und setzte sich damit aufs Sofa.

Was war daran eigentlich so schlimm? Hatte sie nicht selbst schon darüber nachgedacht, wieder zu studieren? Sozialanthropologie oder Filmwissenschaften vielleicht? Noch ein paar Punkte zu der bunten Mischung, die sie schon angesammelt hatte, in der die 30 Punkte für Literaturwissenschaft noch immer ihr größter Erfolg waren. Und die – was sie tröstete – auch 40 hätten werden können, wenn ihr Dozent nicht das von ihr vorgeschlagene Aufsatzthema so gleichgültig abgeschmettert hätte: »Heldinnen in der schwedischen Literatur der Jahrhundertwende«. Gleichgültigkeit hin oder her, sie hatte ihn eigentlich nur gebeten, die Fragestellung ein klein wenig zu modifizieren, bevor sie loslegte, aber sein Kommentar hatte gereicht, um den schon äußerst geringen Enthusiasmus, den sie für ihre Feuertaufe in der akademischen Welt aufbringen konnte, gänzlich zu ersticken.

Dann hatte es vier Jahre gedauert, bis sie sich wieder auf den Campus traute. Dieses Mal, um Französisch zu studieren – nachdem sie durch einen Aufenthalt in Frankreich und diesen süßen Franzosen inspiriert worden war. 17 Punkte hatte sie zustande gebracht, und sechs Jahre danach hatte Paula die Hoffnung auf die letzte Phonetikprüfung noch immer nicht aufgegeben.

Die 5 Punkte in BWL waren nichts zum Vorzeigen. Diesen Kurs hätte sie nie belegen dürfen. Rakel hatte ihn ihr empfohlen, weil sie selbst, wie sie sagte, viel davon gehabt hätte. Paula fand ihn stinklangweilig.

Wie auch immer, da saß sie nun mit der Annonce für einen Kurs über internationalen Tourismus. Das Problem war nicht dieser Kurs selbst, wie sie rasch feststellte, sondern die Tatsache, daß es eigentlich keine Ausflüchte gab. Dieser Kurs versprach eine Ausbildung, einen Job, eine Karriere, ein festes Gehalt, Urlaub, Vermögen, Heim, Haus, Familie. Na ja: und Rechnungen, Kreditraten, Scheidung und einen zu frühen Tod. Bei letzterem war sie sich nicht hundertprozentig sicher, aber ihr Gefühl sagte ihr das.

Sie dachte noch eine Weile darüber nach, dann holte sie ihren Collegeblock und schrieb hastig ihre Bewerbung zusammen. Erst wollte sie den Text auf Johans PC abtippen, aber dann überlegte sie es sich anders. Wenn sie meine Bewerbung nicht wollen, wie sie ist, haben sie eben Pech gehabt, dachte sie und machte sich auf die Suche nach einem Umschlag. Dann noch rasch die Adresse – mindestens eine Stunde Zugfahrt entfernt –, und eine Briefmarke in die rechte Ecke. Sie zog sich an und machte sich auf den Weg zur Post.

Hallo? Bist du da?« Paula wachte von Johans Stimme im Flur auf. Er kam ins Wohnzimmer, hatte noch die Jacke an. »Schläfst du?« Sie setzte sich im Sofa auf und fuhr sich durch die Haare.

»Ja, also, ich muß wohl eingeschlafen sein. Ich hab gelesen ...« Sie hob das Buch auf, das auf den Boden gefallen war.

»Ich habe auf dem Heimweg Champagner gekauft. Für heute abend, dachte ich.«

Es verging ein Moment, bis Paula begriff, wovon er sprach. »Ja, natürlich, wir wollen ja weg, prima!«

»Obwohl es vielleicht keine so gute Idee ist, einer schwangeren Frau Alkohol mitzubringen ...«

»Zum ersten«, sagte Paula, »hat Anna uns neulich erklärt, daß Champagner kein Alkohol ist, und zum zweiten gibt es noch drei andere Personen, die nicht schwanger sind ... Wenn du nicht ...« Sie sah Johan augenzwinkernd an.

»Ich habe nichts zu beichten.«

Paula lachte. »Hab ich mir doch gedacht, ich habe deine Tampons im Bad gesehen!«

»Okay, ich bin nicht schwanger. Heißt das, ich darf heute so viel trinken, wie ich will?«

»Bis die Flasche leer ist.«

»Gut. Für uns habe ich nämlich auch eine Flasche gekauft.« Johan ging hinaus, um seine Jacke aufzuhängen. Kurz darauf kam er mit zwei Sektgläsern und einer Flasche Moët zurück. »Was hast du denn heute gemacht?«

»Nichts Besonderes.« Paula fiel der Brief ein, den sie abgeschickt hatte. »Und du?«

»Nur Schreibtischarbeit. Ich hatte einen Riesenstapel Berichte zu schreiben, der die ganze Woche über liegengeblieben war.« Johan lockerte den Champagnerkorken, und es zischte ein wenig.

»Ich dachte, du bist unterwegs und jagst Gangster?« Paula hob ihr Glas hoch.

»Tja. Leider reicht es nicht, sie einzulochen, der Papierkrieg kommt immer noch hinterher. Zum Wohl!« Die Gläser klirrten, als sie anstießen.

»Zum Wohl.«

»Hallo, willkommen! Wie schön, daß ihr da seid! Und Johan, dich habe ich ja Ewigkeiten nicht gesehen!«

»Stimmt. Und herzlichen Glückwunsch!« Johan umarmte Anna und machte dann einen Schritt zurück. »Du siehst hervorragend aus! Ich dachte immer, schwangere Frauen liegen zu Hause und übergeben sich!«

»Ach weißt du, ich habe meinen bescheidenen Teil schon abbekommen ... ist jetzt erledigt. Darf ich euch den Schuldigen vorstellen ...« Anna trat einen Schritt zur Seite und zog den Mann nach vorn, der hinter ihr stand. Er streckte Johan die Hand entgegen.

»Hallo. Stefan. Oder für die meisten Sture. Alle außer meiner Mutter nennen mich so, wenn ich ehrlich sein soll.« Er lachte, und Paula mußte daran denken, was Rakel über die netten Augen gesagt hatte. Sie verstand, was sie meinte. Er wandte sich Paula zu. »Wie schön, dich kennenzulernen, du hast ja schon mystische Dimensionen angenommen, so viel wie Anna von dir gesprochen hat!«

»Und dann bin ich doch nur ein ganz normaler Mensch.«

»Mit ungewöhnlichen Eigenschaften, soviel ich weiß.« Sture hielt ihre Hand noch immer fest. Paula spürte, wie ihre Wangen warm wurden. Der Champagner, dachte sie, wir hätten vielleicht doch nicht die ganze Flasche trinken sollen.

»Wir müssen aber nicht länger hier im Flur herumstehen. Kommt rein! Hängt eure Jacken auf, wenn ihr einen Platz findet, sonst legt die Klamotten einfach auf dem Boden ab.« Anna ging voran, Sture hinterher. Aus dem Augenwinkel sah Paula, wie er den Arm um ihre undefinierbare Taille legte.

Das Abendessen war schön. Sture hatte als Koch auf einem Kreuzfahrtschiff gearbeitet, und der Heilbutt, den er zubereitet hatte, schmeckte phantastisch. Anna, die ihre eigene Nüchternheit anscheinend damit kompensierte, daß sie alle anderen mit Wein abfüllte, achtete darauf, daß ihre Gläser nie leer wurden. Als sie zum Nachtisch den Champagner öffneten, war Paula ziemlich in Stimmung.

»Anna, ich habe schon zu Rakel gesagt, ich fühle mich, als würde ich meine eigene Tochter verheiraten.« Sie stand auf und nahm das Sektglas in die Hand. »Aber sie hat mich daran erinnert, daß du ein erwachsenes Mädchen bist und meinen Segen nicht mehr brauchst. Stimmt schon ... Aber das hindert mich auch nicht daran, ihn dir zu geben, oder!?« Die anderen stimmten lautstark zu. »Nun will ich daher feierlich meinen etwas verspäteten Segen für dich, Sture, und den, den ihr da zusammengemixt habt, geben ...« Sie deutete auf Annas Bauch und erhob das Glas. »Hoch sollen sie leben, hoch sollen sie leben, dreimal hoch! Ein lautstarkes Hoch auf die Kernfamilie.« Johan erhob sich und stimmte ein. »Sie leben: hoch, hoch, hoch!«

»Ich möchte, in meinem Namen und dem der Mutter meines zukünftigen Kindes, für diesen Segen herzlich danken. Es ist ein Gefühl, als seien alle dunklen Wolken vorbeigezogen und die Zukunft breite sich wie ein frisch belegtes Krabbenbrot vor uns aus. Alles, was wir brauchen ...« Sture wurde von Anna unterbrochen.

»... ist eine Zehnerkarte für die chemische Reinigung, um all diese Mayonnaiseflecken wieder wegzubekommen!« Anna mußte über ihren eigenen Witz kichern. Sture schien beleidigt.

»... ist Paulas Segen.«

»Laßt euch nicht bei etwas anderem erwischen!« antwortete sie.

»Und jetzt«, fuhr Sture fort, »werden Johan und ich uns in die Küche verziehen, während ich den Damen vorschlagen würde, es sich in der Bibliothek gemütlich zu machen.« Er zeigte Richtung Sofa. »Paula, Likör oder Kognak?«

»Whiskey bitte.«

»Kommt sofort.« Sture kam gleich zurück mit einem vollen Glas. »Damit ich nicht in einer Viertelstunde wieder nachschenken muß«, erklärte er, während er Paula das Glas überreichte.

Paula und Anna ließen sich auf dem Sofa nieder. Anna stopfte die eine Ecke mit Kissen aus und machte es sich halb liegend gemütlich. Sture hatte eine Platte von Billie Holiday aufgelegt, bevor er sich mit Johan in die Küche verzog. Eine Weile lauschten sie der Musik. Anna sah ihre Freundin in der anderen Ecke des Sofas an.

»Sag mal, und wie läuft es jetzt mit Johan?«

Paula erstarrte, zuckte dann aber lässig mit den Schultern.

»Gut.«

»Aha.« Anna nickte. »Ich kann mich nur erinnern, daß das nicht so klar war, bevor du fuhrst.«

»Nein ...«, Paula zögerte, »das war es wohl nicht.« Die Erinnerung an einen wütenden Johan kam auf, und das Echo einiger harter Worte wie »hinhalten« und »mit sich selbst beschäftigt sein« hallte in ihrem Hinterkopf nach, bevor sie es verdrängte. »Aber wir haben die Entscheidung diskutiert, und wir waren uns einig, daß ich fahren solle. Daß es gut so wäre.«

Paula versuchte, überzeugend zu sein.

»Na ja, dann ist es ja gut.« Anna schwieg, und nach einer Weile entspannte sich Paula wieder. Annas nächste Frage erwischte sie eiskalt. »Und Sex?«

»Sex? Also hör mal, was soll ich denn jetzt von so einer Frage halten ...«

»Nein, natürlich, aber davon abgesehen.«

Paula seufzte. »Noch nicht ...«

»Wie, noch nicht?«

»Noch nicht, seit ich zurück bin. Mach jetzt bitte nicht so ein Gesicht.«

Paula nahm einen Schluck Whiskey und wartete darauf, daß Anna etwas sagen würde. »Es dauert einfach eine Weile, bis man wieder zueinanderfindet, oder?« Anna antwortete nicht. »Ich bin immerhin länger als ein halbes Jahr fort gewesen.« Ihre Sätze klangen wirklich hilflos. »Jetzt sitz nicht so da, sag was!«

»Ich muß nur daran denken, was du gesagt hast, bevor du gefahren bist ...«

»Man kann sich doch ändern ...«

»Hast du das? Dich geändert?«

»Ich weiß nicht. Ich hatte wohl darauf gehofft, daß sich etwas ... ergeben würde, oder wie man das nun nennen will. Daß, wenn ich etwas Abstand habe ...«

»Immer dieser Abstand ...« Anna lächelte. »Es ist, als ob du im Badeanzug auf dem Dreier stehst und zählst: Eins, zwei, drei, beim vierten ...«

»... bist du frei«, sprach Paula zu Ende.

Anna lachte. »Ja, oder eher beim fünften oder warum nicht beim sechsten ...«

Paula wußte nicht so recht, ob sie sich von Annas Kommentar verletzt fühlen sollte oder nicht. Sie nahm einen Schluck Whiskey, diesmal einen großen. »Ich möchte so gern, daß es klappt. Verstehst du das?«

»Ich denke schon.«

»Wenn ich weg bin, sehne ich mich nach Johan.«

»Und wenn du nach Hause kommst?«

Paula konnte nicht mehr antworten, denn Johan und Sture kamen gerade herein.

»Wolltet ihr nicht abwaschen?« fragte Anna.

»Ach was, das läuft nicht weg. Wir wollen ja auch etwas von euch haben ...« Sture machte es sich mit seinem Glas in einem der Sessel bequem.

»Und wir wollen gemütlich unser Glas leer trinken«, fügte Johan hinzu und nahm im zweiten Sessel Platz. »Zum Wohl übrigens«, er sah Paula an, »auf die Dame ...« Sie lächelte zurück.

Es wurde Nachmittag, bis Paula sich aus dem Bett erhob. Johan hatte sich bereits auf den Weg zur Arbeit gemacht. Auf dem Küchentisch lag ein Zettel. *Liebe dich*, stand da. Paula stellte die Kaffeemaschine an und setzte sich an den Tisch. Sie erschrak, als das Telefon klingelte.

»Hallo, hier ist Anna.«

»Hallo. Hach, war das schön gestern.«

»Ja, fand ich auch. Wie geht's dir?«

»Hab mich schon besser gefühlt. Bin eben erst aufgestanden. Daß man es nicht lernt. Drei Deziliter Alkohol am Abend sind einfach zuviel.«

»Immerhin konntest du liegenbleiben. Armer Johan.«

»Ja, ich glaube, er muß heute auch den ganzen Tag Berichte schreiben. Polizist sein und einen Kater haben – das ist bestimmt nicht leicht. Obwohl er weniger getrunken hat als ich.« Einen Moment lang war es still.

»Du Paula, eigentlich rufe ich an, weil ich mich entschuldigen wollte. Ich hatte kein Recht, dich ins Kreuzverhör zu nehmen. Wäre ich du gewesen, dann hätte ich dir wahrscheinlich eine geknallt. Selbst im sicheren Hafen sitzen, mit Kind im Bauch, und deine Entscheidungen in Frage stellen. Es tut mir leid.« Anna klang sehr aufrichtig.

»Macht nichts. Ich hab das schon verdient. Es ist nur so, daß ich selbst noch gar nicht richtig darüber nachdenken konnte – und dann kamst du und hast mir das so aufs Auge gedrückt.«

»Furchtbar. Ich schäme mich so, wirklich!«

Paula mußte über Annas Selbstvorwürfe schmunzeln. »Im übrigen kann ich jetzt Vollzug melden.«

»Wie?«

»Wir. Hatten. Sex.«

Anna vergaß ihr schlechtes Gewissen auf einen Schlag. »Gestern?! Das ist nicht dein Ernst!«

»Doch, bevor ich aufstehen mußte, um mich zu übergeben ...«

»Hast du vom Sex gespuckt?« Anna war aufgebracht.

»Nein, natürlich nicht.« Paula versuchte, sie zu beruhigen. »Ich habe gekotzt, weil ich zuviel Alkohol getrunken hatte.«

»Ach so ...«

»Und es war auch nicht Johan, der seine wehrlose, sturzbetrunkene Freundin benutzte, sondern ich habe ihn verführt.«

»Indem du dich übergeben hast ...«

»Nein, ich habe doch gesagt, das war *hinterher!* Also, paß auf: Ich fange an, ihn im Taxi auf dem Nachhauseweg zu befummeln. Er kann sich noch beherrschen, bis wir in der Wohnung sind. Dann knutschen wir wild im Flur ...«

»... und dann mußtest du ...«

»Nein, Quatsch!« Paula schnitt Anna das Wort ab. »Danach haben wir auf dem Sofa miteinander geschlafen. Erst dann ist mir schlecht geworden.«

»Und kein Kuscheln danach?«

»Kein Kuscheln. Johan war schon eingeschlafen, als ich zurückkam.«

»Wie romantisch ...«

»Na ja, jetzt ist es auf jeden Fall passiert.«

»Stell dir vor, und ich habe gedacht, daß man aus Liebe miteinander schläft. Oder vielleicht noch aus Geilheit ... Jedenfalls nicht, um es abzuhaken.«

»Moment mal, warst du nicht diejenige, die eben angerufen hat, um sich zu entschuldigen, weil sie sich in Dinge eingemischt hat, die sie nichts angehen?«

»O Gott, du hast ja recht!« Anna machte eine kleine Pause. »Vielleicht kann ich dich zur Entschuldigung auf einen Kaffee einladen?«

»Gern, aber heute geht es nicht. Ich bin bei meinem Vater zum Essen.«

»Verstehe. Dann laß uns aber nächste Woche telefonieren.«

»Klar.«

»Jetzt muß ich aber dringend aufs Klo. Ich drück dich. Trink einen Schluck Cola.«

»Ich drück dich auch. Bis bald.«

Es war schon halb vier geworden, und ihr Vater hatte ihr versprochen, sie um zehn vor fünf am Bahnhof abzuholen. Sie schüttete den Kaffee runter, trank ein Glas Sauermilch und aß ein paar Knäckebrote, bevor sie eine Blitzdusche nahm und sich anzog. Auf halbem Wege zum Nahverkehrszug fiel ihr ein, daß sie die Geschenke vergessen hatte, und mußte deshalb noch einmal zurücklaufen. Sie verpaßte den Zug, den sie nehmen wollte, und als sie endlich eine Telefonzelle aufgetrieben hatte, in der man noch mit Münzen telefonieren konnte, hatte sich ihr Vater schon auf den Weg gemacht. Beinahe hätte sie den nächsten Zug auch noch verpaßt. Sie war schweißgebadet und zittrig, als sie sich schließlich auf den beschmierten Sitz fallen ließ. Sie lehnte sich mit der Stirn an das kühle Fenster, und es war wohl eine Fügung des Himmels, sofern man von so etwas sprechen kann, daß sie genau in dem Moment aufwachte, als sie aussteigen mußte.

Ihr Vater lehnte am Auto und rauchte, als sie mit einer halben Stunde Verspätung aus dem Bahnhofsgebäude kam. Er nutzte anscheinend die Gelegenheit. Anita hatte Rauchverbot im ganzen Haus verhängt und würde es am liebsten auch draußen tun. Er winkte Paula zu, als er sie sah, und trat die Zigarette mit dem Fuß aus.

»Entschuldige, daß ich später komme. Ich habe versucht anzurufen, aber du warst schon weg.«

»Ja, ich mußte auf dem Weg noch ein paar Sachen einkaufen.« Er nahm sie in den Arm. »Komm, laß uns losfahren.«

Sie stiegen ins Auto, und ihr Vater drehte den Zündschlüssel um. Johnny Cashs kompakte Stimme strömte aus den Lautsprechern. Paula zuckte von der Lautstärke zusammen.

»Ich habe auf dem Weg schon ein bißchen gehört«, sagte ihr Vater wie zur Entschuldigung und drehte leise, so daß nur noch wenige hohe Töne neben dem Motorengeräusch zu hören waren. Sie saßen still nebeneinander, als sie auf die Autobahn abbogen.

»Du siehst aus, als würde es dir richtig gutgehen«, sagte er mit einem raschen Blick zum Beifahrersitz. Paula mußte schmunzeln: Müde, verkatert und ungeschminkt sah sie sicher alles andere als gut aus.

»Bin nur etwas müde«, sagte sie. »Wir waren gestern zum Abendessen eingeladen. Bei Anna.« Gerade wollte sie von Sture und dem Baby anfangen, doch sie bremste sich im letzten Moment. Warum sollte sie ihren Vater daran erinnern, daß andere Frauen in ihrem Alter seßhaft wurden und Kinder bekamen?

Der restliche Teil der Autofahrt verging mit Small talk. Das war so schön an ihrem Vater: Er war nicht anstrengend. Er fragte, wie es in New York gewesen sei, auf die gleiche Art, wie er wissen wollte, wann sie zuletzt im Kino gewesen war. Das meiste hatte sie ihm ja auch schon in E-Mails oder Briefen erzählt.

Das Auto fuhr in die Garageneinfahrt ihres gelben Hauses in dem hübschen kleinen Neubaugebiet, und hinter dem Fenster des Häuschens sah Paula, wie Alexander und Rebecka dastanden, auf das Auto zeigten und winkten. Plötzlich spürte sie, daß sie ihre kleinen Geschwister ganz schön vermißt hatte, auch wenn sie in dem Sinn keine Geschwister für sie waren, sondern einfach Alexander und Rebecka. Sie stiegen aus dem Auto, und die Haustür öffnete sich. »Herzlich willkommen!« rief Anita mit schriller Stimme, und einen Augenblick lang hatte Paula den Eindruck, daß sie es wirklich so meinte. Mit kleinen Schritten ging sie die Eingangstreppe hinauf und umarmte Anita mit einem Arm.

»Hallo. Hast du eine neue Haarfarbe?«

»Nein, das heißt, doch, ach ...« Anita lachte ein wenig nervös und strich sich eine blondierte Strähne zurück, die ihr ins Gesicht gefallen war. Da stürmte Rebecka zur Treppe.

»Paula!« Sie warf sich Paula an den Hals. Paula beugte sich hinunter und hob sie hoch.

»Du großes Mädchen!«

»Ich bin die Größte in der Klasse!«

»Wirklich?«

»Von den Mädchen.«

»Ach so.«

»Oscar ist größer als ich.«

»Wie groß ist er denn?«

Rebecka gestikulierte wild über ihrem Kopf. »So groß!« Paula setzte sie ab.

»Rebecka, du bekommst doch nasse Socken!« Anita schob die Tochter in den Flur, wo Alexander stand und zögerte. »Willst du Paula nicht Hallo sagen?« fragte sie und gab ihm einen Knuff. Er schaute auf den Boden und drückte sich an seine Mutter.

»Ich möchte dich auf jeden Fall begrüßen«, sagte Paula und ging zu dem Jungen hin und umarmte ihn. Alexander war es peinlich, er lächelte, sah aber immer noch auf den Boden.

»Hallo Paula.«

»Wenn ihr mich reinlaßt, kann ich euch eure Geschenke geben.« Plötzlich vergaß Alexander seine Schüchternheit.

»Was denn?«

»Aber Alexander!« Anita lächelte Paula entschuldigend an. »Komm rein, Moment, ich hänge erst mal deine Jacke auf.«

Sie nahm Paula die abgewetzte Lederjacke ab.

Paula nahm die Tüte mit den Geschenken und ging ins Wohnzimmer. Anitas Hausschuhe klapperten ihr hinterher.

»Möchtest du etwas trinken?«

»Hast du Cola?«

»Ja, natürlich.« Anita verschwand in der Küche, und Paula machte es sich in einem Sessel bequem. Rebecka setzte sich auf die Armlehne.

»Kriegen wir jetzt die Geschenke?«

»Ich glaube schon. Wir können ja sagen, verspätete Weihnachtsgeschenke.«

Sie zog ein Paket aus der Tüte und überreichte es Rebecka. Alexander hatte sich weit weg auf die Sofakante gesetzt und verfolgte das Ganze aufmerksam.

»Willst du auch eins?«

»Ja.« Die Antwort kam umgehend, und er warf Paula einen schnellen Blick zu. »Danke.«

Sie hielt ihm ein flaches Päckchen hin. Er machte ein enttäuschtes Gesicht, als er feststellte, daß es weich war.

»Bitte schön.«

Rebecka hatte ihr Geschenk bereits ausgepackt.

»Oh, ist die schön! Das ist ja die kleine Meerjungfrau!« Voller Entzücken schüttelte sie die kleine Glaskugel, und die rothaarige Meerjungfrau war mit einem Mal von einem ganzen Schwarm kleiner Fische umgeben, die um sie herumschwammen, bis sie sachte wieder zu Boden sanken.

»So eine hab ich schon vom Eiffelturm. Die hat Papa aus Paris mitgebracht. Die ist aber mit Schnee.« Rebecka schüttelte die Kugel noch einmal und bestaunte die kleinen Fische.

»Vielleicht ist Schnee unter Wasser ein bißchen ungewöhnlich?« sagte Paula.

»Ja, und mit Fischen sieht es viel schöner aus!« nickte Rebecka.

»Man kann sie auch aufziehen.« Paula zeigte auf eine kleine Schraube an der Seite, und Rebecka drehte sie auf.

»Oh! Sie kann singen! Ich kenne das Lied, aber auf Schwedisch«, fügte sie hinzu und summte die Melodie mit.

Alexander, der vom Geschenk seiner Schwester so abgelenkt war, hatte seines noch gar nicht geöffnet. Jetzt erst riß er die Geschenkbänder ab.

»Oh, schau mal!« Begeistert hob er einen Pullover in die Luft und zeigte ihn Anita und seinem Vater, die gerade ins Wohnzimmer kamen.

»Der ist aber schön! Hast du dich denn schon bedankt?« Anita reichte Paula ein Glas Cola. »Hier, bitte.«

»Weißt du, was für ein Pullover das ist?« fragte Paula Alexander, der gerade sein Hemd ausgezogen hatte, um ihn anzuprobieren.

»Ähh, nein.«

»Der ist von den New York Yankees. Baseball, kennst du das?«

»Baseball! Super!«

»Schau mal, am Rücken.« Alexander guckte über seine Schulter, um das NYY-Emblem sehen zu können, mußte dann aber doch einen Ärmel abstreifen, um den Pullover von allen Seiten zu sehen.

»Supergeil.«

»Alexander!« Anita sah ihren Sohn streng an. »Und Rebecka?«

»Sie haben sich schon bedankt«, versicherte Paula.

»Dann können wir ja anstoßen.« Paula stellte fest, daß ihr Vater der einzige war, der etwas Alkoholisches im Glas hatte. »Jetzt ist die ganze Familie versammelt.« Paula und Anita lächelten sich verkrampft an, und Paula fragte sich, ob es ihr ebenso unangenehm war, anstandslos in den Familientopf gerührt zu werden. Sie stießen an, und die Kinder stürmten die Schale mit den Chips, die ihre Mutter auf den Couchtisch gestellt hatte.

»Jetzt eßt ihr bitte keine Unmengen Chips mehr vor dem Abendessen«, ermahnte sie sie, und Paula konnte sich nicht verkneifen, zu fragen, wieso die Schale denn dann da stand.

Zum Kaffee ließen sie sich wieder im Wohnzimmer nieder. Paula hatte noch einmal bestätigt bekommen, daß Anita eine gute, aber etwas phantasielose Köchin war. Roastbeef, perfekt gebraten, eine dünne, aber wohlschmeckende Soße, Kartoffelgratin und grüner Salat. Zum Nachtisch Apfelstrudel. Paula ging es jetzt schon wesentlich besser, aber sie lehnte Alkohol dennoch dankend ab. Ein Schlückchen Wein hatte sie zum Essen immerhin hinuntergebracht. Alexander war in sein Zimmer hochgegangen, aber Rebecka hatte sich neben Paula in den Sessel gequetscht, obwohl Anita sie darauf hingewiesen hatte, daß auf dem Sofa genug Platz sei.

»Soso«, sagte Vater, der sonst während des Essens recht schweigsam gewesen war, »und was hast du jetzt für Pläne?« Er sah Paula an. Ihr war klar, daß das eine berechtigte Frage war, und eigentlich war sie erstaunt, daß sie so lange auf sich hatte warten lassen. Trotzdem traf sie sie jetzt irgendwie unvorbereitet, und ihr war schlagartig mulmig zumute.

»Weiß noch nicht. Ich hatte nicht damit gerechnet, so schnell wieder zu Hause zu sein. Bislang habe ich für das Frühjahr nichts Spezielles ins Auge gefaßt...« Sie schauten sie an. »Ich habe mich für einen Kurs beworben...« Doch schon biß sie sich auf die Zunge.

»Was für ein Kurs?« Rebecka sah von der Glaskugel auf, die sie im Schoß hielt.

»Ich weiß gar nicht, ob ich...« Paula wand sich.

»Ja, erzähl mal, das klingt spannend!« Anita nippte an ihrem Drambuie und sah sie erwartungsvoll an.

»Internationaler Tourismus.«

»Mensch, wie spannend!« Wahrscheinlich hätte Anita zu einem Kurs über angolanische Volkskultur das gleiche gesagt.

»Klingt doch nicht schlecht, oder?« Ihr Vater sah sie fragend an.

»Vielleicht, ja, aber wie gesagt, ich habe gerade erst die Bewerbung eingereicht. Und es ist gar nicht sicher, daß ich einen Platz bekomme. Wahrscheinlich melden sich Tausende von Interessenten. Außerdem bin ich mir noch nicht ganz sicher, ob ich das auch wirklich will.« Paula versuchte, einen entschlossenen Eindruck zu machen, aber sie wollte gern zum Ende kommen.

»Aber immerhin ein Anfang.« Vater gab nicht auf. Sie zuckte mit den Schultern.

»Wißt ihr, wann die nächsten Züge gehen?« Wenn sie schon nicht das Thema wechseln wollten, dann mußte sie es wohl tun.

»Die fahren wohl sonntags auch zehn nach und zwanzig vor, Gunnar, oder?« Anita wandte sich ihrem Mann zu. »Ich kann Paula ja zum Bahnhof bringen«, sagte sie, »ich habe fast nichts getrunken.« Sie zeigte auf ihr kaum angerührtes Glas.

»Nein, danke«, sagte Paula rasch, »ich kann ein Taxi nehmen.«

»Aber das ist überhaupt kein Problem ...«

»Nein wirklich, du hast schon die ganze Arbeit mit dem Essen gehabt.« Paula versuchte, nicht allzu abweisend zu klingen. Ihr Vater kam ihr zu Hilfe.

»Ich bezahle das Taxi. Aber ein bißchen kannst du doch noch bleiben.«

»Ja, bleib noch ein bißchen, bitte, bitte ...« Rebecka lehnte ihren Kopf an Paulas Arm.

»Na gut«, antwortete Paula, zog den Arm weg und legte ihn um Rebeckas schmale Schultern.

Erster März. Den Meteorologen zufolge Frühlingsanfang. Das machte ihn auch nicht zum Festtag, dachte Paula verärgert, als eine Lautsprecherstimme nach zwölf Minuten, in denen nicht eine U-Bahn gekommen war, mitteilte, daß es eine Unterbrechung auf dieser Linie gäbe. Paula fluchte laut vor sich hin, denn sie war ohnehin spät dran. Ein Mann in abgewetzter Lederjacke, der sie schon dreimal nach ein paar Cent gefragt hatte, hörte ihr Schimpfen und entschied sich daraufhin, sie doch lieber endgültig in Ruhe zu lassen.

Nach siebenundzwanzig Minuten kam die Bahn. Die Lautsprecherstimme versuchte, die Horde verärgerter Leute darauf aufmerksam zu machen, daß direkt danach noch ein Zug käme, in dem mehr Platz sei. Paula ignorierte die Information und quetschte sich in den überfüllten Waggon. Auf dem Bahnsteig blieben eine Frau mit Kinderwagen und ein Mann in einer Steppjacke zurück.

Am Hauptbahnhof stieg Paula aus und lief den Sveaväg hinauf. Sie ignorierte eine rote Ampel und sah schon von weitem, wie Rakel am Eingang vom THW von einem Fuß auf den anderen trat. Sie legte noch einen Schritt zu und war außer Puste, als sie ankam.

»Glaubst du mir, wenn ich sage, daß plötzlich keine U-Bahn mehr fuhr?«

»Wenn du es sagst.«

»Es stimmt.«

»Meine halbe Mittagspause ist vorbei.« Rakel warf einen Blick auf die Uhr, als ob sie nicht schon genau gewußt hätte, wie spät es war.

»Wir suchen uns etwas in der Nähe. Und nächstes Mal hole ich dich lieber im Büro ab. Was hältst du von dem?« Paula zeigte auf das Fenster eines Restaurants, das genau nebenan lag.

»Okay.«

»Na, dann los!« Sie gingen hinein und legten ihre Mäntel auf den Stühlen eines nicht besetzten Tisches ab.

»Ach Mensch, sei mir nicht böse! Mit einem Mal fuhr wirklich keine U-Bahn mehr.«

»Ja, ja, ist schon gut. Was möchtest du denn?« Sie lasen die Speisekarte an der Wand und bestellten gleich.

»Ich glaube, mir reicht ein Sandwich. Mit Hummus.« Paula bezahlte ihr Brot und einen großen Latte Macchiato, Rakel das Tagesgericht und eine Flasche Mineralwasser. Sie setzten sich.

»Hast du schon eine Antwort bekommen?« Rakel goß das Selters in ihr Glas.

»Wegen des Kurses? Nein, so schnell geht das nicht.«

»Glaubst du, daß du einen Platz bekommst?«

»Keine Ahnung.«

»Willst du denn einen?«

Paula seufzte. »Keine Ahnung ...« Sie hatte Rakel vor ein paar Tagen am Telefon davon erzählt und gehofft, es würde Rakels Sticheleien über Paulas Nichtstun Einhalt gebieten. Rakel hatte zwar nicht so enthusiastisch wie Anita reagiert, fand aber auch, daß es »ein Schritt in die richtige Richtung« sei. Paula hatte nie gefragt, an welche Richtung sie dabei gedacht hatte.

Rakels Essen kam, und Paula biß in ihr Brot.

»Was meint denn Johan dazu?« fragte Rakel.

»Nichts. Ich habe ihm auch nichts gesagt, aber er will sich sowieso nicht einmischen ...«

»Einmischen?«

»Ja, also, er respektiert, daß ich diese Entscheidungen für mein Leben selbst treffen muß. Verstehst du?« Paula sah Rakel fragend an. Eigentlich hatte sie keine Lust auf diese Diskussion, denn sie kannte Rakels Einstellung.

»Nein. In der Tat verstehe ich gar nichts. Du bist mit dem wunderbarsten Typ, den es gibt, zusammen«, Rakel machte eine kurze Pause und sah schnell hinunter auf ihren ingwergefärbten Lachs, »der bereit ist, alles für dich zu tun. Zum Beispiel Jahrzehnte abwarten, bis du von irgendwelchen Auslandsreisen zurückkommst!« Rakel wurde richtig aufbrausend. »Aber du scheinst es nicht für nötig zu befinden, ihm zu erzählen, was du in der nächsten Woche vorhast!«

»Wenn ich etwas vorhätte ...«, murmelte Paula.

»Ach, hör doch auf!«

»Aber so ist es nun mal in unserer Beziehung.« Paula zuckte mit den Schultern, um den Grad an Freiheit zu demonstrieren, den sie hatte.

»Und damit seid ihr zufrieden?« Rakel gab nicht nach.

»Ja ...«

»Beide?«

»Ich weiß nicht«, meinte Paula, »da mußt du wohl mit Johan sprechen.« Sie sah Rakel ins Gesicht. »Seit wann bist du eigentlich Expertin in Beziehungsfragen?« Rakel wurde rot.

»Es geht um Respekt.«

»Ja, sicher, aber ich respektiere Johan doch. Wenn er ins Ausland will, dann kann er das von mir aus ja auch tun. Jeder hat doch ...«

»... sein eigenes Leben. Ja, ich weiß, das sind immer deine Worte.« Rakel hatte sich etwas beruhigt. Es gab nicht viel, worüber sie sich aufregte, außer wie gesagt über Ungerechtigkeiten. Und wahrscheinlich ordnete sie dieses Thema genau dieser Rubrik zu. Paula hatte keinen blassen Schimmer, warum Rakel so heftig darauf reagierte.

Rakel trank nach dem Essen einen Kaffee, und Paula wollte ihr Essen mit einem Mohrenkopf beenden, aber sie änderte die Bestellung noch und nahm lieber einen Schokoladentrüffel. Rakel sah sie vorwurfsvoll an.

»Vor kurzem ist mir übrigens Helena über den Weg gelaufen«, sagte Rakel.

»Helena Forsberg?«

»Forsman. Ja, genau die.«

»Aha. Und wie geht es ihr?«

»Gut, glaube ich. Sie hat gerade die Stelle gewechselt. Jetzt ist sie in irgendeiner Produktionsfirma.« Rakel machte kein Hehl daraus, daß sie keine Ahnung hatte, was eine Produktionsfirma war, und auch kein besonderes Interesse, es herauszufinden.

Helena war eine buchstäblich flüchtige Bekannte. Paula hatte sie vor etwa fünf, sechs Jahren auf einem Flug von Arlanda nach London kennengelernt. Helena flog erster Klasse, was sie während des Fluges ungefähr zehnmal betonte, obwohl das jeder an Bord sehen konnte. Aber es schien ihr wichtig zu sein, den Klassenunterschied klarzustellen, da Paula nur durch einen Buchungsfehler der Fluggesellschaft auf dem Platz neben ihr gelandet war. Immerhin hatten sie eine angenehme Reise, und als Helena begriff, daß Paula eine gute Zuhörerin war, brachte sie sie mit kostenlosem Champagner vollends zum Schweigen. Helena erzählte ihr ihre Lebensgeschichte, die relativ kurz und ereignislos war. Die restliche Zeit ließ sie sich über ihre Arbeit aus, irgendeine Tätigkeit im Verlagswesen – Paula war es nicht gelungen, herauszufinden, um was für einen Beruf es sich handelte. Etwas Wichtiges auf jeden Fall, soviel war klar.

Irgendwann vertraute Helena ihr an, daß sie noch nie erster Klasse geflogen sei und daß ihr Kleid, das wirklich sehr schlecht saß, von H&M stammte. Aber das sei natürlich nur eine Zwischenlösung, versicherte sie. Hauptsache, man sähe sich selbst als knallharte Geschäftsfrau im Armanikostüm und mit einer Guccitasche voller Diners-Club-Karten und besäße Visitenkarten von verschiedenen interessanten Männern mit Titeln wie VD oder Executive Whatever. »Visualisieren« nannte sie das. Und sie zog aus der Handtasche – die nun wirklich von Gucci war, sie hatte sie von ihrem ersten Gehalt gekauft – ein Buch. »Irgendwo muß man anfangen!« Sie reichte das Buch an Paula weiter: ›Im Licht zu leben‹. »Du kannst es mir wiedergeben, wenn du es fertiggelesen hast«, sagte sie und schrieb ihre Telefonnummer auf die erste Seite. Dann bot sie Paula an, in ihr Taxi einzusteigen, da es ja sowieso »die Firma bezahlt«.

Paula hatte in diesem Buch zwei Kapitel gelesen, es für Schwachsinn gehalten und sowohl Buch als auch Besitzerin völlig vergessen. Ein paar Wochen später hatte sie Helena zufällig im Café Opera wiedergetroffen, und danach hatten sie sich hin und wieder gesehen. Auf diese Art hatte auch Rakel sie kennengelernt. Aber das war mittlerweile lange her, sicher ein paar Jahre.

»Ich habe ihr erzählt, daß du gerade zurückgekommen bist, und sie möchte gern, daß du sie anrufst. Moment mal, ich habe ihre Nummer aufgeschrieben.« Rakel holte ihren Kalender heraus und riß ein Notizblatt ab. »Offenbar die Büronummer, glaube ich.«

Paula nahm den Zettel und steckte ihn in die Jackentasche.

»Du hast nicht vergessen, daß wir morgen abend mit Anna ins Kino gehen?« fragte Rakel.

»Nein, natürlich nicht. In welchen Film gehen wir denn?«

»Müssen wir noch besprechen. Wir treffen uns um sechs im Sturehof. Jetzt muß ich zurück ins Büro.«

Paula drehte noch eine Runde durch die Stadt, bevor sie die U-Bahn zurück zum Mariaplatz nahm. Am Zeitungsstand kam der Mann in der abgewetzten Lederjacke auf sie zu und fragte nach etwas Kleingeld. Sie hatte keines. Auch dieses Mal nicht.

Als Paula zu Hause war, rief Geronimo an. Sie überschlug schnell im Kopf, wie spät es in New York war, und kam auf zehn Uhr vormittags. Vermutlich war Geronimo bei der Arbeit. Sie freute sich, nicht nur, weil sie mit diesem Auslandsgespräch nicht Johans, oder vielmehr ihre gemeinsame Telefonrechnung belasten mußte, sondern weil sie Geronimo wirklich vermißt hatte.

»Schätzchen!« Er brüllte in den Hörer. »Ich bin's!«

»Wer ist da?« Paula konnte es nicht lassen.

»Wie meinst du das!?« Geronimo klang beleidigt. »Paula, ich bin's doch! Hast du mich schon vergessen? Geronimo!« Sie sah ihn vor sich, wie er das Kinn anhob und den Pferdeschwanz in den Nacken warf.

»Geronimo? Moment mal, bist du der Typ mit dem goldenen Wohnzimmer?« Als Paula aus New York abreiste, hatte Geronimo sein Wohnzimmer komplett in Gold ausstaffiert. Das sah nicht mal in ›House & Garden‹ gut aus.

»Ach was, das ist längst vorbei.« Geronimo rümpfte die Nase. »Das entsprach nicht meiner Person, viel zu oberflächlich. Gold ist für die Augen, nicht für die Seele.«

»Und was ist jetzt angesagt?« fragte Paula.

»Räucherstäbchen! Man sollte keine Möbel in der Wohnung haben, sondern Düfte. Und überleg mal, wie leicht ich sie je nach Stimmung austauschen kann! Wenn du müde von der Arbeit kommst – dann bauen dich ein bißchen Geranium oder Zimt auf. Oder Lavendel im Schlafzimmer, als schliefe man auf einer Wiese in der Provence ein!«

»Klingt interessant ...«

»Solltest du mal ausprobieren!«

»Zum Glück verkaufst du keine Drogen, Geronimo!« Paula mußte über seine Manipulationskünste lachen.

»No hope for dope!« sagte er sehr ernst.

»Wie geht's dir denn?« fragte sie.

»Super!«

»Und Frank?«

»Klasse. Und bei dir, Kleine?«

»Auch klasse.« Paula antwortete, ohne darüber nachzudenken.

»Echt? Du klangst nicht so begeistert, als du abfuhrst.« Geronimo schien sich Sorgen zu machen.

»Mal so und mal so ... Insgesamt ist es schon okay.«

»Wie läuft's mit Johan?«

»Danke, Johan geht's gut ...« Er ließ sie gar nicht ausreden.

»Ich meine, wie läuft es mit dir und Johan?«

Mein Gott, wie sich plötzlich alle für ihre Beziehung interessierten, dachte Paula genervt. Es gibt Frauen, die von ihren Männern jahrelang mißhandelt werden, und kein Mensch mischt sich ein. Und nur, weil *sie* gerade keine Lust zum Heiraten hatte und auch keinen Drei-Millionen-Kronen-Kredit für ein Haus aufnehmen wollte, meinte jeder entfernte Bekannte, sich über die Qualität ihres Liebeslebens auslassen zu müssen! Sie seufzte.

»We're getting along ...«

Nun mußte Geronimo seufzen. »Also keine Veränderung ...«

»Wird schon.« Paula versuchte, Zuversicht in die Worte zu legen, obwohl sie es haßte, anderen Leuten etwas vorzugaukeln.

»Ich habe kürzlich Jason getroffen ...« Geronimo machte eine Kunstpause, und so war deutlich zu hören, wie Paula plötzlich der Atem stockte. »Er bat mich, dir Grüße auszurichten.« Paula sprach noch immer nicht. »Er hat mich um deine Telefonnummer gebeten ...«

»Du hast es doch hoffentlich nicht getan!?«

»What if?«

»What if! Bist du wahnsinnig!? Hast du sie ihm gegeben?« Paula klang ziemlich verzweifelt, und Geronimo wurde weich.

»Nein.«

»Sicher?«

»Ja. Ich habe geflunkert und gesagt, daß du umgezogen bist und daß ich deine neue Telefonnummer noch nicht hätte.«

Paula atmete auf. Dabei wären die meisten ihrer Freundinnen überglücklich gewesen, wenn sich ein Mann wie Jason nach ihrer Telefonnummer erkundigt hätte. Er hatte Stil und Witz, war intelligent und erfolgreich und offensichtlich verliebt. Das war für Paula definitiv zuviel. Sie hätte ihre dreimonatige Affäre gern als platonisch bezeichnet. Aber so konnte man das nicht nennen.

»Danke.«

»Hör mal, ich weiß nicht, was der arme Johan verbrochen hat, aber hat er das wirklich verdient?«

»Wie meinst du das, verdient?« Paula wurde sauer. »Ich liebe Johan. Hast du dir nie einen Seitensprung erlaubt?«

Geronimo ignorierte ihre Frage. »Du hast eine merkwürdige Art, deine Liebe auszudrücken ...« Er kam nicht dazu, den Satz zu Ende zu sprechen.

»Ich habe mich halt verliebt, verstehst du? Ist dir das noch nie passiert? Ach, vergiß es.«

Geronimo wechselte plötzlich den Tonfall. »Schätzchen, ich wollte nicht anrufen, um mit dir zu streiten. Ich mache mir nur Sorgen um dich.«

»Das glaubst du doch selbst nicht«, keifte Paula, aber zum Glück verschwand ihr Kommentar irgendwo unter dem Atlantik, und Geronimo fuhr fort.

»Wie läuft es denn mit deinem Job? Oder soll man danach lieber auch nicht fragen?«

»Lieber nicht ...«

Er wechselte das Thema.

»Frank und ich ...«, ständig dieses »Frank und ich«, dachte Paula, »werden umziehen.«

»Aber du hast doch so eine wunderschöne Wohnung!« Paula war von den Socken. »Habt ihr eine größere gefunden?«

»Wir wechseln nicht einfach die Wohnung.« Geronimo klang geheimnisvoll.

»Sondern?«

»Wir gehen in ein anderes Land.«

»Was!? Ihr verlaßt New York?«

»Sogar die USA, Süße. Franks Onkel wohnt seit dreißig Jahren in Südafrika und betreibt dort ein kleines Hotel. Jetzt wird er aber langsam zu alt dafür. Deshalb ...«

»... deshalb möchte er, daß ihr runterzieht und den Laden übernehmt! Das ist ja super, so was passiert einem nicht alle Tage!« Paula freute sich ganz aufrichtig für die beiden. »Aber ...«

»Ja, es gibt viele ›Aber‹, trotzdem haben wir uns entschieden, es zu versuchen. Frank ist schon einige Male dort gewesen und sagt, es sei ein phantastisches Haus auf einem phantastischen Fleckchen Erde. Nicht groß und auch etwas heruntergekommen, aber in einer herrlichen Lage, nicht weit von Kapstadt entfernt.«

»Das klingt hervorragend!« sagte Paula noch einmal. »Wann geht's los?«

»Es kam ja alles sehr plötzlich. Franks Onkel rief vor einer Woche an, und seitdem reden wir von morgens bis abends darüber. Gestern haben wir uns entschieden. Ich habe schon mit meinem Chef gesprochen. In einem Monat fahren wir.«

»Ich freue mich so für euch! Und wie sieht Frank das?«

Obwohl Frank Paula und Geronimo sozusagen in die Quere gekommen war, konnte sie ihm nicht böse sein. Er war ein wahnsinnig netter Typ. Konnte jede Schwiegermutter mit seinem Charme um den Finger wickeln, was er auch sofort an Geronimos Mutter Lucinda erprobt hatte. Es war nicht der erste Freund, der Lucinda vorgestellt worden war, aber trotz allem hatte sie die Hoffnung nie aufgegeben, daß ihr Sohn eines Tages ein nettes Mädchen kennenlernen würde, das ihn dazu bewegen würde, die Dinge »im rechten Licht« zu sehen.

Frank war vielleicht nicht ganz so gutaussehend wie Geronimo, aber er konnte problemlos ein enges T-Shirt tragen, ohne sich für den Inhalt schämen zu müssen. Außerdem sah er jünger aus als siebenunddreißig.

»Frank ist begeistert. Er meint, das sei genau das richtige, um in die Vierziger zu starten ...« Geronimo mußte lachen. »Im übrigen war es seine Idee, dich anzurufen.«

»Wie meinst du das?«

»Der größte Teil des Personals im Hotel ist heute genauso alt wie Franks Onkel, das heißt, wir müssen einige Leute einstellen ...« Er hielt inne. »Na ja, wir können kein besonderes Gehalt anbieten, aber du könntest umsonst bei uns wohnen.«

Geronimo verstummte. Paula wußte nicht, was sie sagen sollte. Nach nur drei Wochen zu Hause war Paula rastloser als zuvor. Die Vorstellung, daß ihr Leben von nun an in geordnete Bahnen gelenkt werden könnte, fühlte sich an wie ein Klotz am Bein. Doch bei dem Gedanken an Südafrika hatte sie sofort Johans enttäuschtes Gesicht vor Augen.

»Schätzchen?« Geronimo holte sie aus ihren Gedanken. »Du mußt das nicht jetzt entscheiden. Du könntest auch in ein paar Monaten kommen. Wenn du willst. Überleg es dir.«

Sie verabschiedeten sich. Als Paula den Hörer aufgelegt hatte, mußte sie laut fluchen. Mist, mußte alles so kompliziert sein! Über der Geschichte vom Hotel hatte sie fast vergessen, was Geronimo ihr über Jason erzählt hatte.

Jason William Frost. Zweiunddreißig Jahre alt. Schriftsteller.

Als er sich ihr so vorgestellt hatte, mußte Paula lachen. Dabei war das in seinem Fall völlig unangebracht. Aber sie hatte in New York schon mindestens zehn Leute kennengelernt, die angeblich alle Schriftsteller waren. Wenn sie dann darauf einging und interessiert nachfragte, stellte sich heraus, daß sie gerade an ihrem großen Roman saßen und daß vorangegangene Erzeugnisse – Gedichtsammlungen, Novellen, historische Epen ... – leider alle von ignoranten Verlegern zurückgewiesen worden waren.

Anfangs hatte sie ihren Geschichten vom unseligen Schriftstellerdasein fasziniert gelauscht und sie für ihr Pech bei den schrecklichen Verlegern bedauert.

Jedenfalls schien der Schriftstellerberuf in Manhattan einigermaßen verbreitet zu sein. Gleich nach dem des Schauspielers.

Jason hatte sie etwas erstaunt angesehen, als sie lachte, und sie kicherte noch immer ein wenig, als sie ihn um Verzeihung bat. Was denn daran so lustig sei, hatte er gefragt, und sie hatte nachsichtig erklärt, daß ein paar Kapitel auf einem Collegeblock noch keinen Schriftsteller machten, genausowenig wie man ein Arzt war, wenn man eine Kopfschmerztablette einnahm. Er mußte über ihren Vergleich lachen – was nach ihrem Geschmack sehr für ihn sprach. Dann erkundigte er sich nach ihrem Job, und sie gab unumwunden zu, daß sie keine Ahnung hatte, was sie werden wolle, wenn sie groß sei, und daß sie zur Zeit an der Rezeption einer kleinen Werbeagentur in Brooklyn säße.

Um sie herum war eine Menge los, Frank Sinatras Lied war unter dem Stimmengewirr und den klirrenden Gläsern gerade noch zu hören. Geronimo hatte ihr zu Ehren in seiner Wohnung eine Cocktailparty organisiert. Und die hatte er zum Anlaß genommen, um endlich mal in seiner eigenen Wohnung einen Smoking zu tragen. Er hatte eine Menge Freunde eingeladen, und im Wohnzimmer war es richtig eng. Nur der Gastgeber trug Smoking, was ihn ein wenig ärgerte – »Die haben doch alle keinen Stil!« –, aber ansonsten war an der Veranstaltung nicht das geringste auszusetzen. Die Leute redeten und hielten Small talk und wurden miteinander bekanntgemacht. Geronimo hatte sich bemüht, nicht nur schwule Freunde einzuladen, aber es waren kaum ein paar Heteros und nur eine Handvoll Frauen anwesend.

Als Paula Jason fragte, woher er Geronimo kenne, hatte er geantwortet, daß seine Ex-Freundin, mit Betonung auf *Ex* und auf Freund*in*, mit Geronimo auf eine Theaterschule gegangen sei. Als die Freundin an ein Theater nach Chicago gegangen war, hatten sie sich getrennt, aber die Freundschaft zu Geronimo war geblieben. Paula fragte, ob er eine Anna aus Schweden kenne, die auf der gleichen Theaterschule gewesen war. Und tatsächlich, Jason konnte sich ziemlich gut an sie erinnern. »She was really wild!« nannte er es. Paula gab ihm recht.

Als Jason gehen wollte, fragte er, ob er Paula mal anrufen dürfe, um ihr New York zu zeigen. Sie sagte zu und bedankte sich, ohne zu erwähnen, daß sie die Stadt inzwischen schon ganz gut kannte.

Als sie sich das zweite Mal trafen, schlug Jason einen Spaziergang im Central Park vor. Paula stimmte brav zu, fand die Idee aber insgeheim nicht besonders originell.

Sie hatte selbst schon mal darüber nachgedacht, was sie einem Ausländer in Stockholm zeigen würde. Eine Reihe von Freunden aus dem Ausland hatte sie in Schweden besucht, die Deutsche Claudia, die sie im Kibbuz in Israel kennengelernt hatte, Lori und Peter, mit denen sie in Wellington eine Wohnung geteilt hatte, und ein holländisches Mädchen, das gleichzeitig mit ihr als Reiseleiterin auf Sizilien gewesen war. Die Aussicht vom Mariaberg war imposant, und das Café Sturekatten mit seiner niedrigen Decke und seinen kleinen puppenhausähnlichen Zimmern war auch ein sicheres Highlight.

Als Paula eines Abends während eines Spaziergangs noch einmal die Frage nach seinem Beruf stellte und er die Antwort »Schriftsteller« wiederholte, konnte sie sich vor Lachen kaum halten und erkundigte sich höflich, wenn auch eine Spur gelangweilt, was er denn schriebe. »Im Augenblick«, antwortete er, »schreibe ich an einem Roman über eine schwarze Prostituierte, die darum kämpft, ihren Kindern ein würdiges Leben bieten zu können.« Sie sah ihn mißtrauisch an, aber in seinem Gesicht fand sie keinerlei Anzeichen von Ironie. Er erzählte, daß er Kontakt zu einer Frau aus Harlem aufgenommen habe, Laetitia, die ihm bei den Recherchen helfe. Paula fragte nach, noch immer skeptisch, wie weit er denn mit seinem Buch gekommen sei. »Ich bin gerade bei der letzten Redaktion«, sagte er, »mein Verleger sitzt mir ständig im Nacken, eigentlich hatte ich letzte Woche Abgabetermin.« Paula fuhr zusammen. Verleger? Abgabetermin? Wie peinlich! Und sie hatte sich so über ihn lustig gemacht ... Jason wechselte einfach diskret das Thema. Sie plauderten noch eine Weile über Halloweenfeste in Schweden, dann verabschiedete er sich. Er müsse heim, weil er noch so viel zu arbeiten habe, aber er fragte, ob er sie in der kommenden Woche abends mal ausführen dürfe. Ein richtiger Gentleman, dachte Paula, und sagte mit Freude noch einmal zu.

Als Paula an dem Tag nach Hause kam, fragte sie Geronimo über Jason aus. Je mehr er von ihm erzählte, desto mehr schämte sie sich. Frost war ein junger Autor, der gerade total in war und sich enorm gut verkaufte. Drei Bücher hatte er bereits veröffentlicht, von denen das letzte, ›For every broken rib‹, mehrere Monate auf der Bestsellerliste gestanden hatte. Während Geronimo sprach, fiel es Paula wieder ein: Jason in einem eisverschmierten Magazin der Fluggesellschaft auf dem Weg nach New York. Sie hatte den Artikel damals nicht gelesen, denn Reportagen über erfolgreiche junge Leute hatten auf sie nicht die inspirierende Wirkung, die sie vermutlich erzielen sollten. Im Gegenteil.

Ein paar Tage darauf rief Jason an, und es fiel ihr schwer, ganz normal zu sein. Als sie sich später in einem thailändischen Restaurant trafen, bat sie für ihre Unverfrorenheit um Entschuldigung. Er lachte nur und fand es offenbar gar nicht schlimm. Falsche Freunde gäbe es schließlich genug. Sie wußte nicht so recht, wie sich sich ihm gegenüber verhalten sollte, aber sie hörte ihm deutlich aufmerksamer zu als bisher. Und tatsächlich war es so, daß Jason nicht nur interessante Sachen erzählte, er hatte auch Witz. Außerdem konnte er gut zuhören, und schon bald hatte Paula ihr Vorurteil gegenüber ›Dem Erfolgreichen Autor‹ abgelegt. Sie hatten viel Spaß miteinander, und auf dem Nachhauseweg küßte er sie. »I hope you don't mind«, sagte er und machte ein ernstes Gesicht. Paula hatte ihm eigentlich bereits am ersten Abend von Johan erzählt und vermutete, daß die richtige Antwort definitiv »Yes, I do!« gewesen wäre, vielleicht garniert mit einer Ohrfeige. Statt dessen schüttelte sie heftig den Kopf.

Danach verabredeten sie sich öfter, Paula nannte ihn einen guten Freund, hegte aber den Verdacht, daß es für ihn mehr war, und nach ein paar Wochen fiel es sogar ihr schwer, ihre Beziehung noch als Freundschaft zu bezeichnen. Nach dem ersten Kuß hatte sie für sich beschlossen: »bis hierher und nicht weiter«. Sie hatte weder die Absicht, untreu zu sein, noch Johan zu verlassen. Aber *bis hierher* wurde ständig *dorthin* verschoben, und wie es auch immer war, irgendwann konnte sie sich nicht mehr hinter dem Begriff *platonisch* verstecken.

Geronimo verfolgte belustigt die Geschichte, anfangs ermunterte er sie sogar. Jason war ein netter Kerl, und sie sollte schließlich ihren Spaß haben. Aber als er spürte, daß es immer ernster wurde, bekam er kalte Füße. »Sag mal: Was ist eigentlich mit Johan ...?« fragte er Paula, wenn sie nach einer Nacht mit Jason nach Hause kam.

Geronimo empfahl ihr, Schluß zu machen, aber sie verteidigte sich entschieden. »Ich liebe Johan! Ich weiß, daß ich das mit Jason nicht tun sollte, aber es ist doch nichts Ernstes ...« Und dann bekräftigte sie etwas zu forsch: »Ich liebe Johan.«

Dann lernte Geronimo Frank kennen, und Paula hatte wieder etwas mehr Freiraum. Er war plötzlich so beschäftigt, daß er ihr Liebesleben schlichtweg vergaß.

Ihr Gewissen beruhigte sie, indem sie Johan lange Briefe schrieb und erzählte, daß sie ihn sehr vermisse, und sie redete sich wirklich ein, daß es so sei, daß Jason nur der Ersatz für ihre wahre Liebe sei: den treuen, lieben und zuverlässigen Johan.

Als Johan vorschlug, daß er sie besuchen käme, geriet sie in Panik. Sie schrieb ihm, daß es bei der Arbeit gerade völlig drunter und drüber ginge, was auch nicht ganz gelogen war.

Schon eine Weile war es ihr klar, daß die Agentur mit ihr unzufrieden war. Zwar war sie beliebt, aber das reichte nicht aus, wenn sie zum zehnten Mal ein von ihr geschriebenes Angebot zurück auf den Schreibtisch bekam. Die Agentur war klein, und zu Paulas Aufgaben gehörte es nicht nur, Gäste zu empfangen und das Telefon zu bedienen, sie sollte auch einfachen Schriftverkehr erledigen. Etwas, von dem sie im Bewerbungsgespräch gesagt hatte, daß es keinerlei Problem darstellen würde. Doch sie mußte zu ihrem Leidwesen feststellen, daß es ein Riesenunterschied war, Englisch fließend zu sprechen und es korrekt zu schreiben. Sie schämte sich, wenn ihr Chef mit einem fehlerhaften Brief von ihr an die Rezeption kam. Anfangs hatte er über ihre Fehler gelächelt, aber irgendwann begann er sauer zu werden.

In ihrem Brief an Johan deutete sie an, daß sie möglicherweise schon früher als geplant nach Hause käme, nicht, weil sie es damals selbst so einschätzte, sondern mehr, um ihn sich vom Leib zu halten.

Doch dann kam einiges zusammen, das sie tatsächlich zu einer vorzeitigen Abreise bewegte. Geronimo hatte ihr von seinen Plänen, mit Frank zusammenzuziehen, erzählt, und die Probezeit in der Agentur hatte nicht mit einer Übernahme geendet. Sie war pleite. Jason und sie waren seit drei Monaten ein Paar. Nicht ohne Schmerz redete sie sich ein, daß diese Verliebtheit vorübergehen würde, daß die wirkliche, die große Liebe zu Hause in Stockholm wartete.

An ihrem letzten Abend mit Jason erklärte sie ihm völlig überraschend, daß sie nach Hause fahren würde und ihre Beziehung dann wohl zu Ende sei. Er war verzweifelt, und sie tat ihr Bestes, ihren Schmerz zu verbergen. Sie zwang sich, kühl zu sein, und erinnerte ihn daran, daß er die ganze Zeit gewußt habe, daß sie in Schweden einen Freund habe. Sie hoffe, er würde ihr das Ganze verzeihen. Als er sie nach ihrer Adresse in Schweden fragte, antwortete sie, ein clean cut sei sicher das Beste. Jetzt täte es weh, aber der Schlußstrich wäre einfacher, wenn sie ohne Versprechen und Zettel mit Adressen auseinandergingen.

Danach hatte sie ihn nicht mehr gesehen. Als sie seine Wohnung verließ, um nach Hause zu gehen und ihre Schmutzwäsche zu packen, tröstete sie sich damit, daß sie ihm immerhin ein bißchen Stoff für seine Arbeit als Schriftsteller geliefert hatte.

Nein! Ich will keine ergreifenden Szenen mit wackeliger Handkamera gedreht anschauen!« schrie Anna. »Mir ist es scheißegal, wenn die Leute meinen, ich sei nicht intellektuell! Ich will Unterhaltung!«

»Du mußt dir keine Sorgen machen«, antwortete Rakel säuerlich, »es besteht keine Gefahr, daß dich jemand für intellektuell hält.«

»Wollen wir eine Münze werfen?« schlug Paula diplomatisch vor. »Sonst verpassen wir beide Filme. Welches Kino ist denn eigentlich das nächste? Wir haben nicht mehr viel Zeit.«

»›Wartezimmer‹ läuft im Saga«, sagte Rakel.

»Ha! ›Notting Hill‹ kommt im Röda Kvarn!« triumphierte Anna. »Mein Punkt!«

»Manchmal bist du unausstehlich, weißt du das?« Rakel wurde langsam sauer.

»Ich werfe jetzt die Münze.« Paula warf und fing sie auf. Ein kleines, schnalzendes Geräusch war zu hören, als sie sie auf ihren Handrücken drückte. Sie sah Rakel fragend an. Die seufzte.

»Krone.«

»Okay, keine langen Gesichter ...« Sie sah ihre Freundinnen ernst an, bevor sie die Hand wegnahm. »Tut mir leid, Rakel.«

Rakel murmelte etwas über Kulturimperialismus, aber ihr Sinn für Gerechtigkeit widersprach ihrem Impuls zu protestieren. Paula tröstete sie.

»›Wartezimmer‹ ist doch gerade erst angelaufen. Den sehen wir beide uns dann auch noch an.«

Rakels Blick wurde etwas freundlicher. »Der soll wirklich sehr gut sein. Hast du ›Short Cuts‹ gesehen ...« Sie kam nicht dazu, ihren Satz zu Ende zu sprechen.

»Schaut mal, auf ex!« sagte Anna und zeigte auf ihre Cola. »Wir wollen doch nicht die Reklame verpassen?«

»Doch, das wär schön«, antwortete Rakel, trank aber fix die letzten Tropfen aus ihrem Weinglas.

Nach dem Film war eine derartige Schlange vor den Toiletten, daß Anna, die überzeugt war, sie müsse sterben, wenn sie nicht sofort aufs Klo käme, mit dem Taxi nach Hause fuhr. Paula und Rakel standen noch vor dem Kino und waren sich unschlüssig.

»Willst du gleich nach Hause?« fragte Paula.

»Nicht unbedingt.«

»Wir könnten noch ein Bier trinken gehen ...«

Sie redeten über den Film, während sie langsam Richtung Sturehof zurückgingen. Rakel rümpfte ein wenig die Nase, gab aber zu, daß sie sich ganz gut amüsiert habe.

Sie hängten ihre Jacken im Keller auf und gingen hoch in die Bar. Paula bestellte für sich ein Bier und für Rakel einen Wein.

»Wie läuft es denn bei der Arbeit?« fragte Paula, mit einem Mal etwas beklommen in Anwesenheit ihrer Freundin. Sie hatte die gestrige Diskussion noch nicht vergessen.

»Danke, gut. Viel zu tun. Ich habe stapelweise Projekte, die ich abarbeiten muß. Leute, die Geld für die unsinnigsten Dinge beantragen, sehr skurrile Studienreisen und so. Und natürlich eine ganze Reihe ernstzunehmender Anträge«, fügte sie hinzu. »Vielleicht muß ich übrigens noch im Frühling nach Tansania.«

»Echt?« Paula hob die Augenbrauen, aber ließ es damit bewenden. Rakels Reisen waren ja Teil ihres Jobs. Mehrere Male im Jahr war sie für gewöhnlich in Afrika.

»Es geht um die Kooperation mit einer Schule, die wir finanziell unterstützen. Sie haben zusagt, sechzig Schüler pro Jahrgang zu unterrichten, und ich soll vor Ort schauen und beurteilen, ob es funktioniert. Es passiert so schnell, daß Geld in den falschen Kanälen versickert.« Rakel erzählte von irgendwelchen Horrorprojekten und Unsummen von Kronen, die schon in den Taschen zwielichtiger Typen verschwunden waren. Sie wollte gerade noch weiter ausholen, als sie von einer schrillen Frauenstimme unterbrochen wurde.

»Rakel! Hallo!«

Rakel sah über Paulas Schulter zum Eingang, kam aber nicht mehr dazu, Paula zu erklären, um wen es sich handelte, da stand Helena schon vor ihnen. Sie begrüßte Rakel mit Wangenkuß und fand es komisch, daß sie sich nun schon wieder begegneten. Erst als Rakel sie auf ihre Gesellschaft aufmerksam machte, entdeckte sie Paula.

»Paula! Das ist nicht wahr! Rakel hat erzählt, daß du wieder zu Hause bist. Hast du meine Telefonnummer bekommen?« Sie sah Rakel fragend an. Die nickte.

»Hallo, Helena, wie schön, dich zu sehen. Ich habe es noch nicht geschafft anzurufen«, log Paula und starrte auf die puppenhafte Gestalt vor sich. Helena hatte ihr dunkles Haar zu einem fetzigen, aber nicht schlampigen Knoten hochgesteckt. Passend zu ihren großen grünen Augen trug sie einen maßgeschneiderten Blazer in gleicher Farbe. Die Stiefel hatten enorme Absätze und endeten direkt unter dem knielangen, leicht ausgestellten Rock. Sie sah sehr schick aus.

»Ähh, das ist Stellan.« Helena stellte einen großen jungen Mann vor, der um einiges jünger sein mochte als sie und der gerade dazugekommen war. Er reichte ihnen die Hand und sagte wohlerzogen: »Nett, Sie kennenzulernen«, mit einer überraschend tiefen Stimme.

»Schatz, kannst du mir Cola-Rum bestellen?« Stellan nickte und zog los. Es war Freitagabend, und die Kneipe füllte sich immer mehr mit gut gekleideten Leuten.

»Stellan Lind, oder?« fragte Rakel, und Paula war erstaunt, daß sie zu wissen schien, um wen es sich handelte.

»Mmh«, antwortete Helena und versuchte, ein belangloses Gesicht zu machen. Es gelang ihr nicht.

Paula war verwirrt. »Ist das jemand, den ich kennen ...«

»Ach was«, lachte Helena. »Ein Star aus einer Serie ...«

Paula drehte sich um, um einen Blick auf Stellan zu werfen, der etwas unbeholfen an der Theke stand und sich an einer Bestellung versuchte. Sie nahm zur Kenntnis, daß verschiedene Frauen im Lokal seine Anwesenheit bemerkten. Noch einmal schaute sie auf sein Profil. Doch, er sah ganz gut aus. Eigentlich ziemlich gut, dachte sie. Vielleicht ein bißchen dünn, aber sein grob gestrickter Pullover, der viel zu warm für einen Abend in der Kneipe war, kaschierte das und erweckte den Eindruck, als hätte er den Südwester gerade abgelegt und käme direkt vom Fischerboot in der Nybrobucht. Ein bißchen verwegen irgendwie. Er bekam seine Drinks und kam zurück zu den Frauen, offensichtlich ahnungslos, wieviele Blicke an ihm hingen. Er stellte sich dicht neben Helena, die keine Notiz von ihm nahm.

»Man vermißt ja schon einiges, wenn man fort ist«, sie sah Paula mit Nachdruck an. »Stellan spielt eine der Hauptrollen in einer neuen Soap, oder vielmehr in der Dramareihe, wie wir das nennen, oder was meinst du, Schatz?«

»Was? Ja ... doch, ja ... Dramareihe ...« Paula fiel es schwer, sich Stellan als Schauspieler vorzustellen. Er sah sicherlich gut aus, aber nennenswertes Redetalent schien ihm nicht in die Wiege gelegt worden zu sein. Vielleicht gehörte er zu denjenigen Schauspielern, die erst vor der Kamera so richtig aufleben, dachte sie sich. Davon hatte sie schon gehört. Schauspieler, die ein Verhältnis mit der Kamera hätten, wie man so schön sagte. Oder hatte sie das mit Fotomodellen verwechselt?

Helena redete ununterbrochen weiter. »Ich bin Projektleiterin bei ›Brindvalls‹ ...«, anscheinend der Name der Soap, »oder, na ja, eigentlich bin ich die Assistenz der Projektleitung, aber alle wissen, daß ich diejenige bin, die das Sagen hat, oder, Schatz?« Stellan nickte. »Sten ist ja ständig alkoholisiert, auch wenn das niemand offen zugibt – aber ich beschwere mich nicht.« Sie lachte ein bißchen über ihren eigenen Zynismus. »So ist das in der Branche, für den einen der Tod ...«

»... für den nächsten das Brot«, ergänzte Stellan, als hätte er gerade die Souffleuse gehört. Helena brachte ihn mit einem Blick wieder zum Schweigen.

»Ich meine Sten Levin«, erklärte sie lächelnd. Paula sagte das gar nichts.

»Aber jetzt erzähl doch mal, wie es in New York war!« Helena lauschte interessiert, als Paula ausgewählte Teile ihres Aufenthaltes in New York zum besten gab, oder im »Big

Apple«, wie Stellan sagte, obwohl Helena ihm peinlich berührt erklärt hatte, daß das nur Touristen sagten.

Irgendwann ließ Paula Jasons Namen fallen – natürlich ohne etwas von ihrer Beziehung zu erwähnen. Sie bereute es sofort. Helena hatte offensichtlich ihre Kenntnisse aus der Verlagsbranche abgelegt und keine Ahnung, um wen es ging, dafür sah Rakel sie skeptisch an. So wechselte sie schnell das Thema.

Helena war von Paulas New-York-Geschichten offensichtlich beeindruckt – und genervt von Stellans unqualifizierten Kommentaren. Irgendwann fragte sie ihn spitz, ob er nicht irgendwo ein paar andere Spielkameraden fände. Er schien die Ironie nicht zu verstehen, zog aber brav an eine andere Theke, wo er sofort von weiblichen Fans umringt war. Rakel sah Helena irritiert an, die nur mit den Schultern zuckte.

»Er ist wie ein Hund, langsam bin ich es leid.« Sie wandte sich wieder Paula zu. »Und was machst du jetzt?«

»Bisher noch nichts«, antwortete sie wahrheitsgemäß. »Ich habe mich um eine Ausbildung beworben, mal sehen, was dabei herauskommt.«

»Brauchst du einen Job?« fragte Helena mit einem Mal.

»Einen Job? Ja, ich denke schon ...« Paula warf Rakel einen schnellen Blick zu, die heftig nickte.

»Wir brauchen immer Leute!«

»Ich dachte, die Medienbranche sei voll von motivierten Zwanzigjährigen, die für eine Ohrfeige jederzeit Magnus Härenstam die Schuhe binden würden.«

»Ja, genau das ist das Problem. Eine Masse Zwanzigjähriger, die glaubt, man werde berühmt, nur weil man mit Renée Nyberg in der Kantine Schlange steht. Wir brauchen aber fleißige Leute, die zupacken können!« Paula fiel auf, wie sich Helena plötzlich mit der gesamten Medienbranche verbrüderte, während sie sprach. »Die Gehälter sind ja nicht berauschend, knapp unter McDonald's, aber es ist spannend, und man lernt viele nette Leute kennen. Soll ich mal mit Fredrik sprechen?«

»Fredrik? Wahrscheinlich wieder ein Name, den ich kennen müßte«, stellte Paula fest.

»Fredrik Stiernhielm, er ist VD von RightVision«, fügte sie gnädig hinzu.

»Ja ja …«, sagte Paula und tat so, als sei der Groschen gefallen. Sie hatte eine vage Vorstellung davon, daß RightVision die Produktionsgesellschaft sein müsse, die Rakel erwähnt hatte, und erinnerte sich dunkel an ein Logo, das aus einem stilisierten Auge auf schwarzem Untergrund bestand. »Das wäre toll.«

Helena bat Paula um ihre Telefonnummer und gab ihr ihre noch einmal, dieses Mal auf einer Visitenkarte, auf der tatsächlich das stilisierte Auge zu sehen war. Dann entschuldigte sie sich, verabschiedete sich mit Wangenküssen und ging hinüber zu Stellan, der seine neuen Spielkameraden augenblicklich sitzenließ, um Gewehr bei Fuß zu stehen.

Es verging eine gute Woche, bis Helena anrief. Paula hatte das Angebot schon fast vergessen. Helena war zwar oberflächlich, geschwätzig und leicht um den Finger zu wickeln, aber man konnte sie beim Wort nehmen.

»Paula!« rief Helena – ihre schrille Stimme klang durchs Telefon noch heller. Paula hielt den Hörer ein wenig vom Ohr weg. »Kannst du am Mittwoch vorbeikommen? Wir haben vielleicht einen Job für dich.«

»Am Mittwoch …« Sie machte eine kleine Pause, als müßte sie nachdenken oder in einem vollgeschriebenen Terminplaner nachsehen. Sie versuchte sich zu erinnern, ob in der kommenden Woche überhaupt irgendwelche Termine anstanden. Wohl eher nicht. »Sieht gut aus. Wann denn?«

»Um zehn.«

Oh, dachte Paula, da muß ich mir den Wecker stellen. »Und wohin soll ich kommen?«

»Weißt du, wo der Freihafen ist?« Helena gab ihr die Adresse von einem der Lagerhäuser. »Du bist mit Anders Wixell verabredet, er ist Produzent von ›Geradeaus‹.«

»Was ist denn das für ein Job?«

»Ehrlich gesagt, weiß ich es auch nicht so genau, das wird Anders dir sagen. Er ist supernett.«

»Aha ...« Paula überlegte einen Moment, ob sie einen sehr verzweifelten Eindruck mache, wenn sie zu einem Vorstellungsgespräch zusagte, ohne zu wissen, um was für eine Stelle es ging, aber Helena fegte ihre Zweifel beiseite.

»Schau bei mir vorbei, wenn du schon einmal da bist. Wir könnten zusammen zu Mittag essen.«

»Ja, klar. Bis ... bald.« Sie wollte gerade auflegen, als ihr noch etwas einfiel. »Ach du, übrigens vielen Dank.«

»Ach, schon gut! Wenn ich das nächste Mal nach New York fliege, kannst du mich mit Adressen von coolen Leuten versorgen. Eine Hand wäscht die andere!« Sie lachte, aber Paula war klar, daß sie bei Helenas Hartnäckigkeit wohl oder übel gezwungen sein würde, eine solche Liste zu schreiben, sobald Helena danach fragen würde. Dann war ihr Gespräch beendet.

Als Johan heimkam, hatte er schlechte Laune. Er war für einen zusätzlichen Dienst am Wochenende eingeteilt worden, und statt der langen vier Tage Urlaub, auf die er sich gefreut hatte, hatte er nun nur noch zwei. Paula versuchte, ihn zu trösten.

»Wir machen zusammen etwas Schönes an den Tagen, an denen du zu Hause bist. Wir schaffen trotzdem eine Menge, hm?« Sie sah voller Mitgefühl auf seinen gesenkten Kopf. »Wir können ins Kino gehen, ausgehen, einen Spaziergang durch Djurgården machen oder Skansen besuchen, nach Mariefred fahren oder jemanden besuchen oder ...« Ihre Ideen versiegten im selben Moment, als Johan den Kopf hob und sie lächelnd ansah.

»Liebes, das ist doch nicht deine Schuld.«

»Bist du nicht mehr böse?«

»Nein, zumindest nicht auf dich.«

Paula fand Johan auf einmal wieder faszinierend. Wenn er

einmal sauer oder wütend war, dann war es meist innerhalb weniger Minuten vorbei. Sie machte gern Witze darüber und sagte, er hätte das Temperament einer Kuh, ruhig und froh und fast immer zufrieden. Außer dem fürchterlichen Krach, als sie entschieden hatte, nach New York zu gehen, hatten sie sich fast nie gestritten. Die paar Male, die es dazu gekommen war, lag es meistens an ihr, es war wie ein Reflex, eine Art Notventil.

Johan muß ein idealer Polizist sein, dachte sie sich und versuchte sich vorzustellen, was man tun müßte, um ihn zu provozieren. Ihn Scheißbulle nennen – keine Chance. Ihn angreifen – kaum möglich, Johan war groß und durchtrainiert.

Dann fiel ihr eine Situation vor ein paar Jahren ein, als zwei Skinheads plötzlich auf sie losgegangen waren. Johan hatte ihr schon immer gesagt, sie solle sich mit solchem Pack auf keine Diskussionen einlassen. Deshalb hatte sie zunächst versucht, deren Pöbeleien zu ignorieren. Aber als der erste zuschlug, machte Johan einen Satz nach vorn. Sie konnte nicht hören, was er sagte, seine Stimme war tief und verkniffen, aber innerhalb von Sekunden hatten sich die Glatzen aus dem Staub gemacht, fluchend zwar, aber offensichtlich verschreckt. Sie fragte ihn, was er gesagt hatte, aber er schüttelte nur den Kopf und nannte sie Idioten.

Es war schon lange her, daß sie daran gedacht hatte, aber noch immer wußte sie genau, wie Johan in diesem Moment in ihren Augen an Größe gewonnen hatte. Diese hochgewachsene Gestalt hatte sich in eine Wand geballter Autorität verwandelt, und sie konnte die zwei jämmerlichen Skinheads nur zu gut verstehen, als sie ihren – vermutlich ziemlich kurzen – Schwanz einzogen und abzischten. Schon eine Minute, nachdem sie abgerauscht waren, war Johan wieder ganz ruhig gewesen. Aber auf dem Heimweg hatte Paula gespürt, wie wundersam das Gefühl der Verliebtheit wieder in ihr aufflammte, und am selben Abend ließ sie sich nach langer Zeit mal wieder willig verführen.

Paula erzählte Johan von dem bevorstehenden Bewerbungsgespräch, und er schien nicht nur überrascht, sondern auch erleichtert. Das war zumindest ihr Eindruck.

»Aber das muß gefeiert werden!«

»Ja, meinst du?« sagte sie vorsichtig. »Es ist doch nur ein Vorstellungsgespräch.«

»Was heißt hier nur? Es ist doch klar, daß du den Job bekommst. Wenn sie dich erst kennenlernen, werden sie niemand anderen mehr wollen!« Paula versuchte, seinen Enthusiasmus zu dämpfen, aber Johan ließ sich nicht entmutigen. »Ich lade dich zum Essen ein«, sagte er. Als ob er das nicht jeden Tag täte, dachte Paula. »Was hältst du vom Griechen? Fleisch, Knoblauch und fetttriefende Kartoffeln ...«

»Klingt wunderbar«, antwortete sie und meinte es wirklich ernst. Seit dem nicht gerade üppigen Frühstück hatte sie nichts mehr gegessen.

»Wollen wir gleich los?«

Sie zogen ihre Jacken an und machten sich auf den kurzen Weg, die Sankt Paulsgata entlang.

Im Restaurant war es voll. Eine große griechische Gesellschaft bevölkerte das Lokal, und dem Blumenschmuck auf dem Tisch nach zu urteilen hatten sie etwas zu feiern, vielleicht einen Geburtstag. Eine ältere, schwarz gekleidete Dame saß an der Stirnseite des Tisches und zog die Aufmerksamkeit der anderen unentwegt auf sich, ihr wurde als erster serviert, und ihr Weinglas wurde aufgefüllt, obwohl sie protestierte. Die zahllosen dazugehörigen Kinder waren ununterbrochen in Bewegung, liefen in die Küche und wieder raus, und man unterhielt sich mit dem Personal. Anscheinend war man gut bekannt. Paula und Johan beobachteten das Fest von ihrem Fensterplatz aus.

»Was für eine wunderbare Familie«, sagte Johan und tunkte sein Weißbrot in das Schälchen mit Zaziki. Paula schaute auf die Kinder, die an ihren Eltern hingen, hatten sie wirklich vier? »Sie scheinen viel Spaß zu haben, meine ich.« Er sah Paula vorsichtig an. Er wußte, daß er sich auf ein Minenfeld begab, und wollte keinen Streit riskieren. Doch Paula tat so, als hätte sie die Anspielung nicht gehört.

»Ja«, sagte sie betont locker, »sie haben sicher viel Spaß.«

Johan entschied sich, das Thema zu wechseln. »Erzähl doch mal von diesem Job!«

»Wie gesagt, ich weiß gar nichts Genaues. Helena hat mich angerufen und mitgeteilt, daß sie ein Gespräch mit jemandem, der Anders Wixell heißt, arrangiert hat. Er produziert offensichtlich ›Geradeaus‹. Sie hatte keine Ahnung, um was für einen Job es sich handelt, und außerdem hat sie mich vorgewarnt: Die Bezahlung soll hundsmiserabel sein.«

Johan ignorierte ihren letzten Satz.

»›Geradeaus‹, das ist doch die Sendung mit dieser Vendela, oder?«

»Ich glaube, ja. Ich muß versuchen, mir das unbedingt vor Mittwoch mal anzusehen. Ich habe nachgeschaut, das läuft immer dienstags abends.«

Johan nickte. »Zeitgleich mit den Nachrichten, glaube ich, deshalb habe ich sie bislang kaum gesehen. Jedenfalls zum Wohl«, sagte er und hob sein kleines Glas mit Retsina, auf den er nichts kommen ließ. Er behauptete, daß Retsina gesund sei, und im Sommer hatte er immer eine Flasche davon im Kühlschrank stehen.

»Zum Wohl.«

Das Essen verging mit Small talk. Sie hatten ja richtig Spaß zusammen, dachte Paula überrascht. Dann schämte sie sich für diesen Gedanken, obwohl sie kein Wort gesagt hatte, und versuchte, ihre Gefühle im Griff zu behalten und besonders freundlich und gutgelaunt zu sein. Johan achtete darauf, daß ihr Glas nie leer wurde, und bestand darauf, daß sie zum Kaffee einen Calvados tranken. Zum Schluß war sie ziemlich beschwipst, und ohne es richtig zu wollen, erzählte sie Johan, daß sie sich für diesen Kurs beworben hatte. Er freute sich so sehr, daß er glatt vergaß, in Sachen Zukunftsplanung zurückhaltender zu sein.

»Erst ein Job und dann auch noch eine Ausbildung? Aber Paula, was ist denn los?« Er legte seine Hand auf ihre Stirn. Sie schob sie etwas ärgerlich beiseite und versuchte noch einmal, ihm klarzumachen, daß es sich lediglich um eine Bewerbung handele und daß die Chance, angenommen zu werden, vermutlich mikroskopisch klein sei. Ihr fiel auf, daß die Wahrscheinlichkeit, eine Zusage zu bekommen, mit jedem Mal kleiner wurde, je öfter sie davon erzählte, und freute sich insgeheim über ihr gesundes Maß an Vernunft.

Johan, der sich mit seiner Begeisterung gerade schon viel zu weit aus dem Fenster gelehnt hatte, lobte ihre Entscheidung über die Maßen. Alles würde gut werden, sie würde schon sehen. Er malte Bilder aus, wie ihr Leben als erfolgreiche Karrierefrau aussehen würde, mit Erfolg, Geld und hehren Idealen, wobei er seine eigene Rolle in dieser Szenerie geschickt außen vor ließ. Erst sträubte sie sich, aber dann ließ sie sich doch in seine Visionen hineinziehen.

»Du tust gerade so, als hätte ich mich für Ärzte ohne Grenzen gemeldet ...«, widersprach sie schon etwas kraftlos.

»Nein, zum Glück nicht!« schoß es aus ihm heraus. Sie mußte lachen.

Auf dem Heimweg legte er den Arm um ihre Schulter, als ob er Angst hätte, daß das neue Bild, das er von ihr hatte, springen könnte, wenn er nicht auf sie aufpaßte.

Sie ließ es zu.

Gut, und wie haben Sie sich gefühlt?« Die Frau sah dem verbiesterten Mann auf der anderen Seite des weinroten Sofas ins Gesicht. Sie neigte den Kopf ein wenig und biß sich auf die Unterlippe. Hatte sie Tränen in den Augen? Der Mann wand sich gequält auf seinem Platz. Die Frau schwieg, aber ihre schönen braunen Augen ließen ihn nicht los. Schließlich wurde die Spannung unerträglich.

»Ich wollte mich besaufen. Bis zum Umfallen!«

Sie nickte mit dem Kopf, als ob sie genau diese Antwort erwartet hätte. »Haben Sie es getan?«

Er schnaubte und machte eine Geste, als wolle er das, was er soeben gesagt hatte, abschütteln. Aber der Blick dieser Frau ließ nicht locker. Dieses Mal war die Pause kürzer.

»Ja«, sagte er still, »das habe ich getan.«

Die Frau zog ein zusammengefaltetes Papier heraus, faltete es auseinander und hielt es dem Mann unter die Nase. Es war ein Artikel aus einer Abendzeitung. »Prominenter Schauspieler sturzbetrunken am Steuer« stand da.

»Das bekamen wir vor ein paar Monaten zu lesen«, sagte sie, und ihre Stimme war sanft. Er sank in sich zusammen und ließ einen Laut hören, der wie ein Schluchzen klang. Jetzt war es offiziell, was in der schwedischen Künstlerszene schon lange gemunkelt wurde. Scham und Erleichterung spiegelten sich im Gesicht des Schauspielers.

»Was verdammt noch mal nimmt sie sich heraus?« Paula drehte sich zu Johan um, der kopfschüttelnd vor dem Fernseher saß und den Blick nicht abwandte.

»Ich weiß es nicht. Faszinierend ...«

Der Mann und die Frau redeten weiter. Sie in einem milden, fast mütterlichen Tonfall, er mal aggressiv, mal hilfesuchend. In letzter Zeit wäre alles sehr viel gewesen, persönliche Probleme, wie er sagte, und unglaublich viel Arbeit. Er hatte die Kontrolle verloren, aber war auf dem Weg, wieder Ordnung in sein Leben zu bringen. Er hatte eine Therapie angefangen und mit einem 12-Punkte-Programm begonnen. Er war geknickt, aber nicht am Boden zerstört.

Paula drehte leiser, als der Abspann lief. Aus der Wohnung der Nachbarn war die gleiche Melodie zu hören. Die Sendung war beliebt.

»Wie hat es dir gefallen?« fragte Johan.

Sie überlegte kurz. »Die Stunde ging schnell vorbei ...«

Johan nickte. »Sie macht einen netten Eindruck«, sagte er, fügte aber rasch hinzu: »Obwohl ich wirklich nicht mit ihr auf diesem Sofa sitzen möchte. Wer weiß, was sie alles aus einem herauskitzelt!«

Paula lachte. »Oho! Welche Geheimnisse verbirgst du denn vor mir?« Sie ging zu Johans Sessel hinüber und setzte sich rittlings auf ihn.

»Nun sag es der Tante Paula! Hast du irgend etwas angestellt, während ich fort war?« Das sollte natürlich ein Spiel sein, aber sie spürte sofort, daß Johan dieses Spiel nicht mochte.

»Du weißt, daß ich so etwas nicht tue.«

»Ja, ich weiß«, sagte sie und seufzte. »Darf man nicht mal Spaß machen?«

»Und du?«

»Was?«

»Tust du so was?«

Einen Moment lang begriff sie nicht, was er meinte, dann fiel der Groschen. Das Bild eines jungen amerikanischen Schriftstellers schoß ihr durch den Kopf und landete als unangenehmer Kloß irgendwo in der Magengegend. Sie stand vom Sessel auf und setzte sich wieder auf ihren Platz auf dem Sofa.

»Nein«, sagte sie mit dem Rücken zu ihm, »so etwas tue ich nicht.«

Paula stieg an der Endstation Freihafen aus dem Bus. Seit ihrer letzten Klassenfahrt auf dem Gymnasium war sie nicht mehr dort gewesen. Helena hatte ihr erzält, daß sich dort viel getan hätte, und hatte das Gelände als »Medienschwedens Antwort auf Hollywood« beschrieben. Paula hatte sich sonnendurchflutete Straßen mit Kulissen rechts und links vorgestellt und Schauspieler, die in phantasievollen Kostümen hindurchzogen, vielleicht ein zahmer Bär auf einem Einrad. Über diesem Bild schwebte ein Kamerakran mit einem Regisseur, der durch ein Megaphon seine Anweisungen schrie. Wo hatte sie nur dieses Bild her? Nicht einmal Hollywood in den dreißiger Jahren hatte so ausgesehen.

Sie sah sich um. Ein Laster fuhr zum Estlandschiff hinunter, und die Fahrer von zwei Fernlastern standen vor ihren Fahrzeugen und rauchten. Sonst war kein einziger Mensch in Sicht. Auf dem Weg zum Magazingebäude versuchte sie, den größten Pfützen auszuweichen. Sie sah auf ihren Zettel, die Nummer stimmte, aber sie konnte keinen Eingang finden. Sie ging einmal um das Gebäude herum. Mußte sie hoch auf die Lastbrücke? Plötzlich ging eines der großen Tore auf, und zwei junge Männer kamen heraus. Sie warfen ihr im Vorbeigehen einen hastigen Blick zu. Der eine gestikulierte wild und erzählte von irgendeinem Magnus, der zwei Stunden zu spät gekommen sei, so daß das ganze Team zwei Stunden im Regen gestanden hatte. Der andere hatte die Hände in der Jacke, auf deren Rücken ein riesengroßes stilisiertes Auge aufgedruckt war. Paula hoffte, daß sie hier richtig war.

Sie öffnete das Tor und ging auf die Rezeption zu, an der ein Mädchen in engem rosa Top saß. Auf ihrer Brust prangte ein *Sweet sixteen*, über ihren zwei Zöpfen ein Headset. Das Mädchen blätterte in einer Zeitung, als Paula zur Theke kam. Sie sah auf. »Hallo«, sagte sie freundlich und legte ihr Klatschblatt zur Seite. Paula bemerkte, daß sie mit Sicherheit einige Jahre älter war als sie selbst. Eher vierzig als dreißig.

»Ich bin mit Anders Wixell verabredet. Paula Wilhelmsson.«

Das Mädchen wählte eine Kurzwahl in der Telefonanlage und teilte mit, daß Anders Wixells Besuch an der Rezeption sei. Dann lächelte sie Paula kurz an und wandte sich wieder ihrem Artikel zu.

Paula hatte sich gerade in einem der tiefen, roten Ledersessel niedergelassen, da kam eine Person auf sie zu, die wohl Anders Wixell sein mußte.

»Frau Wilhelmsson, schön, Sie zu sehen!« Er streckte die Hand aus und begrüßte sie mit einem festen Händedruck. »Kommen Sie, wir gehen in mein Büro.«

Paula folgte ihm und musterte ihn von hinten. Er war Mitte Fünfzig, ziemlich groß und schlank. Seine Haare waren leicht ergraut, ganz kurz geschnitten, und man konnte ein paar Bartstoppeln ahnen. Er trug ein schwarzes Polohemd, schwarze Hosen, und hätte er nicht diese abgerissenen Birkenstocksandalen und ein altes Cordjackett angehabt, hätte er vielleicht ganz schick ausgesehen.

Mit raschen Schritten folgte sie ihm durch eine Bürolandschaft, in der es munter zuging. Anders warf einem Typen am Computer ein paar Worte zu. Er brauche seine Texte bis zum Nachmittag. Anders schien mit der Antwort zufrieden zu sein. Dann betraten sie die Büroräume nebenan. Die Wände zu dem Großraumbüro waren aus Glas, und für einen Moment fühlte sich Paula an einen Ferienjob erinnert, den sie vor vielen Jahren einmal hatte. Allerdings gab es hier wohl niemanden, der sich auf die Toilette verzog, um eine Runde zu schlafen.

»Entschuldigen Sie diese Unordnung«, sagte er. »Setzen Sie sich!« Auf dem Schreibtisch türmten sich Unterlagen, und auf dem Sessel in der einen Ecke des Zimmers befand sich ein geöffneter Karton mit unbekanntem Inhalt. Auf dem Boden lagen stapelweise Videokassetten. »Die Staffel hat gerade begonnen, und dann sieht es hier immer so aus. Kann ich Ihnen einen Kaffee anbieten?«

»Danke, nein.«

»Wasser vielleicht? Oder Cola?«

»Nein, danke, gar nichts.« Sie hätte gern sein erstes Angebot angenommen, doch sie wollte sich auf das Wesentliche konzentrieren.

»Nun ja«, er lehnte sich in seinem schaukelnden Bürostuhl zurück. »Helena sagte, daß Sie in einer Werbeagentur in New York gearbeitet hätten. Sind Sie Texter oder Art Director?«

»Weder noch«, sagte Paula, und es war ihr peinlich. »Ich habe an der Rezeption gearbeitet.« Sie hoffte, daß er nicht nachfragen würde, warum sie dort aufgehört hatte.

»Was für ein Glück, ansonsten wäre dieser Job hier für Sie nicht das Richtige gewesen.« Er lachte. »Hat Helena erzählt, worum es geht?«

»Nein, ich weiß gar nichts. Von dem Job, meine ich«, fügte sie hinzu.

Er hatte sich offensichtlich überlegt, andersherum zu beginnen. »Haben Sie die Sendung gesehen?«

»Ja.«

»Was meinen Sie dazu?«

»Ich meine ...«, sie zögerte einen Augenblick, »daß es eine sehr interessante Sendung ist. Vendela ist raffiniert.«

»Mmh, sie beherrscht ihr Metier. Sie hat den Fernsehpreis der Zeitung ›Expressen‹ viermal hintereinander gewonnen.« Paula nickte, um Anders zu verstehen zu geben, daß sie fand, sie hätte ihn verdient. »Aber sie kann in der Zusammenarbeit ein bißchen anstrengend sein. Für die Menschen, die sie nicht kennen. Vendela und ich sind nun seit fast zehn Jahren verbandelt. Ich habe sie schon produziert, als sie für ›Letzte Chance‹ gearbeitet hat.« Paula erinnerte sich dunkel an eine Sendung, in der sich getrennte Paare noch einmal treffen sollten, um herauszufinden, ob sie das Feuer wieder entfachen könnten. War damals ein Renner. Sie nickte noch einmal. »Man muß sie nur richtig zu nehmen wissen ...« Paula konnte kaum glauben, daß die Frau mit den blonden Locken und den sanften Augen auf eine bestimmte Art genommen werden mußte. Sie wirkte so geradeaus und offen.

»Wir haben doch alle unsere Macken«, sagte sie diplomatisch. Amüsiert sah er sie an.

»Ja, so muß man es wohl sehen«, dann wurde er ruhig. »Ach ja, der Job!« Paula reckte sich ein wenig. »Telefonieren Sie gerne?«

»Ja, ich denke schon ...«, antwortete sie zögernd.

»Wir brauchen nämlich ein neues Callgirl.«

»Ein – was?« Sie sah sich schon in einem weit ausgeschnittenen Kleid in einem exklusiven Restaurant, mitten in einer Diskussion über die französische Außenpolitik mit einem älteren Mann, der auf ihre BH-lose Brust starrte. Der Gedanke wurde von Anders' trockenem Lachen unterbrochen.

»Ja, wir nennen es so. Telefonistin könnte man auch sagen. Sie wissen schon. Also: Für die Sendung brauchen wir Gäste. Ohne Gäste keine Show«, sagte er, und es klang wie ein altes Indianersprichwort. »Die Aufgaben der Telefonistin sind sehr anspruchsvoll, Sie sind diejenige, die den ersten Kontakt herstellt, und Sie sind auch diejenige, die die entsprechende Person am Ende dazu bringt, zuzusagen, in die Sendung zu kommen.«

»Am Ende?«

»Nicht alle sind begeistert von viel Öffentlichkeit ...«, sagte er ein wenig kryptisch. »Sie arbeiten fünf Tage in der Woche. Wir versuchen, immer genügend Gäste im voraus zu akquirieren. Mindestens drei Wochen im voraus, es muß viel recherchiert werden.« Paula bekam vom vielen Nicken schon einen steifen Hals. »Natalie hat schon drei Staffeln mitgemacht, aber jetzt hat ihr Freund überraschend eine Stelle in Washington bekommen, und sie geht mit.« Bevor Paula fragen konnte, wer Natalie war, kam die Erklärung. »Ja, Natalie ist unser derzeitiges Callgirl.« Er wurde einen Moment lang still. »Erzählen Sie doch mal ein bißchen von sich.«

»Ja ...«

»Wie alt sind Sie? Wo haben Sie gearbeitet? Was für Zukunftspläne haben Sie? Haben Sie Familie?«

Sie fing gleich mit der letzten Frage an. »Nein, keine Familie.« Er machte ein zufriedenes Gesicht. Sie nahm an, daß man hier wohl wenig Verständnis dafür hatte, wenn jemand wegen der Rotznasen der Kinder zu Hause bleiben mußte. »Ich bin einunddreißig.« So, das waren die einfachen Fragen gewesen. »Ähh ... ich habe schon verschiedene Dinge gemacht ...«

»Erzählen Sie mal!«

Mist. »Ich habe ... ähh ... als Reiseleiterin gearbeitet.« Jetzt war Anders derjenige, der nickte; sie sah ihm an, daß er auf die Fortsetzung wartete. »Und als Barkeeper. Und Skilehrerin. Und Bedienung. Und Putzfrau.« Das war kein besonders attraktiver Lebenslauf, fiel ihr auf, als sie eine kleine Pause machte. Wenn er hätte wissen wollen, wie lange sie die verschiedenen Stellen hatte, hätte es noch schlechter ausgesehen, tröstete sie sich und kam zu dem Schluß, daß es überflüssig war hinzuzufügen, daß sie auf Ibiza Flyer verteilt und in Australien auf Hunde aufgepaßt hatte.

»Aushilfsjobs während des Studiums, oder?«

»Ja, genau.« Geschafft.

»Was haben Sie studiert?«

»Ähh ... Verschiedenes: Literaturwissenschaften, Französisch, BWL.« Das letzte Wort kam so leise aus ihrem Mund, daß es fast nicht zu hören war, sie hatte keine Lust, einem potentiellen Arbeitgeber eine Erklärung für die mageren Ergebnisse abzugeben. »Ich bin sehr viel gereist«, sagte sie als Entschuldigung für ihre Zusammenfassung. Er nickte wiederum und schien ganz zufrieden zu sein. Anders legte die Fingerspitzen aneinander, und Paula wartete gespannt auf die nächste Frage. Dann ging plötzlich ein Lächeln über sein Gesicht, und er sprach weiter.

»Jetzt tun wir mal so, als sei ich ... Lasse Berghagen!«

»Wie bitte?« Paula sah Anders fragend an, aber er fuhr einfach fort.

»Und Sie rufen mich jetzt an und laden mich als Gast bei ›Geradeaus‹ ein am ...«, er schaute auf seinen Tischkalender, »... am vierzehnten April. Bitte.« Er lehnte sich zurück: »Klingelingeling!« und tat so, als würde er den Telefonhörer abnehmen. »Hallo, hier ist Lasse Berghagen.«

Paula fand das gelinde gesagt albern, sollte sie jetzt auch so tun, als würde sie einen Telefonhörer abnehmen? Sie starrte auf Anders, der sie auffordernd anlächelte. Langsam hob sie die rechte Hand ans Ohr.

»Hallo ... mein Name ist Paula Wilhelmsson ...«

»Prima, gut so ...«, er lächelte ihr zu.

»Ich rufe von der Sendung ›Geradeaus‹ an«, fuhr sie fort, bestärkt von seiner freundlichen Reaktion.

»Aha.« Anders' netter Ton war verschwunden, und die Stimme, die nun antwortete, klang feindselig.

Paula schluckte und versuchte, sich nicht völlig idiotisch vorzukommen. »Und wir würden uns freuen, Sie als Gast bei uns begrüßen zu dürfen.«

»Aha.« Es wurde still. Lasse Berghagen war anscheinend nicht besonders gesprächig. Was sollte sie jetzt tun? Nach der Familie fragen?

»Ähh ... wir fanden Sie ziemlich gut bei Ihrem Auftritt in Skansen.« Mein Gott, wie bescheuert sie war! Sie mußte die Situation retten: »... und würden gern mit Ihnen darüber sprechen, wie Sie diese Sicherheit gewonnen haben, die Sie auf der Bühne ausstrahlen.«

»Aha.« Die Antwort war wieder dieselbe, aber Lasse/Anders klang schon etwas sanfter, eher zögerlich dieses Mal. Sie beschloß, so weiterzumachen.

»Sie sind ja sehr vielen ein Vorbild.« Wem eigentlich, dachte sie sich, während sie das sagte, achzigjährigen Omis vielleicht? »Und wir glauben, daß unsere Zuschauer sehr neugierig darauf sind zu erfahren, wer Lasse Berghagen eigentlich ist. Der Mensch hinter ...« Was könnte sie noch hinzufügen? Dem Sänger? Dem Moderator? Der Fassade? Sie überlegte es sich anders und beschloß, einfach einen Punkt zu machen. Der Mensch dahinter. Ganz einfach.

»Wann wäre denn der Termin?« Lasse/Anders wirkte jetzt ganz freundlich.

»Der vierzehnte April.« Sie hielt die Luft an.

»Ja ...«, er zögerte. »Es sieht aus, als hätte ich Zeit ... Gibt es bei der Aufnahme freie Getränke?«

Anders mußte über ihr unglückliches Gesicht laut lachen. »Ich mache doch nur Spaß!« Sie atmete erleichtert auf. »Das lief doch ganz gut. Es ist nicht so einfach, wissen Sie, man darf nicht gleich aufgeben!« Er fing wieder an, in seinem Kalender zu blättern. »Mal sehn, heute ist Mittwoch, können Sie am Montag anfangen?« Sie wollte gerade den Mund aufmachen, um etwas zu sagen, kam aber nicht dazu, weil Anders fortfuhr: »Dann kann Natalie Sie ein paar Tage einarbeiten, bevor sie abreist.« Er stand auf und streckte ihr die Hand entgegen, auf ihre Antwort wartete er erst gar nicht. »Willkommen an Bord.«

Ja, nun hatte sie also einen Job. Paula versuchte, in sich hineinzuhören, ob sie sich freute, aber das einzige, was sie fühlte, war Hunger. Sie überlegte, ob sie sich auf dem Heimweg eine Bratwurst kaufen sollte. Das Mittagessen mit Helena hatte sie völlig vergessen, als sie zur Rezeption zurückgebracht und mit einem letzten Handschlag verabschiedet wurde. Erst als sie wieder in dieser zugigen Asphaltwüste stand, die Schwedens Traumfabrik sein sollte, fiel es ihr ein, aber da war es zu spät, wieder umzudrehen. Als würde man bei einem Lover, den man gerade verlassen hat, anrufen, um ihn nach seiner Telefonnummer zu fragen. Nein, sie mußte einfach anrufen und sagen, das Gespräch hätte so lange gedauert. Oder daß sie mit der Empfangsdame zu einer Aerobicstunde gehen mußte, oder verdammt, daß sie ihr Date einfach vergessen hatte! Es gab wohl Schlimmeres.

Sie hatte das Gefühl, daß sie sich über ihre neue Arbeit freuen müßte, wollten nicht alle beim Fernsehen arbeiten? Sie würde auch noch dafür bezahlt, mit Promis zu sprechen, außerdem könnte sie kostenlos in ihrer Arbeitszeit ›Wallpaper‹ lesen. Viele gutaussehende Männer gab es mit Sicherheit. Das war zwar im Moment nicht so ausschlaggebend, denn 1. hatte sie schon einen Freund, und 2. waren die sicherlich viel zu jung für sie. Aber eine angenehme Atmosphäre war nie verkehrt. Und als sie durch den Speisesaal gegangen waren, meinte sie, eine Cappuccinomaschine gesehen zu haben. Doch, im Grunde freute sie sich auf den Job.

Vor dem Spirituosengeschäft in der Rosenlundgata bestellte sie sich am Imbißstand eine Bockwurst mit Brot, bevor sie sich den Weg durch ein Grüppchen verwahrloster Gestalten bahnen mußte, die alle »ein paar Kronen für einen Kaffee« haben wollten.

Sie wollte etwas kaufen zum Feiern, aber ihr Geld reichte nicht für etwas Besonderes, deshalb wurde es nur eine Flasche Prosecco. Paula mußte kurz an Anna denken, bevor sie den Sektersatz in der kleinen dunklen Tüte verstaute. Sie mußte sie anrufen. Seit dem Essen hatten sie nicht mehr richtig miteinander geredet, und das war schon einige Wochen her. Komisch, früher hatten sie sich mehrmals am Tag angerufen.

Wahrscheinlich macht sie es sich zu Hause mit ihrem Bauch gemütlich, ging es Paula plötzlich durch den Kopf, und irgendwie ärgerte sie das. Warum sollte *sie* eigentlich anrufen? Das konnte Anna doch genausogut tun!

Wie oft hatten Anna und sie schon über Freundinnen gesprochen, die plötzlich einen Typen kennengelernt hatten, schwanger wurden und in ein hygienisch duftendes Familienparadies verschwunden waren, zu dem keiner der Außenstehenden mehr Zutritt hatte. Ein- oder zweimal kam man zu Besuch, um das Baby anzuschauen. Aber wenn die Freundin auch nach Monaten keine Anstalten machte, über andere Dinge zu reden als über das kleine schreiende Bündel und ihre wunden Brustwarzen, dann war's das halt. Traurig hatten Paula und Anna sich geschworen, niemals so zu werden.

Annas Baby war noch nicht einmal auf der Welt – und schon ahnte Paula, woher der Wind wehte. Vielleicht sollte sie trotzdem nächste Woche mal anrufen? Auf jeden Fall blieb ihr ja noch Rakel, die sich zwar um ihre Karriere kümmerte, aber wenigstens nicht im Ansatz auf dem Weg in die Mutter-Vater-Kind-Idylle war.

Tatsache war, daß es Paula sowieso schwerfiel, sich Rakel in der Nähe eines Mannes vorzustellen, der nicht eine Konferenztischbreite von ihr entfernt war. Soweit sie informiert war, hatte Rakel bisher nur eine einzige Affäre gehabt, und die war sicher zu Ende gewesen, bevor sie richtig begonnen hatte. Rakel hielt sich in dieser Angelegenheit eher bedeckt. Vor ein paar

Jahren hatte sie auf einem Seminar in Den Haag einen Belgier kennengelernt (oder war es ein Holländer gewesen?). Eine Zeitlang hatten sie sich geschrieben, bis er vorschlug, sie in Stockholm zu besuchen. Da hatte Rakel kalte Füße bekommen und Schluß gemacht, bevor der Ärmste überhaupt ein Flugticket kaufen konnte.

Danach war von Männern eigentlich nie mehr die Rede gewesen, und Paula hatte sich gefragt, woran das wohl lag. Rakel sah gut aus, eben auf eine schwedische, etwas zurückhaltende Art. Porzellanweiße Haut, graugrüne Augen und helles, fast rotblondes Haar, das sie, solange Paula denken konnte, in einem kurzen Pagenschnitt trug. Einige Male hatte Paula versucht, sie zu überreden, etwas schickere und weiblichere Kleidung zu tragen, aber da war nichts zu machen. Rakel hatte zu ihrem Körper ein kompliziertes Verhältnis, und es war ihr sogar peinlich, sich zusammen mit anderen in einer Umkleidekabine umzuziehen. Eine Frau, die im Pyjama schläft, hatte Paula einmal im Spaß zu ihr gesagt.

Einmal, nach unzähligen Gin Tonics bei Anna, hatten sie Rakel vor einer Party stylen dürfen. Augen und Lippen hatten sie nur ganz dezent mit etwas Farbe versehen. Und das schwarze Kleid, das sie von Anna leihen durfte, war zwar kurz gewesen, aber keineswegs vulgär. Trotzdem: Als Rakel sich im Spiegel gesehen hatte, war sie knallrot angelaufen und hatte erklärt, daß sie so nicht ausgehen konnte. Das war der erste und letzte Versuch gewesen. Rakel sah im Prinzip immer noch so aus wie damals, als sie sich kennengelernt hatten.

Paulas Gedanken streiften nun wieder die Gegenwart. Rakel würde die Sache mit Anna verstehen, dachte sie sich. Sie wird die Veränderung ihrer Freundin sicher auch bemerkt haben.

Als sie nach Hause gekommen war und die Flasche im Kühlschrank deponiert hatte, machte sie sich auf die Suche nach dem Telefon, das jemand, vermutlich sie selbst, unter dem Berg Schmutzwäsche im Badezimmer liegengelassen hatte. Sie wählte Rakels Büronummer, und zum ersten Mal war bei der Freundin nicht besetzt.

»Findest du?« sagte Rakel zögernd, als Paula ihr ihre Bedenken in bezug auf Anna mitgeteilt hatte.

»Ja, merkst du das nicht?« Paula suchte nach einer Verbündeten.

»Doch ... es stimmt schon, daß sie sich verändert hat, aber ...«

»Siehst du!« triumphierte Paula.

»... aber ich finde, zu ihrem Vorteil.«

»Vorteil?!«

»Ja, sie macht auf mich einen viel ausgeglicheneren Eindruck und ... wirkt zufriedener.«

»Gleichgültig«, murmelte Paula.

»Sie ist nicht mehr so fixiert auf die Schauspielerei, glaube ich.«

»Du meinst, sie hat ihre Karriere aufgegeben?«

»Da gab es keine Karriere, die man aufgeben konnte, das weißt du genausogut wie ich, von Anna ganz zu schweigen! Vielleicht sind Sture und das Kind der Break, den sie braucht, um sich endlich damit auseinanderzusetzen, was sie eigentlich will.«

»Aber sie *will* doch Schauspielerin sein!«

»Schon, aber wie lange kann man daran festhalten, wenn es nie so richtig klappt. In den vergangenen Jahren ist es ihr ja wirklich nicht gerade gutgegangen.«

»Ja, und jetzt schafft sie sich ein Kind an, um darüber nicht mehr nachdenken zu müssen.« Paula wollte nicht lockerlassen.

»So kann man es sehen.«

»Aber findest du nicht, daß sie total langweilig geworden ist?« Paula machte einen letzten Versuch.

»Ist das nicht logisch, daß sie nicht so weitermachen kann wie bisher, mit den ganzen Partys und so?«

»Na ja ...«

»Ach komm, Paula!« Rakel war es langsam leid. »Sie hat

einen Mann kennengelernt, sie lieben sich und bekommen ein Kind – kannst du ihr das nicht gönnen?«

Paula sagte einen Moment lang nichts. »Sie fehlt mir.«

Rakel wurde gleich wieder sanftmütiger. »Das verstehe ich ja, aber sie ist doch nicht aus der Welt.« Sie machte eine Pause. »Wenn hier jemand ständig von der Bildfläche verschwindet, dann bist du das doch. Sei doch froh, daß du Freunde hast, die zu Hause auf dich warten. Du mußt akzeptieren, daß wir jetzt mal verschiedene Wege einschlagen und ein neues Leben beginnen. Ich meine, soll ich zum Beispiel auch sauer sein, daß du einen Freund hast und ich nicht?«

Das war das erste Mal, daß Paula von Rakel einen Kommentar zu ihrem Single-Dasein hörte. Ihr wurde klar, wie verletzlich ihre Freundin in diesem Punkt sein mußte, und plötzlich tat es ihr leid. »Nein, das ... Entschuldige, ich bin wirklich unmöglich. Ich bin so froh, daß es euch gibt. Wirklich. Tut mir leid.«

»Ist schon gut. Ich weiß ja.« Rakel nahm sich zusammen. Sie hatte nie viele Worte um ihre Gefühle gemacht, und freundschaftliche Liebeserklärungen am Telefon waren ihr sicher unangenehm, dachte Paula.

»Ich habe übrigens einen Job.«

»Wirklich! Herzlichen Glückwunsch! Ist ja super!« Es war schwer herauszuhören, ob Rakel nur froh war, das Thema zu wechseln, oder ob sie sich wirklich so für Paula freute. Paula ging mal von letzterem aus.

»Danke.« Sie erzählte mit knappen Worten, um was für eine Stelle es sich handelte, und obwohl sie die schlechte Bezahlung erwähnte und die nicht besonders anspruchsvolle Tätigkeit, war Rakel nicht zu bremsen.

»Ich freue mich wahnsinnig für dich. Und selbst wenn es ein Scheißjob ist, wird es dir trotzdem guttun, eine Arbeit zu haben. Und Kollegen. Man lernt immer was Neues, und du wirst Unmengen interessanter Leute kennenlernen!«

Sie beendeten das Gespräch bald, und Paula war zufrieden.

Natürlich würde mit einem Job alles besser werden. Jetzt stand sie nur noch vor dem wirklich großen Problem: Was sollte sie anziehen?

Das ist Natalie«, sagte Anders und blieb vor einer Frau ungefähr in Paulas Alter stehen. Sie sah sehr lieb aus.

»Herzlich willkommen!« sagte sie und streckte Paula die Hand entgegen.

»Das wird dann Ihr Arbeitsplatz sein«, sagte Anders und wies auf den Schreibtisch, an dem Natalie saß. »Aber vorerst arbeiten Sie gemeinsam. Okay?«

»Okay«, antwortete Paula und fragte sich gleichzeitig, was wohl passiert wäre, wenn sie abgelehnt hätte. Sie warf einen Blick auf den Schreibtisch. Natalie schien ein ordentlicher Mensch zu sein. Ihre Papiere waren sauber gestapelt, ein paar Aktenordner standen in Reih und Glied am Computer. Ihre vielen bunten Stifte bewahrte sie in einer Tasse mit dem Aufdruck »Greif nach den Sternen« auf, daneben standen drei unterschiedlich große rosa Wichtel, die wohl Mutter, Vater, Kind darstellen sollten.

»Dann lasse ich Sie mal allein, Natalie kann Ihnen erklären, wie alles funktioniert und was demnächst anliegt. Übrigens«, fügte er hinzu und sah dabei Natalie an, »lassen wir das Montagsmeeting ausfallen, ich habe eine Besprechung, die länger dauern wird. Es liegt auch nichts Dringendes an, ich glaube, wir haben das meiste schon in der letzten Woche geklärt.« Natalie nickte, und Anders ging zu seinem Glaskäfig. Paula fiel auf, daß er die gleichen Sachen trug wie beim letzten Mal. Nur die Strümpfe, die aus den Sandalen hervorschauten, unterschieden sich – sogar im doppelten Sinne: einer schwarz, der andere grau. Er muß Single sein, dachte Paula und nahm sich vor, beim nächsten Mal, wenn sie ihn sah, auf seinen Ringfinger zu achten.

»So«, begann Natalie, »haben Sie etwas Ähnliches schon mal gemacht?«

»Nein«, antwortete Paula, und um weiteren Fragen nach ihrer bisherigen Karriere zuvorzukommen: »Ich habe die Stelle auf Empfehlung bekommen.«

Natalie nickte. »So läuft das in unserer Branche. Ich selbst habe in den letzten sechs Jahren an diversen Fernsehproduktionen mitgearbeitet. Man springt von Projekt zu Projekt. Wenn du ein hübsches Mädchen bist, das keine Ansprüche stellt, findest du immer einen Job.« Trotz der zynischen Selbstbeschreibung lächelte sie. »Anstrengend zu sein ist die unattraktivste Eigenschaft, die eine Frau haben kann.«

»Das gilt sicher nicht nur für diese Branche«, sagte Paula und lachte ein bißchen künstlich. Sie hatte wirklich keine Lust, noch mehr von den Nachteilen dieser Stelle zu hören. Wann würde sie die ersten Prominenten treffen?

»Trotzdem gibt es viele, die Schlange stehen, um einen Fuß in die Tür zu bekommen«, fuhr Natalie fort. »Denken Sie nur an all die Hochschulen für Medienwissenschaften, die junge, hungrige Mädels und Jungs ausspucken. Alt heißt nicht unbedingt immer am ältesten, alt bedeutet manchmal einfach nur alt. Wenn man nicht Karriere macht natürlich, so wie Vendela. Und genug Kohle hat, den Zahn der Zeit zu bremsen ...«

Paula warf Natalie einen Blick zu und sah plötzlich, wie eine unvorteilhafte Falte zwischen ihren Augenbrauen auftauchte und ihre Mundwinkel nach unten fielen und einfroren. Das liebe, nette Mädchen, das Anders ihr vorgestellt hatte, hatte sich gerade in eine verbitterte Fünfunddreißigjährige verwandelt mit zu viel Rouge im Gesicht und herausgewachsenen Strähnchen. Aber plötzlich schüttelte sie den Kopf, als wollte sie ihren Miesepeter-Ausdruck abschütteln, und – schwups! – trug sie wieder ihr nettes Strahlegesicht. Paula bestaunte die Veränderung fasziniert, und wenn sie sich nicht eben gerade erst vorgestellt worden wären, dann hätte sie sich gefragt, ob das mit rechten Dingen zugeht.

»Aber jetzt ist es genug«, sagte sie erleichtert. »Zwei Jahre Washington«, fuhr sie vergnügt fort.

Als Anhang, dachte Paula, hielt aber den Mund.

Der Vormittag ging schnell vorüber. Natalie stellte sie den anderen in der Redaktion vor. Zwei Leute, Robert und Johanna, arbeiteten im Bereich Research, das heißt, sie besorgten möglichst viele Informationen über die Gäste und stellten für Vendela entsprechende Fragen zusammen. Robert hatte gerade seine Journalistenausbildung beendet, während Johanna schon ein paar Jahre bei einer Abendzeitung gearbeitet hatte. »Man muß nach seinem Gefühl gehen, wenn man etwas sucht«, sagte Johanna. »Und im Internet findet man eine Menge«, fügte Robert hinzu. »Man muß nur die Ohren offenhalten, und wenn man etwas Unangenehmes findet, bohrt man weiter. Aber man muß sich seiner Sache verdammt sicher sein, bevor man sie ins Fernsehen bringt. Ich wäre meinen Job sofort los, wenn ich Vendela falsche Informationen liefern würde«, fuhr er fort, und Johanna nickte.

Sven, ein älterer Mann mit kugeligem Bauch, war Bildproduzent und grüßte höflich, schien aber an Paula nicht besonders interessiert. Sie hatte das Gefühl, als habe er von ihrer Sorte schon viele kommen und gehen sehen.

Dann wurde sie einer sehr barschen Frau vorgestellt, die den Namen Maggan trug. Sie war Redaktionssekretärin und hatte nach eigenen Angaben alles unter Kontrolle. Paula zweifelte keinen Moment daran und versuchte, sich so gut wie möglich all das zu merken, was sie über Zeiterfassungslisten, Quittungen, Verträge und Essensmarken erfuhr.

Außerdem gab es in der Redaktion eine Reihe von Assistenten und Praktikanten. Paula hatte Schwierigkeiten, sich zu merken, was jeder tat, aber das würde sich schon noch zeigen.

Als die Vorstellungsrunde beendet war und sie wieder am gemeinsamen Schreibtisch saßen, fiel Paula auf, daß sie Vendela noch gar nicht gesehen hatte. Sie sprach Natalie darauf an, die trocken lachte.

»Vendela taucht hier nur selten auf. Sie arbeitet meistens zu Hause. Manchmal kommt sie ins Studio, um Anders zu treffen, und manchmal nimmt sie an den Montagsmeetings teil, ansonsten läuft sie hier immer erst ein paar Stunden vor der Aufzeichnung auf. Und auch da bekommt man nicht viel von ihr zu sehen: Die Maske braucht ja viel Zeit, und anschließend will Vendela ihre Ruhe haben.«

»Trifft sie denn ihre Gäste nicht vor der Sendung?«

»Nur kurz, sie findet es besser, ihnen erst vor der Kamera zu begegnen.«

»Aufzeichnung, haben Sie gesagt?« Paula kam sich blöd vor. Wie naiv von ihr zu glauben, ›Geradeaus‹ würde live ausgestrahlt.

»Ja, wir zeichnen donnerstags auf, damit die Sendung so aktuell wie möglich ist, dann wird sie am Freitag und Montag redigiert, und zu sehen ist sie ...«

»... dienstags.« Paula bemühte sich rasch klarzumachen, daß sie die Sendung kannte.

»Genau. Haben Sie schon viele Sendungen gesehen?«

»Nein, kann man nicht sagen ... Ich war eine Zeitlang im Ausland.« Fast schien ihr, als hätte sie einen Funken Neid in Natalies Augen entdeckt.

»Ach so ... Dann können Sie ja ein paar Videokassetten mit nach Hause nehmen, damit Sie auch wissen, wofür Sie Leute anheuern.« Natalies Ton wurde etwas schärfer.

»Ja, gern«, sagte Paula und lächelte, um das Vertrauen ihrer Lehrmeisterin wiederzugewinnen. Es funktionierte, denn kurz darauf begann Natalie, Anekdoten von verschiedenen Gästen zu erzählen, die sich vor der Kamera mal mehr und mal weniger zivilisiert aufgeführt hatten.

»Es ist trotzdem merkwürdig«, fuhr sie fort, »daß die sich auf diese Interviews einlassen. Ich meine, denken Sie mal an Raymond Fjellner letzte Woche, ihm muß doch klar gewesen sein, daß Vendela auf seinen Alkoholmißbrauch zu sprechen kommen würde. Ist das nicht eigentlich widerlich, wenn eine persönliche Tragödie als purer Unterhaltungsstoff dient? Trotzdem hat er zugesagt.« Natalie schüttelte den Kopf.

»Das Fernsehen und die Promis bilden so etwas wie eine

krankhafte Symbiose«, fuhr sie fort. Jetzt war sie richtig warm geworden. »Man glaubt es kaum, aber es sind nur wenige, die nicht gern mit den Medien flirten, und einige fühlen sich tatsächlich geschmeichelt, wenn man sie einlädt. Obwohl sie wissen, daß Vendela vieles ans Licht bringt, was ihnen nicht gefällt. Ich begreife es nicht, ich würde das nie tun.«

Paula war ganz ihrer Ansicht, überlegte aber kurz, ob sie ein Leben im Rampenlicht wirklich ablehnen würde. Vielleicht waren diese unschönen Offenlegungen privater Details einfach der Preis, den man dafür bezahlen mußte.

Mit Natalie und Johanna aß sie zu Mittag. Robert saß ein paar Tische weiter bei einem der Praktikanten, ein Typ Mitte Zwanzig, der, soweit sie sich erinnerte, Emil hieß. Das Unternehmen hatte seine eigene Kantine, was Paula als purer Luxus erschien. Paula war dann etwas überrascht, als sie sah, daß das Tagesgericht aus Rübenmus und Schweinswürstchen bestand. Irgendwie hatte sie erwartet, daß zwischen den Designermöbeln und den gut gekleideten Menschen hier etwas Originelleres serviert werden würde, vielleicht hatte sie ja irgendwo eine Platte mit Sushi übersehen?

Als sie mit dem Essen fertig waren und Paula ein paar deftige Klatschgeschichten gehört hatte, sah sie Helena in den Speiseraum kommen. Paula winkte, und Helena steuerte ihren Tisch an.

»Ach, hier bist du! Ich habe gehört, daß du die Stelle bekommen hast. Super, herzlichen Glückwunsch!«

»Danke. Und ganz vielen Dank für deine Vermittlung.«

Helena winkte ab. »Ach was. Die ersten Tage hier sind wahrscheinlich sehr anstrengend? Aber wenn es ruhiger geworden ist, können wir doch unser Mittagessen nachholen, oder?«

Paula fiel das verpaßte Date ein, und sie lief rot an. »Klar, natürlich!«

Als Helena wieder zu ihrer Begleitung zurückgegangen war, einem zerzausten Mann, gut vierzig, nickte Natalie ihr zu.

»Hat sie dich empfohlen?«

»Ja.«

Natalie und Johanna wechselten einen raschen Blick. Paula sah sie fragend an.

»Seid ihr eng befreundet?« fragte Johanna unschuldig.

»Nein, nicht besonders. Wir kennen uns zwar schon recht lange, aber als ich jetzt aus New York zurückkam, war es Jahre her, daß ich sie zuletzt gesehen habe. Warum?«

Natalie konnte nicht an sich halten. »Hast du eine Ahnung, wie sie genannt wird?« Johanna mußte kichern.

»Nein«, antwortete Paula und war sich auch nicht sicher, ob sie es wissen *wollte*. Natürlich war Helena keine enge Freundin, aber immerhin hatte sie ihr den Job verschafft.

»Kleines rechtes Händchen.« Natalie und Johanna konnten sich vor Lachen kaum halten.

»Und warum?« fragte Paula und versuchte, unbefangen zu klingen. Die anderen sahen sie mitleidig an.

»Du weißt, daß sie mit Sten Levin zusammenarbeitet, oder?« sagte Natalie leise und deutete auf Helena und den zerzausten Mann.

»Ja.«

»Als seine rechte Hand ...« Die Mädels fingen wieder an zu kichern.

»Ich habe gehört, er hätte Probleme mit ...« Paula war es nicht gerade angenehm, in diese Unterhaltung hineingezogen zu werden, »... mit dem Alkohol?«

»Da wäre er nicht der einzige.« Johanna rümpfte die Nase. »Aber dafür braucht nicht jeder eine persönliche Assistentin, oder?«

»Also, mit Betonung auf persönlich«, fügte Natalie hinzu.

»Aber sie ist doch mit diesem Stellan liiert«, begann Paula.

»Klar. Aber nenn mir einen, mit dem sie nicht zusammen ist«, sagte Natalie. »Na ja, so hat sie ja auch Karriere gemacht. Es heißt, sie würde im Herbst eine eigene Produktion bekommen.« Sie kräuselte die Lippen, und plötzlich kam Paula sich vor, als würde sie in einer gemeinen Seifenoper mitspielen.

»Sind wir jetzt fertig?« fragte sie, nahm ihr Tablett und stand auf. Es reichte. Die anderen folgten ihr. Paula warf einen Blick auf Helenas Tisch, bevor sie den Speisesaal verließen. Helena war gerade damit beschäftigt, dem zerzausten Mann Selters nachzuschenken.

»Ach ja, da haben wir ja auch noch die Gäste.« Natalie sah Paula an. »Du weißt, es ist dein Job, sie zu engagieren.«

»Ja.« Paula fragte sich die ganze Zeit, warum Natalie so gereizt auf sie reagierte.

»Und wie hast du dir das vorgestellt?«

»Ja ... äh, ich rufe sie an.«

»Und die Nummer? Wie bekommst du die? Vielleicht die Auskunft anrufen? Hallo, könnte ich bitte die Nummer von Lena Endre bekommen ...«

»Äh ... nein.«

»Nein, das ist dir sicher klar.« Sie lächelte, sie hatte ihre Position deutlich genug markiert. »Du kannst das hier benutzen«, sagte sie mit Betonung auf *das* und schloß den Schreibtischunterschrank auf. Natalie holte ein kleines Kästchen heraus und hielt es Paula hin. »Das«, sagte sie feierlich, »ist mein Schatz.« Paula streckte die Hand aus, um hineinzuschauen, aber Natalie zog es weg. »Ich habe sechs Jahre dafür gebraucht.« Gönnerhaft überreichte sie Paula dann doch die Kiste. Sie öffnete das Schloß vorsichtig und blätterte ein wenig zwischen den zusammengefalteten Papierzetteln. Wolff, Dahlgren, Ahlstedt, Nyman, Gessle, Luuk ... Die meisten Namen waren Paula bekannt, ein paar hatte sie noch nie gehört. Als sie den Zettel mit Ingmar Bergmans Nummer in die Hand bekam, auf der einige Telefonnummern standen, einige davon durchgestrichen, zuckte sie.

»Wie bist du da rangekommen?«

»Hartnäckigkeit und Kontakte«, antwortete Natalie und fügte stolz hinzu: »Sie haben fast alle Geheimnummern.« Als Paula nicht reagierte, fuhr sie fort: »Ja, die meisten haben natürlich ihre Agenten.« Paula nickte. Selbst Geronimo hatte einen Agenten, obwohl er schon Jahre nicht mehr als Schauspieler gearbeitet hatte. Als hätte Natalie Paulas Gedanken gelesen, sagte sie: »Das nimmt immer mehr zu, wie in den USA. Alle wollen Stars sein und nehmen sich einen Agenten. Selbst die kleinen Serienschauspieler«, sagte sie verächtlich.

Paula schloß das Kästchen wieder und gab es Natalie vorsichtig. Sie hielt es, als sei es ein frischgeschlüpftes Vogelkind. Oder eine ungesicherte Handgranate. Natalie winkte ab.

»Nimm es nur. Ich werde es in Washington nicht brauchen«, sagte sie. »Und bis ich wieder da bin, ist es sicher überholt.« Sie setzte ein feierliches Gesicht auf. »Achte darauf, daß es aktuell bleibt, und verteidige es mit deinem Leben. Es ist sein Gewicht in Gold wert!«

Die nächsten Arbeitstage wurden intensiv. Sie mußte mehr lernen, als sie gedacht hatte, und tat ihr Bestes, um Natalies Tricks am Telefon zu notieren. Bislang hatte sie noch keinen Gast selbst eingeladen, aber sie merkte bei den Gesprächen, die sie mitanhörte, daß Hartnäckigkeit und Schmeicheleien zum Ziel führten. Und dann die Fähigkeit, zur rechten Zeit aufzuhören, wenn es nicht lief, wie Natalie sagte.

»Sie werden nur sauer, wenn du insistierst, dann ist es besser, du bittest sie, zu einem anderen Zeitpunkt noch einmal anrufen zu dürfen. Man braucht ein bißchen Fingerspitzengefühl, um zu wissen, ob sie zu denen gehören, die man bearbeiten muß, oder zu den absoluten Neinsagern.« So nannten sie es.

Paula fand diese Art, die Menschen zu unterteilen, interessant und überlegte sich, zu welcher Gruppe sie wohl gehörte. Ein kurzer Gedanke an Jason war genug, sie war eindeutig jemand, den man nur bearbeiten mußte.

In der Redaktion brummelte man säuerlich, daß sich ein Gast, mit dem sie fest gerechnet hatten, als Neinsager entpuppt hatte. Rasch begriff Paula, daß das etwas mit Image zu tun hatte. Anders meinte, daß sich nur die Aufsteiger ein klares Nein leisten konnten, während nur ganz wenige bei der Absage blieben, wenn sie auf dem absteigenden Ast waren.

Es stellte sich aber bald heraus, daß es noch eine dritte Kategorie gab. »Diejenigen, die einen in der Kneipe ansprechen, völlig betrunken, und darum bitten, in die Sendung kommen zu dürfen.« Anders schwankte etwas und lallte. »Duu bischt doch Prodsschent ... kann ich nich auch mal, hab echt totaal viel geile Schtories!«

Natalie und Johanna lagen am Boden vor Lachen, und selbst Maggan verzog den Mund.

»Und wer gehört in diese Kategorie?« Paula war ihre Frage ein bißchen peinlich.

»Diskretion ist Ehrensache«, entgegnete Anders und grinste. Als er ging und sein Glasbüro ansteuerte, beugte sich Natalie zu Paula hinüber.

»Ich erzähl's dir später.«

Donnerstagabend war Termin für die Aufzeichnung, und Paula blieb, obwohl sie nicht gemußt hätte. Sie war neugierig auf Vendela und außerdem noch nie bei einer Fernsehsendung dabeigewesen.

Vendela erschien gut eine Stunde, bevor die Aufzeichnung beginnen sollte, in der Redaktion. Sie trug einen wadenlangen, rötlichen Pelz, und ihr blondes Haar fiel weich über den Kragen. Sie nahm die große Sonnenbrille nicht ab, als sie zur Tür hereinkam, und Paulas kurzer Blick aus dem Fenster fiel auf einen düsteren Märzhimmel.

Als Paula gerade aufstehen und sie begrüßen wollte, verschwand Vendela in Anders' Büro, und die Tür, die gewöhnlich offenstand, schloß sich hinter ihr. Durch die Glasscheibe beobachtete Paula, wie Vendela den Pelz ablegte. Ihr cremefarbenes Polohemd paßte gut zu ihrem Haar, und die Perlenkette war einen Hauch heller. Sie zog sich die Hose hoch, bevor sie auf dem Stuhl direkt gegenüber von Anders Platz nahm.

Auch als die Tür wieder aufging und Vendela mit dem Pelz über dem Arm hinauskam, gelang es Paula nicht, sie zu begrüßen. Ohne sich umzusehen, verschwand die Moderatorin auf dem gleichen Weg, auf dem sie hereingekommen war. Wahrscheinlich mußte sie in die Maske.

Die Redaktion war wie leergefegt. Diejenigen, die nicht nach Hause gegangen waren, befanden sich schon unten im Studio. Nur Robert saß vor dem Computer und arbeitete. Er schien Vendela nicht bemerkt zu haben. Um sechs sollte der Gast, Hanna Bergdahl, erscheinen, und die Rezeptionsdame hatte versprochen, Natalie auf dem Handy Bescheid zu geben, sobald sie auftauchte. Die Aufzeichnung sollte um sieben Uhr beginnen.

Paula ging die zwei Treppen zum Studio hinunter. Am ersten Tag hatte Natalie ihr alles gezeigt, aber nun sah es völlig anders aus, weil im Studio alle Lampen brannten und die Kameras aufgestellt waren. Paula spürte ein flaues Gefühl im Bauch und wußte gar nicht, warum. Natalie war nicht in Sicht, Paula nahm an, daß sie den Gast begrüßte. Paula verließ das Studio und betrat einen kleinen Seitenflur. Maske 1 stand an der Tür, und Paula klopfte. Als sich nichts tat, drückte sie vorsichtig die Türklinke nach unten. Die Tür war offen. Sie linste durch den Türspalt und sah im Spiegel Vendela, als die Visagistin mit einem Pinsel in der Hand auf sie zugerast kam.

»Raus! Sie haben hier nichts zu suchen! Verschwinden Sie!« Sie schlug Paula die Tür vor der Nase zu. Paula hörte, wie sie von innen abschloß. Einen Moment blieb sie vor der Tür stehen.

Als sie ins Studio zurückkam, war das Publikum auf dem Weg hinein. Die Leute sprachen leise und bestaunten das berühmte Sofa vor den Kameras. Die Luft war voller Spannung. Paula ließ sich auf einem der Stühle nieder, auf denen »reserviert« stand. Sie ging davon aus, daß sie für die Redaktion reserviert waren. Eine Viertelstunde später erschien ein Mann auf der Bühne und gab dem Publikum Anweisungen: Handys aus und applaudieren, sobald das Schild gezeigt wurde. Sie testeten die Applausstärke und die Einstellungen der Kameras. Dann hieß es warten. Natalie und Johanna waren inzwischen aufgetaucht und hatten sich neben Paula niedergelassen. Die Dame aus der Maske setzte sich neben Paula.

»Hallo«, sagte sie. »Anna-Karin. Entschuldigen Sie, daß ich Sie vorhin so angefahren habe. Es war mein Fehler, ich hätte abschließen müssen.«

»Macht nichts. Ich heiße übrigens Paula.« Paula hielt ihr die Hand hin. Anna-Karin nahm die Puderdose in die linke Hand, um sie anständig begrüßen zu können.

»Ich bin während der Aufzeichnung stand-by«, erklärte sie und wies auf die Puderdose. Sie trug einen Gürtel mit Werkzeug um die Hüften, aus dem eine Haarsprayflasche herausragte. Dann wurde das Licht gelöscht, und der Countdown lief. Bei drei hörte das Zählen auf, dafür begann die Erkennungsmelodie. Eine tiefe Männerstimme ertönte aus den Lautsprechern: »Meine sehr verehrten Damen und Herren, willkommen bei ›Geradeaus‹. Ihre Moderatorin heute abend ist wie gewohnt: Vendela Björklund.« Als er Vendelas Namen sagte, stieg seine Stimme mehrere Töne an, gleichzeitig wurde ein glitzernder Vorhang zur Seite gezogen. Vendela erschien auf der Bühne. Die Schilder, die auf den Applaus hinwiesen, waren im Grunde überflüssig, es bestand kein Zweifel daran, daß ein Star auftrat.

Vendelas himmelblaue Seidenbluse hing lose über ihren schmalen Hüften, und mit der weiten, beigen Hose und den kleinen Perlenohrringen als einzigem Schmuck sah sie aus wie gerade einer Modezeitschrift entsprungen. In der Hand hielt sie einen kleinen Stapel Karten, und bevor sie sich auf das Sofa setzte, lächelte sie und bedankte sich beim Publikum. Die Schilder verschwanden, und der Applaus verstummte. Ohne jedes Anzeichen von Nervosität und nur mit einem flüchtigen Blick auf ihre Karten begann sie.

»Sie gehört zu den größten Stars ihrer Generation. Eine Schauspielerin, die trotz ihres geringen Alters in einer ganzen Reihe klassischer Inszenierungen zu sehen war und die Hauptrolle in nicht weniger als sechs Spielfilmen bekam. Eine Frau, die mit ihrem Talent ebenso großzügig ist wie verschwiegen, wenn es um ihr Privatleben geht. Meine Damen und Herren: Hanna Bergdahl!«

Vendela erhob sich vom Sofa und streckte der hübschen jungen Frau die Hand entgegen. Das Publikum applaudierte begeistert, während beide auf dem Sofa Platz nahmen. Natalie beugte sich zu Paula hinüber und flüsterte hinter vorgehaltener Hand: »Eigentlich hätte sie nie kommen sollen. Hanna.«

»Ach wirklich?« Paula sah Natalie an »Eine Neinsagerin?«

Natalie lachte trocken. »Dann wäre sie wohl kaum hier... Nein, im Gegenteil, sie hat gleich zugesagt.« Paula sah Natalie mit großen Augen an.

»Es lag an Vendela ...« Weiter kam sie nicht, weil einer der Männer von der Aufnahmeleitung ihr einen bösen Blick zuwarf und mit der Hand eine Bewegung machte, die soviel wie »Kopf ab« bedeutete. Sie verstummten sofort, und Natalie machte Paula ein Zeichen, daß sie später zu Ende erzählen würde. Paula konzentrierte sich nun ganz auf das Interview und staunte, wie erfolglos die bekannte Schauspielerin versuchte, ihr Privatleben aus dem Spiel zu lassen. Als die Sendung ihrem Ende entgegenging, hatte sie sowohl nicht nur etliche Seitensprünge gebeichtet, sondern auch Abtreibungen – und ihr war deutlich anzusehen, daß das keineswegs ihre Absicht gewesen war.

Selber schuld, dachte Paula, ein bißchen verwundert über ihren eigenen Zynismus, keiner hat dich gezwungen.

Bist du sicher, daß es geht?«

»Auf jeden Fall. Keine Frage.« Paula versuchte, nicht verschlafen zu klingen, als sie sich im Bett aufsetzte. »Soll ich sie abholen?«

»Nein, ich bringe sie dir. Ich muß sowieso durch die Stadt. Wir fahren gleich los.« Anita machte eine kleine Pause, ihre Stimme klang so jämmerlich, daß sie ihr beinahe leid tat. »Ist das wirklich okay für dich?«

»Ja.« Paula stöhnte. »Nun fahr schon los.«

»Okay, dann sehen wir uns in einer halben Stunde.«

Paula legte den Hörer auf und ließ sich wieder auf das Kopfkissen fallen. Sie haßte es, vom Telefon geweckt zu werden.

»Wer war das?« Johan murmelte vor sich hin, ohne die Augen zu öffnen. »Wie spät ist es denn?«

»Viertel nach acht. Es war Anita.«

»Anita?«

»Ja, Papas Anita. Ihre Mutter hat wohl einen Herzinfarkt gehabt oder so. Sie haben sie ins Karolinska Krankenhaus gebracht.«

»O je.« Johan klang nicht sonderlich erschüttert.

»Sie hat mich gefragt, ob ich die Kinder nehmen kann.«

»Wo ist denn Gunnar?«

»Übers Wochenende verreist.«

»Ach so, die Kinder ... dann kommen sie also hierher?«

»Mmh. Sie fahren jetzt los.«

»Rönninge. Das dauert ja noch ewig, bis sie hier sind.« Johan kroch hinüber zu Paula und legte seine Hand auf die Innenseite ihres Schenkels. Er küßte ihren Hals, und sie spürte seine Erektion.

»Ich muß unbedingt einen Kaffee trinken, bevor sie hier sind«, sagte sie. »Und duschen.« Sie schob Johans Hand zur Seite und stieg aus dem Bett. Sie vermied jeden Blickkontakt, hörte aber, wie er zurück auf seine Betthälfte rollte.

Paula stellte den Wasserkocher an und ging ins Bad. Als sie aus der Dusche kam, saß Johan am Küchentisch und las die Zeitung. Er schaute nicht auf, als sie hineinkam, und ihr war sofort klar, daß er sauer war.

»Du«, sie machte einen Versuch. »Sie können jeden Augenblick da sein. Können wir nicht ...«

»Doch, klar«, Johan unterbrach sie schroff. »Ich gehe duschen.«

Johan war noch nicht ganz fertig, da klingelte es an der Tür. Paula öffnete. Rebecka fiel ihr um den Hals.

»Paula! Hast du eine Überraschung für mich!?«

Paula mußte lachen. »Wenn ich's dir verrate, ist es ja keine Überraschung mehr.« Sie setzte Rebecka auf dem Boden ab. »Komm rein, Alexander.« Der Junge war wie immer sehr viel zurückhaltender.

»Das ist wirklich wahnsinnig lieb von dir, Paula.« Anita war sehr blass und ausnahmsweise völlig ungeschminkt. Sie sah plötzlich viel jünger aus.

»Ach was, ich freu mich, daß sie da sind.«

»Ich habe keine Ahnung, wie lange es dauern wird. Ich rufe dich an, sobald ich irgend etwas in Erfahrung gebracht habe.«

»Laß dir nur Zeit.«

Anita war gerade dabei, sich von den Kindern mit allerlei Ermahnungen zu verabschieden, als Johan aus dem Bad kam.

»Hallo Anita, das ist aber lange her, daß wir uns gesehen haben.« Er streckte ihr die Hand hin. »Tut mir leid, die Sache mit deiner Mutter, ich hoffe, es ist nichts Gefährliches.« Typisch Johan. Voller Empathie und Mitgefühl. Paula schämte sich, daß sie nicht selbst daran gedacht hatte. Anita lächelte schwach.

»Hoffen wir's.« Dann küßte sie die Kinder und schloß die Tür.

»So, was wollen wir denn mal machen?«

»Gröna Lund besuchen, Karussell fahren!« schrie Rebecka und hopste in der Küche hin und her.

»So'n Quatsch, die haben doch gar nicht offen. Da kann man nur im Sommer hingehen.« Alexander warf seiner kleinen Schwester einen verächtlichen Blick zu.

»Dann müssen wir uns wohl was anderes Schönes ausdenken«, sagte Paula beschwichtigend. »Wie wär's denn mit einem Museumsbesuch?«

Beide Kinder starrten sie an und stöhnten. »Museum ...«

»Aber es gibt doch witzige Museen«, versuchte Paula.

»Das technische!« Alexander strahlte. »Ich war mit der Schule da. Das war echt klasse.«

»Wie doof, das technische!« Rebecka streckte die Zunge heraus.

»Dann schlag was Besseres vor!«

»Ähh ...« Rebecka stützte das Kinn auf die Hand, und man konnte ihr ansehen, wie angestrengt sie nachdachte. »Wir können ins ... äh ...«

Da fiel Paula ein Schild ein, an dem sie in den letzten Jahren beinahe täglich vorbeimarschiert war. »Spielwarenmuseum!«

»Spielwarenmuseum?« Rebecka machte ein zufriedenes Gesicht.

»Ja, am Mariatorg. Ich bin zwar noch nie dort gewesen, aber ich weiß, daß sie ganz viele alte Spielsachen haben. Dampflokomotiven und so ...« Sie warf einen kurzen Blick auf Alexander. Es sah aus, als würde er den Vorschlag gut finden.

Paula ging ins Schlafzimmer. Johan war gerade dabei, sich die Hose anzuziehen, da umarmte sie ihn von hinten. Er wäre beinahe umgefallen. Erst als er ein paar Schritte nach vorn gemacht hatte, konnte er wieder die Balance halten. Er grummelte ein bißchen ärgerlich.

»Kommst du mit ins Spielwarenmuseum?«

»Eher nicht.«

»Ach, Schatz ...« Paula sah ihn bittend an. »Es wäre so schön, wenn du mitkämst.«

Er seufzte. »Okay. Aber vorher muß ich noch ein bißchen was frühstücken.«

»Klar!« Die Schlacht war vorüber, sie hatte gewonnen. »Übrigens sieht dein Hintern in diesen Hosen zum Anbeißen aus«, fügte sie hinzu, bevor sie zu den Kindern zurück in die Küche ging.

Als Anita am Nachmittag anrief, hatten sie sowohl den Museums- als auch einen Cafébesuch absolviert. Anitas Mutter ging es offensichtlich nicht so schlecht wie befürchtet, aber die Ärzte waren noch mit ihren Untersuchungen und Auswertungen beschäftigt, so daß Anita zaghaft anfragte, ob die Kinder noch bis zum Abend bleiben könnten. Paula sagte, daß es wunderbar klappte und daß es schön war, die beiden da zu haben. Und sie meinte es auch so. Anita war hörbar erleichtert, bedankte sich und entschuldigte sich für die Unannehmlichkeiten.

Nach kurzer Diskussion beschlossen sie, irgendwo auswärts zu Abend zu essen. Johan zählte die Möglichkeiten auf: Indisch, Italienisch, Sushi, Chinesisch ... Rebecka wollte gern Fish and chips im Halfway Inn essen oder »Fischstäbchen und Chips«, wie sie sagte. Alexander entschied sich für Chinesisch. Nach einigem Hin und Her einigten sie sich auf Pizza. Paula und Johan dachten angestrengt nach. Die einzige Pizzeria in der Nähe war die Pizzeria Vikingen, doch die war nicht gerade erstklassig. Aber die Kinder waren hartnäckig, so daß nach zahlreichen mißglückten Überredungsversuchen doch alle ihre Mäntel anzogen und die Hornsgata hinuntertrabten.

»Wenn eine Pizzeria schon Vikingen heißt«, sagte Johan, als er sich mißtrauisch im Lokal umsah. Die Wände waren mit dunklem Holz verkleidet, und auf den groben, braun gebeizten Tischen, die von einem Spalier mit Plastikweinranken getrennt waren, standen kleine Messingleuchter neben einem Aschenbecher von der Falcon-Brauerei. »Pizzerias heißen eigentlich Vesuvio oder Rimini«, meinte er.

»Oder Capricciosa«, sagte Rebecka.

»O Mann, das ist doch eine Pizza!« sagte Alexander.

Paula sah Alexander mit einem strengen Blick an. »Wißt ihr jetzt, was ihr essen wollt?« fragte sie, und die Kinder wurden ruhig und beschäftigten sich wieder mit der Speisekarte. Als sie schließlich beide eine Cola und einen Salat zur Pizza bekommen hatten, wandte sich Rebecka plötzlich an Paula.

»Magst du unsere Mama nicht?«

Paula zuckte zusammen. »Wie kommst du denn darauf? Natürlich mag ich sie. Warum fragst du so was?«

»Weil Mama das gesagt hat.«

»Deine Mama hat gesagt, daß ich sie nicht mag?« Paula legte die Gabel zwischen die Salatblätter.

»Zu mir nicht, aber ich habe gehört, wie sie das mal zu Papa gesagt hat.«

»Was hat sie denn genau gesagt?«

»Daß du zu ihr so abweidend bist.«

»Abweisend«, sagte Alexander. »Das heißt nicht abweidend, sondern abweisend.«

»Das hat eure Mama gesagt? Wann denn?« Paula kam sich ziemlich blöd vor.

»Als du uns mal zu Hause besucht hast.«

»Hat sie sonst noch was gesagt?«

»Daß sie keine Ahnung hat, was sie falsch macht.«

Paula schluckte und sah Johan an. Sie tat ihm offensichtlich leid. »Seltsam«, sagte sie, und es klang kein bißchen überzeugend. »Vielleicht hatte sie etwas falsch verstanden ...«

»Vielleicht.« Rebecka hatte keine Lust mehr, darüber zu sprechen, und rutschte ungeduldig auf ihrem Stuhl hin und her. Paula saß da und schwieg. Johan räusperte sich und erkundigte sich bei Alexander nach der Schule. Er antwortete höflich, aber völlig desinteressiert, als Rebecka jauchzte.

»Unsere Pizzas!«

Als Anita gegen acht Uhr kam, um die Kinder abzuholen, bemühte Paula sich, so nett wie möglich zu sein. Sie erkundigte sich nach ihrer Mutter und versuchte, ein paar aufmunternde Worte zu finden. Sie redete über Krankheiten und das Wetter und bot Anita an, hereinzukommen, was die jedoch ablehnte. Sie wollte so schnell wie möglich nach Hause und sah noch blasser und müder aus als am Morgen. Als Paula in ihrem Bemühen, freundlich zu sein, sogar fragte, ob ihr Auto in Ordnung sei, sah Anita sie etwas irritiert an und trieb Rebecka zur Eile an.

Dann schloß sich die Tür hinter Anita und den Kindern, und Paula warf sich aufs Sofa.

»Undankbare Schachtel! Sie hat ja nicht mal gemerkt, daß ich mir Mühe gegeben habe.«

»Paula«, Johan schob ihr Bein beiseite und machte es sich auf der anderen Seite bequem. »Wahrscheinlich hatte sie den Kopf voll mit anderen Dingen.«

»Aber guter Stil ist das nicht, oder? Sich erst beschweren und mir dann nicht mal ein bißchen entgegenkommen. Was hat sie eigentlich gemeint? Wieso abweisend?«

Johan sah sie milde an. »Paula, solange ich dich kenne, hast du an Anita kein gutes Haar gelassen. Du hast sie eine Hexe genannt, Miststück, blondiertes Vorortmonster, pedantische Klimakteriumschachtel ...«

»Ja, ja! Ist ja gut!« Paula sah Johan beleidigt an. »Seit wann findest du sie eigentlich so reizend?«

»Ich habe nie gesagt, daß ich sie reizend finde, ich sehe nur, daß du tatsächlich ›abweisend‹ warst. Grundsätzlich finde ich sie ganz okay, vielleicht ein bißchen fahrig.«

»Ein bißchen ... Sie bekommt doch schon einen Nervenzusammenbruch, wenn jemand auf dem Wohnzimmertisch einen Fingerabdruck hinterläßt!«

»Jetzt mach dich doch nicht lächerlich. Kannst du sie nicht einfach lassen, wie sie ist, das Wichtigste ist doch wohl, daß sie und dein Vater sich verstehen. Oder?« Johans Stimme wurde sanfter. »Du mußt doch nicht wie ein Teenager reagieren ...«

»Teenager!?« Paula fauchte. »Du hast keine Ahnung, wovon du sprichst. Sie ist in unser Leben hineingetrampelt wie ein mieses ... mieses Flittchen, als Mama gestorben war!«

»Aber Paula, das war doch fast zwei Jahre, nachdem ...«

»Zwei Jahre! Findest du das lang? Ja, findest du das!?«

»Aber dein Vater brauchte wohl ...« Paula schnitt ihm wieder das Wort ab.

»Er brauchte gar nichts! Er hatte mich, und es ging uns gut zusammen. Kapiert?« Paulas Stimme überschlug sich beinahe. »Bis sie kam, diese hinterhältige alte Schachtel von nebenan mit ihren Sandkuchen ...«

»Alte Schachtel? Paula, sie war wohl kaum älter, als du jetzt bist ...«

»Nein, sie saß da auf ihrem Glasberg mit ihren frisch gewaschenen Haaren und hielt Ausschau. Ein Fleischwurstring im Ofen – und schon hat er angebissen!«

»Aber wenn du es so siehst, müßtest du doch vielleicht eher auf deinen Vater böse sein?«

»Papa?! Du hast verdammt noch mal keine Ahnung, wovon du sprichst! Du weißt gar nichts!« Paula sprang vom Sofa auf, lief in den Flur und griff nach ihrem Mantel. Bevor Johan sie zu fassen bekam, hatte sie die Tür schon zugeknallt.

Draußen auf der Straße zog sich Paula den Mantel über und beugte sich hinunter, um sich die Schuhe zuzubinden. Einen Moment lang blieb sie stehen. Gerade hatte sie wütend die Wohnung verlassen, doch jetzt war sie vor allem traurig. Und enttäuscht. Von Johan. Wer, wenn nicht Johan, konnte sie verstehen? Warum stand er nicht auf ihrer Seite? Dafür waren doch Freunde da.

Sie wanderte weiter in Richtung Mariatorg. Die dritte Telefonzelle, die sie ausprobierte, funktionierte endlich.

»Hallo Anna, hier ist Paula.«

»Hallo Paula, du klingst aber sonderbar.«

»Ich rufe aus einer Telefonzelle an. Du, entschuldige, ich weiß, es ist spät, aber hast du nicht vielleicht Lust, noch ein Bier mit mir zu trinken? Oder ein Wasser natürlich ...«

Im Hörer wurde es still. »Jetzt?«

»Ja, nur ganz kurz. Bitte.« Paula machte eine Pause. »Ich habe Streß mit Johan.«

»Aber Schätzchen, es ist vielleicht ein bißchen spät zum Ausgehen. Kannst du nicht zu mir kommen? Dann koche ich uns einen Tee.«

Tee, Paula mußte grinsen. Es war schon lange her, daß ihr jemand Tee angeboten hatte, um dabei Probleme zu lösen. Ihr kamen die endlosen Teeabende in den Sinn, die Anna, Rakel und sie veranstaltet hatten. Prüfungen, unglückliche Liebe, anstehende Reisen, Jobs, Zukunft ... Sie seufzte. »Ist Sture zu Hause?«

»Ich verspreche, ich schließe ihn ein. Komm jetzt, dann hole ich den Rotbusch-Tee raus.«

Paula ging zur Bushaltestelle in der Rosenlundsgata, wo die Vier hielt. Daß sie mit Johan Streit hatte, kam eigentlich nicht oft vor, aber wenn es geschah, rannte Paula meistens davon. Das war ihre Rache, denn sie wußte, daß Johan sich dann Sorgen machte. Geschah ihm ganz recht.

Die Vier setzte sich in Richtung Hornstull in Bewegung und fuhr weiter über die Västerbrücke. Am Sankt Eriksplan stieg sie aus und lief die Rörstrandsgata hinunter. Stures Wohnung war weit entfernt, und bis sie dort angelangt war, kam sie an unzähligen Antiquitätengeschäften vorbei, die aufblasbare Siebziger-Jahre-Sessel und ellipsenförmige Teakholztische im Schaufenster hatten. Die Gegend hier war wirklich sehr schön, und im Vergleich zu Annas alter Einzimmerwohnung in Örnsberg war der Wohnungswechsel sicher kein Abstieg. Sture hatte die geräumige Dreizimmerwohnung von einer verstorbenen Tante übernommen. Als Paula fragte, wieviel er draufgezahlt hätte, hatte er nur gelacht. Bei Sture hatte alles seinen Platz. Er strahlte so viel Sicherheit aus und war so praktisch veranlagt. Ein bißchen wie Johan, dachte sie, als sie die vier Zahlen des Türcodes in das Zahlenschloß am Hauseingang eintippte.

Anna trug etwas, das aussah wie Stures Jogginganzug, und Paula konnte es sich nicht verkneifen, darauf hinzuweisen, daß dieser riesige Collegepullover ihren Bauch noch viel größer machte.

»Das liegt bestimmt nicht am Pullover ... Ich habe vier Kilo zugenommen, seit wir uns zuletzt gesehen haben. Ich glaube, ich explodiere bald«, lachte Anna.

»Ist das nicht der Sinn der Sache?«

»Hör auf, lieber nicht dran denken.« Anna schauderte. »Komm rein.«

Sture saß im Wohnzimmer und sah fern. Er stand auf und umarmte Paula. Wenn er Bescheid wußte, dann ließ er sich immerhin nichts anmerken. Anna nahm sie mit in die Küche, und Sture setzte sich wieder vor den Fernseher. Der Küchentisch war mit Teetassen gedeckt, und Anna hatte Kerzen angezündet.

»Willst du was essen? Soll ich dir ein Brot schmieren?«

»Nein, danke. Ich war gerade Pizza essen.«

»Ein Knäckebrot vielleicht? Mit Marmelade und Käse?«

Paula mußte lachen. »Okay, dann ein Knäckebrot. For old times' sake.«

Anna schenkte Tee in die großen Keramiktassen ein, die gleichen wie Paulas, nur grün. Es war ein gutes Gefühl mit der rauhen Keramik an der Innenseite der Handfläche.

»So, und worüber habt ihr nun gestritten?«

Paula erzählte von Anitas Besuch, von Rebeckas Enthüllungen und von Johans unsensiblem Verhalten. Bevor sie zu Ende sprach, fügte sie noch hinzu: »Falls du vorhast, Johans Meinung zu vertreten, gehe ich!«

»Ich habe gar keine Meinung«, sagte Anna, »außer daß ich es traurig finde, daß ihr euch gestritten habt. Ich hatte den Eindruck, daß es bei euch in der letzten Zeit ganz gut lief.«

»Ich weiß nicht ... Manchmal bin ich ja auch ganz zufrieden. Aber dann kriege ich plötzlich Panik. Ist es richtig, ist es falsch, was mache ich eigentlich mit meinem Leben?«

»Aber hat das denn tatsächlich mit Johan zu tun?«

»Irgendwie schon.« Paula machte eine kleine Pause. »Geronimo hat neulich angerufen.«

»Aha ...« Anna wartete auf die Fortsetzung.

»Er und Frank werden nach Südafrika gehen.« Anna schaute überrascht. »Und ein Hotel übernehmen.«

»Ein Hotel?«

»Ja.« Paula erzählte ihr von Geronimos Plänen. »Und jetzt haben sie mich gefragt, ob ich nicht zu ihnen kommen will, um bei ihnen zu arbeiten.«

»Oje, oje!«

Paula nickte. »Ich weiß.«

»Willst du es denn?«

Paula überlegte einen Moment. »Spontan – ja!«

»Und wenn du ein bißchen drüber nachdenkst ...«

Sie holte tief Luft. »Dann wohl eher – nicht.«

»Weiß Johan Bescheid?«

»Nein, natürlich nicht!«

»Dann solltest du es ihm auch nicht unbedingt erzählen. Außer, du willst es tatsächlich. Ich habe mit Johan ein paar Tage, nachdem ihr hier wart, telefoniert.«

»Ach, wirklich?«

»Ja, er rief an, um sich für den Abend zu bedanken.«

»Typisch Johan«, brummelte Paula. Anna überging ihren Kommentar.

»Er hat gesagt, daß er so froh sei, daß du wieder zu Hause bist. Daß er das Gefühl habe, dieses Mal klappt es ...«

»Was heißt schon klappen? Jeder spricht davon, daß es klappen muß. Was soll denn klappen!? Johans Leben? Oder meins?«

»Hast du das Gefühl, daß es sich ausschließt?«

Paula sank in sich zusammen. »Ja, zumindest manchmal. Ich habe keine Ahnung, wie das zusammenpassen soll, wir haben so wahnsinnig unterschiedliche Vorstellungen.«

»Was will er denn?«

»Alles geordnet haben. Daß ich wie er eine feste Stelle habe. Daß wir richtig zusammenleben. Heiraten, Kinder kriegen ... All das.«

»Und was willst du?«

Paula seufzte. »Ich weiß es nicht«, sagte sie leise.

Anna legte den Kopf auf die Seite und schaute sie an. »Vielleicht mußt du das als erstes mal herausfinden.«

Als Paula nach Hause kam, war es zwei. Es war dunkel und still in der Wohnung, aber sie wußte, daß Johan noch nicht schlief. Sie beeilte sich, die Zähne zu putzen und sich auszuziehen, dann schlich sie ins Schlafzimmer hinein. Vorsichtig kroch sie unter die Decke. Eine Weile lag sie da ganz ruhig.

»Schläfst du?« flüsterte sie.

»Nein.«

Sie wurde wieder still. Es war schwerer, als sie gedacht hatte, und sie mußte noch einmal ganz tief Luft holen. »Tut mir leid.«

Die Redaktion war ganz leer, als Paula am Montagmorgen erschien. Sie suchte eine Weile nach den Kollegen, dann ging sie zur Rezeption, wo sie erfuhr, daß sie gerade ein Meeting hatten und im Konferenzraum waren. Paula ging hinüber. In der Mitte des Tisches standen eine Pumpthermoskanne mit Kaffee und ein Korb mit Zimtschnecken. Die meisten hatten sich schon versorgt, und Johanna war gerade dabei, die letzte Tasse Kaffee aus der Kanne zu pumpen.

»Paula, gut, daß Sie kommen, jetzt sind wir vollzählig«, sagte Anders.

»Ich wußte nicht, daß heute Meeting ist«, sagte sie zu ihrer Entschuldigung.

»Nein, wir haben wohl vergessen, es Ihnen zu sagen. Betriebsblind nennt man das.«

Paula ließ sich neben einem der Praktikanten nieder, und Johanna schob ihr eine Tasse hinüber. Sie reckte sich nach einer Zimtschnecke.

»So«, begann Anders. »Diese Woche wird scharf geschossen, Paula.« Er sah sie belustigt an. Sie nickte. Am Freitag hatten sie Natalie mit Blumen und Prinzeßtorte verabschiedet, und die weiße Kunststoffkiste wurde ganz offiziell an Paula übergeben. Nun wurde es ernst; jetzt war sie an der Reihe. »Wird schon schiefgehen«, fügte er hinzu.

Dann gingen sie die Aufzeichnung vom Donnerstag durch. Alle waren sehr zufrieden, und Anders zitierte mehrmals das unfreiwillige Geständnis der armen Schauspielerin, als sie ihre Affäre mit einem berühmten Regisseur zugab. »Glänzende Unterhaltung!« nannte er es, und die anderen teilten seine Meinung.

»Ja«, leitete er zum nächsten Thema über. »Nächste Woche erwarten wir, wie alle wissen, Sonja Lille«, und er machte eine kleine Kunstpause. Natalie hatte ihr erzählt, daß es zwei Jahre gedauert hätte, bis sie von der umschwärmten norwegisch-schwedischen Schauspielerin eine Zusage bekommen hatten. Anders hatte sie schon zu den absoluten Neinsagern gerechnet, als Natalie es einfach noch einmal probierte und sie tatsächlich zu fassen bekam. »Die meisten Recherchen sind erledigt«, sagte er mit Blick auf Johanna und Robert. »Aber Robert, du schaust dir trotzdem noch einmal diesen Spanier an und versuchst, mehr darüber herauszubekommen. Es wäre doch nett, ihn einzubauen!«

Dann wurden einige Punkte abgehandelt, bei denen es um die Belegung des Studios und die Eintrittskarten für das Publikum ging. Paula hörte nur mit einem Ohr hin, während sie von ihrer Schnecke Schicht für Schicht abzupfte, bis nur noch die klebrige Füllung übrig war. Gerade als sie sich den Rest in den Mund gestopft hatte, sprach Anders sie an.

»Jetzt müssen wir aber nach vorne schauen. Nach Sonja haben wir Plura, aber nach ihm kommt eine Lücke. Das ist nicht gut, wir sind sonst besser ausgebucht. Ich habe von Vendela eine neue Wunschliste bekommen, die können wir gleich mal gemeinsam durchgehen.«

Paula schluckte den Schneckenklumpen. »Klar!«

Nach dem Meeting verschwanden alle Redaktionsmitglieder in verschiedene Richtungen. Paula setzte sich an ihren Schreibtisch. Er sah aus wie immer, nur die drei Trolle von Natalie waren verschwunden. Sie wußte nicht so richtig, was sie machen sollte. Sie dachte kurz daran, Johan anzurufen, damit es wenigstens so aussah, als sei sie beschäftigt, wurde aber in ihren Überlegungen von Anders unterbrochen, der sich auf ihre Schreibtischkante setzte.

»Und, wie fühlen Sie sich?« fragte er.

»Gut. Ist alles noch etwas ungewohnt.«

»Das wird sich rasch geben.« Er öffnete den Ordner, den er mitgebracht hatte, und zog ein Papier heraus. »Vendelas Wunschliste«, sagte er und legte sie vor Paula auf den Tisch.

Sie war nicht besonders lang, zehn Namen, hinter einigen stand ein kurzer Kommentar. Sie überflog die Namen der Promis: Stellan Skarsgård, Jeanette Lindholm, Josefin Larsson, Johnny Thulin, Joakim Thåström, Peter Stormare, Lena Sundin, Ralf Brygge, Yasmine, Pernilla August. Paula wußte nicht recht, was sie dazu sagen sollte.

»Wie Sie sehen, habe ich ein paar Kommentare dazugeschrieben. Stellan wollten wir in der letzten Saison schon haben, aber da war er in den USA, jetzt müßte er wieder in Schweden sein.« Anders fuhr mit dem Finger über die Liste. »Thåström kann ein Problem werden, aber er wird bald eine neue Platte herausbringen, und dann werden sie normalerweise weich. Yasmine hat in letzter Zeit so viel gemacht, daß ich eher nicht glaube, daß sie kommt, aber wir haben einen guten Draht zu ihr, die Nummer habe ich hier notiert. Das ist ihr PR-Typ, Mats Vengbom, er hat früher bei RightVision gearbeitet, also müßte er das eigentlich ganz positiv sehen.«

»Entscheiden die Gäste das nicht selbst?«

»Das kommt darauf an. Meistens richten sich die Künstler nach ihren Agenten. Aber je jünger sie sind, desto gieriger sind sie ...«

»Verstehe.« Paula nickte.

»Dann lasse ich Sie damit jetzt in Ruhe. Am wichtigsten ist, daß Sie die erste Lücke füllen, am zwölften. Wir müßten nämlich ab sofort mit den Vorbereitungen beginnen. Enthüllungen wollen schließlich erst mal ausgegraben werden.« Anders schlug den Ordner zu und stand auf. »Wenn Sie Fragen haben, kommen Sie einfach zu mir, ja?«

»Nur eine Sache noch«, Paula war es etwas peinlich. »Wer ist dieser Ralf Brygge?« Anders sah sie verständnislos an. »›Wartezimmer‹ ...« Paula zuckte mit den Schultern und kam sich noch viel blöder vor. Dann fiel es ihm ein. »Ach ja, Sie waren ja das letzte Jahr im Ausland. Fragen Sie Johanna oder Robert, ich muß noch vor elf Uhr jemanden anrufen.« Er sah auf die Uhr und zwinkerte ihr zu. Dann verschwand er.

Paula nahm den Zettel und ging zu Robert, der schon ganz versunken vor seinem Bildschirm saß. Vermutlich auf der Jagd nach Sonja Lilles mystischem Spanier. Er zuckte, als Paula sich räusperte.

»Könntest du mir kurz bei einer Sache helfen?«

»Ja, sicher, um was geht's denn?«

»Ich habe von Vendela eine Liste mit Namen bekommen ...« Bevor sie ihr Anliegen erklären konnte, hatte er ihr die Liste schon aus der Hand genommen und ging kurz die Namen durch.

»Nicht gerade einfache Kandidaten, wahrscheinlich will sie dich testen.«

»Wieso mich testen?«

»Sehen, was du daraus machst.« Paula schluckte. Das klang nicht gerade ermutigend.

»Lindholm kannst du gleich vergessen. Diese Nachrichtentypen lehnen immer ab. Stormare und Skarsgård wirst du wahrscheinlich nicht erreichen. Warum sie Thåström haben will, weiß ich nicht, er ist in Interviews immer sterbenslangweilig, ein richtiger Schweiger. Obwohl das natürlich dann letztlich ihr Problem ist. Wenn ich du wäre, würde ich mit Yasmine anfangen.« Er gab ihr die Liste zurück.

»Danke für die Tips. Aber eigentlich wollte ich dich noch etwas anderes fragen.«

»Nur zu!« Robert lehnte sich in seinem Bürostuhl zurück. Es kam nicht jeden Tag vor, daß er als junger Journalist um Rat gefragt wurde.

»Ralf Brygge ...«

»Ja.«

»Wer ist das?«

»Du weißt nicht, wer Ralf Brygge ist?« Robert sah sie entgeistert an.

»Ich war in den USA und habe anscheinend etwas Entscheidendes verpasst.«

»Ja, kann man so sagen. Er ist Regisseur, gelinde gesagt ein gefeierter Regisseur. Er hat eine Menge kurioser Kurzfilme gedreht, die bei verschiedenen Festivals auf der ganzen Welt liefen, und er hatte den Ruf, sehr schwierig zu sein, bis er ›Wartezimmer‹ drehte.« Paula nickte, von ›Wartezimmer‹ hatte sie ja schon gehört. Robert fuhr fort: »Er hatte im November Premiere, glaube ich, und er hat jetzt schon mehr Zuschauer gehabt als ›Änglagård‹. Jetzt schon. Eigentlich ganz schön merkwürdig, denn er gehört nicht zum Mainstream. Sehr ›dogma‹, irgendwie.«

»Wie?«

»Na ja, so mit wackliger Handkamera. Schnell geschnitten. Unbekannte Schauspieler.«

»Ach so, wie diese Dänen.« Paula sah Land.

»Ja, ›dogma‹ eben.«

»Hast du ihn schon gesehen?«

»In der ersten Woche.« Robert klang stolz. »Supergut. Handelt von einem Arzt und seinen Patienten. Daraus entpuppen sich Geschichten. Brygge erzählt, warum sie hier sind, Lebenslügen und all so was. Ein bißchen wie ›Short Cuts‹. Enorm talentiert.«

»Das klingt ein bißchen ... anspruchsvoll.«

»Ja, einerseits. Aber er ist auch sehr lustig. Ein paar dieser Patienten sind einfach urkomisch. Gösta Ekman zum Beispiel spielt einen völlig verbitterten Schaffner, der eine Nickelallergie bekommt, von diesem Ding, mit dem er die Fahrkarten knipst. Total witzig!«

Paula fand das spontan nicht allzu lustig, behielt das aber für sich. »Aber Gösta Ekman ist ja nicht gerade ein unbekannter Schauspieler.«

»Nein, aber er ist der einzige, den man kennt. Ihm hat wohl das Drehbuch gefallen. Ansonsten kennt man niemanden, die meisten Schauspieler sind Amateure. Viele von ihnen standen nach dem Film ziemlich im Rampenlicht. Kristina Wallén, die die Arzthelferin in der Praxis spielt, war auf der Titelseite vom ›Monatsjournal‹. Ich glaube, sie hat eine ziemlich große Rolle in dem neuen Thriller mit Persbrandt bekommen.«

Paula hatte keine Ahnung, von welchem Thriller Robert sprach, verkniff sich aber die Frage, um nicht noch blöder dazustehen.

»Er läuft noch. Geh doch rein!«

»Danke, das mache ich bestimmt.« Paula lächelte, weil ihr plötzlich der letzte Kinobesuch mit Anna und Rakel wieder einfiel. »Jetzt hab ich dich aber lange genug aufgehalten.«

»Kein Problem.«

»Vielen Dank jedenfalls«, verabschiedete sich Paula und ging wieder an ihren Platz.

Paula öffnete den weißen Kunststoffkasten und blätterte zu »T«. Johnny Thulins Zettel sah ziemlich alt aus. Zwei Nummern waren notiert. Eine vom Agenten und eine zu Hause. Sie überlegte eine Weile. Natalie hatte gesagt, der korrekte Weg sei über den Agenten, aber bei manchen wirkte ein Anruf zu Hause Wunder. Andere reagierten total sauer. Leider war auf dem Zettel nicht vermerkt, zu welcher Sorte Thulin gehörte. Paula hob den Telefonhörer ab, zögerte einen Augenblick und wählte dann seine Privatnummer. Sie ließ es ziemlich lange klingeln, und just in dem Moment, als Paula auflegen wollte, meldete sich eine bekannte Stimme.

»Thulin.«

Paula schluckte. Dann begann sie mit ihrer einstudierten Rede. »Hallo, mein Name ist Paula Wilhelmsson, ich rufe von der Sendung ›Geradeaus‹ an. Unsere Moderatorin, Vendela Björklund, würde Sie sehr gern als Gast bei uns begrüßen.« Sie machte ein Pause, um eine Reaktion abzuwarten. Doch im Hörer war es ruhig.

»Um in alten Drogensünden zu graben?«

»Aber nein, ich glaube nicht ...«

»Warum rufen Sie nicht meinen Agenten an?«

»Ich dachte ...«

»Was glauben Sie eigentlich, wofür man Agenten hat? Genau: um sich solche Gespräche zu ersparen.« Er ratterte die Telefonnummer herunter, und Paula kam immerhin bei den ersten vier Ziffern auf ihrem Zettel mit. Dann legte er mit einem äußerst knappen »Auf Wiederhören« auf.

Paula versuchte, sich zusammenzureißen. Natürlich funktionierte es nicht gleich auf Anhieb. Sie mußte Geduld haben. Gespräche dieser Art waren Natalie wahrscheinlich zu Hunderten passiert. Davon durfte man sich nicht entmutigen lassen, es schon gar nicht persönlich nehmen. Außerdem genoß Johnny Thulin den Ruf, schwierig zu sein.

Sie holte tief Luft und hob erneut den Hörer ab. Der Anrufbeantworter seines Agenten teilte mit, daß die Fun-Consultants beim Mittagessen waren, daß man in dringenden Fällen jedoch eine Handynummer anrufen könne, die genannt wurde. Ansonsten wäre man um ein Uhr wieder erreichbar. Paula notierte schnell die Nummer auf dem Zettel von Thulin. Daneben schrieb sie in deutlichen Großbuchstaben: Thulin, Agent. Dann sah sie auf die Uhr, zwei Minuten nach zwölf, sie konnte also gut und gerne bis ein Uhr warten. Außerdem bekam sie langsam Hunger.

Als sie aufsah, waren Johanna und Robert gerade dabei, die Redaktion zu verlassen.

»Geht ihr essen?« rief sie gerade noch, bevor sie aus ihrem Sichtfeld verschwanden.

»Ja. Kommst du mit?« Johanna blieb in der Türöffnung stehen.

»Gern«, antwortete Paula und stand auf. Erst da merkte sie, daß sie schweißgebadet war.

Nach dem Mittagessen – gebratenes Dorschfilet mit Remouladensauce – hatte Paula die Hoffnung auf Sushi aufgegeben und ging zurück an ihren Schreibtisch. Sie hatte sich vorgenommen, den Agenten um Viertel nach eins anzurufen, um nicht den Eindruck zu erwecken, sie hätte auf ihn gewartet. Dreizehn Minuten nach eins saß sie da und glotzte das Telefon an. Es konnte nicht schlimmer werden als das Telefonat mit Thulin selbst, versuchte sie sich zu beruhigen. Als es Punkt Viertel nach war, griff sie zum Hörer und wählte die Nummer. Es war eine Frau am Apparat, die gleiche wie auf dem Anrufbeantworter. Paula stellte sich vor und sagte kurz, worum es ging.

»Einen Moment, dann verbinde ich Sie mit Margita Broström«, sagte die Stimme, und einen Augenblick lang strömten die synthetischen Töne von Vivaldis Frühling durch den Telefonhörer. Dann wurde es still, und eine Frau nahm ab, die entweder ein schwerwiegendes Problem mit ihrer Stimme hatte – oder vierzig Camel ohne Filter am Tag rauchte.

»Broström.«

Paula wiederholte ihren Text zum dritten Mal an diesem Tag.

»Hmm«, sagte die Frau genau an der Stelle, als Paula auf eine Reaktion gewartet hatte. »›Geradeaus‹ sagten Sie? An welchen Tagen zeichnen Sie auf?«

»Donnerstags, 19 Uhr. Es wäre sinnvoll, um halb sechs da zu sein. Dann kann man noch das Programm durchgehen und hat Zeit für die Maske.« Paula stockte der Atem, hatte sie sie im Boot?

»Ich muß das mit Johnny besprechen. In drei Wochen, sagten Sie?«

»Ja. Eigentlich in zwei Wochen, am zwölften April.«

Natalie hatte ihr beigebracht, daß es gut war, wenn man sehr frühzeitig anrief, nicht nur wegen der eigenen Terminplanung, sondern auch, damit bei den Gästen nicht der Eindruck entstand, daß sie als Ersatz in letzter Minute herhalten sollten. Das schmeichelte niemandem.

»Hmm.« Margita Broströms nachdenklicher Seufzer klang, als ob jemand eine Leiche über Kies zog. »Ich melde mich wieder.« Dann notierte sie Paulas Nummer und legte auf.

Und jetzt? Paula fühlte sich total erschlagen und mußte sich nun wohl eine gute Ausrede einfallen lassen, warum sie schon länger als einen Tag über Vendelas Liste saß. Seufzend machte sie sich klar, daß ein Versagen ihrerseits Auswirkungen hatte: auf die Redaktion, auf Anders, Vendela, die Fernsehzuschauer, das ganze schwedische Volk ... Als ihre Gedanken zu einem alten Paar in ihrem kleinen Haus in der Östgötaslätten wanderten, das sich wegen einer geplatzten Vendela-Sendung alte Videoaufnahmen von der Reederei ansehen mußte, nahm sie sich ein Herz und griff erneut zum Hörer.

Sie warf einen Blick auf Vendelas Liste und wählte die Nummer von Mats Vengbom, die Anders neben Yasmines Namen geschrieben hatte. Wieder ging eine Frau an den Apparat, diesmal eine mit angenehmer Stimme.

»Sie haben die Nummer von Mats Vengbom gewählt, leider ist er auf Dienstreise und kommt erst am siebenundzwanzigsten Mai wieder zurück.«

»Siebenundzwanzigster Mai«, wiederholte Paula unsinnig. »Gibt es jemand anderes, der sich in der Zwischenzeit um die Termine von Yasmine kümmert?«

»Ja, worum geht es denn?«

»Um ein Fernsehinterview.«

Die Frau blätterte in ihren Unterlagen. »Sie können mit Camilla sprechen, aber ich fürchte, sie wird Ihnen nicht viel sagen können. Yasmine ist zur Zeit auf einer PR-Tour in den USA und kommt ebenfalls am siebenundzwanzigsten Mai zurück.«

»Zusammen mit Mats Vengbom ...?«

»Ja, genau«, sagte die Dame am Telefon in einem Tonfall, der verriet, daß Paula den Nagel auf den Kopf getroffen hatte.

»Danke, dann melde ich mich wieder.« Paula legte den Hörer auf, das war wirklich nicht einfach. Jetzt konnte sie eine Tasse Kaffee gebrauchen.

Sie ging in den Speisesaal, der außerhalb der Essenszeiten auch als Cafeteria und Raum für kurze Besprechungen genutzt wurde. Der Saal war nahezu leer, bis auf zwei junge Mädelchen mit tief geschnittenen Hosen und hochgeschnürter Brust. Sie saßen an einem Tisch und kicherten. Als Paula auf den Cappuccino-Knopf am Kaffeeautomaten drückte, bemerkte sie einen Mann auf der anderen Seite des Raumes. Es war Sten Levin, der Produzent mit dem wuscheligen Haar. Er saß da und schlief, die Kaffeetasse vor sich auf dem Tisch.

Als Paula gerade hinausging, sah sie Helena in den Speisesaal kommen. Sie rüttelte Sten diskret an der Schulter und rief leise seinen Namen. Paula beeilte sich, hinauszukommen, sie wollte nicht unbedingt gesehen werden. Es ist fast annähernd so peinlich, Zeuge von unangenehmen Situationen anderer zu sein, wie selbst drin zu stecken, dachte sie – erleichtert, daß sie bis jetzt noch ein unbeschriebenes Blatt hier im Büro war.

Anders war fast die ganze Woche über nicht aufgetaucht. Er hatte seine Zeit – wie er selber sagte – in sinnlosen Meetings zugebracht. Doch am Donnerstagmorgen stand er bei Paula vor dem Schreibtisch. Verärgert, wie es schien.

»Also, wir haben ein handfestes Problem.« Sein Mund war verkniffen. »Bitte in mein Büro.« Er machte auf dem Absatz kehrt, ohne eine Antwort abzuwarten, und steuerte seinen Glaskasten an. In ihrer Not griff Paula schnell nach ihren Unterlagen und folgte ihm. Er setzte sich auf seinen Drehstuhl und faltete die Hände unter dem Kinn. Sie nahm im Sessel auf der anderen Seite des Schreibtisches Platz und wartete.

»Plura hat abgesagt.« Er beobachtete sie ganz genau, um zu erkennen, ob sie das Ausmaß dieser Neuigkeit wirklich erfaßte. Paula stöhnte.

»O nein ...«

»Kann man wohl sagen.« Er machte eine Pause. »Wie sieht die Gästeliste denn im Moment aus?«

Paula schluckte. Nicht gerade beruhigend.

»Ähh ... Ich warte noch immer auf Antwort.« Anders entgegnete nichts, doch auf seinem Gesicht zeichnete sich eine tiefe Falte zwischen seinen Augenbrauen ab. »Ich hoffe, am Nachmittag kann ich mehr sagen.« Sie versuchte, zuversichtlich zu klingen.

»Und das heißt im Klartext?«

»Daß ...«, sie zögerte einen Moment, entschied sich aber, die Karten auf den Tisch zu legen. »Daß keine Gäste zugesagt haben. Bisher ...«, fügte sie hinzu.

»Das ist ganz schlecht, ganz schlecht ...« Paula war nicht klar, ob er ihre Leistung kommentierte oder die Situation an sich. »Keine neuen Zusagen und eine Absage eine Woche vor Drehtermin. Ganz schlecht ...«, wiederholte er und schüttelte den Kopf. Paula nickte, um zu zeigen, daß sie den Ernst der Lage verstand. »Okay, dann müssen Sie sich jetzt dahinterklemmen. Bis zum Nachmittag brauchen wir Ergebnisse. Vendela kommt um vier.«

»Ja, natürlich!« Paula sprang etwas überhastet auf und ärgerte sich auf der Stelle, daß ihre Nervosität so offensichtlich war. Sie fügte schnell noch hinzu: »Lena Sundins Pressesprecher wollte gleich zurückrufen« und wies auf das Telefon auf ihrem Schreibtisch, um den Eindruck zu erwecken, sie habe die Lage unter Kontrolle. Doch Anders blätterte längst in seinen Unterlagen. Die Verantwortung lag jetzt bei ihr.

Paula warf einen Blick auf die Uhr, zwanzig nach zehn. Die Deadline war vier. Es sah nicht gut aus. Sie ging in den Speisesaal, wo bereits für den Mittagstisch gedeckt wurde, und holte sich ihre dritte Tasse Kaffee. Dann setzte sie sich hin und nahm sich die Liste wohl zum hundertsten Mal vor.

Stellan Skarsgård	*Dreht in den USA, im Juni zurück*
Jeanette Lindholm	*Absage, falsches Programm, falscher Kanal*
Josefin Larsson	*Ruft nicht zurück, Kontakt Schwedische Filmindustrie*
Johnny Thulin	*Agent gibt Bescheid*
Joakim Thåström	*Vielleicht Ende Mai*

Peter Stormare	*Mit Proben beschäftigt*
Lena Sundin	*Pressesprecher gibt Bescheid*
Ralf Brygge	*Anrufbeantworter, Nachricht hinterlassen*
Yasmine	*In den USA, am siebenundzwanzigsten Mai zurück*
Pernilla August	*Absage (Neinsager?)*

Während sie die Liste noch studierte, klingelte das Telefon. Paula stürzte sich darauf. Eine Zusage wäre jetzt genau das richtige.

»Du klingst aber außer Atem. Ist das das Tempo beim Fernsehen?« Rakel kicherte.

»Ich dachte, es wäre jemand anders«, sagte Paula, und es gelang ihr nicht, die Enttäuschung zu verbergen.

»Ich kann ja auflegen.« Rakel klang eingeschnappt.

»Nein, nein! Entschuldige, ich hab nur gerade etwas Streß. Es läuft hier nicht so gut. Ich habe noch keinen Gast für das Programm bekommen!« Paula schaute unruhig zu Anders hinüber, um sicherzugehen, daß er nicht hörte, was sie sagte.

»Ach herrje.«

»Und dann hat Plura abgesagt.«

»Und das ist wohl ein Riesenproblem ...?« Paula kam sich etwas lächerlich vor, aber natürlich konnte Rakel nicht ermessen, was das für die Sendung bedeutete. Sie erklärte ihr hastig, weshalb es so schwierig war, einen Gast für die nächste Woche zu bekommen. »Klingt schrecklich«, sagte Rakel.

»Sag doch nicht so etwas! Ich sitze gerade da und warte darauf, daß Lena Sundins Pressesprecher zurückruft.«

»Ach, ihr macht Sendungen mit Pressesprechern?« Rakel kicherte.

»Keine Witze bitte, es ist blutiger Ernst. Er hätte eigentlich schon gestern anrufen sollen.«

»Okay, tut mir leid. Es wird bestimmt eine Lösung geben.«

»Sieht gerade nicht danach aus.«

»Was passiert denn, wenn du niemanden bekommst?«

»Ehrlich gesagt, nehme ich an, daß meine TV-Karriere dann relativ rasch zu Ende ist.«

»Das wird schon«, wiederholte Rakel. »Jetzt will ich dich nicht länger stören. Eigentlich wollte ich nur fragen, ob du heute abend zum Essen zu mir kommen magst. Anna rufe ich auch noch an.«

»Heute abend? Hm. Heute abend zeichnen wir auf, Sonja Lille. Und dann werde ich mich sicher ans Telefon hängen müssen, wenn ich niemanden bekomme. Können wir uns nicht morgen sehen?«

»Ich fliege morgen nach Mosambik ...«

»Ach ja, so ein Mist!« Paula dachte kurz nach. Der Job war wichtig, aber nicht wichtiger als ihre Freunde.

»Gut, dann lasse ich die Aufzeichnung sausen. Ich muß vorher nur kurz die Gäste begrüßen. Und am Abend kann ich ja auch niemanden mehr erreichen. Bis acht könnte ich es schaffen, wäre das okay?«

»Ja, absolut. Bis dann!«

In dem Moment, als Paula aufgelegt hatte, klingelte es erneut. Es war Margita Broström, Johnny Thulins Agentin. Johnny habe am zwölften keine Zeit, er wolle Urlaub machen, aber am dritten Mai würde es passen. Paula sagte, der dritte Mai sei wunderbar. Dann fiel ihr ein, daß sie auch in der kommenden Woche ganz unerwartet einen Termin frei hätten, und erwähnte dies in einem Nebensatz. Die Agentin reagierte fast beleidigt. Nein, Johnny Thulin hatte so kurzfristig natürlich keinen Termin frei. Paula entschuldigte sich, ohne genau zu wissen, wofür, und sagte, sie würde die Buchungsbestätigung so schnell wie möglich zusenden. »Johnny läßt grüßen und bedankt sich für die Einladung«, beendete die reservierte Stimme dann eilig das Gespräch.

Ordentlich vermerkte Paula Johnny Thulins Namen im Terminkalender. Immerhin etwas, aber das aktuelle Problem war nach wie vor ungelöst. Sie überflog ihre Zettel und blieb an der Nummer von FilmFight hängen, Ralf Brygges Produktionsfirma, wo niemand abgenommen hatte. Wieder meldete sich die ermüdende Anrufbeantworterstimme: »Sie haben die Nummer von FilmFight gewählt, die Gesellschaft, die für Ihr Recht auf gute Filme kämpft. Wenn wir nicht abnehmen, sind wir vermutlich vor Ort und drehen neue Kinohits. Falls Sie anrufen, um uns Ihre finanzielle Unterstützung anzubieten, lautet unsere Bankverbindung ...« Dann wurde eine Nummer genannt. Die Ansage endete mit: »Bis bald im Kino! Sie können nach dem Piepton auch eine Nachricht hinterlassen.«

Paula legte auf, sie hatte bereits dreimal auf den Anrufbeantworter gesprochen und fand es sinnlos, dies ein viertes Mal zu tun. Wieder war sie fassungslos, wie so ein offensichtlich erfolgreicher Mensch eine so schwachsinnige Ansage auf sein Gerät sprechen konnte. Das klang eher nach einem trotzigen Zwanzigjährigen, der gerade seinen ersten Filmkurs absolviert und einen Eid abgelegt hatte, sich niemals diesem kommerziellen Scheiß hinzugeben. Soweit sie wußte, war Ralf Brygge um die vierzig.

Den Rest des Tages über versuchte Paula, Josefin Larsson, Lena Sundin oder Peter Stormare an die Strippe zu bekommen – sie hatte beschlossen, mit Hollywoods neuer Lichtgestalt noch einen Versuch zu wagen. Eigentlich hatte er beim ersten Gespräch nicht richtig absagt, sondern nur gemeint, daß er in der nächsten Zeit sehr beschäftigt sei. Ob er nicht doch einen Donnerstagabend dazwischenschieben konnte?

Als es Viertel nach drei war, hatte sie erfolglos alle Möglichkeiten ausgeschöpft. Obwohl sie den Job erst seit zwei Wochen machte, sah sie sich traurig in der Redaktion um: Würde sie sich schon bald wieder verabschieden müssen?

Plötzlich klingelte das Telefon. Paula schreckte zusammen. Rakel war noch einmal dran.

»Hast du eine Lösung gefunden?«

»Nein. Ich habe im Geiste schon meine Prinzeßtorte gegessen und allen auf Wiedersehen gesagt.«

Rakel ignorierte ihr Selbstmitleid. »Hattest du nicht gemeint, du wartest auf eine Antwort von Lena Sundins Pressesprecher?«

»Ja, genau.«

»Tommy Vinterhed, oder?«

»Ja.« Paula war erstaunt.

»Mir ist gerade eingefallen, daß ich mit ihm zusammen studiert habe. Wir haben ein paar BWL-Scheine zusammen gemacht. Ich habe ihn vor ein paar Wochen am Institut für Außenpolitik getroffen. Er hat vorgeschlagen, zusammen ein Bier trinken zu gehen, und hat mir seine Karte gegeben, aber ich habe ihn nie angerufen.«

»Aber davon hast du ja gar nichts gesagt!« Paula vergaß einen Moment lang ihre Probleme; die Romanze einer Freundin war definitiv interessanter.

»Ach was, das war völlig belanglos.«

Paula hatte solche Kommentare schon oft von Rakel gehört und gab nicht so leicht auf. »Aber das kann doch ...«

»Vergiß es, kein Interesse. Er ist nett, aber er ist nicht ... mein Typ.« Man konnte hören, daß Rakel solche Ausdrücke sonst nicht benutzte.

»Ich wußte gar nicht, daß du einen bestimmten Typ hast«, stichelte Paula. Rakel ignorierte ihre Bemerkung.

»Ich habe mir gedacht, ich könnte ihn doch für dich anrufen? Ich glaube, er ist mir gegenüber recht ...«, Rakel schluckte und versuchte, ganz neutral zu klingen, »positiv eingestellt.«

»Du, darüber müssen wir unbedingt in Ruhe reden, wir zwei«, rief Paula, sagte dann jedoch in einem ruhigeren Ton, »aber da ich gerade ziemlich in der Klemme sitze, müssen wir das auf später verschieben. Zum Beispiel auf heute abend ...«

»Ich rufe ihn gleich an.« Damit legte Rakel auf, ohne Paulas Kommentar zu beantworten, und Paula starrte nur irritiert auf den Hörer. Lena Sundin. Was hatte Helena gesagt? Visualisieren! Sie versuchte es. Anfangs lief es gut. Die rothaarige Politikerin setzte sich brav zu Vendela aufs Sofa, und das Publikum applaudierte wie vorgesehen. Aber als Vendela mit dem Interview begann, ging etwas schief, und Paula verlor den Überblick über ihre Phantasie.

Als das Telefon klingelte, war das Szenario eskaliert und hatte nichts mehr im Familienprogramm zu suchen. Paula schloß mit einem Seufzer und nahm den Hörer ab.

»Hallo, hier ist Tommy Vinterhed.«

»Hallo!« Paula hielt die Luft an und hoffte, daß der Himmel keine kosmischen Punktabzüge für schmutzige Phantasien verteilte.

»Tut mir leid, daß ich nicht früher zurückgerufen habe, wir hatten viel zu tun.« Gute Ausgangssituation, dachte Paula, da hatte sie dann wohl einen gut bei ihm. »Ja, ich denke schon, daß wir ein Interview dazwischenschieben können ...«, sie hörte ihn blättern, »äh ... am Neunzehnten. Würde das gehen?«

»Ja ... klar, aber ...«

»Das ist der einzige Donnerstag, den Lena im Frühling frei hat. Aber wenn der Neunzehnte nicht paßt, können wir auch später noch einmal telefonieren ...«

»Nein, nein! Hervorragend! Der neunzehnte ist wunderbar!« Paula merkte selbst, wie verzweifelt sie klang, und versuchte, ruhiger zu werden. »Die Aufzeichnung beginnt um sieben, es wäre super, wenn sie um halb sechs da sein könnte, dann wäre Zeit für die Maske und einen Probelauf.«

»Sorry, aber soviel Spielraum haben wir nicht. Wir können versuchen, gegen halb sieben da zu sein. Mehr kann ich nicht anbieten.«

»Dann halten wir das so fest.« Paula wollte ihn so schnell wie möglich festnageln. »Ich schicke Ihnen die Bestätigung per Post.«

»Okay...« Er sprach sehr zögerlich, plötzlich klang er gar nicht mehr so forsch und sicher. »Ähh ... Sie sind doch eine Freundin von Rakel, oder?«

»Ja.«

»Wissen Sie, ob sie ... äh ...«

»Ob sie Single ist? Ja. Aber Sie müssen recht hartnäckig sein, wenn Sie bei ihr etwas erreichen wollen«, lachte Paula, und im selben Moment war ihr klar, daß Rakel sie lynchen würde für diesen Kommentar.

»Aha, ähh ... vielen Dank.«

»Ich danke auch.«

Noch während sie den Hörer auflegte, sah sie Vendela in die Redaktion hineinrauschen. Die gleiche Sonnenbrille, das gleiche sorgfältig frisierte Haar, aber die Pelzsaison war anscheinend vorbei. Statt dessen trug sie einen eleganten Trenchcoat, lässig um die fast unnatürlich schmale Taille geknotet. Die Prozedur von letzter Woche wiederholte sich, und die Tür zu Anders' Büro ging zu. Nach einer guten Viertelstunde öffnete sie sich wieder, Anders kam heraus und gab Paula ein Zeichen. Offensichtlich hatte sie eine Audienz.

»Paula, das ist Vendela. Vendela – Paula, unsere neue Assistentin, die die Gäste bucht.« Anders stellte sie offiziell vor und entschuldigte sich kurz, weil er hinausging und draußen in der Redaktion für Paula einen dritten Stuhl holte. Paula hielt der Frau auf dem Stuhl ihre Hand hin.

»Hallo, schön, Sie kennenzulernen«, sagte sie und meinte es sogar so. Sie war neugierig auf diese Frau, die ihre Gäste so zum Reden bringen konnte. Außerdem fand sie es aufregend, eine Prominente kennenzulernen.

Vendela streckte ihre Hand aus, ohne Anstalten zu machen, sich von ihrem Stuhl zu erheben. Der Händedruck war viel schwächer als erwartet, auf einen Gruß verzichtete sie ganz. Paula wußte nicht recht, was sie sagen sollte, und stellte erleichtert fest, daß Anders auf dem Weg zurück war.

»Setz dich«, sagte er zu Paula und zeigte auf den Stuhl, den er neben Vendela plaziert hatte. Paula ließ sich nieder und bemerkte mit einem unguten Gefühl im Bauch, daß sie im Sitzen mindestens einen Kopf größer war als die Moderatorin neben ihr. Vendela würdigte Paula keines Blickes.

Anders räusperte sich. »Also, nun haben wir diese unerwartete Absage für nächste Woche auf dem Tisch.« Besorgt sah er Vendela an. »Ich hoffe, Paula, daß Sie heute einen Ausweg für uns gefunden haben.« Dann schwieg er und sah sie auffordernd an.

Paula verfluchte seine Einleitung. Hätte sie selbst das Wort gehabt, dann hätte sie für die zwei Zusagen vielleicht ein gewisses Lob einfahren können, bevor sie auf das akute Problem zu sprechen gekommen wäre. Jetzt schien es, als würde der Mißerfolg alle guten Neuigkeiten überschatten.

»Ja, also«, begann sie, »wie es im Moment aussieht, haben wir leider noch immer eine Lücke in der kommenden Woche.« Besser gelang es ihr nicht, diese unangenehme Nachricht zu verpacken, aber da sie keine Lust hatte, die Reaktion der beiden darauf abzuwarten, schob sie eine Reihe völlig belangloser Erklärungen hinterher. Sie brauche noch etwas Zeit, bis sie eine Lösung hätten. Vendela fiel ihr ins Wort, als sie gerade von Auslandsreisen, Agenten und nervigen Anrufbeantwortern sprach.

»Etwas Zeit, sagten Sie?« Vendela starrte demonstrativ geradeaus ins Leere.

»Ja, ich bin überzeugt, daß ...« Weiter kam sie nicht.

»Sie sitzen also da und teilen uns mit, daß wir in einer Woche, das heißt in sieben Tagen, keinen Gast haben? Haben Sie eigentlich eine Ahnung, wie lange es dauert, so ein Interview vorzubereiten?« Ihre Stimme war eiskalt. Anders fuhr dazwischen.

»Ich hatte gehofft, daß Sie das Problem bis jetzt in den Griff bekommen hätten. Sind wirklich alle Möglichkeiten erschöpft, Paula?«

»Dann würden wir jetzt wohl nicht ohne Gäste dasitzen«, bemerkte Vendela stinksauer.

»Ich gehe die Liste gern Punkt für Punkt durch«, antwortete Paula, denn sie wollte endlich auf ihre zwei Zusagen zu sprechen kommen, statt noch länger in der Wunde dieser offensichtlich unverzeihlichen Niederlage rühren zu lassen.

Anders schluckte. »Also los.«

Paula nahm das Papier von ihrem Schoß. Als sie zu Johnny Thulins Namen kam, nahm sie Anders' wohlwollendes Nicken zur Kenntnis. Vendela verzog keine Miene. Nicht einmal über die Zusage von Lena Sundin konnte sie sich freuen. Gerade als sie zum nächsten Namen kommen wollte, hörte sie Vendela etwas murmeln. Paula zuckte zusammen, hatte sie Fernsehflittchen gesagt? Vielleicht hatte sie sich auch verhört. Egal, da sie sich sowieso nicht sicher war, ob nun sie selbst oder Lena Sundin beleidigt werden sollte, tat sie sicher gut daran, das Ganze einfach zu ignorieren.

Als Paula fertig war, schwiegen alle. Anders sah aus, als wäre er mit den Gedanken ganz woanders. Vendela starrte vor sich hin, als habe sie einen steifen Nacken. Schließlich ergriff Anders das Wort.

»Fallen dir vielleicht noch andere Namen ein, Vendela, damit wir nach Alternativen suchen können?«

»Dann ständen sie auf meiner Liste«, fauchte Vendela und warf den Kopf in den Nacken, daß ihre blonden Haare nach hinten fielen.

»Was tun Sie denn sonst, wenn so eine Situation entsteht?« wagte Paula zu fragen, und zum ersten Mal in diesem Gespräch drehte sich Vendela direkt zu ihr um. Ihre eisblauen Augen sahen genau durch Paula hindurch.

»Normalerweise haben wir eine professionelle Mitarbeiterin, und dann entsteht ›so eine Situation‹ nicht.« Vendela stand auf und packte eilig ihre Sachen ein. »Wenn ihr entschuldigt, ich muß mich um das Programm kümmern«, sagte sie und rauschte vorbei, so daß ihrer beiger Trenchcoat Paulas Wange streifte. Dann verschwand sie, und alles, was von ihr zurückblieb, war ein leichter Duft von »Angel«, der die Anwesenheit eines Stars verriet. Paula blieb sitzen und war ratlos. Anders seufzte.

»Nehmen Sie es ihr nicht übel, das ist ihre Art«, sagte er mit einer Stimme, die Paula ein bißchen beruhigte. »Sie können nichts dafür, daß Plura abgesagt hat.« Wieder seufzte er. »Aber es sieht wirklich schlecht aus, ganz schlecht ...«

Paula verließ den Glaskasten, ohne daß sie eine Lösung für ihr Problem gefunden hatten. Von Vendela keine Spur. Wahrscheinlich war sie schon unten im Studio. Jeden Augenblick konnte Sonja Lille auftauchen, und Paula wußte sich keinen besseren Rat, als sich hinzusetzen und abzuwarten. Verfluchte Promis, dachte sie, als sie ziemlich gelangweilt ein Extraheft der ›Gala‹ durchblätterte, um die Zeit totzuschlagen. Als das Telefon klingelte, stand sie auf, wahrscheinlich war ihr Gast angekommen. Aber in der Leitung war nicht die Rezeption. Es war Tommy Vinterhed. Er sprach mit sanfter Stimme.

»Wie gut, daß ich Sie erreiche. Entschuldigung, daß ich alles durcheinanderbringe, aber wir haben ein Problem.« Klasse, dachte Paula, genau das, was ich brauche, noch eine Absage. Tommy fuhr fort. »Die Sitzung nächsten Donnerstag in Brüssel, an der Lena teilnehmen sollte, ist verschoben worden auf den neunzehnten. Mir ist klar, daß das Ihre Planung auf den Kopf stellt. Können wir vielleicht einen Ausweichtermin finden?«

Paula saß still da. »Sagten Sie, die Reise nach Brüssel am Donnerstag sei abgesagt?«

»Ja ...«

»Heißt das, dieser Termin wäre frei?«

»Ja, aber da haben Sie ja sicherlich schon einen anderen Gast vorgesehen.«

»Nein!« wollte Paula rufen, konnte sich aber gerade noch beherrschen, weil ihr in den Kopf fuhr, was Natalie zu den In-letzter-Minute-Gästen gesagt hatte. »Ja, natürlich, haben wir schon, aber das läßt sich sicher regeln.«

»Ach ja? Dann können Sie das vielleicht klären und sich noch einmal melden?«

»Nicht nötig«, sagte Paula schnell. »Ich bin ganz sicher, daß das möglich ist. Absolut sicher, wenn ich darüber nachdenke. Von unserer Seite aus können wir Donnerstag, den fünften, festhalten.« Tommy Vinterhed hätte bei dieser hysterischen Stimme am anderen Ende der Leitung eigentlich mißtrauisch werden müssen, aber entweder war es ihm egal, oder er hatte Mitleid mit ihr.

»Okay, dann machen wir es so. Ich muß nur Lena briefen, aber das ist alles kein Problem.«

»Spitze!« Paula beruhigte sich etwas. »Und ich werde mich um die ... Umbuchung kümmern. Kein Problem«, fügte sie sicherheitshalber noch mal hinzu.

»Grüßen Sie bitte Rakel, wenn Sie sie sehen.«

»Ja, gerne!« Paula wäre Tommy Vinterhed am liebsten um den Hals gefallen, immerhin hatte er in gewisser Weise ihre Karriere gerettet – und ohne eine Sekunde nachzudenken, bot sie voller Dankbarkeit an: »Ich treffe mich heute abend mit ihr. Wollen Sie vielleicht dazustoßen?«

»Dazustoßen?« Tommy klang, als hätte ihm gerade jemand eine zweiwöchige All-inclusive-Reise ins Paradies angeboten. »Aber störe ich da nicht?«

»Nein, Rakel freut sich bestimmt. Außerdem sehen wir uns öfter«, fügte sie hinzu und hoffte, daß Anna auch kommen würde.

»Na ja, wenn das so ist, gerne! Wo treffen Sie sich denn?«

»Zu Hause bei Rakel.«

»Ach so, zu Hause ... dann ist es vielleicht doch nicht so passend?«

»Ach was, sie hat sicher nichts dagegen.« Paula gab ihm die Adresse und den Türcode, doch ein mulmiges Gefühl stieg in ihr auf. Rakel würde ihre »Spontaneität« wohl kaum bejubeln, und sie selbst war sich auch gar nicht mehr sicher, ob ihre Idee so klasse war. Na ja, jetzt war es wohl zu spät. Sie beendeten das Gespräch.

Paula blieb nicht mehr viel Zeit, darüber nachzudenken, denn der Gast war gerade angekommen. Sie mußte nun die Gastgeberin spielen. Als sie Sonja Lille mit Anders und weiteren wichtigen Personen bekannt gemacht hatte, setzte sie sich mit einer Tasse Kaffee auf das Sofa und erklärte, daß die Dame von der

Maske sie gleich abholen werde. Von Vendela war noch immer nichts zu sehen. Paula hatte Anders die gute Neuigkeit noch nicht erzählen können, und als sie zu ihm ging, um es ihm mitzuteilen, war er vollauf mit der Bildregie beschäftigt. Sie beschloß, bis morgen damit zu warten, und so konnte sie sich guten Gewissens aus dem Staub machen. Sie mußte auf jeden Fall vor Tommy Vinterhed bei Rakel auflaufen.

Auf der Treppe zur Redaktion begegnete sie Vendela, die umgezogen und fertig geschminkt war. Sie war wirklich beeindruckend schön, dachte Paula noch und fühlte sich sofort minderwertig. Vendela ignorierte sie komplett, obwohl die Treppe wirklich nicht breit war und sie sich gegenseitig Platz machen mußten, oder besser gesagt, Paula mußte Vendela Platz machen. Als sie auf einer Höhe waren, nahm Paula ihren Mut zusammen.

»Ach, Frau Björklund, unser Problem hat sich gelöst.« Vendela blieb für einen Moment stehen und drehte sich zu Paula um, die weitersprach: »Wir konnten Lena Sundin vom neunzehnten auf die nächste Woche umbuchen.« Sie strengte sich an zu lächeln, um klarzustellen, daß nichts mehr zwischen ihnen stand. Vendela starrte sie an.

Dann warf sie einen Blick auf ihre exklusive Armbanduhr. »In siebenundzwanzig Minuten zeichne ich eine Sendung auf, die von über zwei Millionen Zuschauern gesehen und von jedem TV-Kritiker in diesem Land unter die Lupe genommen wird. Glauben Sie, ich hätte jetzt Zeit für...«, ihr Blick musterte Paula von oben bis unten, »ein Möchtegern-Medienstarlet, das seinen Job nicht im Griff hat?«

Paula schluckte und sah Vendela nach, die ohne einen Blick zur Seite die Treppe hinunterschwebte, begleitet vom leisen Klackern ihrer ochsenblutfarbenen Rizzostiefel.

Am Hals, dachte Paula bei dem Versuch, sich einigermaßen wieder aufzurichten, sie hat tatsächlich Falten am Hals.

Drei Minuten vor acht tippte Paula den Türcode an dem heruntergekommenen Haus in der Renstiernas gata ein. Sie rannte die vier Stockwerke hinauf und klingelte atemlos bei Rakel, die schon gewartet haben mußte, denn sie öffnete noch im selben Moment die Tür.

»Paula«, rief sie und zog die keuchende Freundin in den Flur hinein. »Wie schön, daß es geklappt hat, Anna ist auch schon da.«

»Hi, hier bin ich«, kam es aus dem Wohnzimmer. »Ich kann leider nicht aufstehen, du mußt schon herkommen, wenn du mich begrüßen willst!«

»Rakel, ich muß dir etwas sagen, ich habe ...«

»Aber nun zieh doch erst mal deinen Mantel aus, du bist ja völlig außer Atem. Bist du die Treppen hochgerannt?« Rakel zupfte an Paulas Jackett.

»Rakel, ich habe was ganz Blödes gemacht! Ich habe noch jemanden eingeladen. Entschuldige, Rakel, es tut mir leid, aber ich habe zu spät geschaltet.« Paula atmete langsam wieder normal.

»Noch jemanden?« Rakel sah sie verdutzt an. »Und wen?« Im selben Moment klingelte es an der Tür. Paula zuckte zusammen.

»Tommy Vinterhed«, flüsterte sie, und Rakel riß die Augen auf.

»Tommy Vinterhed, bist du verrückt!«

»Es klingelt an der Tür«, rief Anna aus dem Wohnzimmer. »Wollt ihr nicht aufmachen?«

»Tut mir leid, Rakel, ich erkläre es dir später«, sagte Paula reumütig, als es zum zweiten Mal läutete.

»Mach du auf!« zischte Rakel, machte auf dem Absatz kehrt, ging in die Küche und schlug die Tür zu. Paula holte tief Luft, dann drückte sie die Klinke der Wohnungstür hinunter, um den Besuch hereinzulassen.

Tommy starrte die fremde Frau im Flur mit großen Augen an. Die Blumen sanken in seiner Hand nach unten.

»Hallo«, sagte sie, »ich bin Paula.«

Tommy sah sich geniert im Raum um. Rakel hatte in der kleinen Einzimmerwohnung schon über zehn Jahre gewohnt, und sie gehörte ebenso zu ihr wie der blonde Pagenschnitt. Rakels Wohnung entsprach ihrer Bewohnerin genau: immer ordentlich und geputzt, und inzwischen nahm es ihr keiner mehr ab, wenn sie über Berge von Schmutzwäsche klagte. Sie hatte ihre zweiunddreißig Quadratmeter gut eingerichtet. Am Tag diente das Bett mit großen Kissen aus afrikanischen Stoffen als Sofa. An den Wänden hingen gerahmte Plakate von Kunstausstellungen, auf dem Boden lag ein bunter Teppich, den sie von einer Reise nach Indien mitgebracht hatte.

Paula beeilte sich, Tommy Anna vorzustellen, die es sich mit ihrem großen Bauch bequem gemacht hatte und den unerwarteten Gast überrascht anstarrte.

»Tommy und Rakel haben zusammen BWL studiert, habe ich recht?« Paula wandte sich Tommy zu. Er nickte.

»Ja, stimmt.«

Dann war es still.

»Ähh ... du könntest dich vielleicht zu Anna aufs Sofa setzen«, schlug Paula vor und zeigte auf den einzigen freien Platz im Zimmer, »dann sage ich Rakel Bescheid, daß du da bist.« Wie peinlich. Tommy mußte bemerkt haben, daß Rakel durchaus wußte, daß er da war. So groß war die Wohnung nicht. Selbst wenn sie sich in dem kleinen Bad eingeschlossen und alle Wasserhähne aufgedreht hätte, hätte sie seine Ankunft nicht überhören können. Paula schlich davon und nahm Tommys Blumenstrauß mit. Beim Hinausgehen sah sie, wie Tommy sich an das andere Ende vom Bett setzte. Sie kam nicht bis zur Küche, da öffnete sich schon die Tür, und Rakel erschien mit einer Flasche Wein und vier Gläsern in der Hand.

»Kannst du die Flasche Selters aus dem Kühlschrank mitbringen«, sagte sie zu Paula im Vorbeigehen, ohne eine Miene zu verziehen. Als Paula die Kühlschranktür öffnete, hörte sie, daß Rakel Tommy im Nachbarzimmer begrüßte. »Wie schön, daß du gekommen bist!«

Nach einer etwas verkrampften ersten Viertelstunde, die Paula mit nervösem Gequassel zu überbrücken versuchte, zogen sie in die Küche um und quetschten sich um den kleinen Tisch, den Rakel für vier Personen mit Kerzen und gefalteten Servietten gedeckt hatte. In der Mitte des Tisches standen die Blumen von Tommy, die Paula mangels Vase in ein Glas gestellt hatte. Das Glas war leider etwas niedrig, und die zehn gebogenen Tulpen breiteten sich daher fast horizontal in alle Himmelsrichtungen aus. Paula bestand darauf, gewissermaßen als selbst auferlegte Strafe, auf einem Hocker Platz zu nehmen, und saß trotz der zwei Telefonbücher unter ihrem Hintern wie ein kleines Kind zwischen Anna und Tommy.

»Macht gar nichts«, behauptete sie stur, als Rakel sich anbot, mit ihr den Platz zu tauschen.

Rakel servierte Spaghetti mit Hackfleischsoße, und nachdem sie die zweite Flasche Wein geöffnet hatten, löste sich die Stimmung langsam. Paulas Schuldgefühle verschwanden, als sich herausstellte, daß Tommy richtig witzig war und spannenden Klatsch aus dem Agenturleben zu erzählen wußte.

Paula nutzte die Gelegenheit, ihn sich etwas genauer anzusehen. Er war unterdurchschnittlich groß und nicht direkt dick – doch ein Veranlagung dazu hatte er zweifelsohne. Die Wangen waren kindlich gerundet und fast bartlos. Ein phantasieloser Seitenscheitel teilte sein Haar, das an den Schläfen bereits dünner wurde. Das dunkelblaue Wolljackett hing über der Rückenlehne, und er trug nun ein kurzärmeliges Hemd, dessen oberster Knopf zaghaft aufgeknöpft war. Seine schmale Brille wirkte ziemlich bieder, und Paula war klar, daß er älter wirken wollte. Leider besaß er auch nicht ein Fünkchen männliche Ausstrahlung, was dazu führte, daß er eine eher witzige Mischung aus kleinem Jungen und altem Mann abgab.

Sie verstand nun, warum Rakel an ihm kein Interesse hatte, zumindest nicht als Mann. Gleichzeitig dachte sie verstohlen, daß Rakel vielleicht nicht ganz so wählerisch sein sollte. Schließlich war sie nicht gerade umlagert von Bewunderern, und die armen, die sich an sie heranwagten, wurden schnell auf die korrekte Art abgewiesen. So wäre es mit Sicherheit auch Tommy ergangen, wenn Paula ihn nicht im Schlepptau gehabt hätte. Es bestand kein Zweifel an seinem Interesse, und als Rakel aufstand, um die Teller abzuräumen, folgte er ihr mit Dackelblick.

»Wer möchte einen Kaffee?« fragte Rakel und sah in die Runde.

»Ich nicht«, sagte Anna. »Dann muß ich kotzen.«

»Ich gerne, wenn du auch einen trinkst«, antwortete Tommy, der sicherlich auch zwei Jahre Sibirien in Kauf genommen hätte, um noch eine Weile bleiben zu können. Paula wußte, daß Rakel selbst keinen Kaffee trank, aber es gehörte sich einfach, nach dem Essen einen Kaffee anzubieten, und so sah Paula sich gezwungen, Tommy Gesellschaft zu leisten, auch wenn sie mit den Jahren gelernt hatte, Rakels Kaffee eher zu meiden – er war in der Regel ungenießbar.

Anna gähnte, stand auf und entschuldigte sich. Sie war müde und fragte, ob es ihr jemand übelnähme, wenn sie sich auf den Heimweg machte. Als sie den Mantel übergezogen hatte, nahm sie Rakel in den Arm und wünschte ihr viel Glück in Namibia. »Mosambik«, berichtigte Rakel großzügig und schloß die Tür hinter ihr.

Auch Paula spürte Müdigkeit aufkommen und nahm einen Schluck von Rakels schrecklichem Kaffee.

»Hast du schon gepackt?« fragte sie.

»Nein, das muß ich noch vor dem Schlafengehen machen«, sagte sie und sah mit einem kurzen Seitenblick etwas verschämt auf Tommy. Rakel verabscheute private Gespräche vor fremden Leuten, und dieser Mann war ohne ihr Einverständnis in ihre friedliche Festung geladen worden. Sie wurde still und warf Paula einen bösen Blick zu.

»Dann ist es wohl an der Zeit, dich allein zu lassen, damit du das noch schaffst«, fügte Paula hinzu, in der Hoffnung, daß Tommy sich anschließen würde. Rakel antwortete etwas zeitverzögert, um nicht allzu unhöflich zu erscheinen.

»Mmh ... kann ich euch nicht noch etwas anbieten ... vielleicht einen Whiskey?« Paulas Nein kam gleichzeitig mit Tommys Ja. Er machte keine Anstalten, seine Meinung zu ändern, und Paula und Rakel tauschten einen schnellen Blick. Rakel schenkte ein und servierte. Die Flüssigkeit bedeckte kaum den Boden. Tommy nippte langsam an den paar Tropfen. Paula machte noch einen Versuch.

»Nein, ich mache mich jetzt auf den Weg, wollen wir uns ein Taxi teilen, Tommy?«

»In welche Richtung mußt du denn?«

»Zum Mariatorg«, sagte sie hoffnungsvoll.

»Schade, da haben wir nicht den gleichen Weg. Ich muß nach Årsta.«

Paula sah auf die Uhr und gähnte demonstrativ.

»Gleich halb zwölf, nein, morgen müssen ja alle wieder arbeiten ...«

An Tommy schienen all ihre Bemühungen abzuprallen, er erkundigte sich ausgiebig nach Rakels Reiseplänen, und sie antwortete einsilbig. Er war selbst einige Male in Afrika gewesen und begann, von seinen Erlebnissen bei der Paßkontrolle auf dem Flughafen von Burkina Faso zu erzählen. Paula stand auf.

»Ja, dann gehe ich mal«, sagte sie.

»Willst du nicht noch ein bißchen bleiben?« Rakels Stimme zitterte leicht, und sie sah sie verzweifelt an.

Paulas schlechtes Gewissen spornte sie zu einem letzten Versuch an. »Tommy, kommst du mit, wir könnten ein Stück zusammen gehen ... ähh, die Treppe hinunter jedenfalls?«

»Nein, danke, ich trinke noch aus«, sagte er und schwenkte sein Glas. »Aber danke der Nachfrage.«

»Ist das okay?« versuchte Paula wortlos mit einer Geste zu fragen, und Rakel zuckte seufzend mit den Schultern.

Paula lief die Treppe hinunter und stand nun in der kalten Märznacht. Die paar Sonnenstrahlen am Morgen hatten sie dazu verleitet, ein dünnes Jackett anzuziehen. Sie zog es eng um sich, während sie sich eilig auf den Heimweg machte.

Am Donnerstag erreichte Paula endlich Ralf Brygge. Sie hatte bestimmt schon zwanzigmal angerufen, als er plötzlich an den Apparat ging.

»Hallo, Ralf Brygge.« Paula war ganz perplex und wußte für einen Augenblick gar nicht mehr, was sie sagen wollte. »Hallo?« Die Stimme des Mannes rief sie in die Gegenwart zurück.

»Hallo, ich heiße Paula Wilhelmsson, und ich ...«

»Hallo Paula«, sagte er, als ob sie alte Bekannte wären. Sie war verwirrt.

»Und ich ... äh ...«

»Und du ...?«

»Und ich rufe von der Sendung ›Geradeaus‹ an ...«

»Ich spreche also mit Paula von der Sendung ›Geradeaus‹. Und womit kann ich Paula behilflich sein?«

»Tja, Vendela Björklund würde Sie gern als Gast in ihre Sendung einladen.«

»Aha. Und was willst *du*, Paula?« Hey, hey, hey, was waren denn das für Flötentöne? Paula beschloß, den Ball anzunehmen.

»Ein berühmter Filmregisseur wird sich wohl kaum darum scheren, was eine kleine unbedeutende Assistentin so will ...« So langsam begann Paula Gefallen an ihrem Spielchen zu finden.

»Oh, ich bin nur ein kleiner Diener der großen Künste, und dein Wille sei mir Befehl!«

Sie lachte. Irgendwie war er süß. »In diesem Fall, Herr Brygge, möchte ich Sie als Gast in unserer Sendung am Donnerstag, dem neunzehnten April, sehen!«

»Oh, Fräulein Williamson, ich ...« Paula unterbrach ihn mit einem Räuspern.

»Wilhelmsson.«

»Oh, Verzeihung!«

Paula lachte. »Und, wie wäre es jetzt mit dem Neunzehnten?«

»Wie es mich grämt, sagen zu müssen, daß ich zu diesem

Zeitpunkt verreist bin, in ein fremdes Land, nämlich zu einem Filmfestival in Holland.«

»Könnte man sich in diesem Fall mit dem sechsundzwanzigsten April anfreunden?« Paula beendete das Theater.

»Hmm ...« Ralf überlegte eine Weile. »Aber ja! Natürlich komme ich am Sechsundzwanzigsten! ›Geradeaus‹, das ist doch diese Sendung mit dieser blonden Hexe, oder?«

Paula war nur den Bruchteil einer Sekunde von einem Ja entfernt, konnte sich aber gerade noch bremsen. »Blond ist sie, unsere Vendela.«

»Und eine Hexe ist sie auch. Das wird bestimmt lustig!«

»Dann halten wir den Termin fest?«

»Wie?«

»Den Sechsundzwanzigsten.«

»Oh, ja, natürlich.«

Paula wurde etwas mißtrauisch. »Möchten Sie, daß ich Sie kurz vorher anrufe und Sie an den Termin erinnere?«

»Wenn du willst«, antwortete Ralf Brygge lässig.

»Haben Sie ein Handy, auf dem Sie erreichbar sind?« Paula hatte noch den Anrufbeantworter von FilmFight im Hinterkopf.

»Nein, weißt du, das Strahlungsrisiko ...«

»Okay, dann schicke ich eine Bestätigung.«

»Ja, gerne.«

Als sie aufgelegt hatte, bemerkte sie, daß Johanna sie von ihrem Platz aus anstarrte. »Wer war das denn?«

»Ralf Brygge.« Paula platzte fast vor Stolz und schüttelte schnell den Rest von Unsicherheit ab, der sie noch während des Gesprächs begleitet hatte. Er war doch seriös?

Johanna schwieg einen Moment lang. »Du weißt schon, daß er berüchtigt ist für seine Frauengeschichten?«

»Nö.«

»Er war verheiratet, aber er hat seine Frau offensichtlich verlassen, als sie seine Affären leid war. Jetzt soll er mit einer Zweiundzwanzigjährigen zusammensein. Ich glaube, eine Adlige.«

»Meinetwegen«, nickte Paula gelangweilt.

Am Tag darauf tauchte punkt halb sieben Lena Sundin im Studio auf, ihren Pressesprecher im Schlepptau. Tommy und Paula begrüßten sich höflich. Als die bekannte Politikerin in der Maske verschwunden war, kam er auf Paula zu.

»Noch mal danke, daß du mich mitgenommen hast«, sagte er.

»Keine Ursache. Du mußt dich nicht bei mir, sondern bei Rakel bedanken.« Sie biß sich auf die Zunge, obwohl, Rakel würde noch eine Woche unterwegs sein, bis dahin würde er es vielleicht vergessen haben.

»Hast du schon etwas von ihr gehört?«

»Nein«, log Paula. Sie hatte keine Lust, von der E-Mail zu erzählen, die am Tag nach dem Essen bei ihr ankam; Rakel mußte sie abgeschickt haben, kurz bevor sie zum Flughafen gefahren war. Tommy war bis halb vier Uhr morgens geblieben, dann hatte Rakel ihn mehr oder weniger hinauskomplimentiert. Den Wecker mußte sie auf sechs Uhr stellen, damit sie mit dem Pakken noch fertig wurde. Aber Rakel hatte ein gutes Herz, und sie hatte Paula schon vergeben. Paula war darüber ziemlich erleichtert.

»Ich hoffe, sie meldet sich, wenn sie zurück ist«, sagte er, wurde rot und sah aus wie ein Zwölfjähriger.

»Bestimmt«, log Paula noch einmal. Dann begann die Aufzeichnung.

Paula mußte zugeben, daß sie beeindruckt war von dem Material, das Johanna und Robert in so kurzer Zeit ausgegraben hatten. Neben den zu erwartenden Themen über zu schnelles Autofahren und Taxirechnungen hatten sie eine ganze Reihe von Jugendsünden ausgegraben. Wie immer gelang es Vendela, das Publikum in Zweifel zu versetzen. Hatte Lena Sundin wirklich Hasch geraucht? Hatte sie einen Volkswagenbus wirklich nackt von Göteborg nach Borås gesteuert? Paula konnte von ihrem Platz aus sehen, wie Tommy das Gesicht verzog und gestikulierte, als Vendela einen alten Kommilitonen zitierte, der behauptete, Sundin sei damals überzeugte Kommunistin gewesen, als sie an der Uni waren.

Sundins Pressesprecher würde in Zukunft alle Hände voll zu tun haben, das stand fest.

Als Paula gegen neun Uhr abends nach Hause kam, war sie todmüde. Johan hatte ihr eine Portion Carbonara aufgehoben, und sie machte sich dankbar über den klebrigen Spaghettiberg her. Seit dem Mittagessen hatte sie nichts in den Magen bekommen, von einem halben Kilo Süßigkeiten abgesehen, mit denen sie den Hunger während des Abends bekämpft hatte.

Johan setzte sich zu ihr in die Küche und sah zu, wie sie aß. Er hörte belustigt zu, als sie zwischen den einzelnen Bissen das Interview vom Abend wiedergab. Als sie vom Leiden des armen Pressesprechers erzählte, mußte er lachen – und plötzlich kam Paula der Gedanke, daß sie nicht mal wußte, welche Partei Johan eigentlich wählte. Sein familiärer Hintergrund deutete auf die Linken – sein Vater hatte als Lokführer gearbeitet und seine Mutter als Krankenpflegerin –, aber mittlerweile waren sie beide pensioniert, der Vater war im Rentenalter, und die Mutter hatte einen kaputten Rücken. Wenn man aber seinen Beruf bedachte, mußte man davon ausgehen, daß er Rechts wählte. Sie legte die Gabel auf ihren leeren Teller.

»Johan, sag mal, was wählst du eigentlich?«

Er lachte. »Sag ich nicht.«

»Ach komm, was wählst du?«

»Sag ich nicht.«

»Ernsthaft?«

»Jo.«

Paula schaute Johan an. Er saß zurückgelehnt in dem nach hinten geneigten Drehstuhl und hatte die Arme vor dem Körper gekreuzt. Auf seinen Lippen lag ein leises Lächeln, aber er machte keine Anstalten, seine Meinung zu ändern.

»Und warum nicht? Ich kann dir sagen, was ich wähle!« versuchte Paula.

»Ich weiß, was du wählst.« Er machte eine kleine Pause. »Nichts. Solange ich dich kenne, warst du nicht einmal wählen.«

Paula verspürte einen Stich, ihr schlechtes Gewissen. »Okay, aber ich kann dir sagen, was ich gewählt hätte.«

»Reden wir vom Bundestag, von der Kommunalwahl, vom Gemeinderat oder vom Europaparlament?« Johan lächelte immer noch, aber in seiner Stimme war eine gewisse Schärfe.

»Vergiß es.« Dann schwiegen sie beide, Paula stellte ihren Teller in die Spüle und ließ Wasser hineinlaufen, bevor sie ins Wohnzimmer ging und den Fernseher anstellte. Johan folgte ihr.

»Du hast übrigens Post bekommen, aus den USA.« Johan setzte sich neben sie aufs Sofa. »Liegt in der Küche.«

»Muß von Geronimo sein«, sagte Paula und stand wieder auf. Auf dem Weg in die Küche hörte sie Johans Stimme, als würde er mit sich selbst reden.

»Möglich.«

Der Brief war tatsächlich aus den USA, in New York abgestempelt. Paula drehte den Umschlag um, fand aber nirgendwo einen Absender. Nicht, daß sie nicht wußte, von wem der Brief war, die Handschrift hatte sie gleich erkannt. Auf unzähligen kleinen Zetteln hatte sie sie gesehen. Jason liebte es, ihr kleine Nachrichten zu hinterlassen. Wenn er vor ihr aufgestanden war, lag immer ein Zettel auf dem Küchentisch, und wenn sie morgens früher losmußte, hatte er ihr noch am Abend vorher einen Morgengruß geschrieben. Bei der Arbeit fand sie manchmal zusammengefaltete Zettel in ihren Taschen. *Missing you*, *Call me* und sogar in korrektem Schwedisch *Ich liebe dich*. Ständig rief er sie an, bei der Arbeit oder zu Hause bei Geronimo, und wie viele E-Mails hatte sie von ihm bekommen. Und immer stand am Ende *love you*, zumindest in der letzten Zeit ihrer Beziehung. Um die großen Worte in den Griff zu kriegen, sagte sie sich selbst, daß *love you* sein Jargon war, was nicht mehr bedeutet als *Ich mag dich* und definitiv nicht wörtlich zu nehmen sei.

Sie fingerte am Kuvert. Genau das hatte sie vermeiden wollen, Briefe und Telefonate, Heimlichtuerei und schlechtes

Gewissen. Warum konnte er das nicht akzeptieren? Sie sollte den Brief zurückschicken, Adressat unbekannt verzogen, dann würde er es kapieren. Gar nicht erst aufmachen. Gar nicht erst lesen.

»Willst du den Brief nicht öffnen?« Paula zuckte zusammen, es war, als hätte ihr innerer Monolog eine Stimme bekommen. Johan stand direkt hinter ihr, so daß sie seinen Atem in ihrem Nacken spüren konnte.

»Nein, ich weiß so schon, was es ist«, sagte sie und schnappte lautlos nach Luft. »Das ist die Erinnerung der Werbeagentur, ich sollte noch Unterlagen für die Steuer einreichen.«

»Haben die nicht einen Firmenstempel auf dem Kuvert?«

»Doch, aber nicht bei Luftpost.« Paulas Herz schlug so heftig, daß sie Angst hatte, man würde es durch den Pullover sehen. Lässig warf sie den Brief auf die Küchenbank. »Na«, sagte sie und drehte sich zu Johan um und kitzelte ihn lachend am Bauch. »Gibst du jetzt zu, daß du die Konservativen wählst?«

Anna, hast du Zeit?«

»Du meinst, ob ich mich zwischen den ganzen Probeaufnahmen für schwangere Schauspielerinnen mal freimachen kann?«

»Ach du, sei doch nicht zynisch.«

»Bin ich doch gar nicht! Natürlich habe ich Zeit für dich.«

»Geht es heute abend? Nach der Arbeit.«

»Ja, klar, wenn du herkommst, koche ich uns was. Sture hat sich mit seinen Billardfreunden verabredet.«

»Billardfreunde?«

»Ja, sie treffen sich ein paarmal im Monat.«

»Na. Dann komme ich nach der Arbeit. Bis dann.«

Paula legte auf und blieb sitzen. Sie hatte sich in den letzten Tagen wirklich nicht schlecht gefühlt. Und sie wußte genau, was ihr bevorstand, wenn sie diesen blöden Brief öffnete. Verfluchter Jason! Mußte er ihr das antun? Sie stören, sie bearbeiten, ihr schmeicheln, ihre Aufmerksamkeit auf sich ziehen. Sie hatte ihre liebe Not damit, sich nichts anmerken zu lassen, und plötzlich beobachtete sie sich auf Schritt und Tritt, ob sie sich »normal« verhielt? Würde Johan nicht mißtrauisch, wenn sie wenig Interesse an ihm zeigte? Oder würde er nicht noch mißtrauischer, wenn sie sich plötzlich für ihn interessierte? Der Balanceakt kostete Kraft. Und machte sie sauer.

Bald fand Johan, daß sie empfindlich sei, und das verunsicherte sie noch mehr. Schließlich konnte sie nicht einmal mehr ihr Brot in Ruhe essen, ohne die Arbeit ihrer Kiefer unter die Lupe zu nehmen, ob sie schon immer so kaute.

Das Schlimmste war, daß sie nicht einfach vergessen konnte, was geschehen war. Nicht so wie damals, als sie New York verließ. Dieses Mal hatte Jason sich wie ein Trojanisches Pferd in ihren schwedischen Alltag hineingeschlichen und weigerte sich, ihn wieder zu verlassen. Er saß einfach da, mit seinen zärtlichen Händen und seinen dunklen Locken, und sah sie an, wenn sie erwachte, wenn sie frühstückte oder in den Bus zur Arbeit stieg. Ein paar Stunden lang trat er in den Hintergrund und ließ sie arbeiten. Dann war er wieder da, lächelte sie an, strich ihr über den Rücken, wenn sie neben Johan gekuschelt auf dem Sofa saß, und schaute traurig aus dem Korbstuhl im Schlafzimmer zu ihr hinüber, wenn sie zu dem breitschultrigen Schweden ins Bett kroch. Sie haßte es.

Paula erledigte ihre Aufgaben mechanisch: legte Unterlagen ab, trug einen unterschriebenen Vertrag zu Maggan, der Redaktionssekretärin, surfte eine Weile planlos im Internet, las ihr Horoskop: »Du hast Erfolg bei der Arbeit, aber ein Kollege ist auf dich eifersüchtig. Halte dich eine Weile zurück, dann wird sich alles wieder normalisieren.« Sie beschloß daraufhin, daß sie das Richtige tat. Sie packte ihre Sachen zusammen, zog das Jackett über und machte noch einen Abstecher zur Damentoilette, um den Lippenstift nachzuzeichnen, bevor sie mit dem Aufzug hinunterfuhr und in die öde Asphaltwüste hinaustrat.

»Wie läuft es denn bei der Arbeit?« fragte Anna, als sie eine Schale Nudelsalat auf den Tisch stellte.

»Es wird langsam. Vendela hat sich beruhigt und eine neue Liste abgegeben, morgen kommt dann also Josef Kovalsky...«

»Der Arzt?«

»Ja, genau. Dann ist der Neunzehnte noch nicht ganz sicher, aber wahrscheinlich haben wir da Christina Schollin. Und dann Ralf Brygge und Johnny Thulin. Danach sind es nur noch zwei Sendungen, dann ist die Staffel zu Ende.«

»Und was machst du, wenn du alle Gäste gebucht hast?«

»Einiges an Papierkram, bevor die Gäste kommen und danach. Außerdem bin ich ja zuständig, falls jemand ausfällt und wir schnell einen neuen Gast brauchen.«

»Wie bei Plura.«

»Mmh.« Paula wurde still.

»Aber jetzt erzähl doch mal, was ist denn los?« Anna legte Paula ihre warme Hand auf die Schulter, und Paula spürte den großen harten Bauch an ihrem Rücken. Das reichte schon. Sie fing an zu weinen.

»Ich bin so blöd, so blöd«, heulte sie.

»Was hast du denn verbrochen?« fragte Anna sanft und hockte sich, etwas mühsam, neben Paulas Stuhl.

Und dann erzählte Paula schluchzend von ihrer Affäre mit Jason. Sie gab zu, daß sie sich unfreiwillig verliebt hatte, sprach von ihrem schlechten Gewissen und ihrem Entschluß, alles hinter sich zu lassen. Von dem Brief, von dem sie sich wünschte, er wäre nie gekommen.

»Ich hab es mir fast gedacht«, sagte Anna, während sie sich hochwälzte und gegenüber von Paula Platz nahm.

»Wie ›gedacht‹!?« Paula stutzte. Wenn Anna sich etwas »gedacht« hatte, dann hatte es Johan möglicherweise auch.

»Du hast geschrieben, daß du Jason auf diesem Fest getroffen hast und daß ihr ausgegangen und spazierengegangen seid, und dann hast du ihn nie wieder erwähnt. Irgendwas war faul an der

Sache.« Paula schniefte, und Anna fuhr fort. »Ich habe Jason doch auch kennengelernt, vergiß das nicht. Das war eigentlich noch, bevor er ein berühmter Schriftsteller war, und schon damals war er sehr charmant. Aber zu den Zeiten hatte er eine feste Freundin, eine sehr hübsche übrigens.« Paula spürte, wie sich ihr Magen zusammenzog, wieso hübsch, was sollte das jetzt heißen?

»Was soll ich denn jetzt bloß tun?« Paula legte den Kopf in die Hände und wippte mit den Ellenbogen auf dem Tisch langsam vor und zurück.

»Ich glaube, du mußt eine Entscheidung treffen, was Johan angeht. Willst du ihn verlassen?«

»Nein!« Die Antwort kam schnell, fast verzweifelt. »Ich liebe ihn.«

»Tust du das wirklich?«

»Ja«, sagte Paula leise. »Ich glaube schon.«

»Ist das nicht etwas, was man wissen sollte, Paula?« Paula seufzte, und Anna wechselte ihre Taktik. »Okay, mal anders angefangen, wie ernst war das denn mit Jason?«

Paula dachte eine Weile nach. »Ich war in ihn verliebt, aber nicht so, daß ich mich für ihn entschieden hätte«, sagte sie nachdenklich.

»Und warum bringt dich der Brief dann derart aus der Fassung? Wenn du mit ihm Schluß gemacht hast, warum kannst du dann nicht einfach den Brief vergessen und das Leben weitergehen lassen?«

»Keine Ahnung! Ich weiß es wirklich nicht! Ich wünschte, ich könnte es, aber ich kann das nicht einfach abschütteln.«

»Wann will er denn kommen? Du sagtest, er mache eine Lesereise?«

»Ja, Mitte Mai. Er hat zwei Tage lang Interviews, aber offensichtlich hat er auch ein paar freie Tage in Stockholm eingeplant.«

»Um dich zu treffen?«

»So genau hat er das nicht gesagt, aber er hat mir das Datum genannt und das Hotel – erzählt, daß er nachts von mir träumt. Wie deutlich soll man noch werden, ohne sich selbst bei jemandem einzuladen?«

»Wie hat er denn deine Adresse herausbekommen, ich dachte, du hättest sie ihm nicht gegeben?«

»Geronimo, nehme ich an ...«

»Willst du ihn denn sehen?«

»Mist, ja, so sehr, daß ich mir dafür den Arm abhacken könnte. Ich denke an nichts anderes mehr.«

»Du mußt dich entscheiden, Paula. Mir ist klar, daß du gerade durch die Hölle gehst, aber du kannst das Johan nicht antun. Versprich mir, daß du auf jeden Fall eine Entscheidung treffen wirst, bevor Jason hier ist.«

»Was denkst du, was ich vorhabe«, brummelte Paula.

»Tut mir leid, entschuldige, ich habe mich unglücklich ausgedrückt. Ich will doch nur, daß es nicht noch komplizierter wird, als es schon ist, deinetwegen.« Wieder wurde es still. Paula stocherte mit der Gabel in den kalten Fusilli.

»Ich wünschte, er wäre mir nie über den Weg gelaufen ...« Paula sah auf, überrascht, als ob ihr gerade klargeworden wäre, daß es nicht eindeutig war, von wem sie sprach. »Also Jason«, fügte sie hinzu, und es klang alles andere als überzeugend.

Bist du so beschäftigt?« Die Stimme ihres Vaters klang ein kleines bißchen vorwurfsvoll.

»Ja, weißt du, der neue Job, das ist momentan alles echt viel ...« Er antwortete nicht. »Außerdem schaffen Johan und ich es auch nicht oft, uns unter der Woche zu sehen, dann müssen wir die Wochenenden nutzen.« Sie hörte selbst, wie lächerlich diese Ausreden klangen.

»Wie wär's, wenn Ihr zusammen zu uns kämt? Ich glaube sogar, es ließe sich machen, daß ihr nebeneinander sitzt ...«

»Ja, schon ...«

»Rebecka erzählt so viel von dir. Es hat ihnen neulich sehr viel Spaß bei euch gemacht. Du solltest öfter Kinder hüten!« Puh, ein heikles Thema, die Sache mit ihren Geschwistern, sie vermißte sie wirklich, aber der Gedanke, einen ganzen Abend mit Anita reden zu müssen, war ihr geradezu unerträglich. Paulas Antipathie gegenüber dieser Frau war seit Rebeckas Enthüllung nicht gerade kleiner geworden.

»Kannst du dir nicht die Kinder schnappen und zu uns in die Stadt kommen?« Sie merkte aber bald, daß er den Wink mit dem Zaunpfahl nicht verstand.

»Tja, ich kann ja Anita fragen ...« Paula fiel ihm ins Wort.

»Oder dann machen wir das ein anderes Mal.«

»Wie du willst, du weißt jedenfalls, daß wir dich vermissen. Ja, auch Johan, den haben wir schon lange nicht mehr gesehen. Wie läuft es bei ihm im Job?«

»Ganz gut. Es gab ein bißchen Ärger, weil sein Chef gewechselt hat, aber nun ist wieder Ruhe eingekehrt, glaube ich.«

»Soso. Dann grüß ihn doch bitte.«

»Ja, mach ich. Kann ich noch kurz mit Rebecka sprechen?«

»Sie ist bei einer Freundin, aber Alexander ist da. Warte, ich hole ihn. Mach's gut.«

Paula sagte tschüs und sprach noch ein bißchen mit Alexander. So charmant und süß, wie er war, wenn er seine Schüchternheit vergaß, so steif und kurz angebunden konnte er manchmal sein. Als Paula das Gespräch beendete, hatte er nichts dagegen. Sie bat ihn noch, seine Schwester von ihr zu drücken, und legte auf.

Sie ging zu Johan hinüber, der in der Küche saß und einen Knopf von seinem Polizeihemd wieder annähte. Er war ganz vertieft in seine Arbeit und hörte nicht, daß sie hereinkam. Paula sah ihn an. Männer, die handarbeiten, hatten etwas Anrührendes. Die Leute, die meinen, daß Nähen unmännlich sei, haben nie einen Mann mit Nadel und Faden gesehen. Einen Moment lang genoß sie den Anblick. Die kleinen Werkzeuge und die kurzen Bewegungen ließen Johans Hände und Arme noch muskulöser wirken, und einen Augenblick lang war ihr, als spürte sie seine Finger über ihre Haut gleiten. Bei dem Gedanken stellten sich ihre Brustwarzen auf. Im selben Moment blickte er auf, und das Gefühl verschwand. Da saß nur noch Johan und nähte einen Knopf an.

»War es dein Vater?« fragte er.

»Mmh ...«

»Liege ich richtig, wenn es auch dieses Mal keinen Sonntagsbesuch bei ihnen gibt?«

»Ich weiß, daß du mich kindisch findest, aber ich kann es nicht!«

Johan zuckte mit den Schultern, um zu zeigen, daß er sich bedeckt hielt. »Es ist deine Familie ...«

»Du bist doch nicht besser«, sagte sie trotzig. »Wann hast du denn deine Eltern zuletzt gesehen?«

»Weihnachten«, antwortete Johan, ohne auf die Provokation einzugehen. »Wir könnten vielleicht an einem Wochenende mit dem Auto nach Skåne runterfahren? Sie würden sich sicher riesig freuen, wenn sie dich endlich mal kennenlernen könnten.«

Sein Kommentar war ganz unschuldig, aber Paula durchschaute gleich, was er meinte. In der ganzen Zeit, in der sie zusammen waren, war sie nie seinen Eltern gegenübergetreten. Anfangs hatte er sie mehrere Male gebeten, mit ihm nach Simrishamn zu fahren, wo seine Eltern nach der Pensionierung hingezogen waren, aber Paula hatte immer eine Ausrede. Wenn sie nicht auf Reisen war, dann ging es wegen der Kurse oder anderer Termine und Treffen nicht. Leider, wie sie immer sagte. Wie so vieles, hatte Johan auch dies nach ein paar Jahren hingenommen und nicht weiter gefragt. Paula nahm an, daß er akzeptiert hatte, daß sie nun einmal keine Freundin sei, die man den Eltern vorstellt. Genau wie sie eben keine war, mit der man eine Wohnung kaufte oder mit der man Kinder bekam. Zumindest nicht jetzt, dachte sie. Diesen Satz hatte sie schon so oft wiederholt, daß er beinahe automatisch fiel, sobald die Sprache auf gemeinsame Zukunftspläne kam. Johan respektierte das, da war sie sich sicher.

»Vielleicht«, antwortete sie diffus, während sie den Kühlschrank öffnete, auf der Suche nach etwas, das sie sich in den Mund stecken könnte. »Wollen wir heute abend ins Kino gehen?« schlug sie vor, um von der Spannung im Raum abzulenken. »Wir könnten uns diesen Film ›Wartezimmer‹ ansehen.« Und um einem weiteren Konflikt vorzubeugen, fügte sie hinzu: »Ich könnte Rakel fragen, ob sie mitkommen will. Sie ist ja gerade aus Mosambik zurück.«

Johan nickte, und Paula machte sich auf die Suche nach dem Telefon, um Rakel anzurufen. Tatsächlich war sie gerade nach Hause gekommen, und sie erzählte ganz kurz von ihrer Reise, die ein voller Erfolg gewesen war. Als Paula fragte, ob sie ins Kino mitkommen wolle, freute sie sich und erinnerte Paula dran, daß *sie* ›Wartezimmer‹ ja schon lange hatte sehen wollen, daß aber alle im Freundeskreis Julia Roberts diesem Geheimtip vorgezogen hätten. Paula mußte lachen und behauptete, sich nicht erinnern zu können. Bevor sie auflegte, verabredeten sie sich vor dem Kino um zwanzig vor sieben.

Um zehn vor sieben kamen Paula und Johan am Kino an – Paula hatte ihre Busfahrkarte nicht gefunden. Rakel stand draußen und wartete. Sie umarmten sich zur Begrüßung, Paula entschuldigte sich.

»Ich habe schon Karten gekauft«, sagte Rakel. »Ich hoffe, ihr findet es toll, ganz vorne zu sitzen?«

»Klar, als Cineast«, sagte Johan und machte ein überzeugtes Gesicht. Er hielt den beiden Damen die Tür auf. Dann war es mit der Unterhaltung auch schon vorbei, sie setzten sich im abgedunkelten Saal auf ihre Plätze, und die Reklame begann. Die meiste Werbung war wirklicher Schrott, aber einige Spots waren richtig witzig.

Dann begann der Film.

Eine Stunde und siebenundvierzig Minuten später verließen

sie das Kino wieder. Lange Zeit sprach keiner von ihnen ein Wort – bis Johan das Schweigen unterbrach.

»Mensch, war der gut!« Das war der Startschuß, und fast eine Stunde lang diskutierten sie über den Film. Immer wieder fielen ihnen Details ein, Charaktere, die man analysieren konnte, und fast widerwillig ließen sie sich für einen kurzen Augenblick unterbrechen und bestellten bei dem diskreten Personal der Hotelbar ein Bier. In Ledersesseln um sie herum saßen in diesem exklusiven, aber unpersönlichen Milieu kleine Gruppen von Männern in Anzügen, die versuchten, entspannt auszusehen. Ihr angestrengtes Lachen wurde von einem dicken Teppichbelag gedämpft. Große grüne Pflanzen sorgten für eine entsprechende Atmosphäre.

Schließlich ging ihnen doch der Gesprächsstoff aus, und die Pausen wurden größer. Paula beschloß, das Thema zu wechseln.

»Ich kenne niemanden, der sich zwei Wochen in Afrika aufhalten kann und nur mit einem Hauch von Sonnenbräune zurückkommt«, lachte sie und nickte Rakel zu.

»Ich habe vielleicht nie darüber gesprochen«, antwortete Rakel lächelnd, »aber ich arbeite gar nicht als Reiseleiterin beim Club 33, sondern in der Spendenabteilung vom THW. Ich bin in Mosambik gewesen, um ein Projekt auszuwerten, das wir finanzieren. Es geht darum, dort im Zivildepartement eine effiziente Personalverwaltung aufzubauen.« Mit Absicht benutzte sie ihre bürokratischen Formulierungen und hielt sich besonders lang an dem Wort »Personalverwaltung« auf. Dann lachte sie. »Aber im Vertrauen gesagt, wünschte ich manchmal, ich wäre beim Club 33, denn man braucht eine Wahnsinnsgeduld, wenn man sich mit diesen Ämtern herumschlagen muß.« Johan sah Rakel beeindruckt an.

»Ich habe tatsächlich nie so genau gewußt, was du da machst.«

»So viel gibt es dazu auch nicht zu sagen. Wenn man in diese Fragen nicht involviert ist, ist das alles nicht sonderlich spannend.«

»Ich finde, das klingt wahnsinnig interessant«, sagte Johan schnell. »Erzähl doch mal!«

Ein bißchen widerwillig fing Rakel an zu berichten, aber als sie in Fahrt gekommen war, bekam sie ganz rosige Wangen. Sie sprach von den Dimensionen der Korruption, die ihnen die Arbeit in manchen Ländern fast unmöglich machte. Johan hörte begeistert zu, und Paula, die nicht das Gefühl hatte, zum Gespräch etwas beitragen zu können, fühlte sich zunehmend ausgeschlossen. Sie ging zur Damentoilette, um ihren Lippenstift nachzuziehen. Als sie zurückkam, waren Rakel und Johan noch immer in ihr Gespräch vertieft. Offenbar ging es gerade um »Landwirtschaftshilfe« und »Landschaftsentwicklung«.

»Wo warst du denn?« sagte Johan und drehte sich um. »Ich habe gar nicht gemerkt, daß du weg warst.«

»Auf dem Klo.«

»Ich müßte auch mal«, sagte Rakel und entschuldigte sich. Es war nicht ihre Art, sich auf Kosten anderer in den Vordergrund zu spielen, und sie sah Paula schuldbewußt an.

Als Rakel aufstehen wollte, hielt Johan sie plötzlich am Handgelenk fest. »Warte mal kurz«, sagte er und sah Rakel ganz tief in die Augen, so daß sie verwirrt stehenblieb. »Stimmt gar nicht, Paula.«

Paula sah ihn verwirrt an. »Was stimmt nicht?«

»Rakel trägt *doch* Spuren der Sonne, siehst du nicht die Sommersprossen?« Er zog Rakel herunter, so daß sie sich wieder setzen mußte. Johan lachte und zeigte auf ihre Nase.

»Unmengen von Sommersprossen.«

Paula beugte sich vor und sah, daß er recht hatte. Auf der geraden, schmalen Nase wimmelte es von Sommersprossen. Aber leicht zu sehen waren sie nicht, nur eine kleine Nuance dunkler als ihre helle Haut. Rakel befreite sich verschämt aus Johans Griff, murmelte etwas wie »Das kriege ich immer im Frühling« und machte sich mit einer Entschuldigung auf den Weg zur Damentoilette.

Als Paula nach ihrem Bierglas auf dem kleinen Couchtisch

greifen wollte, wußte sie einen Moment lang nicht, welches ihr gehörte. An zwei Gläsern war Lippenstift. Sie war irritiert, Rakel benutzte sonst nie Lippenstift. Plötzlich hatte sie Rakels sommersprossiges Gesicht wieder vor Augen. Irgend etwas stimmte nicht. Aber was? Sie dachte einen Augenblick nach, bevor sie darauf kam. Rakel trug Mascara.

Es wurde ein kalter April, und als Paula über den asphaltierten Platz hinüber zu dem großen Magazingebäude ging, wo das RightVisions-Logo nun an der Fassade erschien, hätte sie schwören können, daß ihr eine Schneeflocke ins Gesicht geflogen war.

Völlig durchgefroren grüßte sie die Empfangsdame, von der sie nun wußte, daß sie Angela hieß, und beeilte sich, an ihren Platz zu kommen. Langsam fühlte sie sich zu Hause in der Redaktion. An ihrem Computer hingen unzählige bunte post-it-Zettel, und auf ihrem Schreibtisch hatte sich mittlerweile eine gemütliche Unordnung eingestellt.

Sie beschloß, ihren Arbeitstag damit zu beginnen, daß sie die vier dreckigen Kaffeetassen, die auf dem Tisch standen, einsammelte und sie in den Geschirrspüler räumte. An der letzten Tasse klebte ein Zettel. Es war der Vertrag für Christina Schollin. Paula löste ihn vorsichtig von der Unterseite der Tasse. Ein deutlicher Ring Kaffeefarbe befand sich nun genau über der Unterschrift. Paula seufzte, Maggan würde bestimmt nicht begeistert sein.

In der kleinen Schlange vor dem Kaffeeautomaten, die sich üblicherweise kurz nach neun Uhr einstellte, traf Paula auf Helena. Obwohl sie seit zwei Monaten in der gleichen Firma arbeiteten, hatten sie sich nur einige Male von ferne gegrüßt. Zu einem gemeinsamen Mittagessen war noch immer keine Zeit gewesen.

»Das ist doch verrückt, jetzt arbeiten wir am gleichen Ort und sehen uns noch seltener als in der Zeit, als du in New York warst!« Helena lachte sie an, und Paula flog ein Hauch von Parfüm in die Nase. Sie wußte nicht so recht, was sie antworten sollte, was aber kein Problem war, da Helena unbekümmert weitersprach.

»Ich bin an und für sich nicht so oft hier, weil ich häufig bei den Aufnahmen dabeibin. Wir zeichnen ›Brindvalls‹ ja in den Gebäuden von Drama auf, und das ist eine ziemliche Rennerei.« Drama, vermutete Paula, waren wohl die großen Gebäude vom Schwedischen Fernsehen, ein bißchen weiter weg im Hafengebiet, und sie nickte, um zu zeigen, daß sie wußte, wovon sie sprach. »Aber erzähl mal, wie läuft es bei dir? Macht es dir Spaß?«

»Danke, es läuft gut. Ich bin ja noch immer dabei, mich einzuarbeiten, aber ich glaube, überarbeitet habe ich mich noch nicht. Allerdings ist die Sache mit den Gästen ganz schön heikel, hätte ich nicht gedacht.«

»Und wie ...« Helena nickte verständnisvoll. »Ich habe gehört, du hast Ralf Brygge bekommen. Nicht schlecht!«

Paula lächelte ein bißchen verlegen. »Stimmt, ich habe erst hinterher erfahren, daß er nicht ganz einfach ist.«

»Launisch. Eine richtige Diva, sagt man.«

»Schon möglich, aber als ich mit ihm gesprochen habe, war er ganz lieb. Hat gleich die Flirtnummer abgezogen.«

»Hoppla! Da mußt du aber aufpassen, ich nehme an, du kennst seinen Ruf ...«

»Ja, ja, aber keine Sorge«, lachte Paula. »Ich habe mein Schäfchen im trockenen.«

»Ja, richtig, Jakob heißt er, oder?«

»Johan.«

»Ach ja, netter Typ. Ist er nicht Polizist?«

»Ja.« Helena hatte Johan vor ein paar Jahren kennengelernt, als sie ihnen im Kaufhaus über den Weg gelaufen war. Die Begegnung hatte nicht länger als ein paar Minuten gedauert, aber Paula erinnerte sich, wie beeindruckt Helena hinterher war, als sie kapiert hatte, daß der Mann an ihrer Seite ihr Freund war.

»Der Typus Mann, von dem man aus einem brennenden Auto gerettet werden möchte.« Helena machte ein schwärmerisches Gesicht.

»Vielleicht«, antwortete Paula, dachte aber insgeheim, daß sie in dieser Situation doch einen Feuerwehrmann vorziehen würde. In der Zwischenzeit hatten sie sich beide einen Kaffee besorgt, und Helena zeigte auf einen der zwei leeren Tische im Speisesaal.

»Hast du einen Moment Zeit?« Sie setzten sich, und Helena strich sich eine ihrer gefönten Haarsträhnen wieder hinters Ohr.

»Apropos nett, wie läuft es eigentlich mit Stellan?« fragte Paula.

»Danke der Nachfrage, er ist außerordentlich nett, zumindest wenn ich ihn bei den Dreharbeiten sehe oder wenn er oben im Büro ist und seine Verehrerpost liest.«

Paula machte ein verdutztes Gesicht, und Helena fuhr fort. »Ich mußte ihn leider abservieren, er ging mir so auf die Nerven. Weißt du, mit ihm war es, als hielte ich ein Haustier – und eigentlich konnte ich Haustiere noch nie leiden. Als ich sieben war, bekam ich einen Kanarienvogel, und nach zwei Wochen war er tot. Ich hab wohl vergessen, ihm zu fressen zu geben.«

Helena lachte unbekümmert. »Ein paar Wochen sah er etwas niedergeschlagen aus, aber ich glaube, er hat sich recht schnell davon erholt. Ich frage mich, ob er jetzt nicht mit Ines zusammen ist.«

»Ines?«

»Die kleine Dunkle, die Magdalena Brindvall spielt, seine Kusine.«

»Ach so …«

»Never mind. Ich bin total froh darüber, traurige Menschen machen einen nur …«, sie dachte einen Moment lang nach, »… traurig.«

»Und wie läuft es mit, wie heißt er noch … Sten, deinem Chef?«

Helenas Gesicht fing an zu strahlen. »Ziemlich gut!« sagte sie, korrigierte sich aber schnell. »Oder, was soll ich sagen, aus seiner Sicht vielleicht nicht ganz so gut. Fredrik, also unser VD, hat ihm ein Ultimatum gestellt, entweder begibt er sich in Behandlung, oder er erhält seine Kündigung.« Helena sah zufrieden aus. »Wie auch immer, ich bin nun auf jeden Fall stellvertretende Projektleiterin.«

»Oho, herzlichen Glückwunsch!« Paula war es etwas unangenehm, es paßte eigentlich nicht zu ihr, jemandem zu gratulieren, der soeben über eine Leiche gegangen war. Helena mußte ihr das angemerkt haben.

»Ja, Gott allein weiß, was ich unternommen habe, um ihm zu helfen. Keine Ahnung, wie oft ich ihn in den verschiedensten Situationen gerettet und ihn verteidigt habe, wenn die Leute schlecht über ihn sprachen. Aber irgendwann war das Maß voll. Für einen Alkoholiker zu arbeiten ist die Hölle. Gar nicht auszudenken, wie es sein muß, mit einem verheiratet zu sein.« Helena schüttelte sich. »Ich kann verstehen, daß sie ihn verlassen hat. Fünfzehn Jahre leere Versprechungen ...« Einen Moment lang versank sie in diesen Gedanken. »Aber das bleibt bitte unter uns, ich hoffe, du verstehst das«, fügte sie hinzu. »Ich nehme an, du hast mitbekommen, daß hier im Büro eine ganze Menge getratscht wird ...«

»Ja, danke.« Paula mußte daran denken, wie Natalie Helena höhnisch genannt hatte. Helena hatte wohl ihre Gedanken gelesen.

»Und ich weiß auch, was hinter meinem Rücken über mich gesagt wird, aber wenn es dich interessiert, kann ich dich aufklären. Ich habe nicht mit allen männlichen Schauspielern in ›Brindvalls‹ geschlafen. Ich habe kein Hotelzimmer mit Fredrik Stiernhielm auf der Fernsehmesse in Chicago letztes Jahr geteilt! Und das Privateste, wozu Sten Levin meine rechte Hand je gebraucht hat, war, den Papierkorb zu putzen, nachdem er in seinem Zimmer hineingekotzt hat!«

Paula wurde rot. »Aber ich habe das nie geglaubt ...«

»Ach was, kein Problem.« Helena wischte Paulas Einwand einfach fort. »Über Leute, die Erfolg haben, wird immer geredet. Das muß man einstecken.« Helena trank den letzten Rest Kaffee und stand auf. »Zeit, sich in Bewegung zu setzen. Ich hoffe, wir schaffen es bald zum Mittagessen!«

Paula beeilte sich, ihren Kaffee auszutrinken. »Aber ja. Sag Bescheid, wenn du Zeit hast, ich bin sicher flexibler als du.«

Sie verabschiedeten sich, aber nach ein paar Schritten drehte sich Paula um. Helena war noch einmal stehengeblieben.

»Entschuldige, was hast du gesagt?« fragte Paula.

»Vier«, wiederholte Helena.

»Vier?«

»Inklusive Stellan. Nicht einmal die Hälfte. Die Leute reden soviel Mist! Mach's gut, bis bald!«

Paula nahm mit einem Seufzer den Hörer in die Hand und wählte mal wieder die Nummer von FilmFight. Sie hatte Ralf Brygges kindischen Anrufbeantworter nun schon so oft gehört, daß sie sich beinahe einbildete, sie hätte tatsächlich mit ihm gesprochen. Nach ihrem Telefonat hatte Paula zwar die schriftliche Buchungsbestätigung geschickt, aber irgend etwas in seinem Ton hatte sie verunsichert. Natalie hatte ihr schon gesagt, daß es manchmal angebracht war, bestimmte Gäste kurz vor dem Dreh noch einmal an den Termin zu erinnern, doch Paula hatte Ralf Brygge seit Montag nicht erreicht. Jetzt war Mittwoch nachmittag.

Sowohl Anders als auch Vendela waren ganz begeistert, daß sie den brandaktuellen Filmregisseur als Gast für die Sendung bekommen hatte, und sie wollte sie nicht beunruhigen mit dem Hinweis, daß er keinen besonders zuverlässigen Eindruck machte. Jetzt bekam sie aber langsam selbst ein flaues Gefühl im Magen. Was war, wenn er morgen nicht auftauchte? Nicht auszudenken, wie Vendela reagieren würde.

Als sie das Klicken des Anrufbeantworters hörte, der ansprang, legte sie auf. Gleichzeitig kam Anders in die Redaktion hereingeschneit. Er war ganz offensichtlich gut gelaunt.

»Meeting mit der Programmleitung«, triumphierte er. »Die nächste Staffel steht an, wir machen weiter!«

»Super!« Paula zwang sich zu einem Lächeln.

»Ja, dann haben wir also auch im Herbst Arbeit für dich, du wirst sehen. Du bist fleißig. Schaffst was und bist zuverlässig, wir sind sehr zufrieden mit dir«, fügte er hinzu in einem plötzlichen Anfall von Schulterklopfen.

»Danke.« Paulas Stimmung wurde schlechter, trotz des Lobes. Sie hatte sich eigentlich entschieden, ihre Bedenken wegen des Gastes am nächsten Tag mitzuteilen, aber als sich Anders pfeifend von ihrem Schreibtisch entfernte, brachte sie es nicht übers Herz, ihn noch einmal zurückzurufen. Es wird sich schon finden, dachte sie, ohne wirklich davon überzeugt zu sein. Natürlich taucht er auf.

Halb sechs hatte sie auf die Bestätigung geschrieben. Es gab keinen Grund zur Beunruhigung, er war ja erst siebzehn Minuten über die Zeit, und bislang war wirklich keiner der Gäste pünktlich gewesen.

Nach außen sah alles ganz normal aus. Vendela hatte wie immer einen spektakulären Auftritt hingelegt, als sie in die Redaktion hineinrauschte, und gleichzeitig das Kunststück vollbracht, alle Anwesenden zu ignorieren. Als sie an Paula vorbeikam, die zum fünften Mal diskret an der Rezeption nachschaute, ob nicht Ralf Brygge da saß und wartete, ließ sie es sich nicht nehmen, die Nase zu rümpfen. Immer ist etwas, dachte Paula betrübt und setzte sich wieder.

Als es sechs Uhr war, kam Anders aus seinem Büro.

»Gibt es Probleme?«

»Ich hoffe nicht.« Paula versuchte, selbstsicher zu klingen.

»Ich hoffe?«

»Ja, die Bestätigung habe ich verschickt ...«

»Haben Sie mit ihm unter der Woche gesprochen?«

»Nein.«

»Nicht?«

Paulas Stimme klang ziemlich kläglich. »Ich habe ihn einfach nicht erreicht.«

Anders stand eine Weile schweigend da. »Haben Sie jetzt versucht anzurufen?«

»Natürlich. Aber bei FilmFight nimmt keiner ab.«

»Und auf dem Handy?«

»Er hat keines. Wegen der Strahlung.«

Anders biß die Zähne zusammen. »Wir warten noch eine Viertelstunde, bevor wir Vendela informieren.«

»Okay.«

Als Anders gegangen war, saß sie da und überlegte. Sie hätte es ihm früher sagen müssen. Jetzt saßen sie wirklich in der Patsche. Eine abgesagte Aufzeichnung war nicht nur ein enormer Kostenfaktor – ein ganzes Studioteam und die gebuchte Studiozeit umsonst –, sondern ebenso ein Prestigeverlust, so viel hatte sie schon begriffen. Natürlich konnten sie eine Wiederholung senden, doch jeder in der Branche würde wissen, warum. Und nicht wenige würden sich hinter Vendelas Rücken ins Fäustchen lachen. So respektiert und geschätzt Vendela als Moderatorin war, sie war einfach schon zu vielen Leuten auf die Füße getreten, als daß man sie unter Kollegen beliebt nennen könnte. Bis zu den Fernsehzuschauern war ihr Ruf jedoch noch nicht vorgedrungen, die liebten sie und ihre spektakulären Interviews.

Minuten vergingen, und nichts geschah. Paula saß allein oben in der Redaktion und versuchte, Blickkontakt mit Anders zu vermeiden, der an seinem Platz im Glaskasten hockte. Punkt viertel nach sechs stand er auf und kam auf Paula zu.

»Ich gehe jetzt hinunter in die Maske und sage ihr Bescheid.«

Paula nickte stumm und unterdrückte den Impuls, sich den Mantel überzuwerfen und zu verschwinden, um niemals mehr zurückzukommen. Sie versuchte, ruhig zu atmen. Es war schließlich nicht ihre Schuld, daß Ralf Brygge eine unzuverlässige Diva war. Sie hatte ihren Job gemacht. Sie konnte nichts dafür, daß sich ein selbstverliebter Filmregisseur nicht bequemte, rechtzeitig zu erscheinen wie besprochen. Sie seufzte. Vielleicht war es besser, den Dingen ins Auge zu sehen, dachte sie und ging schweren Schrittes Richtung Studio zur bevorstehenden Predigt. Unten im Studio hatte sich die Neuigkeit offenbar schon verbreitet. Ein paar Kameramänner sahen lustlos zur Zuschauertribüne hinauf, und der Bildregisseur führte ein ernstes Gespräch mit einem Tontechniker. Von Vendela keine Spur. Paula begab sich in den Flur, an dem sich Logen und Maske befanden. Nun galt es, dem Feind ins Auge zu sehen. Je näher sie kam, desto langsamer ging sie. Von drinnen war eine verärgerte Frauenstimme zu hören, und plötzlich wurde die Tür aufgerissen.

»Wo ist sie, diese unfähige kleine Schlampe!« Vendela trug noch den Schminkumhang, und ein paar Heizwickler baumelten von der halbfertigen Frisur. »Wo ist sie?!«

Paula machte hastig ein paar Schritte zurück hinter einen Paravent, der vor der Wand aufgestellt war. Es würde doch schlimmer werden als befürchtet. Hinter der aufgeregten Moderatorin lief Anders und versuchte vergeblich, sie zu beruhigen.

»Das ist doch kein Beinbruch. Wir senden einfach eine Wiederholung. Kein Problem...«, flehte er sie an. Vendela blieb stehen und drehte sich wütend zu ihm um.

»Kein Beinbruch! Kein Problem! Du hast leicht reden, hinter deinem Rücken lacht sich nicht die ganze Branche schlapp, nur weil so eine kleine Schlampe ihren Job nicht beherrscht!«

»Aber eigentlich kommt es doch auf die Zuschauer an. Sie werden es wunderbar finden, noch einmal die Sendungen mit Marie Fredriksson oder Sven Wollter zu sehen ...«

»Die Zuschauer! Die sind mir mit Verlaub scheißegal!« Vendela riß den Umhang ab, schmiß ihn auf den Boden und setzte ihren Sturmmarsch fort. Paula stand da wie angewachsen und bemerkte erst gar nicht, wie jemand sie am Ärmel zog.

»Paula! Da bist du ja endlich. Was hast du mit dem Handy

gemacht? Ich hab dich überall gesucht!« Angela schüttelte verärgert den Kopf, so daß ihre Zöpfe hin- und hertanzten. »Es sitzt ja keiner am Empfang«, fügte sie hinzu, um Paula den Ernst der Lage klarzumachen. »Ralf Brygge ist da! Du solltest vielleicht hochlaufen und ihn abholen!« sagte sie und setzte sich in Gang, um wieder an ihren Platz zu kommen.

Paula zwinkerte ihr zu, Vendela war nur ein paar Schritte entfernt, da trat sie geradewegs vor den hyperventilierenden Star.

»Unglücklicherweise ist es zu einer Verspätung gekommen. Sofern das meine Schuld ist, bitte ich um Entschuldigung.« Vendela hatte vor ihr angehalten. Paula holte noch einmal tief Luft. »Wenn Sie mich jetzt entschuldigen würden, ich möchte unseren Gast abholen, damit wir so bald wie möglich anfangen können.« Dann machte sie auf dem Absatz kehrt und ließ die sprachlose Vendela stehen.

Ralf Brygge saß zurückgelehnt in einem der roten Ledersessel an der Rezeption. Seine langen, ausgestreckten Beine waren mit einer khakifarbenen Hose bedeckt, und an den Füßen trug er abgerissene Turnschuhe. Der leuchtende Text auf dem gelben T-Shirt war ebenso primitiv wie kindisch: *Vögeln?* Auf den ersten Blick sah er nicht älter als fünfundzwanzig aus, man mußte näher kommen, um die Falten in seinen Augenwinkeln zu erkennen und die grauen Strähnen in den herausgewachsenen braunen Locken.

Als er Paula zu Gesicht bekam, die atemlos und mit strahlendem Blick in die Rezeption gerauscht kam, stand er auf und kam auf sie zu.

»Paula?« sagte er fragend und streckte die Hand aus. »Entschuldigung, ich bin ein bißchen spät dran.«

»Ein bißchen spät!?« Mit einem Mal löste sich die Anspannung der vergangenen Tage, und Paula wurde plötzlich fuchsteufelswild. »Haben Sie eine Ahnung, was hier los war?« Sie mußte einen Moment an die hysterische Frau einen Stock tiefer denken. »Vendela! Und das ganze Aufnahmeteam! Was!? Ist es zuviel verlangt, daß Sie wenigstens anrufen und mitteilen, daß Sie doch noch zu erscheinen gedenken ...«, sie sah auf die Uhr, »eine Stunde und acht Minuten zu spät! Wir dachten, wir müssen alles absagen! Die hätten mich rausgeschmissen!« Sie starrte auf den lächelnden Mann vor ihr. Er ließ sich nicht aus der Ruhe bringen, sah ihr ein paar Sekunden in die Augen, und schon beruhigte sie sich etwas. Verlegen wischte sie sich ein bißchen Speichel vom Kinn und wußte plötzlich nicht mehr, was sie sagen sollte. Ralf lachte, belustigt, aber nicht böse.

»Nett, dich kennenzulernen«, sagte er. »Ich heiße Ralf.«

Paula schluckte, und plötzlich war ihr der Auftritt ziemlich peinlich. Schließlich hatte er sich nur eine gute Stunde verspätet, und sie hatte sich benommen, als hätte er die Tschernobyl-Katastrophe verursacht. Sie würden die Aufzeichnung problemlos schaffen, vielleicht mit einer kleinen Verspätung. Im Grunde war ja nichts passiert. »Ähh ... Paula«, sagte sie und hielt ihm die Hand hin. »Tut mir leid, daß ich so ... es war hier, gelinde gesagt, ein bißchen stressig.«

Ralf nickte. »Eigentlich wäre ich gestern aus Holland zurückgekommen, aber dann wollten sie noch eine Zusatzvorstellung anbieten, weil so viele keine Karten für die planmäßige Vorstellung bekommen hatten«, fügte er hinzu und unternahm keinen Versuch, seinen Stolz zu verbergen. »Und so blieb ich einfach einen Tag länger.«

»Ach so«, sagte Paula konsterniert.

»Ich hätte anrufen sollen, aber du weißt ja, wie das ist, immer kommt etwas dazwischen.« Als er sie wieder anlächelte, schmolz der Rest von Paulas Wut dahin. Natürlich kommen einem Dinge dazwischen. Und überhaupt, was machte das schon. Jetzt war er doch da. Paula ging voran.

»Vendela ist unten im Studio. Wir schicken Sie nur kurz in die Maske, dann geht's los.« Sie warf einen Blick auf sein T-Shirt. »Möchten Sie sich vielleicht ... ähh, umziehen?« Auch wenn ihr Vendelas Gemeinheiten in den Ohren klangen, so hatte sie doch das Gefühl, sie müßte die Moderatorin davor schützen.

Vendela war die Königin ihres Programms, *sie* suchte die Gäste aus, und Paula ahnte schon, wie sie auf das provokante Hemd reagieren würde. Ihr lief ein Schauer über den Rücken.

»Nein, das ist okay so«, antwortete er lässig und reckte sich, um Paula, die vor ihm ging, die Tür zu öffnen. Er lachte. »Ich muß der alten Hexe schließlich ein bißchen was zu beißen geben!«

Meine Damen und Herren, willkommen bei ›Geradeaus‹, der Fragesymphonie unter der Leitung von Vendela Björklund!« Die Männerstimme verstummte, und der Applaus ertönte, als Vendela auf dem Podium erschien, wo das berühmte Sofa stand. Nichts wies darauf hin, daß sie sich vor einer knappen halben Stunde in einem Ausnahmezustand befunden hatte und hysterisch schreiend durch die Flure gelaufen war. Im Gegenteil – sie wirkte viel ruhiger als sonst. Paula sah ihr fasziniert zu, wie sie das Publikum begrüßte, und mußte feststellen, daß Vendela zu den wenigen ausgesuchten Leuten gehörte, denen schwarze Lederhosen standen, ohne daß sie darin vulgär wirkten.

»Unglaublich«, murmelte Paula, und in ihrem Kopf tauchte das Wort Persönlichkeitsstörung auf.

»Von obskuren Hinterhofprojekten zum Star der Nation. Der Weg dahin war kurz und steil für den Gast des Abends. Der Regisseur und Mann hinter ›Wartezimmer‹: kein Geringerer als Ralf Brygge!« Vendela drehte sich zu dem Vorhang um, durch den der Gast erscheinen würde, das Publikum klatschte enthusiastisch. ›Wartezimmer‹ war der Filmhit der Saison, und viele waren neugierig auf den begabten Regisseur.

Als der Vorhang zur Seite gezogen wurde und Ralf auf das Podium trat, konnte der aufmerksame Zuschauer beobachten, wie sich Vendela einen Moment lang an ihren Manuskriptkärtchen festhielt. Ein schwaches Zucken durchfuhr die Moderatorin, vom ordentlich gekämmten Haar bis zu den Absätzen ihrer blitzenden Cowboystiefel. Dann war es vorbei, und als Vendela Ralf mit einem Lächeln bat, es sich auf dem Sofa gemütlich zu machen, konnte niemand das Ausmaß von Vendelas Wut ahnen. Wie konnte er es wagen? Daß er die Stirn hatte, sich hier auf ihr Sofa zu setzen und sie mit diesem fürchterlichen Hemd derartig zum Narren zu halten und ihr Programm auch!?

»Herzlich willkommen«, Vendelas Stimme war beherrscht. »Als Antwort auf Ihre Frage«, sie wies auf Ralfs T-Shirt, »da würde ich dankend ablehnen, aber im Publikum gibt es sicher ein paar Teenager, die sich gern zur Verfügung stellen würden.« Das Publikum hielt den Atem an, und Anders notierte in seinem Notizbuch mit dicken Buchstaben »Schnitt«. Dieser Kommentar würde den Fernsehzuschauern erspart bleiben, das stand fest. Wenn Anders ihn nicht strich, würde Vendela dafür sorgen. In diesem Fall war das Wort der Moderatorin Gesetz.

Ralf mußte lachen. »Wie schade! Dann muß ich den Markt mal eingehender studieren«, er nickte dem Publikum zu, »wenn wir hier fertig sind.«

Offensichtlich reichte der kleine Vorstoß bereits, daß Vendela wieder die Kontrolle bekam, und da sie genau wußte, daß dieser Schlagabtausch niemals auf den Bildschirm kommen würde, begann sie mit einer neuen Einleitung. Dieses Mal nach Manuskript. Nach einem Schnelldurchlauf durch Ralfs bisherige Filmproduktionen mit Ausschnitten aus einer Reihe seltsamer Kurzfilme, unter anderem aus einem, bei dem zwei Brüder in einem Gefrierschrank wohnen, kam Vendela auf ›Wartezimmer‹ zu sprechen.

»Hier handelt es sich ja um einen Film, der die Menschen ungemein bewegt hat. Spielen Sie ganz bewußt mit den Gefühlen der Zuschauer, oder hat es Sie selbst erstaunt, wieviele Gefühle dieser Film hervorgerufen hat?«

»Wenn ich mich selbst darüber wundern muß, was mein Film bewirkt, könnte ich mich nicht Regisseur nennen.« Ralf wurde mit einem Mal ganz ernst, und die Albernheit, mit der er bislang Vendelas Fragen abgeblockt hatte, war wie weggefegt. »Das ist genau das, was es heißt, Regisseur zu sein: die Gefühle der Zuschauer zu steuern.«

»Ist das nicht Manipulation?«

»Ja, so kann man das wohl sagen.«

»Sind sie ein manipulativer Mensch?«

»Als Privatperson?« Vendela nickte, und Ralf wirkte einen Moment lang verunsichert. »Nein, das glaube ich nicht«, sagte er. Aber ein gewisser Zweifel in seiner Stimme ermutigte Vendela:

»Ihre Exfrau scheint das zu meinen.«

Ralf schnaubte. »Haben Sie jemals gehört, daß eine Frau, die von ihrem Mann verlassen worden ist, etwas Gutes über ihn gesagt hat?«

»Das hängt wahrscheinlich davon ab, auf welche Weise er sie verlassen hat ...« Vendela hatte definitiv das Ruder wieder in der Hand. Solche Situationen beherrschte sie perfekt. Ralf konnte sich entweder auf das Spiel einlassen und ihre heiklen Fragen beantworten oder sich verweigern. Es wäre nicht das erste Mal gewesen, daß sich ein Gast für letzteres entschied, mit der Gefahr, daß er als armer Feigling dastand. Ralf wählte die Offensive.

»Oder auf welche Weise sie ihn zur Trennung getrieben hat.«

»Dann war also Ihre Exfrau schuld?«

»Wissen Sie, zu einer Ehe gehören immer zwei Menschen.« Ralfs harter Tonfall veränderte sein Aussehen. Der jungenhafte Charme war einem bitteren Zug um die Mundwinkel gewichen, und die Grübelfalte zwischen den Augenbrauen verlieh ihm jetzt den Ausdruck des Vierzigjährigen, der er bald sein würde. Der Text auf seinem gelben T-Shirt erschien mit einem Mal lächerlich und peinlich. Vendela war ganz in ihrem Element.

»Seltsam, daß Sie das sagen. Soweit ich weiß, gab es in Ihrer Ehe mehr als zwei Personen ...« Vendela lächelte zuckersüß. Plötzlich brach Ralf in schallendes Lachen aus, und plötzlich saß da wieder der charmante Mann, der kurz zuvor die Bühne betreten hatte.

»Ja, verdammt, love works in mysterious ways!« sagte er und zuckte mit den Schultern, als hätte er mit der ganzen Sache nicht das geringste zu tun. »Der, den man verliert, findet einen anderen, so ist das! Sie selbst waren nie verheiratet, oder?«

Wieder schrieb Anders einen Kommentar in sein Buch.

Danach plätscherte das Interview nur noch so dahin.

Als die Schlußmelodie ertönte und Vendela sich bei ihrem Gast bedankte, beugte sich Johanna zu Paula hinüber, die neben ihr auf den reservierten Plätzen saß.

»Was sagst du, 1:1?«

»Eher 2:2. Ich fand, sie haben sich beide nichts genommen.«

»Ja. Ist jedenfalls lange her, daß jemand gegen Vendela unentschieden gespielt hat. Das mag unsere Primadonna ja gar nicht. Ich würde mich an deiner Stelle eine Weile von ihr fernhalten.«

»Danke für den Tip, aber ich hatte auch keinen intimeren Umgang mit Vendela geplant in der nächsten Zeit.« Paula und Johanna lachten. Herrlich – ein bißchen Getratsche und ein gemeinsamer Feind, und schon ist die Welt in Ordnung.

Der Knall, mit dem Vendela ihre Logentür zuschlug, war im ganzen Studio zu hören, und Paula nahm ihn als Zeichen, daß die Luft rein war. Sie ging eilig auf Ralf Brygge zu, der noch einigen Zuschauern Autogramme gab. Paula nahm zur Kenntnis, daß es meist junge Mädchen waren, und mußte an Vendelas Kommentar über die weiblichen Teenager denken. Ralf hielt ein bißchen Small talk mit seinen Verehrerinnen, bis er Paula erblickte.

»Paula! Ich komme gleich.«

»Gemach, gemach«, antwortete Paula und dachte etwas unruhig an die Teufelin in der Loge.

Als der letzte Autogrammjäger abzog, kam Ralf auf sie zu.

»Na, was meinst du, wie hab ich mich geschlagen?«

»Ausgezeichnet!«

Er lächelte. »Einen Moment war ich doch tatsächlich etwas nervös! Sie ist geschickter, als ich dachte.«

»Wenn man Vendela überlebt ...« Paula hielt inne mit einem Blick auf Ralfs T-Shirt. Welch unglückliche Wortwahl. »... hat man die besten Chancen, von den militärischen Eliteeinheiten angeworben zu werden.«

Er lachte. »Ja, gut zu wissen, daß man Alternativen hat, wenn das mit dem Filmen nicht mehr so klappt!«

Schweigend gingen sie zur Rezeption, wo Ralfs Jacke hing.

»Ich habe Ihnen ein Taxi bestellt. Es ist schon bezahlt, Sie müssen dem Fahrer nur sagen, wohin Sie möchten.«

»Danke.« Ralf zögerte einen Augenblick, mit der Jacke über dem Arm. Er sah sie ernst an. »Es war schön, dich kennenzulernen, Paula. Paula *Wilhelmsson.*« Dann ging ein kurzes Lächeln über sein Gesicht, und er verschwand durch die Eingangstür.

Hast du sie noch alle!?«

»Eigentlich schon.« Johan sah sie betreten an.

»Da kannst du gern allein hingehen. Es fällt mir im Traum nicht ein, die Walpurgisnacht mit dieser Hexe zu verbringen.«

»Zum einen ist sie keine Hexe, und zum anderen ist sie nun einmal dabei, wenn du deinen Vater und deine Geschwister sehen willst.«

»Die kann ich auch ohne sie sehen, vielen Dank. Du hast überhaupt keinen Grund, dich hier als Hobbypsychologe aufzuspielen!«

Paula stand mit verschränkten Armen in der Küche und schäumte vor Wut.

»Was hätte ich denn tun sollen?« Johan fauchte zurück.

»Du hättest absagen können! Hättest sagen können, daß wir schon etwas vorhaben.«

»Aber das stimmt nicht.«

»Du liebe Güte! Was sind wir doch plötzlich ehrlich! Das klang aber ganz anders, als dieser, wie hieß er noch gleich – Patrik neulich anrief. Als du offiziell ›unterwegs‹ warst.«

Johan seufzte. »Stimmt, da habe ich gekniffen, aber Patrik ist wirklich ein Idiot, und ich hatte keine Lust, mit ihm und seinen Skinheadfreunden ein Bier trinken zu gehen ...«

»Nette Kollegen hast du«, sagte Paula säuerlich. Es passierte nicht zum ersten Mal, daß ihr Streit damit endete, daß Kommentare zu Johans Beruf fielen. Eigentlich machte es Paula nichts aus, daß er Polizist war, manchmal war sie sogar stolz darauf. Die Polizei könnte mehr von seiner Sorte gebrauchen, aber wenn sie stritten, nutzte Paula häufig die Gelegenheit, Johan mit diesen rassistischen, faschistischen oder einfach idiotischen Typen in einen Topf zu schmeißen, die zufällig den gleichen Beruf ergriffen hatten.

»Willst du jetzt über meinen Job diskutieren? Wirklich? Wenn das so ist, schlage ich vor, daß wir die Diskussion über Anita abschließen, damit du genügend Spielraum für dein Gezicke hast!« Johan wurde ausnahmsweise einmal laut, und seine Augen funkelten vor Wut. Paula fuhr erschrocken zusammen, es kam nicht oft vor, daß Johan ihr Paroli bot. Sie versuchte, sich zu beruhigen.

»Ich verstehe nicht, wie du einfach zusagen konntest, ohne mich zu fragen«, sagte sie, schon wieder etwas sanfter.

»Anita rief an und fragte, ob wir am Walpurgisabend etwas vorhätten oder ob wir Lust hätten, zu ihnen zum Abendessen zu kommen«, wiederholte er. »Und soweit ich weiß, haben wir nichts vor. Außerdem fände ich es schön, deine Familie mal wieder zu treffen.«

»Anita ist nicht meine Familie.« Paula warf Johan einen beleidigten Blick zu. Er stöhnte leise.

»Nun, sie ist lediglich mit deinem Vater verheiratet und Mutter deiner Geschwister ...« Er sah sie erschöpft an. »Dann mußt du eben anrufen und absagen, wenn du absolut nicht willst.«

»Ich soll also anrufen und absagen, weil *du* gegen meinen Willen zu dem Abendessen zugesagt hast?«

Johan platzte der Kragen. »Ja, das wirst du tun! Weil *du* diejenige bist, die sich hier wie ein Kleinkind aufführt. Und *du* bist diejenige, die ihre Probleme löst, indem sie ihnen aus dem Weg geht!« Er ließ Paula stehen, verschwand im Schlafzimmer und knallte die Tür hinter sich zu. Das war sie von Johan nicht gewohnt. Sie hatte keine Ahnung, was sie jetzt tun sollte. Normalerweise war sie diejenige, die das Schlachtfeld verließ. Nie hatte sie einen Gedanken daran verschwendet, was Johan eigentlich tat, wenn sie abgehauen war. Sie nahm an, es würde ihm dann leid tun. Jedenfalls ging es ihr jetzt so. Sie wollte wirklich nicht zu Anita zum Essen gehen, aber natürlich war es nicht richtig, das auf Johans Rücken auszutragen.

Sie setzte sich an den Küchentisch und begann, planlos in einem Prospekt zu blättern. Zwei Pakete Kaffee für 39 Kronen. War das billig? Sie wußte es nicht so genau, Johan kaufte für gewöhnlich ein. Und Milch und Cornflakes und Waschmittel und ... Paula faltete die Broschüre zusammen und legte sie zur Seite. Sie stand auf und ging Richtung Schlafzimmer. Vorsichtig klopfte sie an.

»Johan ...« Keine Antwort. »Johan«, sagte sie diesmal etwas lauter. »Du, ich ... soll ich vielleicht etwas fürs Abendbrot einkaufen?« Sie hätte sich in den Hintern beißen können. So ein Schwachsinn! Sie setzte noch mal neu an. »Du, das mit Anita ... Wir können schon hingehen, wenn du willst.« Paula zuckte zusammen, als die Tür aufging. Johan schien nicht mehr böse zu sein, er wirkte vielmehr traurig.

»Es geht doch nicht darum, was *ich* will. Die Entscheidung liegt genauso bei dir. Überleg dir halt, was du willst.« Er sah sie betrübt an. »Es war blöd von mir, für dich zu entscheiden. Entschuldige.«

»Ist schon okay«, murmelte Paula. Dann stand sie eine Weile still da.

»Um welche Uhrzeit geht's los?« fragte sie, ohne den Kopf zu heben.

»Um fünf wird dort das Feuer angezündet, das sehen wir uns dann an.«

Paula spürte, wie ihre Augen naß wurden. Eine Träne rollte

über ihre Wange. Johan streckte die Hand aus und hob vorsichtig ihr Kinn an.

»Komm schon. Wird schon nicht so schlimm werden, Liebes.« Dann zog er sie an sich und legte seine Arme um ihren verspannten Rücken. »Ganz ruhig, ruhig ...«, flüsterte er und küßte sie behutsam auf den Hals. Und auf die Wange. Auf ihr Ohr, auf die Wimpern und wieder auf den Hals. Paula zitterte leicht. Ihren Körper durchfuhr dieses bekannte Gefühl. Sie wandte ihr Gesicht Johan zu, schloß die Augen und öffnete ihre Lippen. Er küßte sie. Erst auf die Oberlippe, dann auf die Unterlippe. Dann ließ er seine Hand ihren Rücken hinuntergleiten und strich über ihren Po. Sie sträubte sich nicht, als er sie gegen seinen Unterleib drückte. Paula ließ ihn ihren Pullover über den Kopf ziehen und den BH öffnen. Dann zog er die schmalen Träger über ihre Schultern und küßte die roten Abdrücke, die sie hinterlassen hatten.

Paula streifte ihre Jeans mit den Füßen ab, und Johan gab ihr einen vorsichtigen Schubs, daß sie der Länge nach auf das Bett fiel. Sie legte sich auf den Rücken und sah Johan zu, wie er seinen Pullover auszog. Er hatte einen schönen Körper. Sein Blick fixierte sie, während er sich langsam auszog. Dann kam er auf sie zu.

Erstaunlicherweise war der Nahverkehrszug pünktlich, und Punkt zehn vor fünf stiegen Paula und Johan in dem Vorort aus. Paula kannte diesen Ort inzwischen in- und auswendig, so daß sie nicht mehr darüber nachdachte, wie es dort aussah, aber Johan blieb stehen und sah sich um. Auf der einen Seite der Gleise konnte man das kleine, düstere Ladenzentrum sehen, das versuchte, mit einem Springbrunnen und einigen leerstehenden Blumenläden die Betonbauten der siebziger Jahre zu beleben. Auf der anderen Seite, parallel zu den Schienen, verlief die Autobahn, dahinter standen einige niedrige Gebäude, die zu einer Schule gehörten.

»Komm«, sagte Paula. »Papa wartet immer auf dem Parkplatz.«

Sie waren gerade an dem Zeitschriftenladen vor dem Bahnhof vorbeigekommen, als sie eine Frauenstimme nach ihnen rufen hörten. Paula zuckte zusammen, als sie Anita vom Parkplatz winken sah, sonst holte ihr Vater sie immer ab. Johan winkte zurück und rief »Hallo!«. Dann faßte er Paulas Arm und streichelte ihre Hand. »Wird schon schiefgehen, Schatz«, sagte er und winkte Anita noch einmal, die ihnen mit offenen Armen entgegenkam.

Sobald das Auto vor dem kleinen Häuschen anhielt, sprang Paula eilig hinaus. Während der Fahrt vom Bahnhof hatte sie kein Wort gesprochen. Anita hatte die ganze Zeit nervös vor sich hin gequasselt, aber Johans gelassene Art wirkte offenbar beruhigend.

Eilig ging Paula ums Haus, um auf die hintere Seite zu gelangen, wo ihr Vater Laub verbrennen sollte. Tatsächlich stand er da, mit einem Rechen in der Hand, vor sich einen Hügel aus qualmenden Blättern. Er blickte auf, als er seine Älteste kommen sah.

»Paula!« Er schloß sie in die Arme. »Wie schön, daß ihr gekommen seid!« Sie spürte einen Stich im Magen. Ihr letzter Besuch lag schon Monate zurück. Er sah sich um. »Wo hast du denn Johan gelassen?«

»Er ist sicherlich schon hineingegangen«, sagte sie.

»Da hat er ganz recht.« Ihr Vater zeigte auf den Laubhügel. »Brennt ziemlich schlecht, ist immer noch zu naß. Na ja, so riskieren wir wenigstens nichts. Das große Feuer haben wir heute abend ja noch vor uns«, sagte er lachend und legte eine Hand auf ihre Schulter. »Geh doch schon mal rein, ich komme auch gleich. Das ist mein letzter Haufen. Anita kümmert sich bestimmt schon mal um die Getränke.«

Widerwillig lief Paula um das Haus herum und ging hinein. Sie hörte, wie Johan und Anita in der Küche miteinander sprachen, während sie ihre Jacke aufhängte. Zögernd ging sie zu ihnen.

»Ich mach uns gerade was zu trinken.« Paula merkte, wie sich Anitas Stimme veränderte, als sie in die Küche kam. »Johan meinte, du trinkst Whiskey?«

»Ja, gerne.« Paula bemühte sich um ein Lächeln. »Wo sind denn die Kinder?« fragte sie, als ihr mit einem Mal auffiel, daß es ganz ruhig und still in dem sonst so umtriebigen Haus war.

»Draußen auf dem Festplatz. Sie wollten unbedingt mithelfen, Äste für das Feuer zu sammeln. Als ob das nötig wäre«, seufzte sie.

»Wann wird es denn angezündet?« fragte Johan, und prompt veränderte sich Anitas Stimme wieder, und ihr Lächeln entspannte sich.

»Um sieben. Ich dachte mir, wir könnten dann eine kleine Pause einlegen und den Nachtisch auf den späteren Abend verlegen. Die Kinder wollen doch so gern dabeisein, wenn es angezündet wird.«

»Klingt doch super!« sagte Johan und strahlte Anita an, die plötzlich einen mädchenhaften Ausdruck im Gesicht hatte.

Nach dem Anstoßen bat Anita die beiden, es sich im Wohnzimmer gemütlich zu machen. Sie mußte noch ein paar Dinge für das Essen vorbereiten, lehnte aber Johans Angebot, ihr zu helfen, entschieden ab. »In meiner Küche müssen keine Gäste helfen!« sagte sie und schob ihn durch den weiß gekalkten Rundbogen, der das Eßzimmer vom Wohnzimmer trennte.

Johan setzte sich neben Paula auf das Sofa und legte den Arm um sie. »Läuft doch gut«, sagte er leise und küßte sie auf die Wange. Da ging die Haustür auf, und sie hörten, wie der Vater den Ölmantel ablegte und die Stiefel auszog. Er steckte kurz den Kopf ins Wohnzimmer, winkte aber ab, als Johan aufstehen wollte.

»Bleib nur sitzen! Ich springe nur unter die Dusche, und dann können wir uns begrüßen«, sagte er und war wieder verschwunden.

Kurz darauf ging die Haustür wieder auf, dieses Mal mit entschieden mehr Lärm.

»Laß das! Ich war zuerst da!« Rebecka klang sauer.

»Aber hör auf, mich zu schubsen!« schrie Alexander zurück. Als sie Paula im Flur sahen, war der Streit sofort vergessen. Wie immer fiel Rebecka ihrer großen Schwester zuerst um den Hals.

»Hallo! Wir gehen nachher zum Maifeuer! Das ist riesengroß!« Rebecka versuchte mit den Händen zu zeigen, wie groß der Reisighügel geworden war. Paula mußte lachen.

»Oho, dann sollten wir vielleicht auch gleich die Feuerwehr alarmieren?«

Alexander erklärte fachmännisch: »Müssen wir nicht, es geht ja gar kein Wind, und außerdem haben wir massenhaft Wassereimer aufgestellt, falls etwas passiert.«

»Gut«, Paula nickte ihm zu. »Darf ich dich vielleicht in den Arm nehmen?« Sie bestand darauf, ihn zu umarmen, obwohl sie wußte, daß es ihm peinlich war. Als Kompromiß drückte sie ihn nur ganz schnell. Rebecka war inzwischen zu Johan ins Wohnzimmer gelaufen und neben ihm aufs Sofa gekrochen. Anita rief aus der Küche.

»Alexander! Rebecka! Hände waschen! Und zieht euch um, wenn ihr schmutzig seid!« Es kam sehr selten vor, daß Anitas Kinder schmutzig waren. Nur ein kleiner Ketchup-Fleck auf einem Pullover oder ein Grasfleck auf einem Hosenbein, und schon wanderte das Stück in die Wäsche. Paula hatte keine Ahnung, wie sie das schaffte, sie mußten einen Waschmittelverbrauch haben wie eine ganze Gemeinde.

Gerade als Anita die Brennesselsuppe auf den Eßtisch gestellt hatte, tauchten die beiden in Gesellschaft ihres Vaters wieder auf. Gunnar kam auf sie zu und drückte Johan auf die etwas rüdere männliche Art. »Wie schön, dich zu sehen!«

Anita bat sie, sich zu setzen, und begann, die Suppe aufzufüllen.

»Nur ein kleiner erster Gang«, sagte sie wie zu ihrer Entschuldigung. »Wir haben noch nicht so viele Nesseln.«

»Riecht wunderbar!« sagte Johan, während er auf Gunnars Bitte Schnäpse einschenkte. Er ignorierte Anitas Einwände und füllte auch ihr Glas bis zum Rand. Die Kinder bekamen Sprudel, und Gunnar hieß sie noch mal herzlich willkommen.

Paula unterhielt sich mit den Kleinen und ihrem Vater, mied aber jedes Gespräch mit Anita. Auf direkte Fragen antwortete sie knapp, und meist nahm Johan den Faden auf, den Paula ignoriert hatte.

Als sie den marinierten Lachs aufgegessen hatten, waren die Kinder ganz außer sich, weil sie meinten, sie verpaßten gerade den Sieben-Uhr-Schlag: Dann sollte doch das Feuer entfacht werden! Deshalb zogen sie rasch ihre Mäntel an, und Rebecka und Alexander liefen voraus zum Platz, wo sich bereits einige hundert Personen versammelt hatten.

Ein älterer Mann hatte bereits eine Ansprache zum Thema Frühling und Feuer begonnen, die zum Glück fast schon zu Ende war, als sie ankamen.

Dann ging es los.

Mit einem enormen Krachen entlud sich eine gigantische Stichflamme hoch in den Himmel. Die Flamme beruhigte sich aber gleich wieder, und nun begann das Feuer an mehreren Stellen zu brennen. Jemand fing spontan zu klatschen an. Bald stand der ganze Haufen in Flammen, und Paula dachte mit Dankbarkeit daran, daß kein Lüftchen ging. Da hätte man mehr als ein paar Wassereimer gebraucht, um dieses Feuer in den Griff zu bekommen. Johan hatte die Entzündung des Feuers mit Gunnar und Anita zusammen verfolgt, aber als der feierliche Moment vorüber war und das Feuer gleichmäßig brannte, kam er zu Paula hinüber, die sich demonstrativ ein paar Meter entfernt aufgestellt hatte. Er kuschelte sich von hinten an sie und legte die Arme um ihre Taille.

»Schön, nicht?« Er sah auf die lodernden Flammen.

»Hmm.« Paula nahm Johans Hände, die auf ihrem Bauch lagen. Sie warf einen Blick auf ihren Vater und Anita. Gunnar hatte den Arm um Anitas Schultern gelegt, und sie lehnte ihren Kopf an seine abgewetzte mokkafarbene Jacke. Sie sahen beinahe ... verliebt aus, dachte Paula plötzlich. Schnell drehte sie den Kopf weg und schluckte. »Ich möchte jetzt nach Hause«, sagte sie zu Johan.

»Jetzt?« Erstaunt ließ er sie los und versuchte umsonst, ihr in die Augen zu sehen. Er sah still zu ihr hinüber und zuckte dann mit den Schultern.

»Okay.«

Gunnar und Anita protestierten natürlich, aber Paula sagte, sie fühle sich nicht so wohl, und lehnte dankend ab, sich auf dem Bett des Gästezimmers eine Weile auszuruhen. Gunnar rief ein Taxi, und die zehn Minuten, die sie warten mußten, waren ganz sonderbar. Die Kinder quengelten, daß sie noch bleiben sollten, und Paula versuchte, ihnen zu erklären, daß ihr nicht gut war, woraufhin Rebecka berichtete, daß sie sich schon einmal sechsmal in einer Nacht übergeben mußte. Johan versicherte Anita, daß es sehr nett gewesen sei und daß sie gern bald wiederkämen. Anita gab Paula ein paar Tips mit alten Hausmitteln, und ihr Vater drückte ihr für das Taxi einen Hundertkronenschein in die Hand. Alle schienen erleichtert, als das Taxi endlich erschien.

Das letzte, was Paula vom Auto aus sah, als sie die Ausfahrt verließen, war, wie ihr Vater Anitas Hand nahm und mit ihr zurück ins Haus ging.

Das Tempo bei der Arbeit war gemächlicher geworden. Nach Johnny Thulin würde Elena M, oder Elena Mitrifanova, wie sie eigentlich hieß, zu Gast sein. Die junge Sängerin hatte von sich in den letzten Jahren ziemlich viel Aufhebens gemacht, nicht nur, weil sie ihr Video zur aktuellen Single, ›Skin Deep‹, nackt aufgenommen hatte. Mit der Selbstsicherheit einer Zwanzigjährigen hatte sie zudem Kommentare wie diese abgegeben: »Ich finde, wer über dreißig ist, sollte kein Wahlrecht mehr haben!« oder »Ich glaube, alle Typen wollen mit mir ins Bett!«

Dennoch hatte Elenas Art etwas Rührendes, und Paula verspürte einen kurzen Anflug von schlechtem Gewissen, weil sie das Lamm zum Schlachthof führte. Anders hatte über ihre Bedenken nur lachen können und ihr versichert, daß Elena mit Sicherheit abgebrühter war, als sie sich das vorstellen würde. Johanna und Robert hatten da auch keine Skrupel: »Ist doch gut, wenn man sie mal auf den Boden zurückholt!«

Die letzte Sendung war noch nicht fest verplant, aber Paula hatte ein gutes Gefühl, daß Laila Lundholm zusagen würde, und sie freute sich im geheimen, die patente Frau aus Südschweden als Gast bei Vendela zu sehen. Laila würde wohl kaum auf sich herumtrampeln oder sich aufs Glatteis führen lassen.

Gerade hatte Paula den Ordner mit den Zuschauerbuchungen hervorgeholt, als das Telefon klingelte. Es war Anna.

»Paula, du mußt mir helfen.« Sie heulte fast. »Ich hab so fürchterliche Schmerzen, und ich kann Sture nicht erreichen. Vielleicht muß ich ins Krankenhaus. Es sind ja noch sechs Wochen hin, stell dir vor, wenn was schiefgeht!« Das Schniefen ging in Schluchzer über, und Paula mußte die Stimme heben, damit Anna sie überhaupt verstand.

»Ist Fruchtwasser abgegangen? Blutest du?« Woher hatte sie das nur? Aus dem Fernsehen?

»Nein, ich habe nur so schreckliche Bauchschmerzen.«

»Ich komme. Schaffst du es, im Krankenhaus anzurufen?«

»Weiß nicht.« Anna hatte sich ein wenig gefaßt. »Vielleicht.«

»Ich bin in zehn Minuten bei dir!« Paula legte den Hörer auf und rief einen der Praktikanten, Viktor, der hier und dort aushalf.

»Können Sie mich nach Vasastan fahren?«

Viktor überlegte. »Ja, ich weiß nicht, ob ...«

»Prima!« Paula schnappte ihre Jacke und zog Viktor am Arm. »Haben Sie die Autoschlüssel?« Viktor nickte etwas verdutzt.

Vierzehn Minuten später klingelte Paula bei Anna. Sie drückte die Klinke, aber die Tür war abgeschlossen. »Ich komme«, war leise aus der Wohnung zu hören. Nach kurzer Zeit wurde die Tür geöffnet, und Anna, leicht vornübergebeugt und kreidebleich im Gesicht, verschwand hinter der Türöffnung.

»Hallo, meine Liebe, wie geht's dir?« Paula ließ die Jacke auf einen Kleiderhaufen im Flur fallen.

Anna hatte aufgehört zu weinen und sank im Wohnzimmer auf dem Sofa nieder. »Ich habe in der Klinik angerufen, und sie haben gesagt, daß das vermutlich Senkwehen seien. Die können offensichtlich schon ganz schön weh tun. Wenn sie nicht aufhören, soll ich kommen, sagten sie.«

»Wie geht es dir jetzt?«

»Bin ziemlich erschöpft. Aber die Schmerzen sind vorbei. Sie kamen ganz plötzlich.«

Anna fing wieder an zu weinen, und Paula setzte sich neben sie und streichelte der Freundin über den Rücken.

»Ganz ruhig. Willst du dich nicht ein bißchen hinlegen?« Sie griff nach ein paar Sofakissen und stopfte sie Anna in den Rücken, während sie es sich im Liegen bequem machte.

»Mein Gott, daß das wirklich so weh tut!« Anna schnaufte. »Ich hab so eine fürchterliche Angst bekommen.« Paula nahm ihre Hand und hielt sie. »Ich habe ja viel gelesen und mit anderen Müttern gesprochen, und alle sagen, daß es schon weh tut, aber daß es ein positiver Schmerz sei. So ein Quatsch! Das war nur schrecklich!« Ihr Weinen wurde heftiger. »Ich will doch gar kein Kind. Ich hab es mir anders überlegt, kann es nicht jemand da wegholen!« jammerte sie zwischen dem Schluchzen.

Paula saß still da und strich ihr über den Rücken. Was sollte sie dazu sagen? Sie sah, wie erschrocken Anna war, und versuchte, sich das Gefühl vorzustellen, dem eigenen Körper so ausgeliefert zu sein. Wie im Zahnarztstuhl? Wie bei einem Magen-Darm-Infekt? Nein, das war wahrscheinlich nicht vergleichbar.

»Ich habe nach meiner Mutter gerufen, kannst du dir das vorstellen?« Anna hatte sich wieder gefaßt. »Das habe ich nicht getan seit ...«, sie verstummte.

Eine Sache hatten Anna und Paula gemeinsam, über die aber keine von ihnen je sprach. Beide hatten ihre Mütter verloren, als sie ungefähr gleich alt waren. Anna war fünfzehn, als ihre Mutter bei einem Busunfall auf einer Urlaubsreise ums Leben kam.

Es hatte Tage gedauert, bis die Familie über das Außenministerium von den spanischen Behörden endlich erfahren hatte, daß ihre Mutter eines der vier Todesopfer war, über die ›Dagens Nyheter‹ schon Tage zuvor berichtet hatte.

Anna hatte einmal angedeutet, daß sie zu ihrer Mutter kein so gutes Verhältnis gehabt hätte, aber Paula wußte nicht, ob sie sich das schließlich so zurechtgelegt hatte, um mit dem Verlust besser leben zu können, oder ob es wirklich stimmte.

Paula selbst hatte ihrer Mutter sehr nahegestanden, und als sich herausstellte, daß das Amputieren einer Brust den Krebs nicht hatte stoppen können, gegen den sie seit mehr als zwei Jahren gekämpft hatte, brach Paulas Welt in sich zusammen. Die letzten drei Monate wohnte sie bei ihrer Mutter im Krankenhaus, und nur dank ihrer verständnisvollen Lehrer konnte sie ihre Noten halten.

Paula war gerade siebzehn geworden, als ihre Mutter starb, und mit größter Mühe schleppte sie sich durch das letzte Jahr auf dem Gymnasium. Nach dem Sommer, als die meisten ihrer Klassenkameraden an die Uni gingen, flog sie in die USA, um dort als Au-pair in einer schwedisch-amerikanischen Familie zu arbeiten, die in einer Tageszeitung Unterstützung gesucht hatte. Die Familie war sehr nett und der Job nicht anstrengend. Ihre Luxusvilla war ständig voller Leute, und Paula bemerkte nach einer Weile, daß Stunden vergehen konnten, in denen sie nicht an ihre Mutter hatte denken müssen.

Nach gut einem Jahr verabschiedete Paula sich und ging zurück nach Schweden. Sie war völlig unvorbereitet gewesen für die Veränderung, die sie zu Hause erwartete: das Verhältnis ihres Vaters zur alleinstehenden Frau im Nachbarhaus. Und als Gunnar, gut zwei Jahre nach dem Tod seiner Frau, Anita heiratete, zog Paula zu Hause aus.

Paulas Gedanken wurden jäh unterbrochen, als Anna wieder stöhnte.

»Was ist los?« fragte sie beunruhigt, als sie Annas schmerzverzerrtes Gesicht sah.

»Das ... das war nur eine kleine«, sagte sie und setzte sich auf.

»Willst du einen Tee?«

»Ja, gern.«

Aus der Küche konnte Paula Anna ab und zu stöhnen hören. Sie machte eine Kanne starken Tee und nahm die Keramikbecher aus dem Schrank über der Spüle. Als sie mit dem Tablett ins Wohnzimmer kam, lag Anna dort mit geschlossenen Augen. Sie zuckte zusammen, als Paula das Tablett vorsichtig auf dem Couchtisch abstellte.

»Kannst du noch eine Weile bleiben?« fragte Anna. »Du mußt bestimmt wieder zurück ins Büro?«

»Kein Problem. Ich bleibe so lange, wie du mich brauchst.«

Als Paula zwei Stunden darauf an ihren Arbeitsplatz zurückkam, nachdem sie sich vergewissert hatte, daß Anna ruhig auf dem Sofa schlief, lag auf ihrem Schreibtisch ein Zettel. *Ralf Brygge zurückrufen*, stand in Johannas Handschrift darauf.

»Wann hat er angerufen?«

Johanna zuckte mit den Schultern. »Vor einer Weile.«

»Was wollte er?«

»Hat er nicht gesagt.« Johanna schien es auch nicht zu interessieren.

Als Paula die Nummer von FilmFight wählte, die sie nach all den Versuchen, den schüchternen Regisseur an die Strippe zu bekommen, unfreiwillig abgespeichert hatte, sah sie, daß Johanna aufhörte, am Computer zu arbeiten, und statt dessen ihren Stuhl ein wenig in Richtung auf Paulas Schreibtisch zubewegte. Sie las irgendeinen Zeitungsausschnitt und wirkte sehr beschäftigt.

Ralf nahm ab.

»Paula! Schön, daß du anrufst!«

»Ja ... äh, es war schön, daß Sie bei uns zu Gast waren.«

»Ich danke auch, das reinste Vergnügen.« Er lachte. »Obwohl einige Sätze herausgeschnitten worden sind, das fand ich schade! Und der Bildregisseur könnte in den USA arbeiten, so feige war er!« Paula war klar, wovon er sprach. Alle Nahaufnahmen von Ralf schnitten den Text auf seinem T-Shirt ab, und in den Bildern aus weiterer Entfernung war nicht mehr zu sehen, was dort stand. »Ja, Paula«, Ralf setzte erneut an. »Ich wollte fragen, ob du Zeit hast, mich diese Woche zu treffen, oder auch nächste Woche, aber am liebsten so schnell wie möglich.«

Paula war irritiert. Sie dachte, er rufe an, weil er etwas vergessen hatte oder weil er eine Videokassette von der Sendung haben wollte. Oder wegen des Vertrags.

»Worum geht es denn?« fragte sie vorsichtig.

»Ich glaube, es ist besser, darüber zu reden, wenn wir uns sehen. Die junge Dame, die am Telefon war, klang überaus neugierig ...«

Paula warf einen Blick auf Johanna, die noch immer auf dasselbe Papier starrte. »Okay.«

»Kannst du, sagen wir, Freitag kommen?«

»Ich arbeite sicher bis halb fünf.«

»Denkst du, daß es so um fünf gehen würde?«

Paula überlegte einen Moment. Es war für sie mittlerweile recht ruhig geworden, und an Freitagnachmittagen war die Motivation sowieso nicht mehr allzu groß. »Das wird schon klappen, vielleicht Viertel nach«, fügte sie hinzu. Dann legte sie auf.

Was konnte Ralf Brygge von ihr wollen, das man nicht am Telefon sagen konnte? Aus dem Augenwinkel sah sie Johanna an. Sie saß da mit halb geöffnetem Mund und schaute unauffällig zu Paulas Schreibtisch. Paula spielte mit dem Gedanken, ihr zu erzählen, daß Ralf ihr seine Liebe erklärt habe und sie nun den zweiundzwanzigsten Platz als seine Geliebte und Muse einnehmen würde, aber sie entschied sich, sich unbeteiligt zu geben. Und wenn es nur deshalb war, um zu sehen, wie lange Johanna es aushalten würde, bis sie sie fragte.

Genau vierzig Sekunden.

»Was wollte er denn?« Die Frage explodierte beinahe in ihrem Mund. Dieses Mal zuckte Paula mit den Schultern.

»Eine Videokassette. Er hat gefragt, ob er die Sendung auf Video haben könnte.«

Johanna warf ihr einen mißtrauischen Blick zu, und Paula mußte sich wegdrehen, um sich nicht zu verraten. Sie war selbst über ihre Antwort erstaunt. Warum hatte sie nicht die Wahrheit gesagt?

Das Büro von FilmFight befand sich im Souterrain in einem der nicht ganz so modernen Häuser in der vornehmen Sibyllegata, zwischen der Linnégata und dem Karlaväg. Durch die schmutzigen Scheiben hindurch sah man ein unordentliches Büro, in dem ein paar alte Fünfziger-Jahre-Sessel eine Art Konferenzecke darstellen sollten. Sie waren um einen kleinen Tisch aus Teakholz plaziert. Darüber hinaus gab es drei Schreibtische. Einer von ihnen quoll über vor Unterlagen, Akten und dem, was Paula am ehesten Gerümpel nennen würde. Was man durch die Fenster nicht sehen konnte, war der muffige Geruch, der Paula entgegenschlug, als sie die Tür öffnete.

Ralf, der hinter einem der Schreibtische saß, legte seine Zigarette auf den Aschenbecher und stand auf, um Paula zu begrüßen.

Er umarmte sie, als wären sie alte Bekannte, und der Geruch seines verqualmten, dicken grünen Wollpullovers kroch ihr in die Nase. Sie bemerkte, daß er die gleiche Farbe hatte wie seine Augen.

»Paula, wie schön, daß du da bist! Mach es dir in einem Sessel bequem. Möchtest du einen Kaffee?«

Paula nickte, obwohl sie ihr Kaffeepensum für heute definitiv überschritt, und Ralf verschwand in einer kleinen Küchenzeile, die durch einen Vorhang abgetrennt war. Er kam zurück und reichte ihr einen Becher, der anders aussah als sein eigener. Sie nahm einen kleinen Schluck und stellte zu ihrer Beruhigung fest, daß er frisch gekocht war.

»Ja, das ist also FilmFight«, sagte Ralf und machte eine Geste mit dem Arm. »Außer mir ist da noch Svante – mein Partner und Produzent. Er ist derjenige, der sich um alle praktischen Dinge rund um die Filme kümmert: die Technik, Drehorte, Kontakte zu den Geldgebern und Coproduzenten und so. Und dann Karina, meine Assistentin. Ansonsten holen wir uns externe Leute dazu, wenn wir an einem Film arbeiten.«

Paula nickte. Die kurze Einführung gab Aufschluß über die Schreibtische, aber sie hätte doch zu gern gewußt, wem der vollgeladene Platz gehörte. »Arbeitest du schon lange bei ›Geradeaus‹?« fragte er als Einleitung.

»Seit ein paar Monaten. Ich bin erst im Februar aus New York zurückgekommen.«

»Ach. Und was hast du da gemacht?«

Sie zögerte einen Moment. »Nichts Besonderes, hab einfach versucht, über die Runden zu kommen. Ich liebe diese Stadt.«

»Ich auch. Glaube ich.« Er mußte lachen. »Ich habe mich nie getraut, so weit weg zu fliegen. Wenn es sein muß, fliege ich innerhalb von Europa, aber nie über offenes Meer.«

»Ich habe da nie einen Unterschied gemacht.«

»Doch, stell dir mal vor: Wenn über Land etwas passiert, gibt es immerhin theoretisch noch die Möglichkeit einer Notlandung, aber über Wasser... Blubb blubb blubb...« Mit der Hand zeigte er, wie das Flugzeug auf den Grund sank.

»Fährst du auch nicht mit dem Schiff?« fragte Paula.

»Doch, nicht weil ich es mag, aber da ist man ja immerhin darauf vorbereitet, wenn etwas passiert.« Paula versuchte, seiner Logik zu folgen. »Aber ich würde nie in einem Schiff schlafen! In diesen riesigen Fähren, o Gott!« Er zündete sich wieder eine Zigarette an. Die Gefahren des Rauchens schienen ihn weit weniger zu beunruhigen. »Macht dir dein Job Spaß?«

»Na ja. Noch ist alles neu für mich, das ist immer spannend. Die Arbeit selbst ist vielleicht nicht gerade so ... prickelnd, aber ganz in Ordnung.«

Er saß eine Weile ruhig da und schaute sie an. Er machte sie nervös, und sie suchte noch etwas im Raum, das sie fixieren konnte. Sie blieb an einem Filmplakat hängen, Orson Welles' ›Citizen Kane‹: Es hing in einem Ikea-Rahmen an der Wand.

»Der beste Film der Welt«, hörte sie Ralf sagen. »Gleich nach ›Wartezimmer‹, versteht sich.« Ihr war nicht ganz klar, ob er einen Scherz machte oder es tatsächlich ernst meinte. Paula sah wieder zu Ralf und zwang sich, ihm in die Augen zu schauen, ohne den Blick abzuwenden. Es dauerte noch ein paar Sekunden, bis er wieder das Wort ergriff.

»Was hältst du davon, wenn du für mich arbeiten würdest?« Er musterte sie, um herauszufinden, wie sie reagierte.

»Wie meinst du das?« Paula verstand die Frage nicht. Sie dachte an die vielen Anrufe, bei denen niemand den Hörer abgenommen hatte, vielleicht brauchte er fürs Büro eine Art Empfangsdame? Oder eine neue Assistentin?

»Als Schauspielerin.« Sein Blick haftete noch immer auf ihr. Paula starrte ihn entgeistert an.

»Was heißt das? Ich bin keine Schauspielerin.«

»Das war Kristina Walldén auch nicht.« Paula fiel die Frau ein, die die Krankenschwester in ›Wartezimmer‹ gespielt hatte. Sie war gut gewesen. Ziemlich gut. »Soweit ich weiß, hatte niemand etwas dagegen einzuwenden, weder das Publikum noch die Kritiker«, fuhr Ralf selbstsicher fort.

»Ich kann nicht Theater spielen«, entgegnete Paula.

»Nein, das ist es ja gerade. Ich will keine Schauspieler, die ›Theater spielen‹. Es gibt in diesem Land nur äußerst wenige Schauspieler, die etwas darstellen können, ohne ›Theater zu spielen‹.« Die letzten Worte klangen abfällig. »Deshalb arbeite ich lieber mit Amateuren. Okay, mit ein paar Ausnahmen.«

Paula wußte nicht, was sie sagen sollte. Ralf kam ihr zuvor. »Ich kann dir natürlich keine Rolle versprechen, aber ich würde mir wünschen, Probeaufnahmen von dir zu sehen.«

»Ja, aber ... warum ich?«

»Weil du so eine ...«, er sah sie noch eindringlicher an, »gewisse Ausstrahlung hast!« sagte er und lächelte zum ersten Mal, seit das Thema auf dem Tisch war.

Paula spürte, wie sie rot wurde, und versuchte eilig, davon abzulenken. »Um was für einen Film geht es denn?«

Ralf strahlte, als sie die Frage stellte. »Er heißt ›Der Fahrschein‹, zumindest im Moment. Es ist eine Geschichte, in der es darum geht, nach Hause zu kommen, sich mit seiner Geschichte zu versöhnen.«

»Aha.« Paula wußte nicht so recht, was sie von alldem halten sollte.

»Eine ältere Frau hat eine Offenbarung und wird aufgefordert, ihre Tochter zu suchen, die sie als Neugeborenes mehr als fünfundzwanzig Jahre zuvor weggegeben hat. Sie hatte damals nachgegeben, als der Vater des Kindes die Beziehung wollte, aber kein Kind. Die Offenbarung ist selbstverständlich ihre innere Stimme.« Ralf sah sie ernsthaft an, und Paula beschloß kurz, nicht preiszugeben, daß sie die Geschichte für ziemlich banal hielt. Doch als hätte er ihre Gedanken gelesen, fuhr Ralf fort: »Es ist ein simpler Plot, aber ich will daran aufzeigen, was passiert, wenn Menschen sich nicht mit ihrer Vergangenheit auseinandersetzen.«

Paula traute sich zu fragen: »Und was passiert dann?«

»Die Suche nach Kompensation. Die Frau ist tief religiös geworden, um sich selbst auszuhalten, die Tochter, die nicht nur mit dem Verlust zu kämpfen hat, hat versucht, sich selbst und ihre unverarbeitete Wut durch Anpassung in den Griff zu kriegen. Sie ist ein menschliches Chamäleon!« Er verstummte für einen Moment, als ob er darüber nachdächte, was er gerade gesagt hatte. »Es wird ein witziger Film!« ergänzte er noch und lachte. Paula konnte nicht sagen, ob das ironisch gemeint war.

»Und was soll ich …«

»Die Tochter.«

»Aber, das muß doch …« Sie beendete ihren Satz nicht.

»… eine der Hauptrollen sein, ja.« Er nickte bestätigend. »Aber wie gesagt, es geht vorerst nur um Probeaufnahmen. Wir sind ein bißchen spät dran, die Dreharbeiten beginnen in zwei Monaten. Henrietta Pålsson wird die Mutter spielen, das steht fest. Wir haben Unmengen Frauen angeschaut, die die Tochter spielen wollten, viele waren ganz gut, aber … ich hatte bei keiner von ihnen bisher das richtige Gefühl. Und das ist das einzige, worauf man sich verlassen kann: sein Gefühl!«

Paula war völlig irritiert. Wenn er sie gebeten hätte, auf seinen Hund aufzupassen, hätte sie das nicht mehr erstaunt. Ihr fiel nicht mal ein triftiger Grund ein, warum sie absagen sollte, jedenfalls keiner, über den sie nicht schon gesprochen hätten.

Als sie nach weiteren zwanzig Minuten das muffige Büro wieder verließ, hielt sie einen Zettel mit einer Adresse und einem Termin in zwei Wochen in der Hand. Ob hier versteckte Kameras installiert waren? Wollte sie jemand auf den Arm nehmen?

Ralf würde ihr also ein Drehbuch schicken, das sie sich anschauen und aus dem sie irgendeine Szene für das Vorspielen aussuchen sollte. »Hör auf dein Gefühl!« ermahnte er sie, als sie fragte, wie sie dabei vorgehen sollte. Ralf würde in der nächsten Woche unterwegs sein, bei Filmfestspielen in Deutschland. »Zugentfernung«, wie er zufrieden feststellte, und wenn sie Fragen hätte, könnte sie sich an seine Assistentin wenden.

Als Paula aus der U-Bahn am Östermalmsplatz stieg, um nach Hause zum Mariatorg zu fahren, fiel ihr ein, daß sie die Frage, ob sie für Ralf arbeiten wolle, nie beantwortet hatte. Sie mußte an seinen eindringlichen Blick denken, an ›Wartezimmer‹, an sein ernstes Gesicht, als er von dem neuen Projekt sprach, das plötzliche Lachen und an den grünen Wollpullover, der nach Rauch und alten Klamotten roch, und erst an der Haltestelle Ropsten bemerkte sie, daß sie in die falsche Richtung fuhr.

Johan reagierte völlig anders, als Paula es erwartet hatte, als sie ihm von der eigenartigen Begegnung erzählte. Schon seit dem Walpurgisabend hatte er sie behandelt, als wäre sie aus Glas, offensichtlich plagte ihn ein schlechtes Gewissen. Paula war überzeugt gewesen, daß er sich für sie freuen und ihr für das Vorspielen Mut machen würde, aber statt dessen schien er fast beleidigt zu sein, als sie von Brygge und seinem Angebot erzählte.

»Aber du hast doch einen Job, hat ihn das nicht gestört?« fragte er vorwurfsvoll.

»Das ist doch nur ein Zeitvertrag.«

»Aber hat dein Chef nicht gesagt, du könntest im Herbst verlängern?«

»Ja. Aber dann ist der Job immer noch befristet.«

»Schon, aber es ist doch mehr als ein Ferienjob. Ich nehme an, du würdest den Job hinschmeißen, wenn du die Filmrolle bekämst, oder?«

»Keine Ahnung, ich weiß es nicht. Wir haben darüber gar nicht gesprochen. Über Dreharbeiten und so. Mein Gott, es geht doch nur um Probeaufnahmen! Ich werde die Rolle nie im Leben bekommen.«

Paula versuchte zu lachen, aber es klang mehr wie ein Husten.

»Und was ist dann mit unserem Urlaub?«

»Aber natürlich fahren wir zusammen in den Urlaub! Darüber reden wir doch nun seit einem Jahr!« Paula hob beschwichtigend die Arme. »Das mit den Probeaufnahmen ist doch nur Spaß, kannst du dich nicht lieber ein bißchen für mich freuen?«

Johan seufzte und schlug einen anderen Ton an. »Doch, klar, ich find's ja auch toll. Für dich. Ich frage mich nur, welche Konsequenzen das für uns hat ...«

»Ach, vergiß es! Ich bekomme die Rolle nie. Ich bin keine Schauspielerin. Ich kann nicht Theater spielen.« Paula fiel ein, was Ralf über das Theaterspielen gesagt hatte, hielt aber den Mund.

»Aber du mußt doch verstehen, daß ich mir Sorgen mache. Es hatte sich doch gerade alles zum Guten gewendet. Für dich. Und auch für uns. Endlich habe ich das Gefühl, daß wir auf einem guten Weg sind, und jetzt weiß ich nicht, was das nun wieder zu bedeuten hat.«

Paula schnitt ihm das Wort ab. »Jetzt hör auf!«

Johan seufzte wieder. »Okay, mein Fehler. Natürlich ist es klasse, eines Tages den Enkelkindern davon zu erzählen. Daß man beinahe mal eine Filmrolle bekommen hätte.«

Paula nickte, aber innerlich ärgerte sie sich darüber, wie Johan das Wort »beinahe« betonte. Es war eine Sache, daß sie selbst nicht daran glaubte, aber wieso war er sich so sicher, daß sie keine Chance hätte? Außerdem schluckte sie den Kommentar hinunter, daß man Kinder haben müsse, um Enkelkinder zu bekommen. Diese Diskussion war jetzt wirklich überflüssig.

Anna hingegen, die sich von dem Schreck ganz gut erholt hatte, mit dem sich ihr Kind in Erinnerung gebracht hatte, war ganz euphorisch.

»Das ist ja phantastisch! Das machst du sicher gut!« Falls sie neidisch war, dann ließ sie es nicht durchblicken. »Vielleicht kann ich dir bei der Vorbereitung helfen?«

»Das wäre klasse! Ich habe ja keine Ahnung, wie so was abläuft.«

»Hast du schon das Drehbuch?«

»Nein, das schickt er mir.«

»Mensch, wie spannend! Ruf mich gleich an, wenn es kommt!« Anna wechselte den Tonfall. »Wie war er denn?«

»Ralf? Nett.« Paula fiel nicht mehr ein.

»Ich habe die Sendung mit Vendela gesehen. Er sieht schon ziemlich gut aus ...«

Paula dachte nach. »Ja, aber ein bißchen sehr jungenhaft, für meinen Geschmack.«

»Ach, komm! Du bist bei den jungenhaften Typen noch immer schwach geworden!«

»Wieso!? Johan ist doch ganz anders.«

»Ja, vielleicht ist er die Ausnahme. Aber erinnere dich mal an Jens und diesen Italiener, wie hieß er noch ...?«

»Marco.«

»Genau, und Philippe, Mårten ...«

»Ja, schon gut, es reicht!« Paula mußte lachen. Jetzt wußte sie, was Anna unter »jungenhaft« verstand. Sie spielte auf die Typen an von der Sorte Charmanter-Typ-mit-ziemlich-wenig-Interesse-für-Verantwortung-und-engere-Beziehungen, die gewissermaßen in der Überzahl waren.

Anna gab nicht auf.

»... und der andere Mårten, Jason ...« Plötzlich war es einen Moment still. »Okay, Jason wohl auch nicht«, sagte Anna fröhlich, um ihren Fauxpas etwas zu vertuschen. Es gab ein ungeschriebenes Gesetz zwischen ihnen, daß man den Mann, für den sich eine Freundin entschieden hatte, erst dann kommentierte, wenn die Beziehung vorüber war. Aber auf dem Stapel war Jason definitiv noch nicht gelandet, eine Sache, die sowohl Anna als auch Paula durchaus klar war, und Anna fuhr eilig fort: »Aber erzähl mir doch noch ein bißchen mehr von Ralf!«

Also erzählte Paula haarklein von ihrer Begegnung. Anna lauschte gebannt, immerhin hatte sie sich für diesen Beruf entschieden, und selbst wenn sie es noch nicht sehr weit gebracht hatte, war sie von der Welt des Theaters und Films fasziniert.

Bevor sie sich verabschiedeten, wagte sich Anna noch einmal etwas weiter vor und kam auf Jason zu sprechen. Es waren ja nur noch wenige Wochen, bis er in Schweden sein würde.

»Hast du dich schon entschieden?«

»Nein, manchmal bin ich mir ganz sicher, daß ich ihn nicht sehen will ...«

»Und manchmal ...?«

»... begreife ich nicht, wie ich absagen kann.« Paula brach ab. »Jetzt kommt gerade Johan nach Hause. Wir können später weiterreden.«

Das Drehbuch kam genau eine Woche nach dem Treffen mit Ralf. Paula war nach der Arbeit an einem Freitagnachmittag noch mit Johanna und einigen Praktikanten ein Bier trinken gegangen und war ein bißchen beschwipst, als sie kurz vor acht Uhr nach Haus kam. Johan hatte den dicken Umschlag auf ihren Teller auf dem Küchentisch gelegt, den er mit Kerzen und Servietten in den Gläsern dekoriert hatte.

»Was ist denn hier los?« fragte Paula, als sie das Kuvert öffnete.

»Wochenendstimmung«, antwortete Johan und holte aus dem Kühlschrank eine große Platte mit italienischen Vorspeisen. »Darf ich den Wein servieren?«

»Schrecklich gern!« Paula zog den Papierstapel aus dem Umschlag. Obendrauf klebte ein post-it-Zettel: *Ruf an, wenn du Fragen hast! Karina.* Und dann eine Handy-Nummer. Paula beschloß, den Zettel am Montag ins Büro mitzunehmen und die Telefonnummer auf Ralf Brygges Karte in der weißen Plastikkiste zu notieren. Sie widerstand der Versuchung, in dem Stapel zu blättern, und legte ihn auf die Seite. »Das sieht aber lecker aus!«

Nach dem Essen setzten sie sich vor den Fernseher. Auf Kanal drei kam ein Spielfilm mit Bruce Willis, den Titel hatte sie schon wieder vergessen, obwohl sie am Morgen die Fernsehzeitung durchgeschaut hatte. War das etwas mit einem Pfadfinder gewesen? Obwohl man dabei wohl kaum von einem großen Kulturerlebnis sprechen konnte, tat Paula ihr Bestes, um sich auf die Handlung zu konzentrieren, aber die ständigen Werbepausen ärgerten sie.

»Macht es dir was aus, wenn ich mal einen Blick in das Drehbuch werfe?« fragte sie schließlich ganz vorsichtig.

»Tu das«, sagte Johan. Sie stand vom Sofa auf, holte sich den Stapel Papier und setzte sich damit ins Bett.

Schon nach ein paar Seiten hörte sie die amerikanischen Stimmen nicht mehr, die aus dem Fernseher im Wohnzimmer strömten. Sie hatte Ralfs Genauigkeit unterschätzt und war überrascht, wie detailliert das Manuskript war, wie jede Blickrichtung, jedes Möbelstück in den Regieanweisungen exakt vorgegeben wurde. Mehrere Male mußte sie über das, was sie las, laut lachen, aber als Johan sie fragte, was denn da der Witz sei, konnte sie es nicht erklären. Der Humor im Text war so subtil, daß man ihn nicht losgelöst vom Kontext zu fassen bekam. Sie genoß ihre Lektüre, und Johan war schon neben ihr eingeschlafen, als sie das Drehbuch aus der Hand legte, auf den kleinen Nachttisch neben dem Bett.

Ihre Entscheidung für eine Szene stand fest.

Als Paula sich bei Laila Lundholm bedankt und sie in ein Taxi gesetzt hatte, marschierte sie zurück ins Studio. Normalerweise ging es schnell, die gesamte Ausrüstung zusammenzuräumen, doch dieses Mal hatten sie noch nicht einmal angefangen. Anders hatte sich auf Vendelas Platz auf dem Sofa niedergelassen und war gerade dabei, allen für ihren hervorragenden Einsatz bei der abgeschlossenen Staffel zu danken. Die barsche Maggan spazierte mit einem Lächeln im Gesicht herum und servierte Sekt aus Plastikbechern, die sie auf einem Tablett trug. Als Paula an der Reihe war, versuchte sie schnell herauszufinden, in welchen am wenigsten eingeschenkt war, erwischte jedoch einen der volleren Becher. Sie trat zur Seite und stellte sich neben Johanna, nicht, weil sie die neugierige Journalistin so schrecklich gern hatte, aber Johanna war diejenige, mit der sie noch am meisten zu tun hatte.

Paula sah sich im Studio um. Von Vendela keine Spur.

»Sie hat sich in der Loge eingeschlossen«, erklärte Johanna. »Stinksauer.«

Paula mußte lachen. Das war zu vermuten gewesen. Als Laila zum dritten Mal, geschickt, aber mit Nachdruck eine Frage abschmetterte, hatte Vendela gequält gelächelt und gezischt, sie »sollte froh sein, daß sich jemand für ihre Person interessiert«. Laila hatte sich nicht provozieren lassen, und Vendela mußte sich damit abfinden, daß ihre böswilligen Fragen unbeantwortet blieben.

Paula hatte sich, zugegeben, unsolidarisch mit dem Programm und den Zuschauerzahlen, über die Integrität der Frau aus Schonen gefreut. In der Woche zuvor hatte Vendela aus Elena M Kleinholz gemacht und war hinterher so gut gelaunt gewesen, daß sie Paula gegrüßt hatte, bevor sie ging. Aber nun hatte sie sich offenbar in ihrer Loge eingeschlossen und weigerte sich, an den Abschiedsfeierlichkeiten teilzunehmen, und es schien auch, als hätte niemand großes Interesse daran, sie dort herauszulocken.

»Wir haben in der Sturecompagniet einen Tisch bestellt«, beendete Anders seine Dankesrede. »Je schneller wir hier fertig sind, desto eher gibt es was zu essen!«

Sie stellten ihre leeren Plastikbecher ab, die inzwischen noch einmal gefüllt und geleert worden waren. Paula lief hinauf in die Redaktion, um den Computer herunterzufahren und ihre Sachen zu holen. Bevor sie zurück ins Studio ging, um zu sehen, mit wem sie das Taxi teilen könnte, machte sie einen Umweg über die Damentoilette.

Sie war blaß, fand Paula beim Blick in den Spiegel. Mit dem Rougepinsel fuhr sie über die Wangenknochen, beäugte das Resultat und wiederholte den Vorgang. Der größte Teil des Mascara, das sie am Morgen aufgetragen hatte, befand sich nun unter dem Auge, und sie wischte ihn, so gut es ging, weg. Wenn man Glück hatte, konnte man auf die Art einen Effekt wie den eines Kajalstrichs erzielen – dieses Mal gelang es ihr leider nicht. Paula befeuchtete eine Papierserviette und machte das Ganze noch einmal. Dann trug sie neues Mascara auf, grauen Lidschatten und einen dunkelroten Lippenstift. Mehr war nicht nötig. Paulas starke Farben brauchten keine weiteren Akzente. Und aufgrund ihrer Haut, auf die sie insgeheim ziemlich stolz war, mußte sie sich keine Gedanken über Make-up, Concealer oder Puder machen.

Sie drückte die Lippen auf ein Stück Toilettenpapier, um überschüssige Farbe abzunehmen, öffnete ihre Haarspange, fuhr mit einem Kamm durchs dunkle Haar, überlegte es sich anders und steckte es wieder nach oben. Ihr lila Top roch ein bißchen verschwitzt, fand sie, aber sie tröstete sich damit, daß man es immerhin nicht sehen konnte. Dann ging sie zurück ins Studio.

Paula fuhr im letzten Taxi zusammen mit Anders, der darauf bestand zu bezahlen, und mit dem Bildregisseur Göran, oder vielleicht hieß er auch Jörgen.

Die anderen saßen bereits am Tisch, als sie die Sturecompagniet betraten. Alle Plätze waren belegt, als Paula sich setzen wollte. Anders bestellte einen zusätzlichen Stuhl und plazierte ihn neben seinem. Die Leute hatten schon Wein getrunken, die Stimmung war gelöst. Die meisten Gespräche drehten sich um Vendela, bemerkte Paula, als sie einen Moment nur zugehört hatte, um den Anschluß zu finden.

»Ist das nicht sonderbar, daß Vendela nicht dabei ist?« fragte sie Anders, der gerade seine Serviette auf den Schoß legte.

»Sie nimmt nie an den Abschlußfesten teil«, sagte er herb. »Soziale Kontakte sind nicht ihre Sache. Das haben Sie vielleicht schon gemerkt«, fügte er mit einem Zwinkern hinzu. Paula nickte.

Paula hatte sich vorgenommen, auf diesem Fest weder besonders lange zu bleiben noch viel zu trinken. Am Morgen darauf mußte sie um zehn Uhr in der Alten Filmstadt in Solna sein, um die erste und vermutlich letzte Probeaufnahme ihres Lebens zu machen. Aber weil Anders ununterbrochen nachschenkte, verlor sie bald den Überblick, wieviel Wein sie nun eigentlich getrunken hatte. Als sie das Likörglas hin- und herschwenkte, um den letzten Schluck Sambuca zum Kaffee zu trinken, war sie schon ziemlich mitgenommen.

»Jetzt tanzen wir!« rief Anders und griff nach ihrer Hand. Die Musik, die von der Tanzfläche erklang, erfüllte auch den Restaurantsaal, und Paula folgte ihm willenlos. Auf der Tanzfläche zog Anders die wildeste Show ab, die sie seit ›Pulp Fiction‹ gesehen hatte. Paula wußte gar nicht, wie sie sich benehmen sollte. Die Leute ringsum starrten auf den Mann im Cordjackett und Polohemd. Hier und da erkannte sie weitere Redaktionsmitglieder auf der Tanzfläche. Nach einer kurzen Zeit der Zurückhaltung wurde Paula lockerer. Ist doch egal, dachte sie sich, mich kennt doch hier keiner! Dann begann sie, Anders' originellen Tanzstil nachzuahmen.

Nach zwanzig schweißtreibenden Minuten machte sie Anders ein Zeichen, daß sie etwas trinken müsse. Ein bißchen widerwillig beendete er sein Gehüpfe und nahm sie an der Hand. Er drängte sich nach vorn an die Bar und kam kurz darauf mit zwei Gin Tonic zurück. Paula staunte, wie durstig sie war, als nach zwei Minuten ihr Glas leergetrunken war. Anders kam ihr zuvor, und schon hielt sie ein zweites Glas in der Hand.

»Es macht Spaß, mit dir zu tanzen«, sagte er und legte freundschaftlich seine Hand um ihre Taille. Paula spülte das Gefühl, daß es ihr unangenehm war, mit weiteren Schlucken hinunter. Das anonyme Technogehämmere wurde plötzlich von bekannten Takten abgelöst: *»Strumming my pain with his fingers ...«*

»Das ist klasse!« entfuhr es Anders. »Obwohl Roberta Flack es besser singt.« Er ließ Paulas Taille los und nahm sie an der Hand. »Komm!« Der Song zog immer noch, und deshalb war es eng auf der Tanzfläche. *»Killing me softly with his song, killing me softly ...«* Anders zog sie näher an sich heran, und eine Weile tanzten sie schweigend. Paula stellte erleichtert fest, daß er beim Paartanz einen konventionelleren Stil hatte. Sie folgte seinen Schritten und Drehungen völlig problemlos.

»Spürst du was?« flüsterte er mit einem Mal in ihr Ohr. Erst da bemerkte Paula etwas Hartes an ihrer Hüfte. »Du tanzt gut«, flüsterte er weiter, und Paula spürte, wie seine Zunge ihr Ohrläppchen streifte. Sie erstarrte. So hatte sie sich das nicht vorgestellt. Sie versuchte vorsichtig, sich aus Anders' festem Griff zu befreien, aber er hielt sie nur noch energischer und drückte seine Hüfte ungeniert an ihren Körper. »Du bist wunderbar«, sagte er, hielt den Kopf an ihren Hals und fuhr mit der einen Hand über ihren Po. Da hatte Paula genug. Sie riß sich los.

»Ich muß jetzt gehen«, sagte sie. Etwas Besseres fiel ihr nicht ein. Bevor Anders etwas einwenden konnte, bahnte sie sich einen Weg durch die tanzenden Paare. Zum Glück war an der Garderobe keine Schlange. Sie bekam ihre Jacke sofort und rannte hinaus auf die Sturegata. Es war ein kühler Frühlingsabend. Sie stieg in eines der Taxis, die am Svampen standen, und sagte dem Chauffeur die Adresse Sankt Paulsgata. Die Uhr im Taxi zeigte 2.54 Uhr.

Um sechs Uhr öffnete Paula die Augen. Sie hatte einen trokkenen Mund, und ihr Kopf dröhnte. Von Johan, der neben ihr im Bett lag, war nur ein leises Schnarchen zu hören. Sie lag eine Weile da und starrte in das Halbdunkel, bevor sie beschloß, aufzustehen und nach einer Kopfschmerztablette zu suchen. Als sie wieder im Bett war, konnte sie nicht mehr einschlafen. Ihr war schlecht, und der bittere Geschmack des Aspirins war noch nicht aus dem Mund verschwunden. Trotzdem mußte sie noch einmal eingeschlafen sein, denn sie hatte nicht mitbekommen, wie Johan aufstand und zur Arbeit fuhr.

Sie wurde vom Klingeln des Telefons geweckt, sprang irritiert aus dem Bett und suchte den Apparat. Das vierte Klingeln war gerade vorüber, und der Anrufbeantworter war angesprungen, als sie das Telefon dort fand, wo Johan es auf dem Flurtisch an seinen Platz gestellt hatte. Mist! Sie ging wieder zurück ins Schlafzimmer und warf sich aufs Bett. Ihr war nicht mehr übel, aber Kopfweh hatte sie nach wie vor.

Sie sah auf die Uhr, es war zwanzig nach neun. Sie lag noch einen Moment da, unfähig, einen klaren Gedanken zu fassen, bevor der Groschen fiel. Zwanzig nach neun! In vierzig Minuten mußte sie bei den Probeaufnahmen in Solna sein! Sie spielte es im Kopf eilig durch: Das Taxi nach Solna würde zwanzig Minuten dauern, vielleicht eine Viertelstunde, wenn sie den Taxifahrer anschrie, daß sie gerade ein Kind bekam. Duschen – fünf Minuten. Fönen – fünf Minuten, Make-up – fünf Minuten. Das hieß? Sie hatte sogar noch Zeit, ein Müsli hinunterzuschlingen und einen letzten Blick auf das Drehbuch zu werfen. Nein, Blödsinn, das konnte sie genausogut im Taxi tun!

Zwei nach halb stieg Paula aus der Dusche. Als sie die Haare geföhnt hatte, war es zwanzig vor, und ihr fiel mit einem Mal ein, daß sie die Zeit fürs Anziehen nicht eingerechnet hatte. Ihre Lieblingsjeans war immerhin frisch gewaschen, das wußte sie, und sie machte den Kleiderschrank im Schlafzimmer auf, um nach einem Oberteil zu suchen. Nachdem einige kostbare Minuten vergangen waren, entschied sie sich für einen einfachen schwarzen Lambswoolpullover mit V-Ausschnitt. Zehn vor rief sie das Taxi, es würde in fünf Minuten vor der Tür stehen. Sie zog Schuhe und Jacke an, packte das Drehbuch in die Tasche und flitzte raus auf den Gehweg. Schminken mußte sie sich im Taxi, das ein paar Minuten später kam.

Als sie in die Hornsgata einbogen, hielt Paula den Atem an. Ruhig durchatmen, sagte sie sich. Sie werden sicher Verständnis haben, es kann ja immer etwas passieren – ein Autounfall, Bauarbeiten ... Zu mehr Ausreden reichte ihre Phantasie im Moment nicht. Statt dessen holte sie ihr Egypt Wonder aus der Tasche und den Rougepinsel. Gerade als Paula die Dose zudrehen wollte, um sie zurückzulegen, fuhr der Taxifahrer an der Ampel an. Durch den plötzlichen Ruck fiel Paula der Puder aus der Hand, und die Dose fiel in ihre Tasche. Ohne Verschluß.

»Verdammt!« schimpfte der Taxifahrer. »Was ist das für ein Idiot?« Er sah in den Rückspiegel, und Paula starrte auf den rotbraunen Staub in ihrer Tasche. Ein Auto war dem Taxi genau vor den Kühler gefahren, und die ältere Frau am Steuer versuchte nervös und gestenreich, sich zu entschuldigen. »Und so was hat einen Führerschein!« empörte sich der Taxifahrer. »Glück für Sie, daß nichts Schlimmeres passiert ist!«

Fünfundzwanzig Minuten zu spät stand Paula in der Rezeption und meldete sich an. Eine große, schmale junge Frau mit braunen Haaren und einem freundlichen Gesicht kam auf sie zu.

»Hallo, ich bin Karina«, stellte sie sich vor. »Wir haben uns schon gefragt, ob Sie noch kommen.«

Paula startete einen Erklärungsversuch, ließ es aber bleiben, als sie sah, daß es keine Rolle spielte. Wenn man zu spät kam, mußte man dazu stehen. So einfach war das.

Ralf begrüßte sie, als sie in einen Raum kam, an dessen Tür ein Schild mit der Aufschrift *Vorsprechen* hing. Niemand außer Ralf und seiner Assistentin war da. Er schien ärgerlich, und sie wußte nicht genau, ob das mit ihrer Verspätung zu tun hatte. Einen Moment lang überlegte sie, ob sie ihn an seinen eigenen Auftritt vor ein paar Wochen erinnern sollte, aber sie ließ es sein.

»Hast du dir eine Szene überlegt?« fragte er kurz.

»Mmh«, bestätigte Paula und zog das Drehbuch heraus. Sie bekam rote Hände, als sie versuchte, das Rouge abzuwischen, das noch an der Oberseite klebte. Ralf sah sie an.

»Was ist das denn?« sagte er abfällig.

»Ein kleiner Unfall«, antwortete Paula peinlich berührt und pustete über den Papierstapel, so daß eine kleine rote Puderwolke hinunterstaubte. Ralf machte einen Satz zur Seite, damit es ihn nicht traf. »O Gott, Entschuldigung!« Paula konnte nicht mit Sicherheit sagen, ob er ihre Entschuldigung auch gehört hatte, denn er hatte ihr den Rücken zugedreht. Sie räusperte sich. »Ich hatte gedacht, die Szene 21«, sagte sie zu dem abgewandten Regisseur.

»Szene 21?« Er war überrascht. »›Der Traum‹?«

»Ja. Ist das nicht in Ordnung ...« Sie sah ihn fragend an.

»Doch, klar. Absolut. Ich wundere mich nur. Die meisten haben eine der Schlußszenen genommen, ›Das Treffen‹ oder ›Sandras Ausbruch‹.«

Paula wußte nicht, was sie sagen sollte. Schon beim allerersten Lesen war sie genau an dieser Traumszene hängengeblieben, und weil Ralf sie aufgefordert hatte, auf ihr Gefühl zu hören, hatte sie dem Impuls nachgegeben. In dieser Szene wird erzählt, wie Sandra, die Tochter, in einem Traum ihre Mutter trifft, die biologische Mutter, zu der sie noch keinen Kontakt hatte. Die Szene war surrealistisch, und Sandra hielt mit der verschwundenen Mutter ein Gestapo-artiges Verhör, völlig fern von ihrer sonst so sanften Persönlichkeit. Sie zwang die Mutter, sie um Verzeihung zu bitten, zuzugeben, daß man ein Kind nicht einfach verlassen kann. Nach den Regieanweisungen sollte Sandra einen Flanellschlafanzug aus der Kinderzeit tragen und einen Teddybär im Arm halten, aber als Paula den Text las, hatte sie ein Bild im Kopf von einer Sandra, die in Militärkleidung hereinmarschierte. Anna hatte ihr vorgeschlagen, einen Gegenstand mitzunehmen, der ihr helfen würde, ihre Figur zu finden, und Paula hatte die Szene mit Johans altem Polizeigurt über der Schulter geübt.

»Aha«, Ralf blätterte in seinem Drehbuch. »Szene 21. Dann spiele ich die Mutter.« Er nahm zwei Stühle und stellte sie einander gegenüber auf. »Geht das so?« fragte er Paula.

»Ich möchte lieber im Stehen sprechen. Wenn das geht ...« Genau so hatte sie den Text eingeübt, und sie hatte Angst, daß sie nur bei der geringsten Abweichung davon den Faden verlieren könnte.

Ralf zuckte mit den Schultern und stellte den einen Stuhl zur Seite. »Karina wird es aufnehmen«, sagte er. »Nur damit wir hinterher auch Material in der Hand haben, das wir vergleichen können.« Paula nickte. »Kann es losgehen?« fragte er, und Paula nickte noch einmal. »Gut«, sagte er und setzte sich auf den Stuhl. Paula legte das Drehbuch zur Seite. Sie war zuerst dran.

Im Raum wurde es muckmäuschenstill. Karina hielt die Kamera vors Auge, und Ralf saß ruhig da, den Blick nach unten gewandt. Mit einem Mal wurde Paula schrecklich nervös. Der Morgen war so stressig gewesen, daß sie keine Zeit gehabt hatte, darüber nachzudenken, was sie eigentlich vorhatte. In den wenigen Minuten während der Taxifahrt hatte sie versucht, den Text zu wiederholen, der ihr die ganze Zeit aus dem Gedächtnis rutschen wollte.

Jetzt, mit dem Surren von Karinas Kamera als dem einzig hörbaren Geräusch im Raum, war es, als hätte es den Text und die Szene nie gegeben. Sie stand eine Weile still da. Dann räusperte sie sich, sagte leise »Entschuldigung« und ging hinüber zu dem Tisch, auf dem sie das Manuskript abgelegt hatte. Sie schlug die Szene 21 auf und überflog den Text. Dann machte sie das Buch wieder zu und ging zurück an ihren Platz. Für einen Moment schloß sie die Augen, stellte sich Johans Polizeigurt über der Schulter vor und holte tief Luft.

Wie war's?« Anna schrie fast in den Hörer.

»Ich weiß nicht. Keine Ahnung.«

»Wie, du hast keinen blassen Schimmer?«

»Ich habe so etwas doch noch nie gemacht. Woher soll ich wissen, ob es nun gut oder schlecht war?«

»Ach komm, du hast doch bestimmt irgendein Gefühl?«

Paula überlegte. »Okay, dann denke ich, daß es ganz gut lief.«

»Wow! Du wirst ein Filmstar! So was Verrücktes. Und wenn du das Starleben satt hast, wirst du Regisseur und gründest eine eigene Filmgesellschaft, wie Jodie Foster, wo du selbst die Fäden in der Hand hast, und dann kannst du dafür sorgen, daß ich viele gute Rollen bekomme! Hurra!« Anna lachte. »Wann bekommst du Bescheid?«

»Die Dreharbeiten beginnen im Sommer, deshalb glaube ich, daß es ziemlich schnell gehen muß. Ralf spricht die ganze Zeit davon, daß er nach seinem Gefühl geht, dann müßte er recht schnell wissen, ob ich in Frage komme oder nicht.«

»Du rufst doch gleich an, wenn du etwas weißt, oder?«

»Klar. Also dann: Ich wünsch dir einen schönen Abend bei deinen Schwiegereltern – und grüß Sture!«

»Danke. Die sind wirklich ganz goldig, und das ist echt ein Glück, Örnsköldsvik by night ist ja nicht gerade der Renner...«

»Auf der anderen Seite hättest du mit diesem Bauch genausogut in New York by night sein können und hättest nicht allzuviel davon ...«

Anna seufzte. »Stimmt schon, klar. Übrigens, wie war denn die Abschiedsfete im Büro?«

»Ooooh, darüber reden wir ein anderes Mal.«

»Wieso, was ist los?« Anna protestierte.

»Ein anderes Mal, habe ich gesagt.«

Paula war froh, daß sie am Freitag freigenommen hatte. Nicht nur wegen des Vorspielens. Sie hatte auch überhaupt keine Lust, Anders zu begegnen. Es war sicherlich nicht das erste Mal, daß ein Kollege auf sie aufmerksam wurde, aber Anders war so viel älter und außerdem ihr Chef.

Trotz Paulas Unlust näherte sich der Montag ohne Erbarmen, und letzten Endes blieb ihr nichts anderes übrig, als guter Dinge und erhobenen Hauptes in die Redaktion zu marschieren.

Anders saß nicht an seinem Platz, und die Stimmung in der Redaktion war gemäßigt. Die Saison war vorbei, das merkte man. Sogar Maggan saß an ihrem Schreibtisch und feilte sich die Fingernägel. Johanna nickte Paula zerstreut zu, als sie an ihren Platz kam.

»Wo warst du denn am Freitag? Katerstimmung?«

»Nein, ich hatte einen Termin beim Zahnarzt, und dann habe ich den Rest des Tages freigenommen.«

»Also doch Kater«, konstatierte Johanna, ohne von Paulas Ausrede Notiz zu nehmen. Der Protest prallte an ihr ab.

»Und du, hat es dir in der Sturecompagniet gefallen?« fragte sie statt dessen.

»Ja, wir sind hinterher noch weitergezogen.«

»So spät noch? Wohin denn?«

»Ein paar Freunde von Robert haben in Hammarbyhamnen einen schwarzen Club.«

Schwarzer Club in Hammarbyhamnen, Paula mußte grinsen. Vierzig Kronen Eintritt, alle Leute schwarz gekleidet und eine anspruchsvolle Rockband auf einer selbstgebauten Bühne. Das Etikett an den Zwanzig-Kronen-Bieren abpulen und zu Love Cats tanzen. Wie viele solcher Feste hatte sie schon erlebt? Mal nachdenken, zuletzt wohl bei einem Cure-Konzert ... In den letzten zehn Jahren jedenfalls kaum welche, stellte sie fest und fühlte sich plötzlich furchtbar alt.

»Und wer ist noch mitgegangen?« fragte sie.

»Robert und ich.« Paula sah auf, etwas in Johannas Stimme war auffällig. War sie rot geworden? Paula kam plötzlich ihre eigene Situation in den Sinn, und sie beschloß, nicht weiter zu bohren.

»Wo ist Anders?« fragte sie so unschuldig sie konnte. Sie hatte keine Ahnung, wieviel die anderen von Anders' Anmache mitbekommen hatten. Johannas Antwort nach zu urteilen konnte es nicht allzuviel gewesen sein.

»In einer Besprechung. Er wird zur Mittagszeit wieder da sein. Ihn hat das Fest am Donnerstag ziemlich mitgenommen.« Wenn sie etwas bemerkt hätte, dann hätte sie jetzt aus Neugierde nachgefragt, so gut kannte Paula sie mittlerweile. Sie atmete auf. Wenn Johanna nichts wußte, dann würde auch kein anderer im Bilde sein.

Kurz nach dem Mittagessen tauchte Anders auf. Paula tat so, als würde sie ihn nicht sehen, und es schien, als täte er es ebenso, denn er beeilte sich, in sein Büro zu kommen, obwohl er üblicherweise noch einen Umweg über die Redaktion machte.

Paula versuchte, sich auf die Publikumsstatistik zu konzentrieren, und starrte lange Zeit nur auf ihren Bildschirm. Als sie schließlich einen Blick riskierte und zaghaft Richtung Glaskasten schaute, traf sie Anders' Blick. Er wandte sich schnell ab, und ebenso eilig vertiefte sich Paula wieder in ihre Zahlen auf dem Bildschirm, während sie die Lage innerlich verfluchte. Warum sollte sie darunter leiden, wo sich doch *Anders* danebenbenommen hatte?

»Paula, kannst du mal kommen?« Es war Paula offensichtlich

gelungen, ganz in ihre Arbeit zu versinken, denn als Anders sie plötzlich zu sich rief, zuckte sie zusammen. Widerwillig stand sie auf und ging hinüber in sein Büro. Als sie über die Schwelle trat, bat Anders sie, sich zu setzen. Er selbst stand auf und schloß die Tür, was natürlich die Aufmerksamkeit der anderen weckte. Normalerweise war Anders' Tür offen, außer natürlich, wenn Vendela kam.

»Äh ... Ja, ich ...« Anders quälte sich. Paula zupfte an einem eingerissenen Nagel. »Ja, ich wollte eigentlich nur ... um Verzeihung bitten.« Nun war es raus, und Anders atmete erleichtert auf, aber Paula wollte es ihm nicht ganz so einfach machen.

»Weshalb?« fragte sie und bekam plötzlich Lust auf Rache. Tagelang war sie hier zittrig herumgelaufen, nur weil er seine Finger nicht im Zaum halten konnte! Es sollte ihn ein bißchen mehr kosten als eine flaue Entschuldigung, wenn er wieder Normalität herstellen wollte.

Anders sah sie unglücklich an. »Na ja, wegen letztem Donnerstag ...« Paula sagte nichts. »Ich ... war wohl etwas betrunken.«

»Bittest du um Entschuldigung, weil du betrunken warst?«

»Nein ... Oder doch ... Oder nein.« Anders schnappte nach Luft. »Ich habe einiges gesagt, was ich besser für mich behalten hätte.« Er verstummte. Paula beschäftigte sich wieder mit ihrem Nagel. Jetzt bräuchte sie eine Feile. Wenn sie weiter pulte, könnte sie den Nagel ganz vergessen. Ob Maggan ihr eine leihen könnte? »Und dann entschuldige ich mich noch für das andere.« Anders lachte etwas gequält und fuchtelte mit den Händen wie ein Pantomime in einem Glaskäfig.

Paula seufzte. So langsam empfand sie Mitleid für diesen unbeholfenen Menschen auf der anderen Seite des Schreibtisches. »Okay, Entschuldigung angenommen.« Sie stand aus dem Sessel auf, um den Beichtstuhl zu verlassen.

Bevor sie die Tür öffnen konnte, schob Anders noch hinterher: »Ach übrigens, ich hoffe, ich habe dich damit nicht vergrault, ich würde die nächste Staffel auch gern noch mit dir drehen.«

»Wir werden sehen«, sagte Paula und ging hinaus.

In Wirklichkeit hatte sie sich mehr oder weniger schon darauf eingestellt, auch im Herbst dort zu arbeiten. Es gab eigentlich keine Alternative, und letzten Endes gefiel es ihr ja ganz gut.

Sie hatte Johan von dem Angebot erzählt, und er fand auch, daß es gut klang. Zur Sicherheit. Er war im Grunde überzeugt davon, daß sie im Herbst einen Platz an der Touristikhochschule bekommen würde, und sprach immer wieder davon. Schließlich konnte Paula sein Gerede nicht mehr hören und verbot ihm, die Sache noch einmal zu erwähnen. »Es ist witzlos, darüber zu sprechen, solange ich noch nicht Bescheid bekommen habe«, hatte sie gesagt. Vielleicht unterstellte sie es ihm nur, aber wenn er über diesen Kurs sprach, hatte Paula das Gefühl, er würde ihm nahezu magische Eigenschaften zuschreiben. Ein bißchen Buchführung, und schließlich würde sie in seiner Welt Wurzeln schlagen. Ein bißchen Wirtschaftsenglisch, und sie würde sich überzeugen lassen, wie schön doch so ein stilles Spießerleben wäre.

Säuerlich hatte er ihr Verbot akzeptiert und das Thema Kurs auf den Stapel der anderen Tabuthemen geschoben. Aber sie konnte sehen, wie neugierig er immer dann schaute, wenn sie offizielle Post bekam.

Es gab einen weiteren Vorteil, wenn ihr Job bei »Geradeaus« verlängert würde. Wenn sie im Herbst eine Stelle sicher hatte, konnte sie guten Gewissens im Sommer Urlaub machen. Ihr momentaner Vertrag lief nach dieser Woche aus – und es war erst Mai. Das versprach einen langen freien Sommer, worauf sich Paula wirklich sehr freute. Ihre häufigen Reisen hatten irre viel Geld verschlungen, und sie konnte sich nicht erinnern, wann sie zuletzt einen ganzen Sommer frei hatte. Nicht auszudenken: keine Putzjobs, keine Aushilfe im Altersheim, im Park oder beim Zeitungausteilen! In der Rubrik »unqualifizierte Sommerjobs« hielt Paula den inoffiziellen schwedischen Rekord. Sie hatte schon fast jeden Job gemacht, bei dem man nur Freizeit und eine leere Geldbörse brauchte. Drei Monate echter Urlaub erschienen ihr wie ein Paradies!

Die letzte Arbeitswoche zog sich hin, und als Paula am Freitag ihre wenigen Sachen zusammenpackte, fühlte sie sich wahnsinnig erleichtert. Die Beziehung zu Anders hatte sich normalisiert, sie hatten sogar wieder zusammen Mittag gegessen, und es war ehrlich gemeint, als sie sich verabschiedete:

»Es hat riesigen Spaß gemacht, hier zu arbeiten. Ich habe viel gelernt.«

»Am achtzehnten August geht es weiter. Ich rufe dich rechtzeitig an.« Anders lächelte.

»Mm, den nehme ich mit, als Geisel«, lachte Paula und tätschelte den weißen Plastikkasten, den sie unter dem Arm hielt. »Dann kann ich sichergehen, daß ihr mich nicht vergeßt.« Paula ging um den Schreibtisch herum und umarmte Anders. Er klopfte ihr freundschaftlich und etwas steif auf den Rücken.

»Ich wünsche dir einen herrlichen Sommer!« rief er ihr nach, als sie die Redaktion verließ. »Und tu nichts Unüberlegtes!«

Paula war schon um halb fünf zu Hause. Es war ein warmer Tag, und auf dem Mariatorg waren die Boule-Spieler ganz vertieft in ihre Partie. Johan hatte seinen freien Mittwoch geopfert, um Frühjahrsputz in der Wohnung zu machen, und die Nachmittagssonne schien durch die frisch geputzten Fenster hinein. Paula war völlig aufgekratzt. Johan hatte Spätschicht, und sie hatte sich darauf gefreut, ihren ersten Urlaubsabend mit einer Tüte Bonbons vor dem Fernseher zu verbringen, aber die Frühlingsgefühle hatten sie übermannt, als sie den kurzen Weg von der U-Bahn-Station nach Hause spaziert war, und nun erschien ein Abend vor der Glotze alles andere als verlockend.

Sie rief Rakel an.

»Bist du noch im Büro?«

»Ich mache um fünf Schluß.«

»Aber es ist Freitag und außerdem schon Viertel vor!«

»Wie gesagt, ich bin um fünf Uhr fertig.«

»Hast du heute abend schon was vor?«

»Eigentlich nicht. Hast du eine Idee?«

»Wie wär's, wenn wir erst zu Hause etwas trinken und dann in die Stadt gehen, in eine Bar oder so? Ich habe solche Frühlingsgefühle!«

Rakel mußte lachen. »Mir geht es seit dem Mittagessen ähnlich. Die Treppe am Konzerthaus war voll von Leuten, die in der Sonne saßen. Ich will nur erst nach Hause, duschen und mich umziehen. Soll ich dann zu dir kommen?«

Paula war so überrascht von dem Vorschlag, daß sie kein Wort herausbekam. Seit sie Rakel kannte, hatten sie sich immer in deren kleiner Einzimmerwohnung getroffen. »Klar«, sagte sie nur. »Komm, sobald du fertig bist.«

Zwanzig vor sieben klingelte es. Paula, die auf dem sonnenbeschienenen Sofa eingenickt war, öffnete mit umgeschlungenem Handtuch die Tür.

»Ich komme gerade aus der Dusche.«

»Ich sehe es.« Rakel zog ihren Mantel aus, und Paula ging ins Badezimmer.

»Im Schrank ist Wodka, und Russian im Kühlschrank. Du kannst uns schon mal etwas einschenken!« rief sie.

Als Paula ins Wohnzimmer kam, angezogen, aber noch immer mit einem Turban auf dem Kopf, stutzte sie.

»Nanu, neue Kleider?!« Sie nickte Rakel zu.

»Ich habe doch gesagt, ich habe beim Mittagessen Frühlingsgefühle bekommen«, antwortete Rakel und drehte sich kichernd einmal im Kreis über den Wohnzimmerteppich.

»Ungewöhnliche Farbe für dich.«

»Schwarz? Ich, ich habe ja sonst nicht gerade oft Jeans an ...«

»Ich dachte an das Top.« Paula zeigte auf das eisblaue Shirt, das sich an Rakels flachen Bauch schmiegte. »Und die Form ...«

»Ist es zu eng?« fragte sie besorgt.

»Absolut nicht! Du siehst klasse aus! Ich bin nur überrascht, dich in Klamotten zu sehen, die ... Figur zeigen!« Paula verkniff sich einen Kommentar zum Lipgloss und dem diskreten Lidschatten. Rakel vermied es normalerweise, irgendwie aufzufallen.

Sie stießen an, und Paula staunte wieder: Rakels Drinks hatten es in sich.

»Wo ist eigentlich Johan?« fragte Rakel, als ob sie gerade eben erst bemerkt hätte, daß er nicht zu Hause war.

»Noch bei der Arbeit.«

Rakel nickte. »Das Wochenende nach dem Zahltag, da hat die Polizei sicher immer einiges zu tun, vermute ich.«

»Ja, meist ist in der Stadt dann ziemlich viel los. Aber für uns ist das gerade richtig! Wo fangen wir an?«

Nach drei Drinks rief Paula ein Taxi. Rakel protestierte.

»Wir können doch die U-Bahn nehmen. Die fährt um diese Zeit ständig.«

»Und uns die Partystimmung kaputtmachen? Kommt nicht in Frage! Heute abend will ich einen draufmachen!«

Rakel seufzte, aber zwanzig Minuten später standen sie auf dem Stureplan – und merkten plötzlich, daß sie beide gar nicht so recht wußten, was gerade in oder out war.

»Ins Biblos?« fragte Rakel vorsichtig.

»Oder ins East?« schlug Paula vor. Sie sahen sich kurz an, dann wanderten ihre Blicke zu der beleuchteten Bar ein paar Meter entfernt. »Ach, Quatsch!« lachte Paula. »Gehen wir doch in den guten alten Sturehof, wie immer!«

Rakel hakte sich bei Paula ein, und sie steuerten die Eingangstür an, an der sich noch keine Schlange gebildet hatte. Hitze und Stimmengewirr schlugen ihnen entgegen, und Paula spürte, wie eine Clique junger Männer an der Bar sie musterte, als sie sich auf den Weg zur Garderobe machten. Es störte sie nicht. Sie waren bester Laune.

An der Bar bestellte Paula zwei Gläser Wein, nicht weil sie Lust auf Wein hatte, sondern weil hochprozentige Drinks ein Vermögen kosteten. Als sie zurückkam, sprach Rakel mit einem Mann im Anzug, der seine dünnen Haare zu einem Pferdeschwanz zusammengebunden hatte. Rakel stellte ihn vor, er hieß Rune und fragte, ob er den beiden Damen etwas zu trinken bestellen dürfe. Rakel schielte auf ihr volles Weinglas und warf Paula einen Blick zu. Wie auf Kommando leerten sie ihre Gläser und kicherten, dann grinsten sie ihn frech an.

»Gern«, antwortete Paula und wischte sich einen Tropfen Wein vom Kinn. »Wodka-Russian«, sagte sie und zwinkerte dem Mann hinterher, der sich eilig auf den Weg machte.

»Wie werden wir den jetzt wieder los?« fragte Rakel mit einem besorgten Blick auf den grauen Pferdeschwanz, der sich an die Bar drängelte.

»Überlaß das nur mir«, entgegnete Paula voll Selbstvertrauen. »Ich habe vielleicht keine Ausbildung, mit der man angeben kann, aber die ungeschriebenen Gesetze der Kneipen kann ich aus dem Effeff!«

Nach einigen Schlucken des kostbaren Getränks und ein bißchen höflicher Konversation im Stil von Was-zwei-so-attraktive-Damen-an-einem-Freitagabend-so-alleine-machen begann Paula plötzlich wild zu winken und einer Gruppe Leute, die gerade eintrat, enthusiastisch hinterherzurufen.

»Entschuldige bitte«, sagte sie zu Rune, »aber da kommt der Rest der Clique. War nett, dich kennenzulernen.« Sie griff Rakel fest am Arm und zog sie mit sich. »Das wäre erledigt!« sagte sie, als sie außer Sichtweite waren.

»Dann müssen wir uns wohl jetzt für den Rest des Abends verstecken«, stellte Rakel fest. »Aber das war es wert«, fügte sie hinzu und nippte genüßlich an ihrem Getränk.

Nach weiteren Gläsern Wein und Small talk mit den Leuten rechts und links an der Bar konnte Paula ihr Gähnen nicht mehr unterdrücken. Das dritte Mal schon.

»Was ist los, gibst du schon auf?« rief Rakel besorgt.

»Ich muß zugeben, ich bin total müde«, räumte Paula ein. »Und so was von betrunken.«

»Ob Johan schon zu Hause ist?«

»Ich denke schon.«

»Ach, das ist doch irgendwie ungerecht.«

»Wie bitte?« Paula hob die Augenbrauen.

»Einfach nach Hause gehen zu können zu jemandem, den man liebt.«

Paula sah Rakel verdutzt an. Sie sprach nie über Liebe, und Paula war von Rakels Kommentar ganz überrumpelt.

»Wenn man ihn auch liebt, ja«, hörte Paula sich selbst sagen. Sofort bereute sie es.

»Liebst du Johan denn nicht?«

»Doch, aber es ist vielleicht nicht ganz unkompliziert.«

»Wie kann es kompliziert sein, wenn man jemanden liebt?«

Paula konnte sich über diese naive Frage ein Lachen nicht verkneifen, aber Rakel hatte das völlig ernst gemeint.

»Man kann vielleicht Gefühle für mehr als einen haben«, ergänzte sie ihren Kommentar vorsichtig, als sie Rakels ernstes Gesicht sah. Paula hatte Rakel von Jason nichts erzählt und hatte auch nicht vor, es zu tun. Aber Rakels unschuldiges Gesicht entlockte ihr Antworten auf Fragen, die gar nicht ausgesprochen waren, und ohne daß sie es wirklich wollte, begann sie zaghaft zu erklären: »Dieser Jason, den ich mal erwähnt habe, du erinnerst dich ... als Helena dabei war, der Schriftsteller ...« Paula machte eine kurze Pause, um sich zu sammeln. Rakel sah sie aufmerksam an. Jetzt war es zu spät. »Er kommt in einer Woche nach Stockholm.« Rakel erwiderte noch immer nichts. »Ich weiß noch nicht, ob ich ihn treffen will ...«

Rakels Gesicht verfinsterte sich, und sie starrte Paula an, schweigend. »Wenn du das tust«, sagte sie schließlich, »dann brauchst du dich nicht mehr bei mir blicken lassen!« Ihr Blick haftete auf Paula noch einige Sekunden länger. »Wollen wir gehen?« fragte sie dann locker und begab sich auf den Weg zur Garderobe.

Mit eiligen Schritten überquerte Paula den Norrmalmstorg. Sie wollte ein bißchen shoppen gehen. Klamotten anschauen. Im Nordiska Kompaniet. Dort gab es Unmengen an Kleidern.

Nordiska Kompaniet war ein Kaufhaus, das wirklich gute Sachen hatte.

Paula warf einen Blick auf die schillernden Escada-Kleider im Schaufenster, bevor sie hinter den Türen des Kaufhauses verschwand. Wer konnte sich schon ein Kleid für 37000 Kronen leisten?

Sie blieb einen Moment vor dem Eingang stehen. Viertel vor drei. Langsam stieg sie die Treppen hinauf. Sie könnte sich ja in der Kosmetikabteilung umschauen. Oder bei der Damenbekleidung. Oder bei den Büchern. Paula beschloß, die Kosmetikabteilung zu lassen, und fuhr statt dessen mit der Rolltreppe in den ersten Stock zur Oberbekleidung. Sie ignorierte die Plakate an den Wänden. Eine Runde durch eine Etage dauerte siebzehn Minuten. In der Zeit hatte sie sich selbst dazu überredet, ein Fillipa-K-Kleid anzuprobieren, das nicht paßte, und ein paar unglaublich reizende Sandaletten für 1289 Kronen. Vielleicht würde sie in einem normalen Schuhladen etwas Ähnliches finden?

Jetzt also die Bücher. Wieder ging sie zur Rolltreppe, und wieder ignorierte sie die Plakate an der Wand. In der Buchabteilung war es voll. Sie konnte ein Stück des Tisches sehen. Überall waren Leute zu sehen, und vor dem Tisch hatte sich eine Schlange gebildet. Wahrscheinlich irgendeine Signierstunde. Paula schluckte. *Wahrscheinlich irgendeine Signierstunde.* Als ob sie es nicht wüßte. Als ob sie die Anzeigen in der Zeitung übersehen hätte. Als ob nicht im ganzen Kaufhaus Bilder von ihm hingen. Als ob sie nicht wüßte, daß man heute den hochgelobten Roman ›The Way Things Are‹ für nur 449 Kronen (statt 529 Kronen) bekam. Oder die schwedische Übersetzung mit dem frechen Titel ›So ist das Leben eben‹, zum gleichen Preis. »Ein starkes Buch über den Kampf einer Frau, mit Wärme und Humor erzählt« – die kurze Beschreibung hätte genausogut auf einen Roman von Jackie Collins gepasst. Aber wahrscheinlich verkaufte es sich so besser. Die Rezension in ›Dagens Nyheter‹ hingegen sprach von einem »Fenster zur Seele, die von spastischen Krämpfen erschüttert wurde«. Paula hatte die Rezension zweimal lesen müssen und verstand trotzdem nicht, was gemeint war. Und wie zum Teufel schlug man von diesem Bild einen Bogen zur Fünfton-Musik? Schließlich entschied Paula, daß die Besprechung wohl insgesamt positiv war, immerhin der letzte Satz, in dem von einem »literarischen Durchbruch« die Rede war, wies darauf hin.

Ganz kurz bildete sich in der Menschenmenge eine kleine Lücke, und Paula, die ein bißchen versteckt hinter einem Regal mit Hochglanz-Kochbüchern stand, konnte einen Blick auf den Mann am Tisch ergattern. Er lächelte einer Frau zu, die ihm gerade ein Exemplar seines Buches hingehalten hatte, stellte eine Frage, schlug dann die erste Seite auf und schrieb etwas hinein. Mit gleichem Lächeln überreichte er es ihr, dann konnte Paula nichts mehr sehen, weil ihr ein älterer Mann im Mantel die Sicht nahm.

Plötzlich fühlte sie in einer Hand einen Schmerz. Sie hatte ihren Schlüsselbund in der Jackentasche so fest gedrückt, daß sich die scharfe Metallkante in ihre Handfläche gebohrt hatte. Sie ließ die Schlüssel los, ohne die Hand aus der Tasche zu ziehen. Nach einer Weile wurde die Schlange kürzer, und es standen immer weniger Leute um den Tisch. Jasons dunkle Locken waren nun besser zu erkennen, ebenso seine Hand, die Bücher entgegennahm und zurückgab. Einige Leute ergriffen die Gelegenheit beim Schopf und kauften mehrere Exemplare. Der Verlag hatte auch eine neue Auflage seines ersten Buches gedruckt, ›For Every Broken Rib‹, auf Schwedisch ›Zähl deine Rippen‹. Paula fand, der Titel klang wie eine Anleitung für Heimwerker-Chirurgie.

Jason lächelte unentwegt, wirkte absolut unbeschwert. Wechselte mit den Kunden auf seine charmante amerikanische Art ein paar Worte. Paula konnte sich nicht rühren. Wie festgenagelt stand sie an dem Regal mit der ›Japanischen Küche‹ und ›Vegetarisch, ganz neu‹ und starrte ohne mit der Wimper zu zucken zu dem Mann dort vorn. Er sah so fremd aus, wie er da saß. Wie ein erfolgreicher Schriftsteller. Ein gutaussehender, erfolgreicher Schauspieler. Sie spürte den Drang, ihn fühlen zu wollen. Sie wollte zu ihm gehen und sagen »Jason …«. Er würde hochschauen, aber ernst, nicht mit einem Lächeln wie bei all den anderen. Er würde aufstehen, ihre Hand nehmen, ihr etwas ins Ohr flüstern … Er wartete auf sie, das wußte sie.

Die Signierstunde dauerte noch fünf Minuten, und wieder stand eine Schlange vor seinem Tisch. Ohne so richtig zu begreifen, was geschah, zog sich Paula langsam aus ihrem Versteck zurück, drehte sich um und verließ mit ruhigen Schritten die Buchabteilung. Sie versteckte sich nicht, sie schlich nicht, sie rannte nicht. Sie ging einfach. Ließ dem Schicksal noch einen letzten Moment, um einzugreifen, Jasons Blick auf sie zu lenken und sie zu entdecken. Aber das Schicksal war vermutlich vollauf damit beschäftigt, für Autounfälle zu sorgen oder daß Kinder gezeugt wurden, so daß Paula die Abteilung ohne Zwischenfall verlassen konnte. Auf der Rolltreppe nach unten sah sie den jungen Mann auf den Werbeplakaten an, ihr fiel auf, daß sie sein Jackett kannte, daß er kurz vorher beim Friseur gewesen sein mußte und daß es ihr Stiche ins Herz gab.

Paula verkroch sich in einem leeren Sitz in der U-Bahn. Sie wartete darauf, daß sich ein Gefühl der Erleichterung einstellen würde, die Belohnung dafür, das Richtige getan zu haben, aber nichts geschah. Sie spürte nichts. Nicht mal mehr das Herz tat ihr weh.

Gelangweilt griff sie nach einer zusammengefalteten Zeitung, die auf dem Sitz neben ihr lag. Ihr Blick fiel auf ein Bild in der rechten oberen Ecke. Eine hübsche junge Frau sah sie lächelnd an. Hanna Bergdahl, die erfolgreiche Schauspielerin, hatte offensichtlich eine neue Rolle bekommen. Paula blätterte weiter zum Kulturteil und las die kurze Einleitung: *Hanna Bergdahl, bekannt unter anderem durch den Publikumserfolg ›Lilien und Löwe‹ und zuletzt auf der Bühne zu sehen in der von Kritikern hochgelobten Inszenierung des ›Mittsommernachtstraumes‹ im Dramaten, hat eine neue Hauptrolle in Ralf Brygges neuestem Filmprojekt ›Der Fahrschein‹ erhalten.*

Paula erstarrte, zwang sich aber weiterzulesen: *Bergdahl wird die Tochter von Henrietta Pålsson spielen. Diese Tragödie handelt davon, nach Hause zu kommen und mit seinen Schuldgefühlen konfrontiert zu sein, so der Regisseur. Ralf Brygges letzter Film ›Wartezimmer‹ wurde von ...*

Paula schlug die Zeitung zu. Aha, soviel zu ihrer Ausstrahlung! Plötzlich fühlte sie eine Träne über ihre Wange kriechen. Bevor sie sie fortwischen konnte, kamen immer mehr. Sie konnte nichts dagegen tun. Da saß sie in diesem trostlosen U-Bahn-Wagen und weinte still vor sich hin, während sie im dunklen Fenster ihr eigenes Spiegelbild ansah.

Johan war offentsichtlich gut gelaunt, als er nach Hause kam.

»Komm, ich zeig dir was«, rief er aus dem Flur. Paula stand langsam vom Sofa auf, von wo aus sie auf den ausgeschalteten Fernseher gestarrt hatte. Sie ging hinaus zu Johan. »Ich habe Unmengen Kataloge geholt!« sagte er aufgekratzt.

»Kataloge?«

»Reisekataloge. Für den Sommer!«

»Den Sommer«, wiederholte Paula, ohne den Inhalt der Worte zu verstehen.

»Ich habe Hotelverzeichnisse für Frankreich, Spanien und Italien. Karten habe ich auch!«

»Karten.«

»Ja. Was ist eigentlich los mit dir?« Johan stellte die Tüte mit den Katalogen auf der Spüle ab. »Du wirkst vollkommen abwesend.«

»Abwesend? Findest du?« Paula gab sich Mühe, normal zu klingen. »Ich bin vielleicht etwas müde.«

»Bist du früh aufgestanden?«

»Nein.« Paula schämte sich. »Ich bin im Sofa eingenickt.«

Johan wandte sich wieder seinen Katalogen zu, die er auf dem Küchentisch verteilte. »Ich dachte, wir könnten uns eine Reiseroute ausdenken. Na ja, nicht daß wir einen Plan ausarbeiten müssen«, fügte er hinzu, um Paula nicht zu beunruhigen.

»Aber es wäre vielleicht nicht schlecht, die verschiedenen Möglichkeiten zu vergleichen.«

»Ja, sicher«, antwortete Paula kraftlos.

Ihre fehlende Begeisterung schien Johan zu bremsen. Er sammelte die Kataloge wieder ein. »Wir können uns auch später damit beschäftigen.«

»Mmh.«

»Hast du etwas fürs Abendessen eingekauft?«

»Tut mir leid. Hab ich vergessen ...«

Johan nickte. »Wollen wir essen gehen? In der Stadt? Ins Prinz? Oder ins PA?«

Paula mußte an ein Hotel in der Stadtmitte denken. »Vielleicht können wir einfach hier in der Nähe etwas essen.«

Johan zuckte mit den Schultern. »Wir müssen ja nicht rausgehen. Ich dachte nur, es wäre schön. Wir können auch etwas holen und hier essen.«

»Ja, das ist doch eine gute Idee.«

Johan sah sie an. Paula lächelte. Immerhin sollte es ein Lächeln sein. »Bist du sicher, daß alles in Ordnung ist?« fragte er noch einmal.

»Ganz sicher. Was hältst du von Chinesisch?«

Am Samstag rief Rakel an. Sie redeten lange miteinander, aber als sie aufgelegt hatten, konnte Paula sich nicht an ein einziges Thema erinnern. Rakel hatte gefragt, was sie gerade tat, was sie getan hatte und was sie vorhatte zu tun. Nicht ein Wort zum Thema Jason, trotzdem ging es in dem ganzen Gespräch eigentlich nur um ihn. Paula hatte sich offenbar erfolgreich zwischen den Fragen hindurchgeschlängelt, denn Rakel machte einen zufriedenen Eindruck, als sie auflegte.

Mit Anna war es anders. Das erste, was sie wissen wollte, als sie am Sonntag anrief, war, was sie nun mit Jason gemacht hatte. Freundlicherweise hatte sie sich vorher erkundigt, ob Johan in der Nähe war.

»Ich habe die Anzeigen gesehen«, sagte sie.

»Mmh, ich war da«, antwortete Paula.

»Ich dachte, du hattest dich entschieden, ihn nicht zu treffen!«

»Hab ich auch nicht.«

»Das verstehe ich nicht ...«

»Ich war da. Ich habe ihn gesehen. Er hat mich nicht gesehen. That's it.«

»Du bist verrückt.«

»Bin ich nicht gerade vernünftig? Ich hätte nur ein paar Schritte auf ihn zugehen müssen. Ihm um den Hals fallen. Aber ich habe es nicht getan, ich bin statt dessen nach Hause gegangen. Zu Johan. Was, bitte, ist daran verrückt?«

»Ich meine ... Ach, verdammter Mist! Wie war es für dich, als du ihn da sitzen sahst?«

»Furchtbar. Es hat weh getan.«

»Ich glaube trotzdem, daß du das Richtige getan hast.« Anna schwieg einen Moment. »Ist er jetzt wieder zu Hause?«

»Nein.«

»Woher weißt du das?«

»Er hat es in dem Brief geschrieben. Sein Flieger geht um viertel nach sechs.«

»Dir wird doch nicht noch etwas Dummes einfallen?«

»Was zum Beispiel? Vielleicht die Haare unter der Dusche fönen?«

»Zum Beispiel. Oder dich mit Jason verabreden.«

Paula seufzte. »Ich bin dagewesen. Okay. Ich hätte nur einen Schritt von den ›101 Pastasaucen‹ weg machen müssen, dann hätte er mich gesehen ...«

»Wie bitte?«

»Ach, Mist. Tatsache ist, daß ich mich entschieden habe. Warum sollte ich meine Meinung jetzt ändern, wo er noch gerade vier Stunden in Schweden ist?«

»Wenn alle bei ihren Entscheidungen blieben, gäbe es keine rauchenden und übergewichtigen Menschen mit schlechter Konditi ...«

»Wenn es mich menschlicher erscheinen läßt, kann ich nun

wiederum erzählen, daß ich an diesem Wochenende ganz allein ein Big-Pack-Eis aufgegessen habe. Und mir mindestens vier Spielfilme angeschaut habe, tagsüber!«

»Vielen Dank. Dann mache ich mir keine Sorgen. Die Summe der Laster bleibt konstant, oder wie war das?« Anna lachte. »Was habt ihr denn heute vor?«

»Ich habe Johan versprochen, heute abend mit ihm Urlaubspläne zu schmieden.«

»Ihr wollt *zusammen* Urlaub machen? Wow! Das muß das erste Mal sein.«

»Nein, das zweite Mal. Erinnerst du dich nicht mehr an diese schreckliche Charterreise nach Kreta?«

»Ach ja, stimmt. Und dieses Mal?«

»Johan hatte sich überlegt, mit dem Auto kreuz und quer durch Europa zu fahren, Frankreich, Italien ...«

»Klingt doch super! Oder?«

»Wird bestimmt prima.« Paula wollte das Gespräch beenden. Sie hatte keine Lust mehr zu reden. Weder über sich selbst noch über Urlaube, Schauspielerkarrieren oder Schriftsteller, und sie war heilfroh, daß Anna den Artikel in der Metro offenbar nicht gelesen hatte. Ihr war nur danach, auf dem Sofa zu liegen und zu spüren, wie die Zeit die Wunden heilte.

»Ich muß jetzt aufhören. Johan wird gleich da sein, und ich habe ihm versprochen abzuwaschen. Bis demnächst. Tschüs.« Als sie aufgelegt hatte, sah sie, wie Johan auf die Haustür zuging, mit zwei Plastiktüten in der Hand. Sie flitzte in die Küche und drehte den Wasserhahn auf.

»Ich habe ab der Kalenderwoche 27 Urlaub, dann könnten wir schon am Samstag losfahren. Oder am Sonntag, das ist der erste Juli.«

»Ja.«

»Was findest du besser? Drei oder vier Wochen?«

»Ja, finde ich gut. Drei Wochen vielleicht.«

»Wir können es auch auf uns zukommen lassen. Nur dorthin

fahren, wo es uns gefällt. Hast du die Bilder von den Weinbergen in Frankreich gesehen?« Johan kramte in den Katalogen, die auf dem Tisch lagen, griff nach einem, der den Titel »Loire« trug, und reichte ihn Paula. Die Bilder von den grünen Hügeln, den französischen Winzern mit schwarzen Baskenmützen in feuchten Kellern mit großen Eichenfässern munterten sie auf. Sie lächelte Johan an.

»Sieht sehr schön aus«, sagte sie.

»Macht es dir etwas aus, die Nachrichten anzuschalten?« fragte Johan und stand vom Küchentisch auf.

»Nein.« Paulas Blick fiel auf die Küchenuhr. Halb acht. »Eine Stunde und eine Viertelstunde«, sagte sie leise.

»Was?« Johan blieb in der Küchentür stehen.

Paula erschrak. »Ach, nichts«, sagte sie. »Ich habe nur gerade festgestellt, daß ...« *Jason abgeflogen ist.* »... die Zeit vergeht ...«

»Ja, stimmt.« Johan lächelte sie an. »Besonders, wenn es einem gutgeht!«

Es gibt schlechtere Jahreszeiten, um arbeitslos zu sein, fand Paula, als sie am späten Morgen die Küche betrat. Der Fußboden war sonnenwarm, denn die Strahlen brannten durch das Küchenfenster und versengten das Basilikum, das dort stand. Es ließ schon bedenklich den Kopf hängen. Paula überging das arme Gewächs, setzte Kaffee auf und holte die Dickmilch aus dem Kühlschrank. Es war bereits halb elf, und sie hatte einen Bärenhunger. Das Müsli war alle, aber sie hatten Knäckebrot, das man in die Milch eintunken konnte. Ganz hinten im Schrank entdeckte sie außerdem eine große Tupperdose mit Pfefferkuchen. Wahrscheinlich noch von Weihnachten.

Paula blätterte die Morgenzeitung durch. Las eine Glosse, in der beschrieben wurde, wie schwierig es sei, in Buenos Aires Einwegrasierer aufzutreiben, während sie darauf wartete, daß der Kaffee durchlief.

Am Briefkasten klapperte es, und Paula stand auf, um die Post zu holen. ›Svensk Polis‹, wie oft kam die eigentlich? Jeden zweiten Tag? Sie legte sie beiseite. Neben der Zeitung waren noch drei Briefe dabei. Der eine war ein offizielles Kuvert mit einem gedruckten Logo, das Paula nicht kannte. Sie hielt es einen Moment in der Hand und legte es dann wieder hin. Das hatte Zeit.

Auf dem anderen stand die Adresse in Handschrift. Paula konnte den Poststempel nicht lesen, aber die Briefmarke war aus Südafrika. Sie riß den Umschlag auf und mußte grinsen, als sie Geronimos krakelige Handschrift erkannte und ein HONEY! ganz oben auf der Seite. Ihr Auge brauchte eine Weile, um sich an die Schrift zu gewöhnen, aber als sie die Schnörkel zugeordnet hatte, die wohl g und f bedeuten sollten, ging es einfacher, und Paula überflog die zwei Seiten in Windeseile.

Frank und Geronimo waren einen guten Monat in Südafrika gewesen, als sie den Brief schrieben. Das Hotel hatte tatsächlich Charme, aber es war viel mehr zu tun, als es Frank in Erinnerung hatte. So hatten sie sich entschieden, sofort mit der Renovierung zu beginnen, eine Wohnung nach der anderen. Dann mußten sie das Hotel nicht schließen, und die drei Wohnungen würden nacheinander fertig. In den höchsten Tönen schwärmte Geronimo vom Klima, vom Essen und den Menschen dort, nur von der südafrikanischen Bürokratie hielt er nichts. *Man kann nicht ein Rohr verlegen, ohne die Erlaubnis der Behörden eingeholt zu haben,* jammerte er.

Am Ende des Briefes schloß Geronimo seine Lagebeschreibung ab und kam zur Sache. Wenn Paula kommen wollte, mußte sie es jetzt tun. Sie brauchten im Hotel Unterstützung vom Ende des Sommers an, und wenn sie nicht käme, dann müßten sie sich jemand anderes suchen. Sie könnte in einer kleinen Wohnung wohnen, die zum Hotel gehörte. Eine Einzimmerwohnung mit Kochzeile. *Natürlich nicht groß, aber vor dem Fenster wachsen Feigen, und du kannst dort umsonst wohnen!* Zusätzlich bekäme sie auch einen Lohn. *Vielleicht nicht genug, um für die Rente zu sparen, aber für ein zufriedenes und vergnügtes Leben davor reicht es allemal!*

We would love to have you here! endete der Brief, und er bat um schnellstmögliche Antwort. Ganz unten auf der Seite standen die Adresse und die Telefonnummer vom White Palace Hotel, dabei die Erklärung, daß sich der Name auf die Farbe des Gebäudes beziehe und sonst nichts. Im PS hatte er hinzugefügt: *Wenn wir innerhalb eines Monats nichts von dir gehört haben, gehen wir davon aus, daß du kein Interesse hast.* Paula drehte das Papier um und sah auf das Datum – May, 18th. Sie versuchte sich zu erinnern, welcher Tag war, mußte aber erst auf dem Wandkalender von ihrem Supermarkt nachsehen, um es herauszufinden. Fünfter Juni. Wenn sie anrief statt zu schreiben, hätte sie also zwei Wochen Zeit.

Feigen vor dem Fenster, dachte sie, und erst als sie merkte, daß sie in Gedanken Mr. Fawlty hinter der Rezeption des charmanten, heruntergekommenen Hotels plaziert hatte, schreckte sie aus ihrem Traum hoch. Der Gedanke, Schweden genau zur richtigen Zeit den Rücken zu kehren, nämlich wenn die Krebsfeste vorbei waren und die dunklen Tage kamen, blieb ihr jedoch im Hinterkopf.

Die Enttäuschung über den unerfüllten Traum von einer Filmrolle, den sie nicht einmal zu träumen gewagt hatte, verlieh diesem Angebot einen noch größeren Reiz. Fieberhaft suchte sie in ihrem Kopf nach Argumenten, die dagegen sprachen. Wie üblich stand am Endes nur eines: Johan. Wie viele Male war sie schon in diese Misere geraten und hatte befunden, daß dieser Grund zu schwach wog, aber dieses Mal war es anders. Sie hatte das Gefühl, daß Johan ihre Kapriolen nicht mehr hinnehmen würde. Natürlich war das nur so ein Gefühl, gesagt hatte er es nicht. Aber als sie in Gedanken ihre Standardargumente durchging – die Gelegenheit wahrnehmen, etwas von der Welt zu sehen ... Du kannst mich doch jederzeit besuchen kommen ... Ich habe doch sowieso keinen festen Job ... Die Chance bekomme ich nur einmal ... – hörte sie selbst, wie dünn sie klangen.

Sie faltete den Brief zusammen und steckte ihn wieder in den Umschlag. Sie mußte es ja nicht sofort entscheiden. Vielleicht mußte sie sich überhaupt nicht entscheiden. Vielleicht könnte sie das Schicksal entscheiden lassen.

Auf dem Tisch lag noch immer der erste Brief. Der offizielle. Sie warf einen Blick auf das weiße Kuvert. Dann sah also so das Schicksal aus. Wenn es eine Absage ist, dann gehe ich nach Südafrika, dachte Paula, froh darüber, die Entscheidung an jemanden abgeben zu können, der es besser wissen mußte. Das Schicksal sah alles ganzheitlich und wußte, was auf lange Sicht das richtige war, es half einem, die Fallgruben zu umgehen. So mußte es sein. Es wäre ja nahezu vermessen von ihr zu meinen, eine so wichtige Frage selbst entscheiden zu können. Sie fühlte sich mit einem Mal ganz erleichtert.

In dem Moment, als sie das Kuvert aufreißen wollte, hielt sie inne. Und wenn es eine Zusage war? Sie überlegte kurz. Dann bleibe ich in Schweden, mache eine Ausbildung ... sie zögerte, ziehe richtig mit Johan zusammen. Wirklich. Entscheide mich. Vielleicht heiraten wir. Oder nein, Mist, zusammenziehen ist auch genug! Alles der Reihe nach. Dann öffnete sie den Brief.

»Angenommen! Wirklich? Das ist ja großartig!« Johan ließ das Besteck fallen und sprang auf. »Komm her, ich muß dich drükken! Herzlichen Glückwunsch! Das ist ja großartig!« wiederholte er sich. »Freust du dich nicht!?«

»Doch, klar.«

»Zuerst machst du die drei Semester, dann ein Praktikum, und dann bekommst du bestimmt einen Superjob! Wetten?«

»Glaubst du wirklich?«

»Absolut. In einem guten Hotel oder beim Fremdenverkehrsamt. Mit den vielen Sprachen ...«

»Moment mal! Deutsch, Französisch, Spanisch ... So viele sind das nun auch wieder nicht.«

»Und Englisch!«

»Das kann ja jeder.«

»Und Italienisch.«

»Kann ich nicht schriftlich nachweisen.«

»Glaubst du, die italienischen Touristen stört das? Ach, komm! Du wirst eine richtige Arbeit haben. Einen guten Job! Und ein ordentliches Gehalt.«

Paula versuchte, Johans Begeisterung nachzuvollziehen.

»Ja, klingt gut.«

»Und dann mußt du dich auch nicht mehr im Herbst von dieser Vendela so abfällig behandeln lassen.«

So weit hatte Paula noch gar nicht gedacht. Sie hatte sich so sehr auf die Entscheidung des Schicksals konzentriert, das sie offenbar nicht nach Südafrika schicken wollte, daß sie gar keinen Gedanken daran verschwendet hatte, was die Zusage an der Schule noch bedeuten würde. »Ich muß aber doch irgendwie Geld verdienen.«

»Vielleicht kannst du Bafög beantragen?«

»Nicht, bevor ich nicht die letzten Punkte in BWL bekommen habe ...«

»Okay, aber irgendeinen Kredit bekommst du allemal. Ach was, zerbrich dir darüber nicht den Kopf, da wird sich eine Lösung finden! Schlimmstenfalls kommen wir auch mit meinem Geld über die Runden.«

»Ich kann doch nicht zwei Jahre von deinem Gehalt leben.«

»Ich sehe das einfach als Investition ...« Johan lachte. »Obwohl du vielleicht im Sommer und in den Ferien jobben mußt.« Johan setzte sich wieder. »Von wem war eigentlich der andere Brief, der da auf der Bank lag?«

»Von Geronimo. Aus Südafrika.«

»Ach ja, sie wollten doch da ein Hotel aufmachen, oder wie war das?«

»Ja, genau.«

»Witzig. Ein Freund von mir, Sigge, war letztes Jahr dort. Er hat erzählt, daß es wunderschön sei. Vielleicht können wir sie mal besuchen?«

»Bestimmt.«

»Eine Fernreise machen. Vielleicht so eine ganz romantische Reise, wenn man etwas ganz Besonderes zu feiern hat ...« Johan sah sie an und zwinkerte. Paula schluckte. Eins nach dem anderen – war das nicht der Deal, den sie mit dem Schicksal geschlossen hatte? Johan nahm noch ein paar Bissen. »Du weißt gar nicht, wie glücklich du mich machst«, sagte er mit ernster Stimme. »Ich hatte solche Angst, daß du wieder irgendwohin abhauen würdest.« Paula sah auf ihren Teller. »Und ich wäre mir nicht sicher gewesen, ob ich das dieses Mal ausgehalten hätte.« Er schaute sie an, um den Ernst seiner Worte zu unterstreichen. Dann ging ein Strahlen über sein Gesicht. »Aber zuerst machen wir zusammen Urlaub! Zum ersten Mal einen richtigen Urlaub!«

Johan pfiff, als er den Abwasch machte. *It's a long way to Tipperary...* Paula wußte schon, daß er mit ihr schlafen wollte. Sie hatte eigentlich keine Lust, aber das letzte Mal war schon einen Monat her. Widerwillig huschte sie unter die Dusche und warf sich den Bademantel über, bevor sie sich vor den Fernseher setzte. Sie hörte, wie er den Wasserhahn abstellte und ein letztes Mal mit dem Lappen über die Spüle wischte, bevor er zu ihr kam und sich neben sie setzte.

»Schaust du etwas Bestimmtes an?« fragte er.

»Nein.«

»Prima, dann kann ich ja ausschalten«, sagte er scherzend und schnappte ihr die Fernbedienung aus der Hand. Der Fernseher knackte, als der Bildschirm dunkel wurde. »Ich habe nämlich andere Pläne«, sagte er mit einem Lächeln im Gesicht und öffnete ihren Bademantel.

Paula versuchte, sich mit dem Gedanken anzufreunden, im Herbst zu studieren. Sie sah sich im Nahverkehrszug sitzen, in Bücher vertieft, und versuchte sich vorzustellen, wie froh sie über den Job wäre, den sie durch diese Ausbildung bekommen könnte. Nie mehr putzen, nie mehr irgendwelche miesen Hilfsjobs – aber so richtige Freude kam auch nicht auf. Sie war traurig, daß sie bei ›Geradeaus‹ absagen mußte. Sie hatte sich an die Hektik dort und an das Milieu gewöhnt, und es war ihr ans Herz gewachsen. Sie dachte darüber nach, Anders anzurufen und ihm Bericht zu erstatten, doch dann schob sie den Gedanken wieder beiseite. Das weiße Kästchen wieder abgeben zu müssen, empfand sie wie eine symbolische Niederlage. Sie konnte nicht genau sagen, warum, aber sie fragte sich, ob sie sich genauso fühlen würde, wenn das Schicksal die Entscheidung zugunsten Südafrikas gefällt hätte. Vermutlich nicht, war die niederschmetternde Antwort.

Sie versuchte sich damit zu trösten, daß vermutlich alle anderen ihren Entschluß begrüßen würden. Rakel hatte wie erwartet applaudiert und ihr zu der Chance gratuliert, nun endlich Ruhe und Ordnung in ihr Leben zu bringen. Ihr Vater hatte sich vorsichtig ausgedrückt. Er meinte, daß es vielleicht an der Zeit war, das »Vagabundieren« zu beenden, wie er ihre Reisen üblicherweise nannte, und daß die Schule ihr doch endlich die Möglichkeit böte, eine richtige Stelle zu bekommen.

Die einzige, die nicht begeistert war, war Anna.

»Und was wird aus dem Film? Und der Produktionsgesellschaft? Und all den Rollen, die du mir versprochen hast?«

»Es gibt keine Rolle«, antwortete Paula kurz angebunden. »Hanna Bergdahl hat sie bekommen.«

»Was? Aber ... er fand dich doch gut. Und das Vorspielen lief auch prima, hast du gesagt. Wie hat er das begründet?«

»Überhaupt nicht. Er hat sich nicht gemeldet. Ich habe es aus der Zeitung erfahren.«

»So ein Arsch! Und so was von feige! Er hätte sich doch zumindest melden müssen.«

»Sie haben ja unzählige Frauen gecastet. Wahrscheinlich können sie einfach nicht alle anrufen. So läuft das wohl, nehme ich an.«

»Ich habe jedenfalls das Gefühl, an der Sache ist etwas faul.

Und Hanna Bergdahl? Die ist doch eingedeckt mit Rollen. Muß sie dir auch noch deine klauen? Außerdem habe ich nicht das Gefühl, daß sie zu ihm paßt. Die ist doch viel zu ... theatralisch!«

Paula hatte den Gedanken selbst schon gehabt und war über Ralfs Wahl sehr erstaunt gewesen. Er hatte so viel davon gesprochen, daß die Talente auf den Schauspielschulen geradezu zerstört würden und wie wichtig es war, vor der Kamera seine Natürlichkeit zu bewahren. Und Hanna Bergdahl, so talentiert sie auch war, mußte definitiv zur Kategorie der großen Schauspielerinnen gerechnet werden.

»Wahrscheinlich war sie bei den Probeaufnahmen einfach gut, das liegt sicher an der Regie«, versuchte Paula zu erklären.

»Quatsch! Wahrscheinlich ist sie mit ihm ins Bett gegangen.«

Paula konnte sich das Lachen nicht verkneifen. »Oder er mußte mit mir ins Bett, und ich war nicht gut genug ...«

»Kann ich mir bei deiner Erfahrung kaum vorstellen!«

»Stop! Hüte deine Zunge!«

»Soso, nun wirst du statt dessen also im Fremdenverkehrsamt arbeiten ...« Anna seufzte.

»Wir werden sehen, wo ich lande. Erst mal zwei Jahre Lernerei.«

»Zwei Jahre ... Ich hoffe nur, das ist auch das, was du willst.«

»Ehrlich gesagt ist es schön, daß ein bißchen Ordnung in mein Leben kommt, man kann nicht ständig durch die Gegend vagabundieren.«

»Jaaa«, sagte Anna gedehnt. »Solange du damit glücklich bist. Ich bin nur ein bißchen überrascht, daß du dich dafür entschieden hast, aber auf der anderen Seite ging es dir wohl genauso, als du meinen dicken Bauch gesehen hast!«

»Ja. Wie läuft es denn eigentlich mit Sture?«

»Super. Ich bin so wahnsinnig verliebt und so glücklich, daß es ihn gibt!«

»Ach, wie schön.« Paula wußte nicht recht, was sie noch sagen sollte. Nichts brachte ein Gespräch mehr ins Stocken als ein glücklicher Mensch. »Und dein Bauch?« fragte sie, um das Schweigen zu unterbrechen.

»Noch drei Wochen. Ich kann kaum schlafen, weil das Kind in der Nacht so rumort. Ich versuche, mich tagsüber auszuruhen.«

»Prima.« Paula hoffte, daß ihr ihre Freundin die knappen Antworten nicht übelnehmen würde, aber Anna schien es gar nicht zu bemerken, denn sie beendete das Gespräch wie so oft, weil sie dringend auf die Toilette mußte. Als sie sich zuletzt gesehen hatten, hatte Paula sechs Pieselpausen gezählt, die Anna auf dem kurzen Spaziergang durch die Stadt gebraucht hatte. Anna hatte gejammert und gesagt, sie fühle sich wie bei einem endlosen Wetttrinken.

Paula ging ins Schlafzimmer, um sich umzuziehen. Sie nahm sich ein weißes Hemd und einen einfachen beigefarbenen Rock. Die Jeansjacke mußte reichen.

Johan hatte Paula dazu überredet, mit einem seiner Kollegen und dessen Freundin auszugehen. Pärchenabend ... Paula hatte keine besondere Lust. Worüber würde man reden? Über die Anwendung von Gummiknüppeln und Kalibergrößen? Und die Freundin war mit Sicherheit Krankenschwester.

Um acht wollten sie sich in diesem neuen Restaurant treffen, Johan hatte einen Tisch bestellt. Vincent und er würden direkt von der Arbeit dorthin kommen. Das Restaurant war der Grund, weshalb Johan sie dazu überreden konnte. Es war erst vor kurzem eröffnet worden, hatte aber in den Kritiken schon jede Menge Lorbeeren eingefahren. Aber das Essen war nur ein Teil des Spaßes. Wie in New York gab es eine lange Bar, an der die Promiquote, so sagte man jedenfalls, höher als in der Kantine vom Schwedischen Fernsehen sein sollte.

Die offensichtlich unbesorgte Kleiderwahl kompensierte Paula, indem sie über eine Stunde im Badezimmer zubrachte. Sie wurde langsam braun, das stand ihr gut – sie war recht zufrieden.

Es war zehn nach acht, als Paula im Restaurant ankam. Johan war schon da. Er stand an der Bar und sprach mit einem Typen.

»Paula! Wir sind hier!« Johan winkte ihr eifrig zu. »Das ist Vincent«, sagte er und zeigte auf seinen Begleiter. Paula schluckte. Er sah gut aus. Warum hatte Johan das nicht gesagt? Vincent streckte die Hand aus und lächelte Paula zu.

»Von dir habe ich schon viel gehört«, sagte er und drückte ihre Hand noch einmal. »Jetzt weiß ich, warum.« Johan unterbrach den intensiven Blickkontakt.

»Der Tisch ist jetzt frei, aber willst du vielleicht erst noch einen Drink an der Bar? Wir müssen ja auch noch auf Vivianne warten.«

»Einen Martini dry«, antwortete Paula und löste ihren Blick von Vincent. Er sah wirklich nicht so aus, wie sie ihn sich vorgestellt hatte, aber in bezug auf seine Freundin behielt sie recht. Wenn man Vivianne heißt, ist man zwangsläufig Krankenschwester. Oder Physiotherapeutin.

Paula bekam ihren Martini und nippte daran, während Vincent und Johan ihr Gespräch fortsetzten. Es ging um einen Wechsel in der Chefetage, und Paula war die erste, die die schlanke Frau bemerkte, die sich zu ihnen den Weg bahnte.

»Hallo«, sagte sie fröhlich, als sie durchgekommen war, und Vincents Gesicht begann zu strahlen, als er sie erblickte. Sie gab allen zur Begrüßung die Hand. Auch in Viviannes Fall hatte Paula sich geirrt: Vivianne arbeitete in der medizinischen Forschung im Karolinska Institut, das erwähnte sie ganz beiläufig, etwa so, wie Paula hätte sagen können, daß sie gern fernsieht.

»Und du?« fragte Vivianne und sah Paula ins Gesicht. Johan kam ihr zu Hilfe.

»Paula fängt im Herbst an zu studieren«, sagte er und legte seine Hand auf ihre Schulter. So fühlte sie sich genötigt, ein bißchen über Touristik und ihre Reisen zu erzählen. Doch irgendwie war ihr nicht wohl dabei.

»Wie aufregend! Wieviel du schon erlebt hast!« Vivianne klang aufrichtig beeindruckt. Paula war nicht ganz klar, ob sie

sie auf die Schippe nahm. »Ich habe noch gar nichts Besonderes gemacht, kenne kaum einen Teil von Europa«, fuhr Vivianne fort, und Paula sah sie skeptisch an.

»Hast du nicht gesagt, du arbeitest in der medizinischen Forschung?«

»Ja.«

»Auf welchem Gebiet?«

»Im Moment untersuchen wir, wie Krebszellen auf verschiedene Arten von Strahlung reagieren. Ob man die Lichtstrahlen so bündeln kann, daß man die Nebenwirkungen der Bestrahlungen reduziert. Einfach gesagt.«

»Und du meinst, du hast noch nichts Besonderes gemacht?«

»Doch, aber nichts richtig Spannendes ...«

»Wie in einem Kibbuz zu arbeiten, meinst du?« Die anderen mußten über Paulas Bemerkung lachen. »Ich schwöre, ich habe ein Spezialrezept, wie man Hummus für vierhundert Leute zubereiten kann!«

»Diesen Sommer wollen wir auch auf Tour«, fügte Johan stolz hinzu und erzählte von ihren Reiseplänen. Vincent und Vivianne fanden die Idee klasse und waren richtig neidisch. Vivianne konnte an einem Stück nicht soviel Urlaub bekommen, denn die Zellen, die sie untersuchten, mußten gefüttert werden. Also blieb für sie immer nur eine Woche Gotland.

Der Abend wurde nett. Das Essen war hervorragend, und mit wenigen Ausnahmen gelang es den Männern, nicht über die Arbeit zu sprechen. Satt und zufrieden beschlossen sie, den Abend mit einem Drink an der Bar abzuschließen.

Gegen halb zwölf entschuldigte sich Vivianne, sie mußte um acht Uhr im Institut sein, und Vincent schloß sich an. Johan drehte sich zu Paula um.

»Wollen wir auch gehen?«

Sie nickte. Eigentlich wäre sie gerne noch geblieben, aber allein mit Johan war das keine so gute Idee.

Johan holte ihre Jacken und machte Paula ein Zeichen, daß er auf der Straße warten würde. An der Bar standen so viele Leute, daß es sinnlos war, sich wieder bis zu ihr durchzuschlagen. Vincent und Vivianne waren schon dabei, sich zu verabschieden. Paula sprang vom Barhocker und quetschte sich an zwei Mädchen vorbei, die einem Popstar hinterherstarrten, dessen Name Paula nicht mehr einfiel. Es war eng, und mehrmals mußte sie die Leute bitten, ihr Platz zu machen, damit sie durchkam.

Ein Typ in einem dicken Strickpullover war ihr letztes Hindernis. Er stand mit dem Rücken zu ihr, und Paulas Räuspern führte bei ihm nicht zum Erfolg. Schließlich klopfte sie dem Pullovermann auf die Schulter. Er drehte sich um. Es war Ralf Brygge.

Einen Augenblick lang starrten sie sich an. Er war nicht mehr ganz nüchtern. Plötzlich beugte er sich vor und flüsterte ihr etwas ins Ohr. Paula verstand kein Wort und zuckte mit den Schultern. Ralf beugte sich noch dichter zu ihr, sein warmer Atem streifte ihre Wange. Dieses Mal verstand sie auch, was er sagte. »Du bist wahnsinnig gut, Paula!« Sie sah ihn stirnrunzelnd an. *Aber nicht so gut wie Hanna Bergdahl.* Als ob er ihre Gedanken gelesen hätte, beugte sich Ralf noch einmal vor. »Nicht wie Hanna Fucking Bergdahl«, flüsterte er so nah an ihrem Ohr, daß sie seine Lippen spürte.

Paula versuchte zu verstehen, was Ralf ihr sonst noch zu sagen hatte, doch das war bei diesem Lärm unmöglich. Hinter ihm sah sie Johan durch das Fenster gestikulieren. Er zeigte auf seine Uhr und trat von einem Fuß auf den anderen.

»Ich muß gehen. Viel Glück mit dem Film«, sagte Paula rasch und drückte Ralf kurz. Dann schlich sie vorbei, und es gelang ihr, ohne weitere Verzögerung hinauszukommen.

»Wer war das?« sagte Johan und wies auf die Scheibe. »Ich kenne den doch irgendwoher.«

»Ralf Brygge«, antwortete Paula, so neutral es ging.

»Was wollte er denn?«

»Keine Ahnung. Er war besoffen.«

Johan begnügte sich mit der Information. »Wollen wir ein Taxi nehmen oder lieber laufen?«

»Laufen«, antwortete Paula und holte tief Luft. Es war ein fast unnatürlich lauer Sommerabend. »Ich brauche frische Luft.«

Johan war zufrieden. Keine Frage: Paula war endlich solide geworden, und der gemeinsame Urlaub stand vor der Tür. Irgendwie ärgerte sie das. Johan war so genügsam. Vielleicht war sie ungerecht. Es war schließlich kein Fehler, mit dem Leben zufrieden zu sein. Es war nur immer so, daß einer die Rechnung zahlte, und im Moment – schien es ihr – war sie das. Sie machte ihrem Ärger Luft, mal hier, mal da. Sie versetzte ihn, vergaß die Kataloge, die sie holen sollte, und ignorierte die Bücher, die er beiläufig liegenließ, in der Hoffnung, sie würde Interesse für ihre Reise zeigen.

Mein Gott, drei Wochen Europa, als ob sie das nicht als Teenager schon gehabt hätte. Klar, dieses Mal würde es etwas anderes sein, sie würden in kuscheligen Landhäusern übernachten und ordentlich im Restaurant zu Mittag essen. Vielleicht nicht so viele Nächte unter freiem Himmel, vielleicht nicht so oft die Zeche geprellt und auch keine sinnlosen Schwärmereien und die dazugehörigen herzzerreißenden Abschiede an einem Bahnhof irgendwo ... Johan hatte noch nicht einmal Interrail gemacht, kein Wunder, daß er jetzt von seinen Reiseplänen so begeistert war!

Johan ließ sich von ihren stillen Protesten nicht provozieren, dazu freute er sich viel zu sehr auf die Reise.

Sich über seine Begeisterung zu beklagen, war geradezu absurd, aber Paula konnte nichts dagegen tun, daß ihre Unlust in dem Moment hochkochte, wenn Johan freudestrahlend mit wieder einer neuen Internet-Adresse nach Hause kam. Immerhin schämte sie sich für ihr Verhalten. Ihre Telefonate mit Rakel halfen da auch nicht weiter.

»Oh, du Arme! Mußt du wirklich in einer kleinen, gemütlichen französischen Pension wohnen, und das mit einem Mann, der dich vergöttert! Ich kann dir gar nicht sagen, wie sehr du mir leid tust!«

»Hey, Ironie ist da völlig fehl am Platz.«

»Dann werde ich wohl besser auch nichts dazu sagen, wie leid du mir tust, daß du diesen interessanten Studienplatz bekommen hast.«

»Lieber nicht.«

»Was hast du eigentlich mit deinem Leben vor, Paula?«

»Ich will ... na ja, glücklich sein. Glaube ich. Was soll das eigentlich, so eine Frage? Kannst du die denn beantworten?«

»An dem Tag, an dem ich nicht mehr zufrieden bin, verspreche ich dir, werde ich sie beantworten.«

»Heißt das, du bist mit deinem Leben völlig zufrieden?«

»Ja. Größtenteils.«

»Ha! Größtenteils ... das gilt nicht! Wenn man zufrieden ist, ist man zufrieden, da gibt es kein größtenteils ... Wenn es so ist, bin ich auch zufrieden.«

»Ich glaube, das ist ein ziemlich großer Unterschied ...«

»Und warum? Warum wiegt meine Unzufriedenheit schwerer als deine?«

»Ich habe nie gesagt, daß ich unzufrieden bin.«

»Aber auch nicht zufrieden.«

»Größtenteils zufrieden ...«

»Okay, dann verrate mal, womit du nicht ganz zufrieden bist?«

»Können wir das Thema jetzt nicht lassen?«

»Nein, warum denn? Immer reden wir nur über mich, du könntest jetzt auch mal ein bißchen von dir preisgeben.«

»Ich bin zufrieden mit meiner Arbeit ...«

»Das weiß ich. Und?«

Rakel seufzte. »Ich bin zufrieden mit ... meinen Freunden.«

»Danke für die Blumen.«

»Ich bin zufrieden mit meiner Freizeit.« Rakels Tonfall zeigte an, daß sie das Thema für erschöpft hielt, aber Paula ließ nicht locker.

»Bist du damit zufrieden, wie du aussiehst?«

»Geht so.«

»Und dein Liebesleben?« Es wurde still. Meist ließ Paula Rakel in Frieden, was diesen Punkt betraf, aber sie fühlte sich gerade so provoziert von ihrer Freundin, daß sie den Finger in die Wunde legte. Rakel schwieg, und Paula hatte sofort ein schlechtes Gewissen. »Okay, das war eine gemeine Frage, entschuldige, aber du hackst immer auf mir herum. Ich meine doch nur, daß bei dir auch nicht alles rund läuft, auch wenn du nicht darüber sprichst. Oder?«

»Ja, vielleicht«, murmelte Rakel.

»Entschuldige. Ich wollte dich nicht verletzen.«

»Schon gut.« Rakel holte tief Luft. »Es ist ja genauso blöd von mir, immer an dir herumzunörgeln.«

Paula war beeindruckt. Es passierte nicht jeden Tag, daß Rakel sich entschuldigte – nicht weil sie unhöflich war, sondern weil sie sich meist wahnsinnig unter Kontrolle hatte. Paula wechselte das Thema.

»Übrigens, Johan fragte, ob du nicht mal zu uns zum Abendessen kommen möchtest?«

»Ach wirklich? Das wäre total nett. Wenn nicht du das Essen kochst ...«

»Nein, Ehrenwort.« Das Kochen überließ Paula ohnehin meist Johan.

»Wie wär's mit Montag?«

»Ja, prima«, antwortete Paula und versuchte vergeblich, sich zu erinnern, welcher Wochentag gerade war.

»Übermorgen«, präzisierte Rakel, die Paulas Zögern bemerkt hatte.

»Dann bleibt es dabei. Bis dann!«

»Hähnchen, Teriyaki-Marinade, Brokkoli, Maiskölbchen ...« Johan zog die Lebensmittel aus seiner Tüte und legte sie auf den Tisch. »Ich dachte, wir essen etwas aus dem Wok. Glaubst du, Rakel mag das?«

»Ganz bestimmt.«

»Mir ist noch kein Nachtisch eingefallen, also habe ich eine Packung Häagen-Dazs-Eis gekauft, okay?«

»Absolut. Kann ich noch irgend etwas tun?«

»Du kannst ... äh, du kannst ein bißchen gemütliche Musik aussuchen.« Johan wollte lieber allein kochen, Paula war eher keine große Hilfe in der Küche.

»Was willst du hören?«

»Etwas Fröhliches.«

Paula ging zur Stereoanlage und begann, zwischen den CDs zu wühlen.

Kurz darauf waren in dem sonnigen Wohnzimmer die Talking Heads und ›Letting the day go by‹ zu hören. Johan schien ihre Wahl zu gefallen, denn er pfiff munter in der Küche vor sich hin.

Als das Telefon klingelte, rannte Paula einmal durch die Wohnung, bis sie es fand. Sie hatte es auf dem Bett abgelegt. Atemlos drückte sie auf die Taste mit dem kleinen Hörer.

»Hallo, Paula hier«, sagte sie und steuerte das Sofa im Wohnzimmer an.

»Hi.« Die Stimme kam ihr bekannt vor, aber Paula konnte sie nicht gleich zuordnen. Sie setzte sich und antwortete, so neutral sie konnte.

»Hallo.«

»Hier ist Ralf. Ralf Brygge. Störe ich dich?«

»Ähh ... nein. Kein Problem ... Wie geht's?« fragte sie, um ihr Erstaunen zu überspielen.

»Danke, gut. Und selbst?«

»Prima, danke.«

»Was glaubst du, warum ich anrufe ...« Er wartete eine Antwort gar nicht erst ab. »Ich habe gute Neuigkeiten. Du hast die Rolle!«

Paula verstand gar nichts mehr. »Aber ...«

»Ja, ich weiß, das klingt alles ein bißchen chaotisch.« In der Küche gab Johan gerade das Gemüse in den heißen Wok. Es zischte. »Es waren ziemlich viele Durchgänge, kann ich dir sagen.«

»Ach so ...«

»Ich hatte mich gleich nach dem Vorspielen entschieden. Ich mag deine Art, und du entsprichst genau meinem Bild von Sandra.« Paula wußte nicht recht, ob sie das als Kompliment auffassen sollte; sie sagte lieber nichts. Ralf fuhr fort: »Aber unsere Produzenten waren dagegen. Eigentlich hatten sie mir freie Hand gelassen, das war auch die Voraussetzung für das Filmprojekt, aber plötzlich wollten sie mitreden. Sie meinten, man bräuchte einen ›Publikumsmagneten‹, weil schon das Drehbuch so ›schwer‹ sei.« Ralf spie diese Zitate förmlich aus.

»Hanna Bergdahl ...«

»Ja, genau, Hanna Fucking Bergdahl sollte die Rolle bekommen! Ich habe das abgelehnt, sie ist sicherlich eine nette junge Frau und kann auch Shakespeare so spielen, daß das Publikum einschläft, aber sie hat nichts in meinem Film zu suchen! Doch da hatten sie die Informationen bereits an die Presse gegeben.«

»Ja, ich habe es gesehen ...«

»Es tut mir sehr leid, du mußt dir ja gedacht haben, wir arbeiten mit sonderbaren Methoden.«

»Na ja ...«

»Ich wollte nicht früher bei dir anrufen, denn ich war so wütend darüber, und außerdem konnte ich dir noch nichts anbieten.« Paula schwieg. Es wäre nicht verkehrt gewesen, wenn sie das ein paar Wochen früher gewußt hätte, aber sie dachte sich, besser spät als gar nicht. »Aber jetzt weißt du's. Und was sagst du?«

Ralfs Anruf kam so unerwartet, daß Paula wirklich keine Antwort wußte. Seit sie gelesen hatte, daß Hanna Bergdahl die Rolle bekommen hatte, hatte sie alles daran gesetzt, die Sache zu verdrängen. Aber jetzt war alles anders. Am liebsten hätte sie laut hinausgeschrien: JA!!!! Natürlich will ich die Rolle! Natürlich wollte sie entdeckt werden und die Chance ergreifen! Natürlich wollte sie ein Filmstar werden! Aber irgend etwas hielt sie zurück. Es waren nicht nur die Urlaubspläne, die sie dann notgedrungen würde ändern müssen. Und die Schule. Ihre Ausbildung. Hatte sie ihren Deal mit dem Schicksal irgendwie falsch verstanden? Oder wurde sie gerade nur auf die Probe gestellt? Sollte sie jetzt standhaft sein und ihre Pläne vertreten? Absagen. Allein der Gedanke daran drehte ihr den Magen um. Eine Filmrolle ablehnen. Das konnte man nicht bringen, dafür müßte Johan doch Verständnis haben. Und das Schicksal. Sie mußte erst mal ein bißchen Zeit gewinnen.

»Wie hast du es geschafft, daß die anderen ihre Meinung geändert haben?«

»Ich habe mich geweigert zu drehen.« Ralfs Stimme klang stolz. »Ich habe gesagt, unter diesen Umständen gäbe es keinen Film. Was sollten sie tun? ›Wartezimmer‹ hat ja mehr Geld eingespielt als irgendein anderer schwedischer Film in den letzten Jahren, und sie hatten wohl Angst bekommen, ich würde mich mit ihrem Geld wieder auf ein ›eigensinniges Kellerprojekt‹ einlassen. Wie auch immer, sie haben klein beigegeben. Jetzt legen wir also los, nach meiner Pfeife. Mit dir als Sandra. Hoffe ich …« Jetzt fragte er sie zum dritten Mal. Er erwartete eine Antwort. Paula war zögerlich.

»Wann geht es los?«

»Die Dreharbeiten beginnen am zweiten Juli, wir beginnen mit den Proben nächste Woche. Ich muß zugeben, daß das etwas kurzfristig ist, aber wegen dieser Idioten sind wir jetzt in Zeitverzug!« Plötzlich hielt er inne. »Du hast doch nicht etwa mittlerweile andere Pläne?« fragte er besorgt, als ob ihm gerade der Gedanke gekommen wäre, daß nicht die ganze Welt bereitstand, um ihn in die Arme zu schließen.

»Ich habe den Sommer über frei«, sagte Paula langsam mit Blick auf die Reisekataloge, die Johan ordentlich zusammengeräumt hatte und die nun in einem dekorativen Stapel auf dem Couchtisch lagen.

»Super!« rief Ralf.

»Wie lange werden die Dreharbeiten dauern?«

»Bis irgendwann im Oktober. Wir haben noch keinen genauen Zeitplan. Warum?«

»Ach, nichts«, log Paula.

»Kann ich das als Ja verstehen?« Paula zögerte. Sie mußte erst mit Johan sprechen. »Ich brauche eine Entscheidung, verstehst du ... bist du dabei?« Ralf wurde langsam ungeduldig.

Paula sah hinüber in die Küche, wo Johan stand und in der tiefen Wokpfanne rührte. Er hatte eine Flasche Wein aufgemacht und nahm einen Schluck.

»Ich bin dabei«, antwortete Paula langsam. Ralf ließ ihr keine Möglichkeit, ihre Meinung zu ändern.

»Ich wußte es!« sagte er selbstsicher. »Karina wird dich morgen anrufen und über alle praktischen Dinge informieren. Dann setzen wir den Vertrag auf, so schnell es geht. Sieh zu, daß du deinen Urlaub in dieser Woche noch genießt. Denn dann ist nicht viel Zeit zum Ausruhen, das kann ich dir sagen!«

Plötzlich war das Gespräch vorbei, und Paula starrte hilflos auf den stummen Hörer. Was war das jetzt gewesen? Was hatte sie getan?

»Wer war das?« Johans Stimme holte sie auf brutale Weise wieder auf den Boden der Tatsachen zurück. Einen Augenblick lang starrte sie ins Leere, dann stand sie langsam auf und ging in die Küche. Das Zischen des Öls wurde mit jedem Schritt lauter. Johan konnte von ihrem Gespräch wohl kaum etwas mitbekommen haben. Er lächelte sie an, als sie in die Küche kam. »Wer war es denn?« wiederholte er und schenkte ihr ein Glas Wein ein. Paula griff zu.

»Ralf Brygge«, sagte sie und nahm einen ordentlichen Schluck. Von der Säure im Wein zogen sich ihre Kiefer zusammen.

Johan sah sie erstaunt an. »Und was wollte er?« In dem Moment klingelte es an der Tür, und ihre Blicke trafen sich.

»Ich gehe«, sagte sie und lief in den Flur.

Rakel streckte ihr einen Blumenstrauß und eine Tüte mit einer Flasche Wein entgegen, bevor sie ihr Jäckchen auszog.

»Mensch, ist das warm«, prustete sie. »Es ist Viertel nach sieben, und wir haben immer noch vierundzwanzig Grad.« Wie pünktlich sie immer ist, dachte Paula, als sie die Freundin mit in die Küche zog.

Johan umarmte Rakel und machte ihr ein Kompliment, für das sie sich verschämt bedankte. Paula schämte sich, sie hatte nicht einmal bemerkt, daß Rakel beim Friseur gewesen war.

»Eine Flasche Wein«, sagte sie, als Paula in die Tüte schaute. »Italienischer, ich dachte, so als Vorgeschmack ... Ich finde ihn auf jeden Fall gut.« Johan warf einen Blick auf das Etikett und mußte lachen.

»Scheint, als hätten wir den gleichen Geschmack«, sagte er und zeigte auf die offene Flasche neben der Spüle. »Hol doch mal ein Glas für Rakel«, bat er Paula. Sie war froh, daß er offenbar vergessen hatte, worüber sie gesprochen hatten, bevor es an der Tür klingelte. Rakel und Johan waren bald in ein Gespräch über die hervorragenden Brateigenschaften von Rapsöl vertieft. Keiner von ihnen bemerkte, wie Paula sich auf die Toilette verdrückte.

Sie stellte sich vor den Spiegel und versuchte zu fühlen, was in ihr vorging. Sie würde ein Filmstar werden. Machte sie das glücklich? Das Bild im Spiegel gab ihr keine Antwort. Das abgenutzte Bild von der Leere in einem selbst tauchte in ihrem Kopf auf. Sie betrachtete eine Weile ihr Spiegelbild, bevor sie den Wasserhahn aufdrehte, sich die Hände wusch und zurück in die Küche ging.

»Häagen-Dazs!« jubelte Rakel, als sie beim Dessert angelangt waren. »Und Erdbeeren, mein Lieblingsobst!«

»Ich dachte, wir könnten das Ganze damit abrunden«, sagte Johan, als er die Schale mit frischen Erdbeeren aus dem Kühlschrank holte. »Na ja, aus Schweden sind sie nicht«, sagte er, um Rakels Begeisterung zu dämpfen.

»Sie kommen aus Spanien, aber riechen wie richtig echte Erdbeeren.« Er hielt ihr die Schale hin, damit ihr der süße Duft in die Nase stieg.

Johan füllte ihre Weingläser ein zweites Mal. Der Wein hatte Paula ein wenig entspannt, und so traf Johans Frage sie eiskalt.

»Was wollte denn Ralf Brygge nun eigentlich? Du bist noch gar nicht zum Antworten gekommen.« Er nahm sich ein paar Erdbeeren und legte sie auf seinen Teller, bevor er sie ansah.

»Er... Er hat mir eine Filmrolle angeboten.« In der Küche wurde es schlagartig still.

»Eine Filmrolle. *Die* Filmrolle?« Paula nickte auf Johans Frage.

Rakel machte dem Schweigen ein Ende. »Aber du hast doch gesagt, Hanna Bergdahl bekommt die Rolle.«

»Ja, aber das war ein Mißverständnis. Die Produzenten wollten nicht...« Sie stoppte, es war ja eigentlich ganz egal. Sie wartete. Keiner gratulierte.

»Aber du hast doch gesagt, daß du keine Zeit hast? Daß wir im Urlaub sind? Daß du an der Hochschule anfängst?« Paula schüttelte den Kopf.

»Nein?« Johan legte den Löffel auf den Tisch. Rakel schaute betreten von Johan zu Paula. Sie war in etwas hineingeraten, mit dem sie nicht das mindeste zu tun hatte. Sie wischte sich mit der Serviette den Mund ab und machte Anstalten, sich zu erheben.

»Das wollt ihr jetzt bestimmt lieber unter euch diskutieren. Ich gehe dann mal«, schlug sie unruhig vor.

»Gibt es etwas zu besprechen?« fragte Johan, ohne daß er seinen Blick von Paula abwandte. Die zögerte einen Moment, schüttelte dann aber noch einmal den Kopf. »Siehst du«, sagte Johan eisig und wandte sich an Rakel, »es gibt keinen Grund zu gehen.«

Rakel lehnte jedoch einen Kaffee ab und verabschiedete sich bald.

»Wir telefonieren!« rief Paula ihr hinterher.

Als sie in die Küche zurückkam, stand Johan da und machte den Abwasch.

»Du«, begann sie. »Können wir reden?«

»Soweit ich das verstanden habe, gibt es nichts zu reden.« Johan gab sich reserviert. »Aber wenn du mir etwas mitteilen willst, dann kannst du das gerne tun.«

»Schatz, sei doch nicht …«

»Wie denn, bitte!?« Johan schmiß die Bürste in die Spüle und drehte sich zu ihr herum. Seine blauen Augen kamen ihr fast schwarz vor. »Sei nicht böse, sei nicht enttäuscht …! Nur schön alles schlucken, so wie immer, ist es das, was du sagen willst!?« Seine Wut überrumpelte Paula. »Ich bin deine Launen so dermaßen leid! Ich dachte, einmal hätten wir uns geeinigt. Habe ich das falsch verstanden?«

»Nein.« Paulas Stimme war dünn. »Aber ich hatte keine Ahnung, daß ich die Rolle bekommen würde …«

»Aber als du sie bekommen hast, warst du sofort bereit, alles andere sausen zu lassen!? Ausbildung, Job … mich …?«

»Wieso lasse ich dich sausen?«

»Ach nein? Du läßt mich fallen, den guten alten Johan, der immer wartet, der immer da ist für dich. Jetzt ist Schluß, ich bin es leid!«

Paula war wie erstarrt. »Was heißt das?« zwang sie sich zu fragen.

»Das wirst du schon sehen«, antwortete er kalt, ging in den Flur, schlüpfte in ein Paar Turnschuhe und warf sich, ohne ein Wort zu sagen, die Jeansjacke über. Die Tür fiel hinter ihm zu, und dann wurde die Wohnung totenstill.

Komm, ich stelle dir Henrietta vor!« Karina führte Paula an das andere Ende des Probenraumes, wo ein verschlissenes Sofa und ein paar Stühle standen. »Sie ist wunderbar«, flüsterte Karina, kurz bevor sie vor ihr standen.

Henrietta saß in einer Ecke des Sofas und hielt das Manuskript auf dem Schoß. Ihre berühmte Nase steckte zwischen den Seiten, ihre Lesebrille saß auf der äußersten Nasenspitze. Als sie hörte, daß jemand auf sie zukam, sah sie auf und lächelte.

»Paula?« sagte sie und räumte ihren Papierstapel zur Seite, um sich zu erheben. »Wie schön, dich kennenzulernen!« Sie betrachtete Paula wohlwollend. Auch Paula musterte sie. Die Schauspielerin war kleiner, als sie gedacht hatte, und obwohl sie etwas über sechzig Jahre alt sein mußte, hatte sie sich ihre mädchenhafte Figur bewahrt. Ihre Bewegungen waren drahtig und flink. Es war offensichtlich, daß sie als junge Frau sehr schön gewesen sein mußte. Das Wort Grace kam Paula in den Kopf, als sie sie begrüßte und sich auf einem Stuhl niederließ.

»Ralf kommt gleich«, sagte Karina. »Wollt ihr vielleicht in der Zwischenzeit einen Kaffee trinken?« Beide nickten, und Karina verschwand.

»So, so«, sagte Henrietta. »Hast du das schon einmal gemacht? Ich meine, einen Film gedreht?«

»Nein«, antwortete Paula. Diese Frau hatte etwas im Tonfall, das sie beruhigte. »Ich habe noch nicht einmal Theater gespielt«, gab sie zu.

Henrietta nickte schweigend. »Ralf hat ein gutes Auge für Talente. Ich verlasse mich ganz auf sein Urteil.«

Paula wurde rot. »Wenn es irgend etwas gibt, bei dem ich dir helfen kann, dann sag es mir.« Paula warf einen mißmutigen Blick auf den dicken Papierstapel, den Henrietta neben dem Sofa abgelegt hatte.

»Ich habe tatsächlich eine Frage«, sagte sie vorsichtig.

»Ja?«

»Die ganzen Dialoge, wie soll man sich das alles merken? Mir fiel es schon schwer, Gedichte auswendig zu lernen.«

Henrietta mußte lachen. »Es ist ja zum Glück kein Theater! Da hättest du alles lernen müssen. Beim Drehen kommt immer nur eine Szene dran, das ist nicht so dramatisch. Klar, manche Szenen sind länger, aber mit einer gewissen Technik ...« Und Henrietta begann, ihr die Technik zu erklären. Paula hörte aufmerksam zu.

Nach einer Weile kam Karina mit zwei Kaffeetassen zurück. »Ralf hat eben angerufen«, sagte sie. »In fünf Minuten ist er da.« Die Minuten vergingen im Nu, und schon ging die Tür auf.

Ralf entschuldigte sich für seine Verspätung. Er schien guter Dinge zu sein und umarmte seine Schauspielerinnen, bevor er sich setzte.

»Ja, ich habe mir gedacht, wir fangen heute langsam an. Ich möchte euch beiden erst einmal Gelegenheit geben, euch kennenzulernen. Morgen kommen die anderen, da stellen wir euch die ganze Gruppe vor.«

»Wie viele sind denn dabei?« fragte Paula vorsichtig.

»Um die zwanzig. Fotografen, die Leute vom Ton, die Maskenbildner, das Scriptgirl, alle, die sich um Kostüme und Requisiten kümmern ...« Paula war froh darüber, daß sie wenigstens ein bißchen Erfahrung in der Fernsehbranche hatte, es war keine *gänzlich* fremde Welt mehr für sie. »Und von den etwa zwanzig Schauspielern kommen morgen nur ein paar. Die anderen lernt ihr peu à peu kennen.« Ralf klatschte in die Hände. »Ja, was meint ihr, wollen wir anfangen und einen Blick ins Drehbuch werfen?«

Ralf wollte von ihnen wissen, wie sie die Figuren verstanden, ob sie Fragen zur Handlung hatten, und Paula merkte ganz überrascht, daß plötzlich eine Flut von Gedanken zum Stück aus ihr herausbrach. Sowohl Ralf als auch Henrietta hörten ihr aufmerksam zu, wie sie Sandra als einen Menschen beschrieb, der sich selbst nicht kennt, bis ihr Innenleben sich Gehör verschafft. Als ihre Mutter sie aufsucht, bekämpft sie ihre Wut, solange sie es kann, aber ihr Gefühlsausbruch ist unvermeidlich und hat eine reinigende Wirkung. Ralf schien beeindruckt.

»Genau so habe ich sie mir vorgestellt«, sagte er zufrieden. »Du wirst als funktionierender, aber emotional behinderter Mensch plötzlich mit Fragen kämpfen müssen, um die du nie gebeten hast, wo du eigentlich alles getan hast, um sie nicht aufkommen zu lassen, ohne daß es dir bewußt war.« Jetzt nickte Paula. »Kannst du dich in Sandra wiederfinden?« Paula mußte einen Moment überlegen.

»Teilweise«, sagte sie zögernd. »Ich kann Sandras Abneigung verstehen, wenn sie sich mit etwas auseinandersetzen soll, das plötzlich auftaucht. Daß sie einfach weiterleben will, als wäre nichts geschehen.«

»Und so machst *du* das?« fragte Ralf.

»Ich habe nicht gesagt, daß ich es so mache«, konterte Paula schnell. »Ich habe gesagt, ich kann es nachempfinden.«

»Wie ist die Beziehung zu deiner Mutter?« Ralf sah sie gelangweilt an. Plötzlich wurde die Diskussion ernst. Sie sprach gerne über die Figur, die Rolle, den Film, aber jetzt ...

»Sie ist tot.« Paulas Antwort war kurz. Ralf hatte eine Grenze überschritten.

»Aber man kann zu einer toten Person doch auch eine Beziehung haben? Oder nicht?«

»Ich habe meine Mutter geliebt«, sagte sie. »Aber ich verstehe nicht, was das mit dem Film zu tun haben soll.«

Ralf zuckte mit den Schultern. »Manchmal ist es gut, wenn man sich seiner eigenen Gefühle bewußt ist, bevor man die der anderen darstellen soll. Stimmt's, Henrietta?« Sie nickte.

»Das macht es leichter, aber man kann auch gut spielen und die eigenen Gefühle ignorieren. Schau dir nur all die hervorragenden Schauspieler mit ihrem verkorksten Seelenleben an!« Henrietta fuhr fort. »Es ist vielleicht sogar so, daß man gar nicht Schauspieler sein sollte, wenn man ein heiler Mensch ist ...« Paula war dankbar für ihre unerwartete Hilfe, und Ralf drang nicht weiter in sie.

Dann sprachen sie wieder über Lilians Rolle, die der Mutter. Es war deutlich spürbar, daß es nicht das erste Mal war, daß Henrietta sich in eine Figur hineinversetzte, und Paula spürte ihre Unerfahrenheit plötzlich sehr stark. Die Stunden vergingen wie im Flug, und als sie eine Mittagspause einlegten, hatten sie das halbe Drehbuch geschafft. Je mehr sie über die beiden Charaktere diskutierten und die Geschichte, die sie verband, desto besser gefiel Paula die Idee dahinter. Sie sehnte sich danach, nun richtig loszulegen. Henrietta lachte. Das sei ein gutes Zeichen.

Gegen vier Uhr brach Ralf auf. »Wir sind schon ganz gut vorwärtsgekommen«, sagte er. »Morgen ist dann Meeting mit allen, und am Nachmittag steht ihr bitte für die Kostümproben zur Verfügung.«

Paula kniff die Augen zu, als ihr die Sonne ins Gesicht schien. Sie hatte den ganzen Tag mit Proben in diesem fensterlosen Kellerraum zugebracht. Daran mußte sie sich erst noch gewöhnen. Während der kommenden zwei Wochen würde sie dort eingesperrt sein.

Die Odengata vor der Tür lag träge in der Hitze. Außer dem Bus, der vorbeiächzte, war die Straße fast leer. Im staubigen Grün des Vasaparks wurden die ersten Picknick-Decken ausgebreitet, und Paula bildete sich ein, das Geräusch ploppender Weinkorken zu hören. Alles kam ihr so unwirklich vor. War es wirklich sie gewesen, die den ganzen Tag mit Der berühmten Schauspielerin und Dem berühmten Regisseur dagesessen und diskutiert hatte? Als ob sie im Fernsehen einen Dokumentarfilm gesehen hätte, und nun war der Apparat ausgeschaltet.

Paula beschloß, eine Runde durch die Innenstadt zu drehen. Nicht weil sie etwas Bestimmtes vorhatte. Sie brauchte einfach Menschen um sich herum, als ob all ihre phantastischen Erlebnisse verschwimmen würden, wenn sie allein wäre.

Nach Hause zu Johan zu gehen war wenig verlockend. In der vergangenen Woche hatte er kaum mit ihr gesprochen, und Paula hatte ein schlechtes Gewissen, sobald er auftauchte. Ein paarmal hatte sie versucht, mit ihm zu reden, aber er hatte nicht die Absicht, ihr schlechtes Gewissen zu beruhigen, indem er ihre Entscheidung guthieß. Paula hielt den Mund, sie wußte, daß er sich mit der Zeit wieder beruhigen würde. Es war immer so gewesen. Dieses Mal war es zwar ernst, aber sie ging davon aus, daß es nur eine Frage der Zeit war.

Am Östermalmstorg stieg sie aus der U-Bahn und spazierte etwas planlos die Biblioteksgata hinunter. Ging in Geschäfte, schaute sich die Sommermode an und ging wieder hinaus.

Testete einen neuen Lippenstift und stellte ihn wieder zurück. Nichts konnte sie so richtig begeistern. Noch immer war ihr, als würde sie sich in einer Luftblase bewegen. Am liebsten hätte sie hinausgeschrien: *Ich werde ein Filmstar!* So laut, daß es all die feinen Leute auf der Straße hören würden, anhalten, sie anschauen und voller Neid bewundern würden. Natürlich verkniff sie es sich. Dramatische Szenen lagen ihr nicht.

Paula lief die Hamngata weiter hinauf. Als sie an den Türen von NK vorbeikam, verlangsamte sie ihr Tempo. Vor ein paar Wochen noch war Jason hier gewesen, und sie hatte sich seitdem nicht mehr hergetraut, aus Angst, ein kleines Stück von ihm könnte irgendwo in einem Regal vergessen worden sein. Sie schaute durch die Türen und versuchte, etwas zu spüren, aber nichts geschah. Sie sah vor ihrem inneren Auge das Bild von Jason am Tisch – noch immer keine Reaktion. Schließlich stellte sie sich seinen Körper über ihrem vor, seinen schweren Atem an ihrem Ohr. Da fühlte sie etwas. Etwas ganz Kleines. Ein leichtes Ziehen im Unterbauch, einen Schluckreflex und ein Zucken den Rücken hinunter. Dann war es vorbei.

Als sie weiter in Richtung Sergels Platz ging, spürte sie wieder dieses schöne Gefühl, das sie begleitete, seit sie den Probenraum verlassen hatte. Erst als sie wahrnahm, daß die Leute sie anlächelten, merkte sie, daß sie vermutlich das gleiche tat.

Das ist Yannis – unser erster Kameramann, Svalan – der zweite, Gunilla – unser Scriptgirl, Thomas – der sich um die Requisiten kümmert …« Ralf stellte Paula der ganzen Mannschaft vor, sie schüttelten ihr die Hand und begrüßten sie herzlich. Die meisten schienen sich bereits gut zu kennen, und ihr war schnell klar, daß es im großen und ganzen die gleiche Truppe war, die ›Wartezimmer‹ zusammen gedreht hatte. Etwa nach der Hälfte der Vorstellungsrunde gab sie ihre Vorsätze auf, sich alle Namen zu merken, das würde sich mit der Zeit schon finden.

Außer Yannis, einem älteren, stillen Mann, der vermutlich

Grieche war, waren die meisten zwischen dreißig und vierzig, und Paula hatte den Eindruck, als seien viele von ihnen mit Ralf befreundet. Eigentlich nicht erstaunlich, immerhin war er seit Ewigkeiten beim Film.

Sie alle schienen neugierig auf Paula, viele Fragen stürmten auf sie ein: wo sie arbeite und was sie hierher verschlagen hätte. Die meisten Fragen beantwortete Ralf, als ob es allein sein Verdienst sei. »Ich habe sie in einem Büro gefunden«, sagte er, und Paula kam sich vor wie ein Leitz-Ordner. Einige im Team hatten die Probeaufnahmen gesehen und waren recht angetan.

Außer Henrietta kannte Paula keinen der anderen Schauspieler. Manche hatten Schauspielerfahrung, aber die meisten waren Amateure wie sie selbst.

Nach der Vorstellungsrunde, bei der sich alle begrüßen konnten, ergriff Ralf das Wort.

»Einige von euch sind hier ganz neu, andere haben an diesem Film schon so lange gearbeitet wie ich. Ab heute sind wir ein Team. Und so wollen wir arbeiten. Ich bin natürlich Regisseur und für den künstlerischen Inhalt verantwortlich, aber ich sehe uns alle als gleichberechtigte Partner.« Paula sah, wie einige nickten. »In den kommenden zwei Wochen werde ich mit den Schauspielern hier in diesem Raum proben. Alle Vorbereitungen für die Aufnahmen finden in der Zeit unter der Leitung meines Kollegen und Produzenten Svante statt, der dafür sorgt, daß die Schauplätze vorbereitet sind, wenn wir am zweiten Juli loslegen.« Svante winkte kurz, damit ihn alle sehen konnten.

Svante war der zweite Inhaber von FilmFight, und obwohl er und Ralf gleich alt waren und sich seit Jahrzehnten kannten, wirkten sie völlig unterschiedlich. Wenn man bei Ralf von einem jungenhaften Charme sprechen konnte, so hatte Svante eher etwas von einem griesgrämigen Onkel; wenn Ralf Militärhosen und Turnschuhe trug, bevorzugte Svante Cordhosen und Strickjacke. Paula vermutete, daß sie sich ergänzten, denn immerhin arbeiteten sie schon so lange zusammen, und es schien ja gut zu laufen. Ralf war der Künstler, der Visionär und der, der die Ideen hervorbrachte. Svante verwaltete und strukturierte das Ganze. Mußte wohl sein wie in einer funktionierenden Ehe.

Nach dem Mittagessen löste sich die Gruppe auf, und alle gingen an ihre Plätze. Paula folgte Ulla, die sich um die Kostüme kümmerte, und sie fuhren in ihr Atelier nach Östermalm. Der Raum war winzig und vollgestopft mit Kleidern, die auf fahrbaren Kleiderständern ordentlich aufgehängt waren. An den Kleidern hingen große Zettel mit Namen und Szenenkennzeichen. Mitten im Zimmer stand ein großer Tisch, darauf war ein grauer Stoff ausgebreitet, Schere und Maßband lagen daneben. Die Nähmaschine stand auf einer kleinen Bank an der Seite.

»Es ist etwas eng«, entschuldigte sich Ulla, »aber wir sind hier nicht mehr lange. Das ist mein Atelier, und die Kleider werden ins Studio gebracht, sobald wir mit allen Änderungen fertig sind.« Ulla griff nach dem Maßband und zeigte Paula, wie sie sich hinstellen sollte. Nach jeder Messung trug sie etwas in ein vorgedrucktes Formular ein, auf dem Paulas Name notiert war. Dann sahen sie gemeinsam die verschiedenen Kostüme durch.

Bei dem Wort Kostüm mußte Paula an Seide und Reifröcke denken, und obwohl ihr klar war, daß sie kaum ein Korsett aus dem 18. Jahrhundert anlegen würde, freute sie sich auf die Anprobe. Es stellte sich heraus, daß Ralf ziemlich klare Anweisungen gegeben hatte, und Paulas Träume, ein glamouröser Filmstar zu werden, waren schnell begraben, als sie sah, was er sich überlegt hatte. Beige, Grau, Pastell, schlechtsitzende Kleider, Pumps mit flachen Absätzen, billigen Modeschmuck und Hosen mit Bügelfalten. Ulla sah Paula die Enttäuschung an und versuchte, sie zu trösten.

»Ich weiß, alle wollen auf der Leinwand schön sein, aber nur die wirklich Schönen haben den Mut zur Häßlichkeit. Außerdem fällt es dir leichter, in die Rolle zu schlüpfen, wenn dein Kostüm deinem eigenen Stil nicht zu ähnlich ist. Mach dir einfach immer wieder klar, daß nicht du diese Kleider ausgesucht hast, sondern Sandra.«

Paula sah ein, daß sie recht hatte, verließ die Anprobe aber trotzdem in gedrückter Stimmung. Sie würde ihr Filmdebüt in einem ausgewaschenen Spießer-Teil geben, so war das nun mal!

Als sie nach Hause kam, saß Johan da und aß. Sie warf einen Blick auf den Herd, aber das einzige, was sie sehen konnte, war ein leerer Topf.

»Was ißt du?« fragte sie.

»Pasta«, antwortete Johan und kaute weiter. Paula verstand die Botschaft und ging zurück in den Flur, um die Schuhe anzuziehen.

»Ich komme gleich«, sagte sie. »Ich hole mir nur einen Hamburger.« Sie hatte die Hoffnung, daß ihre Reaktion ihn ein bißchen besänftigen, ihm vielleicht sogar ein schlechtes Gewissen machen würde. Aber als sie mit ihrem Big Mac zurückkam, machte er keine Anstalten. »Muß das sein? Kannst du nicht langsam mal aufhören?« fragte sie ärgerlich.

»Aufhören? Womit denn?« antwortete er ruhig und setzte sich vor den Fernseher. »Ich kümmere mich um mich und du dich um dich, war es nicht das, was du wolltest?«

Paula seufzte und setzte sich zu ihm aufs Sofa.

»Okay, dann bist du also weiterhin beleidigt«, sagte sie und versuchte, sich auf den Film zu konzentrieren. So saßen sie eine Weile da.

»Anna hat angerufen«, sagte Johan mit einem Mal.

»Und?«

»Sie hat gefragt, ob wir mit ihnen Mittsommer feiern möchten.«

»Mittsommer?«

»Ja, am Freitag ist Mittsommer. Hast du das vergessen?«

»Nein, natürlich nicht«, flunkerte sie. »Was hast du ihr gesagt?«

»Ich habe gesagt, daß ich nicht weiß, was du vorhast.«

»Nichts, ist doch klar...«

»Wieso klar?«

Paula seufzte. »Was haben sie denn vorgeschlagen?«

»Sture will von einem Arbeitskollegen die Hütte auf Norra Stavsudda mieten. Dort ist Platz für sechs Personen. Anna wollte Rakel auch fragen.« Johan gab sich alle Mühe, gelangweilt zu klingen.

»Klingt doch nett, oder?« versuchte Paula.

»Wie gesagt, ich wußte ja nicht, was *du* vorhast, aber *ich* habe zugesagt.«

»*Du* hast zugesagt? Wenn ich also nicht gekonnt hätte, wärst du auf jeden Fall hingegangen?«

»Mmh...«

»Aber... jetzt tust du geradeso, als wärt ihr befreundet!« Paula wurde richtig sauer.

»Ich kenne sie nun seit mehr als fünf Jahren, da kann ich sie wohl kaum als Fremde bezeichnen.«

»Aber es sind *meine* Freunde...«

»Dieses Jahr habe ich zum ersten Mal seit drei Jahren frei, und ich habe keine Lust, in der Stadt herumzuhängen. Außerdem ist für das ganze Wochenende schönes Wetter vorhergesagt.«

Paula biß sich auf die Zunge, ganz schön unverfroren! Ihr die Freunde ausspannen! Wenn ihm soviel daran läge, aus der Stadt herauszukommen, hätte er das genausogut mit seinen Freunden planen können. Und Anna, was dachte die sich eigentlich dabei? Fand sie es etwa in Ordnung, nur mit Johan Mittsommer zu feiern, ohne sie!? Paula hatte sie kürzlich angerufen und von ihrer Filmrolle erzählt und dabei mit wenigen Worten von ihrem Streit mit Johan berichtet. Sie hatte nicht damit gerechnet, daß Anna für Johan Partei ergreifen würde. Konnte man von ihr nicht erwarten, daß sie auf Paulas Seite stand?

Sie holte das Telefon und schloß die Schlafzimmertür hinter sich. Anna zeigte keine Anzeichen von schlechtem Gewissen.

»Hallo, schön, daß du anrufst! Wie läuft es mit den Proben?«

»Prima«, antwortete Paula knapp. »Du, Johan hat erzählt, du hast ihn zu Mittsommer eingeladen ...«

»Wieso *ihn*? Ich habe gefragt, ob *ihr* mit uns in der Hütte feiern wollt, die wir über das Wochenende haben. Johan meinte, er könne nicht für dich sprechen, aber er fragte mich, ob die Einladung auch für ihn allein gelte. Was hätte ich sagen sollen?«

Paula schluckte. »Er bestraft mich noch immer, das kannst du dir nicht vorstellen.«

»Weil du die Filmrolle angenommen hast?«

»Mmh.«

»Das ist ihm gar nicht ähnlich, finde ich.«

»Er hat sich in den Kopf gesetzt, Gleiches mit Gleichem zu vergelten.«

»Ach, der beruhigt sich schon wieder«, sagte Anna tröstend. »Was ist jetzt mit Mittsommer? Kommst du?«

»Ja«, sagte Paula, aber fügte schnell hinzu: »Ich gehe davon aus. Jedenfalls hat niemand gesagt, daß am Mittsommerabend gearbeitet wird. Ich denke, die Leute haben auch Familie.«

»Außer Ralf Brygge«, konterte Anna. »Wenn man von der adligen Donna absieht ...«

»Solche Leute feiern aber doch wohl auch Mittsommer? Oder tut das nur der heidnische Pöbel ...«

Anna lachte. »Du kannst ja morgen Bescheid sagen. Rakel kommt auch.«

»Ja, Johan sagte das schon«, antwortete Paula. Sie wollte auch gern mitkommen und Mittsommer mit ihren besten Freundinnen feiern. Und natürlich mit ihrem Freund. Wenn der bis dahin ein bißchen aufgetaut wäre. »Ich rufe morgen an«, versprach sie und beendete das Gespräch. Dann ging sie zurück zu Johan.

»Ich werde morgen Ralf fragen, ob am Freitag gearbeitet wird – was ich mir eigentlich nicht vorstellen kann«, fügte sie hinzu. »Also, wenn es dir recht ist, komme ich gern mit und feiere Mittsommer mit meinen Freunden in den Schären ...«

Johan tat so, als würde er ihren zynischen Ton nicht bemerken. »Ja, tu das«, meinte er nur und sah wieder auf den Bildschirm.

Die Proben am Mittwoch und Donnerstag wurden intensiv. Drei lange Szenen und einige kurze schafften sie. Am Mittsommerabend würden sie nicht arbeiten müssen. Wahrscheinlich hatte Ralf vor, mit der Zweiundzwanzigjährigen auf das Anwesen ihrer Eltern nach Skåne zu fahren. Als sie am Donnerstagabend auseinandergingen, wünschte er ihnen allen ein schönes Wochenende.

»Bis Montag«, verabschiedete er sich auf dem Fußweg vor dem Probenraum und stieg dann in einen kleinen Sportwagen von einem deutschen Hersteller, der genau vor der Tür im Parkverbot stand. Paula sah durch die getönten Scheiben, wie er sich vorbeugte und das Mädchen hinter dem Steuer küßte. Sicher, er war charmant und exzentrisch, aber war sie nicht ein bißchen jung? Paula mußte zwangsläufig daran denken, wie wohl Mama und Papa Adel auf die Wahl ihrer Tochter reagieren würden. Er war wohl kaum der Typ, der sich zum Abendessen umzog ...

Langsam schlenderte sie die leere Straße entlang. Stockholm konnte im Sommer unglaublich öde sein, als ob sich alle Einwohner in der Wärme auflösten und davonflögen. Vielleicht in ihre Sommerhäuser. Auf der Sankt Eriksbro hielten sie zwei junge italienische Touristen mit einem Stadtplan in der Hand an. Sie erkundigten sich nach einer Jugendherberge. Paula mußte passen. Die Armen, Stockholm im Sommer kennenzulernen. Sie mußten denken, sie seien in einer Geisterstadt gelandet.

Sie beschloß, den Weg nach Hause zu Fuß zu gehen, auch wenn es sicherlich eine Stunde dauern würde. Der Gedanke an Johan beschleunigte ihre Schritte keineswegs. Zwar war er ein paar Grad weniger eisig, seit sie beschlossen hatte, auf die Insel mitzukommen. Aber seine Stimmung war noch immer deutlich unter Null, es fiel schwer, sich in seiner Gesellschaft wohlzufühlen. Sie hoffte nur, daß er sich ihren Freunden gegenüber etwas zusammenreißen würde.

Sie freute sich so auf die Schären und stellte sich vor, wie sie alle um einen gedeckten Tisch herum säßen. Anna und Sture würden sich um das Essen kümmern, und jeder hätte Getränke dabei. Getränke ... Mist! Paula warf einen Blick auf die Uhr, fünf nach sieben, verflucht, jetzt hatte sie vergessen, im Spirituosenladen etwas zu trinken einzukaufen! Na gut, es gab Schlimmeres. Ich kann auch Bier trinken, sagte sie sich tröstend, als sie die Tür zum Konsum öffnete und nach einem Sixpack griff. Dann packte sie noch ein paar Extras ein: Chips, Oliven, Weingummi, einen Schokoladenkuchen, ein Paket Hob-Nobs und zwei Schalen Erdbeeren. Die Tüte wurde so schwer, daß sie die Idee, nach Hause zu laufen, wieder begrub. Also doch den Bus.

Johan war unterwegs zum Joggen, als sie zu Hause ankam. Sie sah es an der Schublade, die offenstand, dort hatte er seine Sportklamotten. Sie atmete auf und begann, den Einkauf in den Kühlschrank zu sortieren. Das Sixpack stellte sie ganz nach hinten. Dort standen auch Johans Tüten mit Getränken, so daß sie sie ein bißchen zur Seite schieben mußte. Typisch, er hatte wieder an alles gedacht. Sie nahm sich selbst das Versprechen ab, nicht über das Bier zu jammern, den Gefallen würde sie ihm nicht tun. Dann schloß sie die Kühlschranktür und machte sich auf einen schweigsamen Abend gefaßt.

Der Morgen des Mittsommertages war bedeckt. Der erste Tag ohne blauen Himmel seit drei Wochen. Es war kurz nach acht, und Johan war schon aufgestanden und klapperte in der Küche mit Geschirr. Er war früh zu Bett gegangen, im Gegensatz zu Paula. Als ob das einen Unterschied machte. Johan kam morgens immer besser aus dem Bett, ganz egal, wann sie abends schlafen gegangen waren. Um zehn Uhr fuhr das Schiff am Nybrokaj ab, und sie hatte sich mit Anna, Sture und Rakel um halb zehn dort verabredet.

Paula quälte sich aus dem Bett, warf den Morgenmantel über

und ging in die Küche. Johan lächelte sie an, als sie in der Tür stand. Paula stutzte, das erste Lächeln seit dem großen Streit. Anna hatte recht, wenn sie ihm nur etwas Zeit ließ, würde er schon wieder der alte sein. Sie lächelte zurück.

»Guten Morgen«, sagte sie.

»Guten Morgen, ich mache schnell Frühstück, du kannst schon unter die Dusche gehen. Ich bin fertig.«

»Gut.« Paula nickte und ging ins Badezimmer. Als sie eine halbe Stunde später zurück in die Küche kam, hatte Johan bereits gefrühstückt und war gerade dabei, eine Tasche zu packen.

»Gibt es etwas, das ich für dich einpacken soll?« fragte er.

»Ähh ... einen Bikini?«

»Habe ich schon. Und einen dicken Pullover, es kann am Abend kalt werden. Ziehst du Jeans an?«

»Ja. Für ein Kleid ist es sicher zu kalt«, sagte sie und sah auf den grauen Himmel.

»Tagsüber soll es aufklaren. Soll ich dein weißes Kleid doch einpacken?«

»Ja, wenn du meinst.« Paula war unkonzentriert. Sie schmierte sich ein Brot und blätterte lustlos in der dünnen Tageszeitung. »Du bist aber busy!« rief sie ins Badezimmer, wo Johan die Kulturtasche einräumte. Er steckte den Kopf zur Tür herein.

»Heute sollten wir ausnahmsweise nicht zu spät kommen«, sagte er. »Die Schiffe sind proppenvoll an Mittsommer, und ich habe keine Lust, am Kai stehenzubleiben und zu winken.«

»Ist das ein Wink mit dem Zaunpfahl?«

»Nimm es, wie du willst. In einer Viertelstunde müssen wir jedenfalls los.«

Paula warf einen Blick auf die Küchenuhr und schob sich den Rest ihres Brotes in den Mund. Sie würden ja nur eine Nacht weg sein, so viel mußte man da schließlich nicht packen.

Eine Viertelstunde später stand Johan im Flur. Er hatte bereits die Schuhe an. Paula stand noch immer ohne Hose da.

»Wir müssen los!« Johan war ärgerlich.

»Ich weiß. Mach keinen Streß, sonst dauert es noch länger!« Sie zog die Jeans an, überlegte kurz, welchen der beiden Pullis sie nehmen sollte, entschied sich für den einen und stopfte den anderen in Johans Tasche, flitzte ins Badezimmer und griff nach ihrer Zahnbürste.

»Fertig!« rief sie und zog ihre Jacke vom Bügel.

»Hast du auch nichts vergessen?« fragte er sie, bevor sie die Tür hinter sich schloß.

»Nein.«

»Gut. Wir sind zehn Minuten zu spät«, sagte Johan kurz und ging mit großen Schritten die Treppe hinunter, daß Paula rennen mußte, um mitzukommen.

Am Nybroplan war ein Menschenauflauf, und es dauerte eine ganze Weile, bis sie ihre Freunde gefunden hatten. Die Schlange vor den Schiffen war kilometerlang, und alle waren froh, daß Rakel, wer sonst, so früh dagewesen war, daß sie einen annehmbaren Platz ergattern konnten. Es durfte kein Problem sein, auf das Schiff zu kommen.

Alle schienen guter Dinge, sogar Johans saure Miene erhellte sich in der Gesellschaft der anderen. Rakel zitterte vor Kälte in ihrem dünnen Sommerkleid, aber sie fand, wenn der Mittsommertag kühl war, dann fror man eben. Sture schleppte neben ihrem normalen Gepäck noch zwei Taschen, die mit Lebensmitteln vollgestopft waren. Anna fragte immer wieder, ob sie ihm nicht doch etwas abnehmen solle, aber Sture winkte ab.

»Wann ist eigentlich Termin?« fragte Rakel und strich über den beachtlichen Bauch.

»Heute«, sagte Anna stolz.

»Heute!? Bist du verrückt?«

Anna lachte. »Keine Sorge, ich gehe davon aus, daß es noch eine Woche dauern wird.«

»Wie kommst du denn darauf?« Rakel war fassungslos.

»Mein Vater hat gesagt, daß meine Mutter bei mir und bei

meinem Bruder auch zwei Wochen über der Zeit war, und so was ist, soweit ich weiß, erblich.«

»Aha.« Rakel schien nicht sonderlich überzeugt.

»Es geht los!« Johan zeigte auf den Bug, der sich mit Menschen füllte.

Zweieinhalb Stunden später stiegen sie auf der Insel Norra Stavsudda aus. Etwas desorientiert standen sie eine Weile an der Brücke, während die vielen Menschen, die mit ihnen hier ausgestiegen waren, in verschiedene Richtungen strömten. Sture zog einen Zettel aus der Tasche und las laut vor.

»Die Hauptstraße etwa fünfhundert Meter geradeaus, dann an einer Scheune auf einen kleinen Schotterweg rechts abbiegen. Dem Weg folgen, bis auf der rechten Seite die Bucht zu sehen ist. Über die Wiese und nach einem grünen Haus Ausschau halten. Ums Haus herumgehen, über den Hügel. Dann sieht man ein rotes Haus mit weißen Balken. Auf dem Türschild steht Solvik.«

Die anderen lauschten andächtig.

»Ja, dann müssen wir wohl einfach losgehen«, sagte Johan und machte ein paar Schritte die »Hauptstraße« entlang, die selbst auch aus Schotter bestand, kaum so breit, daß dort zwei Lieferwagen aneinander vorbeipassen würden.

»Das klingt ziemlich weit«, warf Paula skeptisch ein. »Schaffst du das, Anna?«

»Ihr müßt mich nicht wie eine Invalide behandeln! Wenn ihr nicht gerade rennt, ist das kein Problem.«

Die Männer gingen ein paar Meter voraus, als ob irgend etwas in den männlichen Genen sie wie selbstverständlich zu Anführern machte. Paula und Rakel hakten sich bei Anna ein. Erst protestierte sie, aber nach fünfzig Metern war sie so außer Atem, daß ihr die Stütze gerade recht war.

Die Beschreibung war gut, und so hatten sie schon mal das grüne Haus gefunden. Der kleine Hügel stellte sich als ziemlich steil heraus, und sie mußten Anna mit vereinten Kräften hochschieben. Zur Belohnung sahen sie von oben schon das rote Haus mit den weißen Balken und freuten sich.

»Das sieht ja wunderschön aus!« sagte Rakel und beeilte sich, zur Eingangstreppe zu kommen, wo Sture bereits den Schlüssel in die Tür steckte. Als Paula ankam, hatte er die Tür geöffnet, und erwartungsvoll betraten sie den Flur. Eine Reihe Regenmäntel hing an Bügeln, und die Wand entlang standen unzählige Gummistiefel in allen Größen. Offensichtlich war man hier für den schwedischen Sommer gerüstet. Im unteren Geschoß befand sich die Küche mit Schränken, die in glänzendem Avocadogrün angestrichen waren. Auf dem Tisch lag eine bunte Wachstuchdecke, und in einer Ecke stand noch ein alter Eisenofen, der aber mehr als Bank zu dienen schien, denn auf ihm stand ein Krug voller Trockenblumen. Die Einrichtung im Wohnzimmer war eine Mischung aus den fünfziger und siebziger Jahren mit einem braungestreiften Sofa als Highlight. Der Besitzer bezeichnete es als Schlafsofa für zwei Personen. Im oberen Geschoß waren zwei winzig kleine Schlafräume unter der Dachschräge. In einem hatte man mit der Renovierung begonnen, denn der Boden war abgeschliffen, und die Wände waren mit einer altmodischen Blümchentapete frisch tapeziert. Vom anderen Zimmer hatte man eine phantastische Aussicht: Zwischen den Kiefern hindurch konnte man das Meer sehen und die kleinen Felseninseln. Der Raum selbst war nicht besonders beeindruckend, und beim Anblick des dunkelbraunen Filzteppichs war einem klar, daß die Renovierung hier sehr wahrscheinlich fortgesetzt würde.

Rakel war noch immer ganz entzückt von dem kleinen Haus, doch Paula schwieg. Sie hatte noch nie etwas an diesen alten Sommerhäuschen finden können, in denen ausgediente Möbel standen und die keine der gewohnten Bequemlichkeiten wie Toiletten mit Wasserspülung und Dusche bereithielten. Als ob die kleinste Hütte ein Goldschatz sei, nur weil keine Straße an ihr entlangführte. Doch obwohl Paula so skeptisch war, war sie froh, nun endlich angekommen zu sein. Auch wenn sie nichts dagegen gehabt hätte, Mittsommer in der Stadt zu feiern, so war es doch etwas Besonderes, mit ihren Freunden hier draußen in den Schären zu sitzen.

»Hätte vielleicht jemand Interesse an einem Bier?« hörte sie Johan aus der Küche rufen. Sie wandte sich von dem ausgebleichten Carl-Larsson-Druck an der Schlafzimmerwand ab und ging die Treppe hinunter. Die anderen hatten sich schon in der Küche versammelt, und Johan schenkte Bier aus – außer an Anna, die an ihrem Apfelsaft nippte.

»Paula, hast du vielleicht Lust, eines meiner guten Tuborg-Biere aufzumachen, bevor du dich auf dein Billigbier stürzt, das du übrigens zu Hause im Kühlschrank vergessen hast ...« Die anderen mußten lachen, während Johan Paula die Flasche hinhielt. Er zwinkerte ihr zu, als sie sie nahm. Durchschaut. Immerhin schien er deswegen nicht sauer zu sein und die anderen auch nicht.

In dem Moment kam die Sonne durch, und ein breiter Strahl tastete sich auf dem ausgeblichenen Fußboden langsam vorwärts.

»Hey, die Sonne!« schrie Anna und drängelte sich vorbei, um an die Verandatreppe zu gelangen. Die anderen kamen hinterher. Sie hatten sich überlegt, um vier Uhr zu essen, und Paula nahm zwei Stühle für sich und Anna mit, während Sture, Johan und Rakel auf Entdeckungsreise gingen.

Bald war es warm auf der kleinen Treppe, und Paula ging hinein, um das Kleid anzuziehen, das Johan für sie eingepackt hatte. Als sie zurückkam, fand sie Anna auf dem Boden ausgestreckt, in die Sonne schauend, mit dem Bauch unter einem von Stures Hemden. Paula legte sich zu ihr.

»Hmm, ist das schön«, sagte sie und spürte die Sonnenstrahlen auf die Schienbeine brennen.

»Johan macht nicht den Eindruck, als wäre er noch sauer, finde ich«, sagte Anna, ohne den Blick von der Sonne abzuwenden.

»Nein, er scheint sich zusammenzureißen, weil ihr dabei

seid. Obwohl ich auch glaube, daß er sich langsam wieder beruhigt, heute morgen hat er mich sogar angelächelt!«

»Sieh mal an! Was hat er denn jetzt im Sommer vor, wenn aus eurem Urlaub nichts wird?«

»Arbeiten, nehme ich an.« Paula war es peinlich, sie hatte ihn nicht einmal gefragt. »Ich habe vorgeschlagen, statt dessen im Herbst zu fahren, wenn der Film abgedreht ist. Im Oktober kann es in Frankreich oder Italien noch sehr schön sein ... Oder im nächsten Sommer, uns drängt ja nichts.«

»Was hat er dazu gesagt?«

»Er war natürlich sauer.«

»Na ja, den Sommer durchzuarbeiten, wenn man sich auf einen Urlaub gefreut hat, ist ja auch keine besonders schöne Perspektive.«

»Er muß ja nicht den *ganzen* Sommer lang arbeiten. Er könnte zum Beispiel eine Woche freinehmen und seine Eltern besuchen. Das macht er doch ohnehin manchmal.« Anna lag still da. »Was ist das für ein Gefühl, bald Mutter zu sein?« fragte Paula.

»Unwirklich. Ich weiß zwar, daß da ein Kind im Bauch ist. Ein fertiger Mensch, aber ich kann es nicht fassen. Vor ein paar Wochen waren wir in einem schrecklichen Laden, Babyland. Wir mußten einen Wickeltisch und einen Kinderwagen und so was kaufen. Du hättest mal sehen sollen, wie die da zuschlagen! Für wirklich *alles* gibt es spezielle Babysachen. Und jedes Teil kostet ein Heidengeld. Als ob man nicht ein normales Frotteehandtuch nehmen könnte, um das Kind abzutrocknen, nein, man soll ein ganz bestimmtes aus ›Babyfrottee‹ nehmen, mit extra weichen Fasern!«

Paula grinste. »Habt ihr es gekauft?«

»Natürlich. Man kommt sich wie ein Idiot vor. Man hat ja keine Ahnung! Und plötzlich liest man auf einem Schild, daß die Badewanne aus schadstofffreiem Polyäthylenplastik hergestellt ist, und fragt sich, aus welchem Material wohl die Wanne ist, die wir von Marita geliehen haben.«

»Dann habt ihr die auch gekauft?«

»Nein, da habe ich mich geweigert, aber Sture hatte es vor. Übrigens, hast du eine Ahnung, was Kinderwagen so kosten?« Anna war erbost.

»Nicht einen Schimmer.«

»Mindestens fünftausend Kronen! Zum Glück hatten uns Stures Eltern Geld für den Kinderwagen geschenkt. Ich finde, das ist doch ein Wahnsinn!«

»Kann man den denn nicht gebraucht kaufen?«

»Ja, schon, aber natürlich will man für seinen kleinen Schatz nur das Beste, und da fragt man sich, wie viele Kinder schon in den alten Chicco von 1996 gespuckt haben. Ich weiß, es ist dumm, aber wart's ab!« Jetzt schwieg Paula. Sie hatte nichts dagegen, daß Anna schwanger war, oder irgend jemand anderes, aber wenn Mütter meinten, man solle nur abwarten, dann würde man es am eigenen Leibe spüren, als gäbe es eine Art Naturgesetz, das sie steuerte, dann gab ihr das den Rest. Anna schien Paulas Gedanken zu ahnen. »Huch, jetzt war ich ein bißchen forsch, was? War nicht so gemeint!«

»Schon okay. Nur laß bitte diese Kommentare wie ›du wirst es schon noch sehen‹ und so!«

»Versprochen. Ist mir einfach herausgerutscht. Und das mir, wo ich immer geschworen habe, nie so zu werden ... Gut, daß du dich wehrst.«

Sie schwiegen eine Weile, und trotz des harten Bodens merkte Paula, wie sie langsam in der warmen Sonne einschlummerte. Sie nickte ein, ohne zu sehen, daß Anna aufstand. Anna wollte sich drinnen aufs Sofa legen. Paula mußte eingeschlafen sein, denn sie erschrak, als die kleine Gesellschaft von ihrem Spaziergang zurückkam.

»Hier liegst du also und schläfst, du Faulpelz!« sagte Rakel. »Wir haben ein Reh gesehen!«

»Super. Gibt es Steak?« fragte Paula müde.

»Nein, Sture hatte kein Gewehr dabei ...«

»Und du, Johan, was ist mit der Dienstpistole?« fragte Paula, setzte sich auf und versuchte, ihren steifen Rücken zu massieren, so gut es ging.

»Sehr witzig«, sagte er und grinste. »Wollen wir jetzt mal Essen machen? Ich habe einen Bärenhunger.«

Sie gingen in die Küche und begannen, in den Schränken und Schubläden zu kramen. Anna war wach, blieb aber auf dem Sofa liegen. Sie hatte offensichtlich Schmerzen, versicherte aber, daß alles in Ordnung sei.

Sture übernahm das Kommando in der Küche und verteilte die Arbeit. Rakel sollte den Salat waschen, Paula Kartoffeln schälen. Die Männer trugen den Küchentisch auf die kleine Grünfläche unten vor dem Haus und deckten den Tisch nach allen Regeln der Kunst. Johan pflückte sogar Blumen und stellte die Vase mitten auf den Tisch.

»Es ist Mittsommer, meine Damen«, sagte er. »Wollt ihr vielleicht noch ein Bier?«

Eine knappe Stunde später war das Essen fertig. Sture hatte die Heringsgläser geöffnet und Kartoffeln mit Dill gekocht. Es gab Graved Lachs, Eier mit Kaviar, eine Pastete, die er in der Hötorgshalle gekauft hatte, und eine Ziegenkäsequiche, die Sture schon am vergangenen Abend zubereitet hatte. Der Salat, frische Radieschen und kleine Cocktailtomaten waren in Schälchen angerichtet. Und Brot, Butter und drei Sorten Käse gab es auch. Neben den Biergläsern fanden sich vier Schnapsgläser.

»Das sieht hervorragend aus!« fuhr es aus Paula heraus. »Darf man sich setzen?«

»Ja, natürlich«, sagte Sture und rückte für sie einen Stuhl vom Tisch ab. »Bitte schön, meine Dame, jetzt werde ich nur mal nach meiner kleinen Frau sehen«, sagte er und ging noch einmal ins Haus. Bald saßen alle um den Tisch herum. Johan schenkte in die kleinen Gläser Wodka ein.

»Skål! Und vielen Dank für eure Einladung!« sagte er und sah zu Sture und Anna. Paula und Rakel stimmten ein. »Und einen schönen Mittsommer! Oder wie man nun sagt.« Sie erhoben die Gläser und leerten sie anschließend. Alle außer Rakel, die ein Gesicht zog und sich an Anna wandte.

»Ihh! Du hast es gut, daß du das nicht trinken mußt«, sagte sie, als sie das halbvolle Glas wieder auf den Tisch gestellt hatte. Die anderen mußten über Rakels Gesicht lachen, und Johan füllte rasch nach.

Als Sture dann das Lied »Geh aus, mein Herz« anstimmte, konnte Paula sich ein Lächeln nicht verkneifen. Genauso sollte es sein. Wie in der Werbung. Sie lehnte sich entspannt zurück. Nach drei Schnäpsen und ebenso vielen Bieren fühlte sie sich ein bißchen betäubt. Sie hörte den Gesprächen der anderen zu. Anna, die während des Essens noch nicht viel gesagt hatte, sprach Johan an.

»So, und du Armer mußt nun im Sommer arbeiten?«

Johan sah sie erstaunt an. »Das habe ich nicht vor.«

»Willst du deine Eltern besuchen fahren?« fragte Anna neugierig.

»Ich muß sehen, ob dazu noch Zeit bleibt«, antwortete Johan.

Paula wurde hellhörig. »Was meinst du damit, *ob noch Zeit bleibt?*« fragte sie langsam. Es wurde ganz still am Tisch, als Johan antwortete.

»Nach der Reise ...«

»Reise? Johan, ich dachte, es wäre klar, daß ich nicht weg kann ...«

»Das habe ich begriffen.«

»Aber ...«

»Ich fahre allein.«

Anna und Sture sahen sich an. Rakel rutschte auf ihrem Stuhl hin und her. »Ich räume mal den Tisch ab«, sagte sie und stand auf, um die Teller einzusammeln. Paulas Blick wich nicht von Johan.

»Du willst wirklich allein fahren?« fragte sie schließlich.

»Warum nicht?« Johan bemühte sich, seinen gelassenen Tonfall beizubehalten.

»Weil ... weil es doch unsere Reise war!«

»Ach, aber du bist doch kurzfristig abgesprungen! Dachtest du wirklich, daß ich einen ganzen Urlaub sausen lasse, nur weil du deine Pläne änderst?« Der gelassene Ton hatte sich verflüchtigt, und seine Stimme klang schärfer.

»Du hättest doch auch etwas anderes unternehmen können, deine Eltern besuchen oder so!«

»Wir reden seit Jahren davon, gemeinsam Urlaub zu machen, ich kann mein Leben nicht auf Sparflamme leben, damit du kommen kannst, wann du willst, und dann die Gasflasche aufdrehst. Ich habe beschlossen, nicht mehr zu warten. Ich fahre allein. Ganz einfach.«

Paula fehlten die Worte. Das kam überraschend. Natürlich war ihr klar, daß er sauer war, ärgerlicher als sonst, aber daß er ohne sie fahren könnte, wäre ihr im Traum nicht eingefallen. Wie er so egoistisch sein konnte. Es war doch *ihr* Urlaub gewesen. Sie hätten ihn doch nur ein bißchen verschoben. Wären statt dessen im Herbst gefahren. Oder im nächsten Sommer. Würde sie nun den Sommer über allein in der Stadt sitzen und auf ihn warten? »Und was mache ich?« fragte sie kläglich.

»Du? Du hast doch Pläne. Dann mußt du dich damit abfinden, daß die anderen es genauso machen.«

Hatte sie richtig gehört? Sie ballte die Fäuste. Als ob sie ein ungezogenes Gör wäre, das alles nach Lust und Laune tat! Sie stand hastig auf. »Was bildest du ...«

»Oh!« Annas erstaunte Stimme unterbrach Paula. »Ich ... ich glaube, die Fruchtblase ist geplatzt«, sagte sie und schaute verschreckt in die Runde.

»Was sagst du? Die Fruchtblase ist geplatzt? Jetzt?« Sture starrte Anna an, die auf ihren nassen Rock zeigte. »Aber, aber ... dann müssen wir uns jetzt beeilen, oder?«

Rakel kam aus dem Haus zurück. »Was ist los?« fragte sie, als sie die aufgebrachte Truppe sah.

»Die Fruchtblase ist geplatzt«, teilte Paula kurz mit.

»Wie kommen wir jetzt in die Stadt, fahren überhaupt noch

Schiffe?« fragte Sture und fuchtelte unbeholfen mit den Armen. »Warum haben wir uns nicht vorher erkundigt?« sagte er vorwurfsvoll.

»Au!« Anna hielt sich den Bauch. »Eine Wehe, glaube ich«, stöhnte sie nach ein paar Sekunden Stille.

»Was machen wir denn jetzt?« Sture schien völlig außer sich zu sein.

»Hast du dein Handy dabei, Sture?« fragte Johan plötzlich.

»Ja, klar, das liegt drinnen. Warte einen Moment.«

Er rannte ins Haus, aber hielt nach zwei Schritten an und sah nach Anna. »Wie geht es dir, Liebes, soll ich ...«

»Hol das Telefon, verdammt noch mal!« sagte Anna verkniffen, und Sture rannte los.

Johan nahm das Handy und wählte eilig eine Nummer.

»Bitte die Seepolizei«, sagte er und schwieg. Nach einer Weile sprach er wieder. »Hallo, hier ist Johan Malm ...« Nach einer kurzen und präzisen Erklärung, wer er war, bat er, mit dem patrouillierenden Schiff verbunden zu werden. Das ging schnell. »Bengan, bist du das? Hier ist Johan Malm! Du, wir haben ein Problem hier auf Norra Stavsudda. Eine beginnende Geburt, könntet ihr uns mit einem Transport helfen? Die Dampferbrücke? Moment mal.« Er nahm den Hörer vom Ohr und fragte Anna. »Glaubst du, du schaffst es bis zur Brücke? Wir können dich ja tragen.«

Anna schniefte. »Was auch immer, Hauptsache, wir kommen in die Stadt!«

Johan nahm das Gespräch wieder auf. »Könnt ihr in einer Viertelstunde dort sein? Super. Vielen Dank, Bengan!« Er legte auf. »So, dann mal los«, sagte er und half Anna beim Aufstehen. Rakel hatte Annas Tasche geholt, und Anna zog das nasse Kleid aus und schlüpfte in Hose und Pullover, bevor sie loswankte. Wo es das Gelände zuließ, bestanden Sture und Johan darauf, sie zu tragen, wenn auch unter Protest.

»Bengan ist ein alter Kumpel von mir«, sagte er, während sie schnaufend über die Wiese schlichen, Anna in der Mitte. »Ich wußte, daß er zu Mittsommer Dienst hat, weil er neulich erst darüber gejammert hat. Du hast Glück, daß es so früh losgeht«, sagte er zu Anna. »Noch ist es hier draußen ruhig, wenn die Feierei erst richtig in Gang gekommen ist, kommen sie kaum noch weg.«

Als sie an der Brücke ankamen, war das Polizeiboot bereits da. Johan und der Mann, der offensichtlich Bengan war, begrüßten sich kurz, dann halfen sie Anna an Bord. Sture kam hinterher. Bengan beruhigte sie beide und sagte, daß sie ab dem Festland schon einen Krankentransport bestellt hätten. Spätestens um Mitternacht wären sie in der Entbindungsklinik, versprachen sie.

Paula und Rakel wünschten ihnen viel Glück und winkten. Johan stand ein bißchen entfernt. Sie blieben auf der Brücke stehen, bis das Polizeiboot um die Landzunge verschwand und nicht mehr zu sehen war. Schließlich unternahm Rakel einen Versuch, die Stimmung zu heben.

»Stellt euch vor, Anna wird Mutter. Vor einem Jahr hätte das keiner gedacht.«

»Nein«, antwortete Paula in möglichst belanglosem Tonfall. Sie schielte zu Johan hinüber, der noch immer dort an der Brücke stand und auf das Wasser schaute. Rakel machte noch einen Versuch.

»Wollen wir zurück zum Haus gehen? Wir haben doch noch Erdbeeren ...«

»Gute Idee.« Johan drehte sich plötzlich um. »Kein Mittsommer ohne Erdbeeren.« Dann ging er plötzlich los, ohne auf die anderen zu warten. Paula und Rakel trabten hinterher.

Obwohl Paula noch immer böse auf Johan war, konnte sie nicht umhin, mit Rakel Mitleid zu haben. Wie grausam, daß sie nun ihren internen Streitigkeiten – und dies am Mittsommerabend – ausgeliefert war, völlig ohne Möglichkeit, zu flüchten. Als sie nach einem Spaziergang unter Schweigen am Haus angekommen waren, schien Johan sich ähnliche Gedanken gemacht zu haben.

»Ich gehe eine Runde zum See hinunter«, sagte er. »Fangt doch einfach schon mit den Erdbeeren an, ich hole mir welche, wenn ich zurück bin.« Dann lächelte er Rakel zu und sah Paula kurz an.

»Willst du einen Kaffee?« Paula zuckte, Rakel hatte so lange geschwiegen, daß sie fast vergessen hatte, daß sie da war.

»Nicht, wenn du ihn machst«, sagte sie, so frech es ging, und grinste Rakel an.

»Wir haben nur Nescafé, gibt es da auch Unterschiede?«

»O ja!« sagte Paula und ging zu Rakel in die Küche. »Aber du kannst das Wasser aufsetzen.«

»Wir danken für das entgegengebrachte Vertrauen.« Rakel setzte Wasser auf und holte eine Schale Erdbeeren aus dem Kühlschrank. Ihr schien Paulas Versuch, die Stimmung zu heben, zu gefallen. »Spanische, oder?« sagte sie und schnupperte an den roten Beeren.

Am Montag fingen die Proben wieder an. Offensichtlich war sie nicht die einzige, die ein weniger gelungenes Wochenende hinter sich hatte, denn auch Ralf hatte rabenschwarze Laune. Er fuhr seine Leute an und ignorierte die Schauspieler, Paula eingeschlossen. Eine Stunde später entschuldigte er sich und sagte, er müsse noch etwas erledigen. Er war sich darüber im klaren, daß er keinem Rechenschaft ablegen mußte, und verschwand aus dem dunklen Kellerraum, bevor überhaupt jemand eine Frage stellen konnte.

Henrietta sprach Paula an. »Liebeskummer?« fragte sie, und Paula zuckte zusammen. War das so offensichtlich? »Ich meine Ralf«, sagte sie und wies zur Tür, die gerade zugeflogen war. Paula atmete auf, aber als sie wieder zu Henrietta sah, hatte sie das Gefühl, daß ihre schönen braunen Augen ein wenig getrübt schienen.

»Wollen wir trotzdem proben?« Paula versuchte so, Henriettas Neugier umzulenken.

»Ja, natürlich, den Text können wir auf jeden Fall wiederholen«, antwortete Henrietta und schlug die Szene 34 auf, die für diesen Vormittag auf dem Plan stand.

Nach dem Mittagessen war Ralf zurück, dieses Mal mit deutlich besserer Laune. Er entschuldigte sich sogar für sein plötzliches Verschwinden, nannte aber keinen Grund. Der Rest des Tages verging, und sie arbeiteten konzentriert. Ralf war enthusiastisch über das, was seiner Meinung nach gut lief, und er übte konstruktive Kritik, wenn etwas nicht seinen Vorstellungen entsprach. Es war bereits sechs Uhr, als Paula zum ersten Mal daran dachte, daß der Arbeitstag bald zu Ende sein müsse.

»Jetzt ist Feierabend, meine Damen«, sagte Ralf nach einem hastigen Blick auf seine Armbanduhr. »Wir werden euch nicht unnötig überfordern, damit warten wir, bis wir mit den Dreharbeiten beginnen«, sagte er und grinste, während er das Drehbuch zuklappte.

Sie bedankten sich untereinander für den gelungenen Tag. Ralf wollte die anderen nicht hinausbegleiten. Statt dessen ging er zu seinem Schreibtisch in der Ecke und griff zum Telefon. Bevor die schwere Tür hinter Paula zuschlug, hörte sie noch Ralfs Stimme vom Sofa. »Wir sind jetzt fertig. Treffen wir uns im ›Riche‹ in einer halben Stunde? Schön. Kuß, bis gleich!«

Johan hatte Spätschicht, und Paula war froh darüber, die Wohnung für sich allein zu haben. Sie hatten zwar nicht mehr gestritten seit der Auseinandersetzung am Mittsommerabend, aber eine Versöhnung war nicht in Sicht, und jeder von ihnen bestand weiterhin darauf, derjenige zu sein, dem am meisten Unrecht geschah. Auch wenn sie sich selbst darüber ärgerte – aber Paula war insgeheim von Johans Stehvermögen beeindruckt. Diese Seite an ihm war ihr neu. Mit einem Mal fiel ihr auf, daß sie mit Johan ganz schön verwöhnt war, in der Regel löste er die Konflikte zu Hause. Doch diesen Gedanken schob sie schnell beiseite. Wenn er nicht einsah, daß er sich ihr gegenüber unmöglich benommen hatte, dann würde sie auch nicht den ersten Schritt tun. Er konnte immerhin zugeben, daß er verdammt egoistisch gewesen war. Das war doch nicht zuviel verlangt?

Sie kochte sich eine Portion Spaghetti und garnierte sie mit einem Klecks Butter und ziemlich viel schwarzem Pfeffer, da keine andere Soße aufzutreiben war. Dann machte sie es sich auf dem Sofa mit dem Drehbuch und dem Päckchen Hob-Nobs gemütlich. Sie las die Dialoge und versuchte, sich mit Hilfe von Henriettas Eselsbrücken an ihre Sätze zu erinnern. Es ging tatsächlich leichter, sich den Dialog im Gesamtzusammenhang vorzustellen, als jeden einzelnen Satz einzupauken wie Vokabeln. Als sie das Manuskript zuschlug, war sie ganz zufrieden mit dem, was sie geschafft hatte.

Noch eine Stunde, bis Johan heimkommen würde. Bei dem Gedanken an seine stumme Gesellschaft faßte sie den Entschluß, ins Bett zu gehen. Sie knipste das Licht aus, als sie den Schlüssel im Schloß hörte.

Auch Dienstag und Mittwoch verliefen ähnlich. Paula und Johan sprachen nicht miteinander, so daß Paula es als eine Geste guten Willens auslegte, als Johan am Donnerstagmorgen beim Frühstück murmelte, er würde gegen sechs Uhr heimkommen, und sie ebenso großzügig antwortete: »Ich auch. Soll ich was kochen?« Johan warf ihr einen mißtrauischen Blick zu, nickte aber.

Als sie am Abend nach Hause kam, war Johan schon da und legte Wäsche zusammen. Er grüßte sie nicht mehr ganz so beiläufig, als sie die Einkaufstüten auf den Küchentisch stellte. Sie holte zwei Tüten Mozzarella heraus und ein Rispe Tomaten, die sogar reif aussahen. Sie packte eine Tüte mit italienischem Ciabatta und eine Packung geschnittenen Parmaschinken aus, steckte den Kopf zu Johan ins Wohnzimmer und meinte: »Ich dachte mir, wir könnten etwas Leichtes essen. Ist ja so furchtbar warm draußen.«

»Ja, gut«, antwortete er, und Paula bemerkte, daß er seine

frisch gewaschene Badehose ganz oben auf den Stapel der ordentlich zusammengefalteten Kleider legte. Das gab ihr einen Stich. So was von spießig, dachte sie pikiert, jetzt schon zu pakken, wenn man erst in vier Tagen fährt. Sie selbst packte immer erst am Abend vor der Abreise, und das klappte meist hervorragend. Das Bild von überfüllten Koffern und unsortierten, und mitunter sogar ungewaschenen, Kleidern schob sie rasch beiseite.

Gerade hatte sie die kleinen Mozzarellatüten geöffnet und das Wasser abgegossen, da klingelte das Telefon. Der schnurlose Apparat lag genau neben ihr auf der Küchenbank, und sie fluchte leise, als sie Johan zurief: »Ich geh schon dran!«

»Hallo, hier ist Paula.«

»Paula, hier ist Anna.«

»Anna!« Paula war außer sich vor Freude. Die ganze Woche lang hatte sie darauf gewartet, daß ihre Freundin sich melden würde, aber bislang mußte sie sich mit einer Nachricht auf ihrem Anrufbeantworter zufriedengeben, als sie aus den Schären heimgekommen waren. Annas müder Stimme nach war alles gutgegangen, sie waren rechtzeitig in der Entbindungsklinik von Danderyd angekommen, und um 2:54 Uhr in der Mittsommernacht wurden sie und Sture Eltern eines kleinen Mädchens, das den Namen Ebba tragen sollte. »Wie geht's dir? Wie geht's euch? Was gibt es Neues? Ich habe so an dich gedacht!« Letzteres war ein bißchen gelogen, natürlich hatte sie sich Sorgen gemacht, ob alles gut geklappt hatte, aber die Proben und ihr Streit mit Johan hatten den Gedanken an alles andere verdrängt. Immerhin hatte sie es geschafft, einen Blumenstrauß ins Krankenhaus zu schicken, und sie mußte es Anna ja nicht gerade auf die Nase binden, daß es Johans Idee war, der besten Freundin Blumen zu schicken, wenn sie ein Kind bekam.

»Danke, prima. Gestern sind wir aus der Klinik nach Hause gekommen. Wir hatten riesiges Glück, daß wir so lange bleiben konnten, denn in der Woche davor waren sie voll belegt gewesen und mußten die Mütter nach einem Tag schon nach Hause schicken. Puh!«

»Und das Baby? Erzähl vom Baby! Und wie war die Geburt?«

»Besser als ich dachte, es ging ja rasend schnell, jedenfalls für das erste Kind, soviel ich weiß. Aber es ist trotzdem schon ein Wahnsinn. An den Geburten liegt es sicher nicht, daß sich die Leute Kinder wünschen ...«

»Und Emma, war das ...?«

»Ebba ...« Annas Stimme klang mit einem Mal ganz anders, fast als würde sie anfangen zu weinen. »Sie ist wunderbar. Und es ist mir völlig egal, daß es jeder für ein Klischee hält, aber sie ist wirklich das schönste Baby der Welt! Winzig klein und runzelig und rot im Gesicht, mit ganz schwarzen Augen, die einen anschauen, daß man die Welt drumherum vergißt.« Kurz war es still. »Ich bin mit Sicherheit noch im Hormonschock, die Tage haben keinen Anfang und kein Ende mehr. Es geht einfach immer weiter, ich habe seit Ewigkeiten nicht geduscht, und zum Essen kommt man auch nur ab und zu. Glücklicherweise versorgt mich Sture immer wieder mit etwas Eßbarem.« Im Hintergrund ertönte ein Geräusch, es klang wie ein kleines Tier. »Jetzt ist sie aufgewacht. Ich wollte auch nur anrufen und erzählen, daß alles in Ordnung ist. Kommst du, oder vielmehr ihr beide, mal zu Besuch?«

»Natürlich! Wann dürfen wir denn?« Paula warf einen Blick ins Wohnzimmer, wo Johan saß und zuhörte. Er sah sie neugierig an. »Johan fährt am Sonntag in den Urlaub«, sagte sie, »wenn ihr wollt, daß wir beide kommen, müßte es am Samstag sein, sonst würde ich nächste Woche allein vorbeischauen.«

»Dann kommt doch am Samstag zusammen, Sture freut sich auch, wenn Johan dabei ist. Kommt einfach irgendwann am Nachmittag, nur nicht so spät.« Anna klang am Ende des Gesprächs wieder ganz normal. »Und ruft doch sicherheitshalber kurz an, bevor ihr losfahrt.«

Als Paula aufgelegt hatte, war Johan in die Küche gekommen.

»Anna?« fragte er.

Paula nickte. »Wir sind am Samstag nachmittag bei ihnen eingeladen. Wenn du mitkommen willst«, fügte sie hinzu.

»Selbstverständlich«, sagte er neutral. »Brauchst du noch Hilfe beim Abendbrot?«

Am Freitag waren die Proben abgeschlossen, und Ralf hatte das ganze Team versammelt, um gemeinsam den Ablauf der kommenden Wochen zu besprechen.

»Die Dreharbeiten beginnen am Montag, und ich hoffe, ihr habt alle den Zeitplan von Karina erhalten.« Er machte keine Pause, unmöglich, ihm zu widersprechen. »Wir werden, was euch hoffentlich klar ist, den ganzen Juli über sehr intensiv miteinander arbeiten. Dann schieben wir ein paar ruhigere Wochen ein, bevor es noch einmal in die vollen geht. Ich will in der Zeit das Material sichten, solange wir noch das gleiche Wetter und zumindest die gleiche Jahreszeit haben. Daher die Pause. Es werden sehr anstrengende Tage werden, ganz besonders für Henrietta und Paula, also seid bitte sehr lieb zu den beiden ...« Sie mußten lachen. »Die meisten von euch kennen mich ja und wissen Bescheid, deshalb habe ich keine Bedenken. Ich bin äußerst zufrieden mit dem, was ich während der Proben gesehen habe, und ich bin überzeugt, daß am Ende ein hervorragender Film herauskommen wird!« Dafür gab es spontanen Applaus. »Ja, dann sage ich nur noch: bis Montag, und seht zu, daß ihr euch ein letztes ruhiges Wochenende gönnt!«

Danach löste sich die Gruppe auf, und Paula ging langsam die Straße entlang. Die Hitzewelle hielt noch immer an, obwohl der Wetterbericht seit Tagen unbeständiges Wetter prognostizierte und die Blätter der Bäume im Vasapark auf der anderen Straßenseite durch die anhaltende Trockenheit langsam gelb wurden.

So, nun wurde es also ernst. Sie versuchte nachzuspüren, ob sie unruhig war, konnte aber keine Anzeichen von Nervosität feststellen. Während der zwei Wochen Proben hatte sie zu Ralf immer mehr Vertrauen gefaßt. Er hatte ihnen viel Freiheit mit dem Text gelassen, als ob er sich auf ihr Gespür verließ, die Geschichte des Films zu ihrer eigenen zu machen. Und dann kam er plötzlich mit einer Idee oder einem Kommentar, der bewirkte, daß sie Sandra mit einem Mal aus einer neuen Perspektive sah. Und wenn sie dann die Szene noch einmal wiederholten, merkte Paula, daß sie ihre Figur plötzlich anders spielte und daß das Ergebnis völlig anders werden konnte, als sie es sich am Anfang vorgestellt hatte.

Sogar Henrietta, die deutlich mehr Erfahrung hatte, schien auf Ralf zu hören. Absolut professionell konnte sie Nuancen wie Schuld oder Scham darstellen, Freude oder Heiterkeit. Paula bewunderte es, wie Henrietta die Register unterschiedlichster Gefühle ziehen konnte, und überlegte auf dem Heimweg, ob sie im Privatleben wohl auch so gut zurechtkam.

Johan wollte am Abend mit einem Freund weggehen, und obwohl der Kriegszustand zu Hause seit dem gestrigen Abend etwas erträglicher geworden war, war Paula dankbar für seine Abwesenheit. Vielleicht hatte Rakel Lust zum Ausgehen? Sobald sie zu Hause war, wählte sie ihre Nummer. Sie erwischte sie daheim.

»Ich bin leider schon verabredet«, antwortete Rakel etwas zaghaft.

Paula schluckte. »Bist du noch sauer wegen Mittsommer?« Paula hatte es schon Anfang der Woche bei ihr versucht, aber sie nicht erreicht, und Rakel hatte trotz der Nachricht auf dem Anrufbeantworter nicht zurückgerufen. Der Verdacht lag nahe, daß das mit dem zurückliegenden Wochenende zusammenhing. Und das konnte sie ihr nicht einmal übelnehmen.

»Nein, gar nicht«, widersprach Rakel blitzschnell. »Das sind eure Probleme. Da mische ich mich nicht ein. Nein, ich habe einfach etwas vor heute abend.«

»Und was machst du?« fragte Paula etwas bissig, obwohl Rakel es bestimmt schon erwähnt hätte, wenn sie es Paula hätte erzählen wollen.

»Ich ... treffe jemanden.«

»Ach komm, sag schon!« Paulas Neugier war größer als ihr Ärger. »Wen denn?«

»Niemand besonderes. Es ist nur ...«

»Wie niemand besonderes? Nun sag doch endlich!«

Jetzt mußte Rakel tief Luft holen. »Tommy... Tommy Vinterhed. Seit ich aus Mosambik zurück bin, bequatscht er mich. Und diese Woche bin ich ihm bei einer Konferenz über den Weg gelaufen, ich war völlig überrumpelt, und mir fiel keine Ausrede ein. Wir gehen nur ein Bier trinken. Damit ist die Sache hoffentlich erledigt.«

»Ha! Glaubst du wirklich? Ich sage dir, dann geht es erst richtig los!«

»Hör auf! Sonst sage ich ihm ab, ob mit oder ohne Ausrede.«

»Nein, um Himmels willen, du wirst ihm doch kein Leid antun!«

»Ich finde aufdringliche Männer so abstoßend. Bei denen habe ich immer das Gefühl, als wäre ich ... der letzte Versuch.«

»Du kannst doch immerhin nett zu ihm sein«, sagte Paula beschwichtigend, während sie über das, was Rakel gesagt hatte, nachdachte. Es war sonderbar, daß sie Erfahrungen mit aufdringlichen Männern hatte, mit Männern sowieso, aber sie sagte lieber nichts. »Grüß ihn von mir!«

»Werde ich tun. Wir sprechen uns nächste Woche, okay?«

»Wir müssen noch an einem H&M-Geschäft anhalten, damit ich ein Geschenk kaufen kann«, sagte Paula, nachdem sie Anna am Telefon zugesagt hatte, gegen drei Uhr bei ihnen zu sein.

»Dann sollten wir lieber gleich losfahren«, sagte Johan mit einem Blick auf die Uhr. Er war gerade mit einer großen, staubigen Reisetasche vom Dachboden herabgestiegen. Wahrscheinlich hatte er sie schon lange nicht mehr benutzt, dachte Paula voller Trotz und ignorierte das unförmige Teil, das mitten im Wohnzimmer lag.

»Ja, stimmt«, antwortete sie statt dessen. »Es kann losgehen.«

Sie stiegen am Hauptbahnhof aus der U-Bahn aus. Paula hatte an ihrem Fahrrad einen Platten, und dieses Mal hatte Johan seine Hilfe nicht angeboten. Sie steuerten eine der unzähligen H&M-Boutiquen an und blieben am Eingang stehen, um sich zu orientieren.

»Da«, Paula zeigte in eine Richtung, »dort gibt es Kinderkleidung.« Sie gingen hinüber in die Babyabteilung und sahen sich hilflos um. Irgendwie fühlte sich Paula plötzlich unsicher unter Johans Augen. Erwartete er, daß sie sich in diesen Dingen auskannte?

»Was für eine Größe kaufen wir am besten?« fragte sie.

»Ich würde sagen, die kleinste«, antwortete Johan zaghaft. »Sie ist ja gerade erst zur Welt gekommen.«

»Wachsen die Babys nicht so wahnsinnig schnell aus ihren Sachen heraus?«

Johan zuckte mit den Schultern. »Vielleicht hast du recht, dann eher eine Nummer größer. Wollen wir jemanden fragen?«

Ohne zu antworten, begab sich Paula zu einem Regal, wo die Größen 50 bis 74 lagen. »Hier sind wir wohl richtig. 50 scheint das Kleinste zu sein. Vielleicht nehmen wir Größe ...«, sie schaute auf das Schild eines kleinen Pullovers mit einem hellblauen Teddybären darauf, »... 62, was meinst du?«

»Das ist bestimmt okay, allerdings schaust du gerade bei den Sachen für Jungs.«

»Jungs? Mein Gott, das ist doch noch ein Baby!« stöhnte Paula.

Johan zeigte auf die Stellwand daneben, und tatsächlich, da hing der gleiche Pullover mit dem gleichen Bären darauf in Rosa.

Paula machte einen Schritt zurück, und da sah sie, daß die Kleider, die sie zuerst gesehen hatte, eine ganz andere Farbskala abdeckten: grau, marineblau, hellblau ... und auf den Sachen waren auch ganz andere Figuren. Zum Beispiel kleine süße Dinosaurier, Roboter und Hunde, während auf den Mädchenpullovern Katzenjunge und Blumen aufgestickt waren. »Das kann doch nicht wahr sein!« schimpfte sie. »Ich dachte, das wäre seit den sechziger Jahren kein Thema mehr! Dann muß man sich über diese Gesellschaft nicht wundern, wenn sogar kleine Babys ihre Geschlechterrollen schon auf die Stirn geschrieben bekommen!« Demonstrativ griff Paula nach einem dunkelblauen Strampler mit einem gestickten Traktor auf dem Bauch. »Das nehmen wir für Ebba!« sagte sie und ging voller Entschlossenheit Richtung Kasse.

»Vielleicht sollten wir etwas Kuchen zum Kaffee mitbringen«, schlug Johan vor und verlangsamte sein Tempo vor einem kleinen Geschäft mit Bäckerei in der Rörstrandgata.

»Glaubst du, daran haben sie nicht gedacht? Sie wissen doch, daß wir kommen.«

»Vielleicht haben sie genug anderes zu tun«, antwortete Johan und ging in den kleinen Laden. Paula wartete draußen, und kurz darauf stand er mit einer braunen Papiertüte wieder vor ihr.

»Hefezopf«, erklärte er, als ob Paula Angst gehabt hätte, er würde einen Ring Fleischwurst zum Kaffee besorgen.

Vor Stures Haustür war es ungewöhnlich ruhig. Paula und Johan hielten einen Moment lang inne.

»Vielleicht schläft das Baby gerade«, sagte Paula leise.

»Wir klopfen einfach«, schlug Johan vor und klopfte vorsichtig. Ein paar Sekunden später waren von drinnen Schritte zu hören, und Sture öffnete. Sein warmes Lächeln konnte die Ringe unter den Augen nicht verdecken.

»Willkommen!« sagte er, umarmte Paula und drückte Johan kräftig die Hand. »Willkommen im Chaos«, verbesserte er sich. Als Paula an der Garderobe im Flur vorbei in die Küche linste, war ihr klar, was damit gemeint war. Töpfe, Pfannen und Teller standen überall auf dem Küchentisch verteilt, und auf den Stühlen stapelten sich Klamotten. Es sah alles andere als sauber und ordentlich aus.

»Anna ist mit Ebba im Schlafzimmer. Sie stillt gerade«, sagte er stolz.

»Darf man reinschauen?« fragte Paula und stellte die Plastiktüte mit den Geschenken auf dem Boden ab.

»Bestimmt.«

»Ich warte solange hier«, sagte Johan schnell und hielt Sture die Tüte vom Bäcker hin. »Etwas zum Kaffee.«

»Super! Ich hoffe, ihr vertragt Kaffee ohne Milch, die ist uns heute morgen ausgegangen.«

»Ich laufe runter und kaufe ein. Braucht ihr sonst noch etwas?« schlug Johan vor. Sture begab sich dankbar in die Küche, um zu sichten, was ihnen fehlte.

Paula schlich leise zum Schlafzimmer und schaute durch den Türspalt. Es war immer noch ganz still. Anna lag auf der Seite mit dem Rücken zur Tür, und Paula mußte um das Bett herumgehen, um das kleine Bündel sehen zu können, das da wie ein angedockter Satellit an der Brust seiner Mutter lag. Anna strahlte, als sie Paula erblickte.

»Setz dich«, sagte sie sacht und streckte ihr die Hand zur Begrüßung entgegen. Paula drückte Annas Hand und setzte sich vorsichtig auf das Bett. Ganz leise Laute waren von dem Bündel zu hören, und Paula beobachtete fasziniert die winzige Hand, die an Annas hochgeschobenem Pullover zog. »Süß, oder?« sagte Anna, ohne die Augen von ihrem Baby zu lassen.

»Phantastisch ...«, sagte Paula leise und spürte plötzlich, daß sie das wirklich so meinte.

»Ich habe sie selbst gemacht, oder, na ja, fast.« Anna klang, als würde sie von einer Kreuzstichstickerei im Kindergarten reden. Paula streckte eine Hand aus und streichelte dem Baby ganz vorsichtig mit nur einem Finger über den flaumigen Kopf. Die Härchen waren so weich, daß man sie an der Fingerspitze kaum spüren konnte. Plötzlich ließ das Baby Annas Brust los, und das kleine Gesicht verzog sich zu einer roten Grimasse.

»Oh, war das mein Fehler?« Paula zog schnell ihre Hand zurück.

»Nein, ich glaube, sie ist satt«, antwortete Anna und richtete sich auf. Sie schloß ihren BH wieder und zog den Pullover herunter, bevor sie das Kind, das mittlerweile laut knötterte, hochhob und auf die Schulter legte. »Zeit fürs Bäuerchen«, sagte sie mit mütterlichem Instinkt, wie Paula annahm. Und tatsächlich, wenige Minuten später kam das Bäuerchen, und weißes Gesabber floß aus ihrem Mundwinkel auf Annas Pullover. Paula wollte gerade anbieten, ein Papiertuch zu holen, da sah sie, daß der Pullover auf der ganzen Schulter von solchen Flecken übersät war, nur waren die schon angetrocknet. »Komm, wir gehen hinüber ins Wohnzimmer«, sagte Anna und stand auf. Paula ging hinterher. »Setz dich«, bot Anna an. »Ich werde nur noch schnell die Windeln wechseln«, fuhr sie fort und verschwand im Badezimmer.

Paula machte sich auf dem Sofa Platz, indem sie einige zusammengeknüllte Papiertaschentücher, eine selbstgestrickte rosa Strickjacke im Miniformat und eine kleine Baumwolldecke, ebenfalls rosa, zur Seite räumte. Da fiel ihr das Paket im Flur ein, und sie fragte sich, ob sie doch das Falsche gekauft hatten. War Dunkelblau vielleicht doch nicht das richtige? Ach was. Wenn ihnen der Strampler nicht gefiel, konnten sie ihn ja umtauschen!

Anna kam zurück. »Willst du sie mal nehmen?« fragte sie, und ohne eine Antwort abzuwarten, ging sie auf Paula zu und legte ihr das Kind in den Arm. Paula wollte protestieren. Sie wußte doch gar nicht, wie man so kleine Babys halten mußte, bei Rebecka war es doch schon fast acht Jahre her, daß sie so klein gewesen war, danach hatte sie mit kleinen Babys kaum noch etwas zu tun gehabt. Bei den üblichen Besuchen bei Freunden, die Kinder bekommen hatten, machte sie immer einen Bogen um das obligatorische »Das-Kind-mal-Nehmen«. Aber natürlich lagen die Dinge bei Annas Kind anders, und sie wurde etwas ruhiger, als sie merkte, daß Ebba sich in ihrem Arm sichtlich wohl fühlte.

In diesem Augenblick kehrte Johan vom Einkaufen zurück, gab Sture die Tüte und kam ins Wohnzimmer. Er betrat den Raum und hielt inne. Wie gefesselt schien er von dem Anblick von Paula und dem Kind in ihren Armen. Man benötigte nicht viel Phantasie, um zu erahnen, was in seinem Kopf vor sich ging, und Paula beeilte sich, das Baby an Anna zurückzugeben.

»Ich glaube, sie will zu ihrer Mama«, sagte sie.

»Willst du sie mal nehmen?« schlug Anna vor und hielt Ebba Johan entgegen, der noch ein paar Schritte näher gekommen war.

»Gerne«, sagte er. »Aber zuerst muß ich mir die Hände waschen. Wir sind mit der U-Bahn hergefahren, und so kleine Kinder holen sich doch schnell eine Infektion.« Er wedelte mit den Händen, um alle unsichtbaren Bakterien zu zeigen, die dort hausten. Paula schluckte. Daran hatte sie natürlich nicht gedacht.

Als Johan aus dem Badezimmer zurückkam, war Sture gerade dabei, den Tisch für das Kaffeetrinken zu decken. Weitere Hilfe lehnte er ab, so daß Johan es sich neben Paula auf dem Sofa gemütlich machte. Anna sah ihn fragend an, und er nickte. Dann stand sie auf und drückte ihm das Kind in den Arm. Paula spürte, wie er einen Moment stocksteif war, aber das ging schnell vorbei, und dann begann er, mit leiser Stimme auf die Kleine einzureden. Nach wenigen Minuten war sie in seinem Arm eingeschlafen. Johan sah auf und machte ein stolzes Gesicht.

»Willst du, daß ich sie nehme, damit du deinen Kaffee trinken kannst?« fragte Anna.

»Nein«, kam seine schnelle Antwort, doch er fügte gleich hinzu, »wenn du damit einverstanden bist, natürlich.« Anna lachte.

»Nein, behalte du sie ruhig. Sie scheint sich bei dir pudelwohl zu fühlen.«

Während des Kaffeetrinkens plauderten sie, es drehte sich fast ausschließlich um das Baby, auch wenn Anna ein paar halbherzige Versuche unternahm, Paula nach dem Film zu fragen. Es war offensichtlich, wie für die frischgebackenen Eltern neben ihrer Tochter alles an Wichtigkeit verlor. Als Ebba zu knöttern anfing und sich nach einer knappen Stunde Schlaf streckte und reckte, schlug Johan vor zu gehen.

»Ich glaube, es ist an der Zeit«, meinte er zaghaft. Weder Anna noch Sture widersprachen. Paula stand von der Sofaecke auf und sammelte die Kaffeetassen zusammen. Als sie durch den Flur kam, fiel ihr das Geschenk ins Auge, das sich noch immer in der Tüte befand.

»Ach Anna, wir haben euch doch noch ein kleines Geschenk mitgebracht. Ihr könnt es aber auch umtauschen«, sagte sie, denn sie hatte noch immer die pastellfarbene Strickjacke im Kopf. Anna öffnete das Päckchen und hielt Sture den kleinen Strampler hin.

»Schau mal, der ist ja klasse«, Anna war begeistert. »Wenn ihr wüßtet, wie viele rosa Kleider sie geschenkt bekommen hat ...«, fügte sie hinzu, als hätte sie Paulas Gedanken gelesen.

Draußen auf der Straße ergriff Johan plötzlich Paulas Hand, als sie zur Bushaltestelle am Sankt Eriksplatz liefen. Sie musterte ihn rasch. Er schien guter Dinge.

»War sie nicht süß?« sagte er, ohne genauer zu bezeichnen, von wem die Rede war.

»Mmh«, antwortete Paula zurückhaltend.

»Was meinst du, wollen wir nicht auch so ein Kleines haben, du und ich?« Johan blieb auf dem Fußweg stehen und sah ihr ins Gesicht. Paula war gezwungen, ebenfalls stehenzubleiben. Sie schluckte und zuckte mit den Schultern.

»Schon«, sagte sie so unbeteiligt es ging. »Wenn es soweit ist.«

»Wann ist es denn soweit?« Er machte ein ganz ernstes Gesicht.

»Na ja, wir stehen doch nicht unter Zeitdruck. Wir haben noch mindestens zehn Jahre Zeit ...« Johan schwieg. Seine Hand fühlte sich mit einem Mal wie versteinert an. »Bis vierzig ist es doch gar kein Problem.« Johan ließ ihre Hand los.

»Denkst du das ernsthaft?« fragte er.

»Was heißt schon denken, ich denke nicht soviel darüber nach ...«

»Aber noch zehn Jahre würden dir nichts ausmachen, oder?«

»Was heißt denn ausmachen ...« Sie wurde langsam sauer. »Man muß sich doch auf sein Gefühl verlassen, wenn man meint, jetzt ist es richtig so ... Im Moment steht das jedenfalls nicht zur Diskussion.« Johan wandte seinen Blick ab und machte wieder ein paar Schritte.

»Ich muß nach Hause«, sagte er leise, als Paula ihn wieder einholte, »packen.«

Die Wohnung war totenstill, als Johan die Tür zugeschlagen hatte. Wenn Paula die Ohren spitzte, konnte sie das leise Surren des Aufzugs hören. Und dann, ein paar Sekunden später, war auch das verschwunden. Es war gerade erst neun Uhr, und Paula ging zurück ins Schlafzimmer. Sie legte sich eine Weile aufs Bett und versuchte wieder einzuschlafen, noch ein paar Stunden Schlaf hätten ihr gutgetan. Aber bald mußte sie einsehen, daß sie keine Ruhe mehr fand. Seufzend stand sie auf, nun schon das zweite Mal an diesem Morgen, und ging in die Küche, wo Johans gespülte Kaffeetasse noch immer in der Spüle tropfte.

So, nun war er gefahren. In seinen Urlaub. Mit einer ordentlich gepackten Reisetasche und einem Werkzeugkasten, falls das Auto streikte. Mit einer Tüte Haribo und Proviant für die erste Etappe der Reise. Das war alles.

Der letzte Abend war sonderbar still gewesen, aber anders als diese Art Waffenruhe, wie sie nach dem Streit an Mittsommer eingetreten war, nein, der Abend war nachdenklicher gewesen, traurig. Paula versuchte, sich zusammenzureißen, vielleicht interpretierte sie in Johans kurz angebundene Antworten und seine steife Verabschiedung zuviel hinein. Vielleicht war er wegen der langen Reise nur ein bißchen nervös. Eigentlich war er ja kein Globetrotter. Drei Wochen würde er fort sein. Rechtzeitig zurück, um die anstehenden Rechnungen für den nächsten Monat zu bezahlen, hatte er versichert. »Ich rufe an«, hatte er gesagt, bevor er die Tür hinter sich schloß.

Hoffentlich hat er viel Spaß, dachte Paula bei dem Versuch, die düstere Stimmung, die in der Wohnung hing, zu vertreiben. Ich werde in diesen Wochen enorm viel zu tun haben, tröstete sie sich. Außerdem kann eine Pause nicht schaden, man kann ja nicht gerade behaupten, daß es in letzter Zeit gut lief, dachte sie und schob dann mit Hilfe der Sonntagsbeilage der Tageszeitung alles Grübeln über Johan zur Seite.

Der Montag kam und damit der Regen. Das Aufnahmeteam sollte sich um neun Uhr draußen auf der Värmdö treffen, um die Außenaufnahme zu drehen, wo Sandra zum ersten Mal in ihrem sechsundzwanzigjährigen Leben erfahren sollte, wie es war, barfuß zu gehen.

Paula war schon um halb acht in der Alten Filmstadt gewesen und stand nun geschminkt und in Sandras bieder-blumigem Sommerkleid und mit blaßrosa Strickjacke über den Schultern da. Gerade als sie in das Auto der Kostümbildnerin Ulla stieg, fielen die ersten Regentropfen. Ulla verzog das Gesicht. »O je, was auch kommt, du bleibst im Auto«, sagte sie ernst. »Wenn Wasserflecken auf die Kleider kommen, haben wir ein Problem.« Paula nickte. Dann fuhren sie los.

»Mist, den ganzen Sommer lang regnet es keinen Tropfen, und heute muß es anfangen!« Ralf war schlecht gelaunt, als sie ankamen. Mißtrauisch warf er einen Blick auf den durchgängig grauen Himmel. »Setzt euch bitte in den Bus und wartet«, sagte er kurz angebunden, und Ulla holte schnell den Regenschirm aus dem Kofferraum, um Paula zum Aufnahmewagen zu begleiten, der ein paar Meter weiter stand. Drinnen war fast das gesamte Team zusammengequetscht, nur Ralf und Yannis wollten unbedingt draußen im Regen stehenbleiben. Paula und Ulla wurden herzlich begrüßt, aber die Stimmung war nicht besonders gut. Die Scheiben waren von innen beschlagen, und die Luft im Bus war mies.

Gegen Mittag war der Regen noch schlimmer geworden, und es gab keine Anzeichen, daß es sich bessern würde. Außerdem war der Boden bereits so aufgeweicht und voller Pfützen, daß es selbst, wenn der Regen aufhörte, kaum möglich sein würde, eine Szene zu drehen. Ralf, der schließlich doch in den Bus gekommen war, aber sich schweigend in irgendwelche Ordner vertiefte, erklärte den Arbeitstag irgendwann seufzend für beendet.

»Karina ruft euch am Nachmittag an und teilt die neuen Pläne für morgen mit, oder auch für die ganze Woche«, fügte er hinzu, was beim Gedanken an die Wettervorhersage, die Paula am Abend zuvor gesehen hatte, sinnvoll war. »Wir werden die Reihenfolge ändern«, sagte er zum Schluß und schlug seine Ordner zu.

Paula war schon vor drei zu Hause und richtig enttäuscht. Sie hatte den Dreharbeiten mehr entgegengefiebert, als ihr klargewesen war, und die Enttäuschung über die Verzögerung machte sich nun nicht nur bei Ralf bemerkbar. Als Karina dann gegen sechs anrief und mitteilte, daß sie die Studioaufzeichnungen, die für die kommende Woche geplant gewesen waren, vorziehen würden, ging es ihr etwas besser. Bis Karina erwähnte, daß sie deshalb morgen die Szene 14 drehen würden, und Paula zugeben mußte, daß sie nicht einen Satz davon konnte.

»Dann mußt du wohl heute abend büffeln«, sagte Karina lachend, bevor sie sich von ihr verabschiedete.

Sicher, die Szene war nicht gerade lang, aber recht kompliziert. Sie enthielt viele Bewegungen, die Paula sich in Kombination mit ihren Repliken nur schwer merken konnte. Als dann mitten im Lernen ihr Vater anrief, war sie kurz angebunden. Ja, die Dreharbeiten hatten begonnen. Ja, Johan war abgefahren. Ja, es ging ihr gut. Am Ende entschuldigte sie sich und sagte einfach geradeheraus, daß sie wahnsinnig viel Arbeit hätte und daß sie besser ein anderes Mal telefonierten.

»Kein Problem«, sagte ihr Vater verständnisvoll. »Ich wollte eigentlich nur erzählen, daß wir den Kindern versprochen haben, am Wochenende mit ihnen Gröna Lund zu besuchen, wenn das Wetter besser wird«, fügte er hinzu. »Falls du Zeit hast, wäre es schön, wenn du mitkämst.« Paula schnappte nach Luft und suchte nach einer Ausrede, aber ihr Vater war schneller. »Ja, ich weiß, das kannst du nicht sofort entscheiden, denk einfach drüber nach.«

»Ja«, versprach Paula. »Ich melde mich.« Dann beendeten sie das Gespräch, und Paula setzte ihre Wanderung durch das Wohnzimmer unter stetem Gemurmel fort.

Die Aufnahmen am Dienstag liefen besser als erwartet. Auch an dieser Szene war keiner außer ihr beteiligt, so daß sich Ralf voll auf sie konzentrierte. Auf der einen Seite gab es ihr Sicherheit, auf der anderen machte es sie nervös. Wenn man die Szene wiederholen mußte, lag das nur an ihr, und außerdem gab es keinen Gegenpart, auf dessen Sätze sie antworten konnte. Aber Ralf munterte sie auf, und als ihr die zahlreichen Bewegungen im Raum zuviel wurden, strich er einfach ein paar.

Trotz des gemäßigten Tempos war Paula völlig erschöpft, als sie nach Hause kam. Ralf hatte sie gelobt und sie ein echtes Talent genannt. Wie ein Moderator in einer Nachmittagssendung hatte er geschmunzelt, als er den anderen erklärt hatte, welche hervorragende Wahl er mit ihr getroffen habe, als er sie aus dem »Medienschlamm« gepflückt hatte. Bei ihm klang das so, als hätte er sie vor dem Drogentod am Sergels Torg gerettet.

Plötzlich spürte sie so etwas wie Selbstvertrauen in sich aufsteigen, als sie es sich nach dem Lernen vor dem Fernseher gemütlich machte und gelangweilt zu zappen begann. Sie war wirklich gut! Ralf hatte das gesagt. Sie war keine Null in irgendeiner Verwaltung oder in der Poststelle eines Büros. Sie war Schauspielerin. Der Gedanke schien so absurd, daß sie leise kichern mußte. Bisher hatte sie sich lediglich als jemanden gesehen, der die Chance bekam, in einem Film mitzuspielen. Das Wort Schauspielerin war für Leute wie Henrietta reserviert gewesen.

Plötzlich bekam sie richtig Lust, mit jemandem darüber zu reden. Zu erzählen, wieviel Spaß das alles machte, wie glücklich sie war, aber ihr Enthusiasmus wurde sofort gebremst, als sie sich überlegte, wen sie eigentlich anrufen könnte. Anna, die für diese Art von Gespräch genau die Richtige war, strich sie schnell aus ihrer Liste. Paula hatte nicht die geringste Lust, sich Babystories anzuhören, bis sie zur Sache kommen konnte. Und Rakel, die noch immer nicht verstehen konnte, wie sie sich dafür hatte entscheiden können, würde ihr wohl eher raten, wieder auf den Teppich zu kommen. Ihr Vater hätte es vielleicht verstehen können, selbst wenn er dem Ganzen kritisch gegenüberstand, weil der Film seine Tochter um eine solide Ausbildung brachte. Doch der Gedanke, Anita könnte ans Telefon gehen, hielt sie auch davon ab.

Blieb also nur, ins Bett zu kriechen und sich schönen Träumen über Goldene Kameras und Oscars und vielleicht die eine oder andere Rolle in einem Hollywood-Streifen hinzugeben. Irgendwo in ihrer Gedankenwelt zwischen Antonio Banderas und Woody Harrelson, die sie aus irgendeinem Grund immer widerlich sexy fand, mußte sie eingeschlafen sein. Als sie am nächsten Morgen vom Klingeln des Weckers erwachte, hatten ihre Träume alle Filmküsse und Glamourgalas schon lange hinter sich gelassen.

Nein! Nein, hab ich gesagt!« Ralf stampfte mit dem Fuß auf. »Jetzt sage ich es zum dritten Mal: Sandra ist nicht böse, nicht traurig, nicht verärgert. Sie hat es noch gar nicht begriffen. Vergiß die Gefühle! Hör auf, Theater zu spielen!« sagte er schließlich. Paula schluckte. Den ganzen Tag hatte er sie im Visier. Nichts war gut. Sie »spielte« zu sehr, verstand das Drehbuch falsch, zog ein komisches Gesicht. Mehrere Male war sie kurz davor loszuheulen, aber Henrietta hatte sie bei passender Gelegenheit zur Seite genommen und ihr sanft, aber ganz überzeugend, erklärt: Wenn Regisseure etwas verabscheuten, dann seien es weinende Schauspielerinnen. »Heb die Tränen lieber für Sandra auf«, hatte sie gesagt und ihr über die Wange gestreichelt.

Paula holte tief Luft. Ihr Blick fiel auf einen Fleck auf dem Ärmel ihres grauen Lambswoolpullovers, vermutlich Kaffee. »Okay, ich bin soweit«, sagte sie und sah auf. Ralf antwortete kaum hörbar, daß es auf *sein* Kommando losginge, sparte sich aber weitere Kommentare, wofür Paula wirklich dankbar war.

Bei der vierten Klappe lief es besser. Paula selbst war zumindest der Meinung, daß sie endlich den neutralen Tonfall gefunden hatte, den Ralf wollte, und Henriettas diskretes Zwinkern sollte ihr wohl bedeuten, daß sie richtig lag. Wenn Ralf auch nicht gerade in Beifallsstürme ausbrach, so kritisierte er zumindest nicht mehr so scharf, und es hatte den Anschein, als sei er mit der Szene zufrieden, als sich plötzlich Jocke, der Tontechniker, zu Wort meldete.

»Irgend etwas scheint mit dem Ton nicht zu stimmen«, sagte er, nahm die Kopfhörer ab und begann, an einer schwarzen Box, die auf dem Boden stand, herumzubasteln. Ralf stöhnte.

»Hast du die Szene im Kasten?« fragte er müde. Jocke schwieg ein paar Sekunden, während er sich die Kopfhörer wieder aufsetzte und nochmals zu schrauben begann.

»Tut mir leid«, sagte er einen Moment später. »Wir müssen es noch einmal drehen, da scheint eine Lücke zu sein.«

»Lücke!?« Ralf schnaubte. »Und wie groß ist die Lücke? Haben wir diese verdammte Lücke schon den ganzen Tag?« Wenn Ralfs Toben ihn nervös machte, dann ließ Jocke es sich immerhin nicht anmerken.

»Ich muß alles, was wir bisher gedreht haben, sicherheitshalber durchgehen«, sagte er. »Aber ich glaube nicht, daß es ein größeres Problem ist.«

Ralf holte tief Luft. »Wie lange wird das dauern?«

»Eine halbe Stunde.«

»Okay, eine halbe Stunde Pause.« Ralf teilte es dem restlichen Team mit, und Paula streckte sich erleichtert. Die letzten Stunden waren sehr anstrengend gewesen, und sie hatte sich nach eigener Einschätzung eine Pause redlich verdient. »Paula, kannst du mal mitkommen?« hörte sie Ralfs Stimme, gerade als sie sich auf den Weg zum Obstkorb gemacht hatte. Sie drehte sich um und sah Ralfs Rücken hinter einer Tür verschwinden und ging langsam hinterher.

»Was ist mit dir los?« fragte er direkt. Er lehnte sich an eine Bank und legte die Arme über Kreuz. »In den letzten Tagen hast du gespielt, als würdest du direkt vom Theaterhaus kommen. Steif, wenig einfühlsam, theatralisch ...« Er schwieg und sah ihr ins Gesicht.

»Äh ... ich ...«, sie wußte nicht, was sie dazu sagen sollte. Sie hatte doch nur versucht, eine richtige Schauspielerin zu sein. Ralf unterbrach sie.

»Hast du ein Laienseminar besucht?« fragte er sarkastisch. Laienseminar? Paula schluckte. Ralf fuhr fort, dieses Mal etwas sanfter. »Du mußt keine *Schauspielerin* sein«, sagte er mit ganz theatralischer Betonung auf dem letzten Wort. »Ich habe mich für dich entschieden, weil du gut bist, so wie du bist. Hätte ich eine Schauspielerin haben wollen, dann hätte ich dich nicht an der Scheiß Rezeption aufgegabelt ...«

»Redaktion ...«

»Was?«

»Redaktion. Ich habe nicht an der Rezeption gearbeitet.« Paula war trotzig. Nur weil er Regisseur war, hatte er noch lange nicht das Recht, so herablassend zu sein. Ralf zuckte mit den Schultern, sichtbar desinteressiert.

»Ja, meinetwegen, dann in der Redaktion.« Er setzte von neuem an. »Wenn es ein Trost für dich ist: Ich kenne das. Amateure wollen über Nacht zu Schauspielern werden. Vergiß es. Ich weiß, daß du eine hervorragende Sandra abgeben kannst, ohne sie zu spielen. Verstehst du? Spielen kann man auf dem Niveau, auf dem sich Henrietta bewegt. Sie ist hier, weil sie eine der besten Schauspielerinnen ist, die wir weit und breit haben. Du bist hier, weil du meine Sandra bist. Verstehst du?« wiederholte er, und sein Tonfall war nochmals sanfter geworden.

»Ich glaube, ja.« Paula war es peinlich. Sicher hatte er recht. Der Erfolg der ersten Tage hatte tatsächlich einen Höhenflug in ihr ausgelöst. Sie wollte höher hinaus, noch besser werden. Ein altes Sprichwort kam ihr in den Kopf. Wer hoch hinauswill ... Weiter kam sie nicht. Karina schaute zur Tür herein.

»Jocke sagt, es kann weitergehen. Offensichtlich müssen wir nur die letzte Szene noch einmal drehen.«

»Gut, wir kommen«, sagte Ralf und nickte Karina zu, die die Tür still hinter sich schloß. Ralf stand von der Bank auf, auf die er sich gestützt hatte, und auch Paula, die während der Predigt auf einen Stuhl gesunken war, erhob sich. Plötzlich ging er einen Schritt auf sie zu und nahm sie in den Arm. »Es wird schon klappen«, sagte er. »Vertrau mir einfach.« Einen kurzen Moment sah er ihr tief in die Augen. Dann ließ er sie gleich wieder los und ging zurück ins Studio.

Am Freitag hatte Paula keine Drehtermine, und das paßte ihr gut. Trotz Ralfs Kritik war die Woche recht erfolgreich zu Ende gegangen, und ihr Weg von einem Nobody zum Filmstar zu »irgend etwas dazwischen« war, wenn auch nicht schmerzfrei, so zumindest lehrreich.

Am Nachmittag rief sie ihren Vater an. Freitags half Anita immer einer Freundin in einem Bekleidungsgeschäft, oder in einer Boutique, wie Anita mit Nachdruck zu sagen pflegte, aus, so daß das Risiko, sie an der Strippe zu haben, ziemlich gering war.

»Schön, daß du anrufst«, sagte ihr Vater und klang so erfreut, wie nur Eltern klingen können, wenn ihre erwachsenen Kinder anrufen. »Kommst du morgen mit?«

Paula hatte hin und her überlegt. Den ganzen Tag Anita um sich zu haben, war wenig verlockend, auf der anderen Seite war der Vergnügungspark ja kein Ort, an dem man intensive Gespräche führte. Und Rebecka und Alexander würden es sicherlich herrlich finden, sie in jede Menge schräger Karussells zu schleppen.

»Ja, gut, ich komme mit«, sagte sie, und ihr Vater wirkte nun noch ein bißchen glücklicher, so wie Eltern reagieren, wenn ihre erwachsenen Kinder auf gemeinsame Unternehmungen Lust haben.

»Super. Klasse! Wir werden mit dem Zug in die Stadt fahren, auf Djurgården mit dem Auto herumzugondeln ist uns zu anstrengend. Wollen wir uns vor dem Eingang gegen ... zwölf Uhr treffen?« Paula zögerte einen Moment. Zwölf Uhr bedeutete, daß sie viertel nach elf losfahren und mindestens eine Stunde vorher aufstehen müßte.

»Was hältst du von ein Uhr?«

»Ein Uhr, alles klar. Bis dann.«

Rechtzeitig zum Samstag hatte sich die Sonne wieder durchgesetzt, es war ja auch Sommer, und Paula zog für den Ausflug nur ein T-Shirt und einen dünnen Rock an. Vor der Umzäunung des riesigen Vergnügungsparks stand ihre Familie schon und wartete. Es war ein rührender Anblick, fand Paula, als sie sie von weitem sah. Wie eine Familie vom Land zu Besuch in der Stadt. Papa trug ein frisch gebügeltes, kurzärmliges Hemd zu seiner hellen Hose, und Anita hatte zu rosa Bluse und Rock einen passenden Lippenstift ausgewählt. Rebecka trug ein geblümtes Sommerkleid mit Schürze, und Paula mußte daran denken, daß Anita bald Probleme bekommen würde, ihrer Tochter noch solche Kleider anzudrehen. Alexander hatte sich vermutlich bei der Wahl seiner Kleidung durchgesetzt, denn er trug den Baseballpullover, den er von Paula bekommen hatte. Natürlich ordentlich in seine Shorts mit Bügelfalte gesteckt, aber immerhin, Anita hätte ihn sicher lieber in einem Hemd gesehen.

Sie wurde von den Kindern ausgelassen begrüßt, und Rebecka fiel ihr sofort um den Hals. Alle anderen Begrüßungen waren weniger herzlich. Ihr Vater bestand darauf, für alle zu bezahlen, obwohl Paula zu protestieren versuchte.

»Ich kann doch wohl meine Kinder nach Gröna Lund einladen!« beendete er den Versuch einer Diskussion.

Es wurde ein schöner Tag. Paula, die schon immer gern ins Tivoli gegangen war, überraschte ihre Geschwister, indem sie sich überreden ließ, in ein Karussell mit freiem Fall mitzukommen. Sie begleitete den ziemlich blassen Alexander in dieses moderne Foltergerät. Bevor sie kopfüber ins Leere stürzten, konnten sie gerade noch Rebecka zuwinken. Sie war noch zu klein dafür und mußte unten mit Anita und Papa warten. Dafür ging Paula mit ihr noch eine Extrarunde durch ›Das verrückte Haus‹, und Rebecka fand, daß das auf seine Art auch ganz schön gruselig war.

Genau wie sie es erwartet hatte, hielten die Kinder sie auf Trab, und nach den offiziellen Begrüßungsformeln konnte sie problemlos Abstand zu Anita halten, ebenso bei McDonald's am Ende des Tages in der Hamngata. Nur einmal wurde es brenzlig. Ihr Vater stand in der Schlange, und Paula ging mit den anderen vor, um einen Tisch freizuhalten, als plötzlich beide Kinder verschwanden, um ein Reklameposter für den neuesten Disneyfilm anzuschauen. Am Tisch blieben Anita und Paula zurück und sahen einander an. Oder besser gesagt, Anita versuchte vergeblich, Paulas Blick zu fangen, die einfach dasaß und so tat, als beobachtete sie den Verkehr auf der Straße. Anita hatte sich gerade zaghaft nach dem Stand der Dreharbeiten erkundigt, als Rebecka angerast kam und wollte, daß Paula mit ihr zur Toilette ging. Gerettet, dachte Paula dankbar und begleitete das hopsende Mädchen zum Damenklo. Als sie zurückkamen, war ihr Vater mit dem Essen da, und zwischen den beiden Geschwistern kam eine heftige Diskussion auf, die jeden Versuch eines Gesprächs im Keim ersticken ließ.

Als sie wieder zu Hause war, war Paula völlig erschöpft. Nach dem vielen Laufen taten ihr die Füße weh, und sie fühlte sich von der ganzen Zuckerwatte und den Hamburgern total aufgebläht. Die ersten Tage nach Johans Abreise konnte sie die Stille nicht ertragen, und immer wenn sie nach Hause kam, machte sie als erstes Musik oder den Fernseher an. Jetzt kam langsam das Gefühl auf, daß es schön war so. In der Spüle stand der Abwasch der letzten Tage, das Bett war nicht gemacht, und in der ganzen Wohnung lagen Tageszeitungen verstreut. Es störte sie nicht. Es war so lange her, daß sie allein gewohnt hatte, daß sie fast vergessen hatte, wie angenehm es war, auf niemanden Rücksicht nehmen zu müssen. Wenn die Milch ausgegangen war, war sie die einzige, die ihren Kaffee schwarz trinken mußte. Vor niemandem mußte sie ein schlechtes Gewissen haben. Nur ich, dachte sie, um es sich noch einmal zu verdeutlichen. Niemand sonst.

Und, hast du schon etwas von Johan gehört?«

»Ja, er hat gestern angerufen.«

»Ach. Wo ist er denn?« fragte Rakel neugierig.

»Irgendwo in Frankreich. Den Ort habe ich vergessen, aber wohl nicht so weit entfernt von Nizza, glaube ich.« Paula sprach nicht weiter, und Rakel hakte ungeduldig nach.

»Und? Wie geht es ihm?«

»Ich glaube, gut. Wir haben uns nur kurz gesprochen. Er hat ein paar Holländer kennengelernt, mit denen ist er einige Abende unterwegs gewesen. Ansonsten ist er rumgefahren und hat diverse Weingüter besucht. Da gibt es offensichtlich auch Übernachtungsmöglichkeiten.«

»Mmh, ja, davon habe ich schon gehört. Stell dir vor, du wachst in einem Château sonstwas in Frankreich auf ...« Dieses Mal war Rakel still. »Tut es dir gar nicht leid?«

»Nein, sollte es das?« Paula wurde sauer.

»Nein, ich frage mich nur. Klingt doch sehr nett.«

»Vielleicht hättest du mitfahren sollen«, antwortete Paula trotzig.

»Ach komm, mach dich nicht lächerlich.« Rakel wurde rot. »Wollen wir bestellen?«

Paula und Rakel hatten sich verabredet, um nach der Arbeit eine Kleinigkeit zu essen, und nun saßen sie in einem Biergarten an der Sturegata genau gegenüber vom Humlegård. Die Abendsonne schien Paula genau in die Augen, und sie war froh, daß es einen natürlichen Grund für den Einsatz ihrer Sonnenbrille gab. Zumindest solange Rakel darauf bestand, von Johan zu sprechen. Tatsache war, daß sie nach dem Telefonat gestern kein gutes Gefühl hatte. Johan klang fröhlich und entspannt und machte den Eindruck, als würde es ihm gefallen. Nicht ein Wort, daß er sie vermißte, und als er das Gespräch beendete, weil er »mit einer Bande Holländer« ausgehen wollte, tat er das mit einem kameradschaftlichen »mach's gut«. Leidenschaftlich war das nicht gerade. Das Telefonat hatte sie frustriert, obwohl sie nicht recht sagen konnte, warum, und daß Rakel das Thema aufgriff, gefiel ihr ebensowenig.

»Erzähl doch lieber von Tommy«, sagte sie, um das Gespräch in andere Bahnen zu lenken.

Rakel seufzte. »Wir waren ein Bier trinken, wie ich gesagt habe.«

»Und?« Jetzt war Paula an der Reihe, die knappen Fragen ihrer Freundin zu wiederholen.

»Und nichts.«

»Und absolut nichts?« Paula war beharrlich.

»Okay, zwei Biere.« Rakel machte ein so unglückliches Gesicht, daß Paula lachen mußte. »Er wollte mich wieder treffen, aber ich habe abgelehnt. Seitdem hat er dreimal angerufen. Er weigert sich einfach, subtilere Botschaften als ›Fahr zum Teufel‹ zur Kenntnis zu nehmen.« Paula zog die Augenbrauen hoch, sie war erstaunt, Rakel fluchen zu hören. »Und solche Ausdrücke liegen mir einfach nicht«, bestätigte Rakel Paulas Gedanken. »Aber er ist wie ein Hund.«

»Vielleicht solltest du mal Helena fragen, wie man Hunde los wird ...«, schlug Paula vor. »Diesen Stellan hat sie ja ziemlich cool abserviert.«

»Mmh.« Rakel versank einen Moment in Gedanken, und Paula beschloß taktvoll, sie in Frieden zu lassen.

»Das ist bestimmt unser Essen!« rief sie kurz darauf und wies auf eine Bedienung, die sich zwischen den eng gestellten Tischen auf der Veranda einen Weg bahnte.

Ein Beaf Rydberg und drei Biere später saß Paula entspannt zurückgelehnt und beobachtete die Leute, die in dem beliebten Restaurant ein- und ausgingen. Rakel war zur Damentoilette gegangen, und Paula saß allein da, als sie plötzlich Ralf und Svante erblickte, die das Restaurant betraten und offensichtlich auf dem Weg an die Bar waren. In diesem Moment kam Rakel zurück.

»Ich glaube, ich verabschiede mich jetzt«, sagte sie und machte der Bedienung ein Zeichen, daß sie zahlen wollte. »Ist das okay? Ich habe viel zu tun morgen, weißt du«, sagte sie zu ihrer Entschuldigung.

»Völlig okay, ich gehe auch.« Während sie auf die Bedienung warteten, schwiegen sie eine Weile.

»Halbe-halbe«, sagte Rakel großzügig, als die Rechnung vor ihr lag.

»Ich habe aber mehr getrunken«, sagte Paula.

»Gleicht sich nächstes Mal wieder aus«, sagte Rakel bestimmt und legte die Hälfte der Summe auf den Tisch. Paula legte den Rest dazu, dann standen sie auf und nahmen ihre Jacken, mit denen sie den dritten Stuhl okkupiert hatten. Auf dem Weg tat Paula so, als würde sie eben Ralf bemerken.

»Schau mal, da stehen ja Ralf und Svante. Ich will nur kurz hallo sagen, kommst du mit?« Rakel zögerte, sah aber neugierig in Richtung Bar.

»Aha, so sieht er also aus. Das Genie!« Sie mußte lachen. »Aber nur hallo sagen, ich bin hundemüde.«

»Ganz klar, ich auch«, versicherte Paula ihr und begab sich auf den Weg zur Bar, wo die beiden Männer standen. Ralf erkannte sie auf halbem Weg und winkte ihr lebhaft zu.

»Paula, wie schön, dich zu sehen«, rief er gutgelaunt und umarmte sie, als ob es nicht erst ein paar Stunden hergewesen wäre, daß sie zusammen gearbeitet hatten.

»Das ist meine Freundin Rakel«, sagte Paula eilig, als Ralf sie wieder losgelassen hatte. Ralf streckte die Hand aus.

»Enchanté«, sagte er, fing Rakels Hand auf und gab ihr einen

Handkuß statt des erwarteten Handschlags. Rakel wurde knallrot und stammelte, daß sie seine Filme hervorragend fände. Im Gegensatz zu Paula hatte Rakel eine ganze Reihe seiner obskureren Werke gesehen, und Paula konnte es ihm ansehen, wie geschmeichelt er sich fühlte, als sie ein paar Titel nannte. Paula stellte sich neben Svante, der sie beide etwas dezenter begrüßte, und beobachtete Ralf, der vor ihrer Freundin seinen ganzen Charme spielen ließ. »Was wollt ihr trinken?« fragte er. Paula und Rakel schauten sich rasch an. Aber irgend etwas in ihrer Kommunikation lief schief, denn in dem Moment, in dem Paula Gin Tonic sagte, antwortete Rakel, sie sei gerade auf dem Heimweg.

Ralf mußte über das Mißverständnis lachen und tat alles, um Rakel zu überzeugen, daß ein kleiner Drink auf dem Heimweg wohl kaum den morgigen Tag beeinträchtigen könne. Aber Rakel blieb standhaft, und Paula mußte zugeben, daß sie davon beeindruckt war. Sowohl ihr Stehvermögen, was den Drink anging, als auch die Tatsache, daß sie Ralfs Charme widerstand. Paula wollte gerade zurücknehmen, was sie gesagt hatte, um ihre Freundin nach Hause zu begleiten, da drückte er ihr bereits das Glas in die Hand. Svante hatte vermutlich telepathische Kontakte zum Barkeeper, denn in der Regel ging es nicht so schnell, wenn Paula bestellte. Rakel, die Paulas unglückliches Gesicht bemerkte, konnte nur lachen.

»Wir hören morgen voneinander, Paula«, sagte sie und erhob die Hand zum Abschiedsgruß. Sie nickte Ralf und Svante zu.

»Vielleicht bis zur nächsten Gelegenheit«, sagte sie zum Schluß, bevor sie das Lokal verließ.

Ralf sah ihr eine Weile hinterher, während sie in der Menge verschwand.

»Nettes Mädchen«, sagte er dann und drehte sich zu Paula um.

»Ja, absolut«, antwortete sie und dachte sich, daß Männer einfach nicht in der Lage sind, auch nur den kleinsten Schmeicheleien zu widerstehen. Nicht daß Rakels Lob nicht ehrlich gemeint gewesen wäre – das war nicht ihre Art –, aber Ralfs Reaktion war mal wieder ein so eindeutiger Beweis der männlichen Eitelkeit. »Störe ich auch nicht?« fragte sie, weil ihr plötzlich in den Sinn kam, daß Ralf und Svante ja auch wichtigere Dinge zu besprechen haben könnten. Svante schüttelte sofort den Kopf. Ralf sagte: »Überhaupt nicht. Wir haben ein paar Stunden im Büro gesessen und die Arbeit in der kommenden Woche geplant. Dann waren wir der Meinung, wir hätten uns ein Bier verdient.« Svante nickte. Im gedämpften Licht der Kneipe sah er nicht mehr ganz so onkelhaft aus wie damals, als sie ihn kennengelernt hatte.

»Wie läuft es denn bei dir?« fragte er sie plötzlich, und Paula fiel auf, daß sie noch nie seine Stimme gehört hatte.

»Das müßtest du wohl besser Ralf fragen ...«, sagte sie zögernd.

»Keine Sorge, den frage ich auch! Ich wollte gern wissen, wie *du* es findest.«

»Ich habe noch viel zu lernen«, antwortete sie diplomatisch. Es schien ihr unpassend, in Begeisterungsstürme auszubrechen, zumindest solange der Regisseur daneben saß. »Aber es macht Spaß«, fügte sie hinzu, um wenigstens ein bißchen von ihrer Begeisterung kundzutun. Ralf legte seinen Arm um ihre Schulter.

»Mit Paula läuft es super. Genau wie ich es mir gedacht hatte«, sagte er selbstbewußt, und Paula war erleichtert, daß er anscheinend keinem von ihrem Gespräch unter vier Augen erzählt hatte.

Dann wechselten sie das Thema, und Ralf begann, Anekdoten zu erzählen, die Svante wohl schon hundertmal gehört haben mußte, da er nur leise lächelte, wenn die Pointe kam. Für Paula waren sie jedoch neu, und sie lachte aus vollem Hals. Ralf war ein guter Geschichtenerzähler, und er schien es zu genießen, daß Paula sich amüsierte.

Ab und zu legte er kleine Pausen ein, weil er mit Fans, die ihm auf die Schulter klopften, oder anderen Bekannten das ein oder andere Wort wechselte. Sie merkte, wie er sich in allen Fragen, die den Film betrafen, bedeckt hielt, und nicht ein einziges Mal stellte er Paula vor. Wirklich klug, dachte sie. Nach ›Wartezimmer‹ waren die Erwartungen an Schwedens neues Filmgenie enorm, und sie konnte es verstehen, wenn er sie nicht noch neugieriger machen wollte, indem er etwas von seinem neuen Projekt verriet. Als sich eines der Gespräche etwas in die Länge zog, ergriff Paula die Gelegenheit, mit Svante zu reden.

»Hast du eigentlich Familie?« fragte sie nach einer kurzen Pause.

»Ja.« Svantes Augen leuchteten. »Zwei Töchter, vier und sieben Jahre alt.« Svante sah aus, als wollte er gern mehr erzählen, aber wie so oft fielen Paula keine gescheiten Fragen zu den Kindern anderer Leute ein.

»Und vielleicht auch eine Mutter zu den Kindern?« fragte sie statt dessen vorsichtig.

»Ja, meine Frau«, sagte Svante stolz. »Agneta, wir sind seit elf Jahren verheiratet.« Paula machte eine anerkennende Geste, vielleicht spornte ihn das an, weiterzuerzählen.

»Was macht sie beruflich?«

»Sie ist Produzentin beim Fernsehen, aber wir haben uns beim ›Handelsblatt‹ kennengelernt.«

»Ah ja. Und sie läßt dich so spät draußen herumlaufen?« Paula bereute ihren Kommentar sofort. Peinlich. Wie wenn man seine Frau »die Regierung« nennt. Svante schien es ihr nicht übelzunehmen.

»Sie besucht mit den Kindern gerade ihre Eltern in Värmland. Eigentlich hätte ich auch mitkommen sollen, aber die Dreharbeiten wurden ja verschoben nach dem Hin und Her mit den Sponsoren, da fiel dieser Urlaub ins Wasser. Es ist wirklich ein Glück, daß Agneta auch in dieser Branche arbeitet und Verständnis für so etwas hat. Jetzt wollen wir statt dessen im Herbst alle zusammen eine Fernreise machen, wenn die Dreharbeiten beendet sind.«

»Klingt gut.« Paula fiel ihr eigener abgesagter Urlaub ein und Johans verständnislose Reaktion. »Und wie ist es bei ihm?« Sie nickte zu Ralf, der noch immer in ein Gespräch mit einem Mann im Anzug vertieft war, der nicht den Eindruck machte, als hätte er irgend etwas mit Kultur am Hut.

»Urlaub oder Familie?« fragte Svante belustigt.

»Ich dachte mehr an die Familie.« Paula war es plötzlich unangenehm.

»Seit ein paar Jahren geschieden. Keine Kinder. Wenn man die Achtzehnjährigen nicht mitzählt natürlich ...« Svante grinste. Ralf hatte seinen Kommentar nicht gehört.

»Achtzehn?« Paula fragte nach. »Ich dachte, sie sei zweiundzwanzig?«

»Die letzte, das stimmt ... Ich glaube übrigens nicht, daß sie noch aktuell ist.« Paula zog fragend die Stirnfalten hoch. Das schien also vorbei zu sein. »Ich glaube, der Mittsommerabend verlief nicht so harmonisch. Er wurde den Eltern vorgestellt.«

»Die sind doch adlig, oder?« Svante nickte.

»Manchmal ist Rebellion schwieriger, als man meint.«

»Du meinst das Mädchen?«

»Ja, ihr Vater war überhaupt nicht einverstanden mit der Wahl seiner Tochter, und soweit ich weiß, fand Ralf, daß es den Streß nicht wert sei.«

»Klingt wie die große Liebe.« Paula konnte sich diese Bemerkung nicht verkneifen.

»Ich glaube nicht, daß er seit seiner Ex-Frau die große Liebe gefunden hat. Ich glaube, er hat in diesen Jahren Qualität mit Quantität zu kompensieren versucht.«

»Na, worüber unterhaltet ihr euch denn?« Ralf kam wieder zu ihnen zurück und schien keine Ahnung zu haben, wie sein Kommentar hier ankam. Svante und Paula sahen sich kurz an.

»Wir reden über Filme«, antwortete Paula schnell, und Svante nickte.

»Fällt euch nichts Besseres ein?« lachte Ralf. »Nein, jetzt lassen wir uns nachschenken!«

Paula, die wirklich nicht mehr als einen einzigen Drink vor ihrem Heimweg bestellen wollte, hielt mit einem Mal ihren dritten Gin Tonic in der Hand. Langsam fühlte sie sich ziemlich beschwipst, aber nach der intensiven Arbeit der letzten Wochen war das auch ein schönes Gefühl, und sie hatte ihr schlechtes Gewissen bereits beiseite geschoben, daß sie nun doch zu spät nach Hause kam. Mein Gott, ihr Chef war ja dabei! Wenn er sich am späten Abend Alkohol genehmigte, bevor er am nächsten Tag wieder arbeiten mußte, würde er ihr doch wohl das gleiche zugestehen?

Langsam wurde es Mitternacht, aber Ralf zeigte keine Anzeichen von Müdigkeit. Svante hingegen fielen die Augen zu, und Paula war nicht überrascht, als er ankündigte, daß er nun gehen wolle. Sie unternahm einen zaghaften Versuch, sich anzuschließen.

»Ja, ich sollte mich auch auf den Weg machen …«, weiter kam sie nicht, bevor Ralf protestierte.

»Natürlich solltest du heimgehen!« sagte er mit Nachdruck. »Aber doch nicht jetzt. Du kannst mich doch nicht allein lassen, wo Svante mich hier schon im Stich läßt, oder?« Er sah sie an wie ein ausgesetztes Hündchen, und Paula wurde ganz warm.

Svante stand auf. »Ja, das ist eure Sache. Ich gehe jetzt. Ich rufe morgen an, wenn ich die Sache mit der Schwedischen Filmindustrie geklärt habe«, sagte er zu Ralf, der gelangweilt nickte. »Und du«, Svante drehte sich zu Paula um, »nimm dich vor ihm in acht.« Er sah auf Ralf und dann wieder zu Paula, dann verabschiedete er sich und verschwand.

In einer anderen Situation wäre ihr diese offensichtliche Anspielung von Svante ziemlich peinlich gewesen, aber im Moment war ihr jeder Gedanke zuviel. Statt dessen lächelte sie Ralf an und machte ein erwartungsvolles Gesicht.

»Was kann er nur gemeint haben?« sagte Paula und lachte.

»Keine Ahnung«, sagte Ralf und legte sofort wieder mit einer neuen Geschichte aus der wunderbaren Welt des Films los. Es wurde halb zwei, bis das Personal ihnen zu verstehen gab, daß sie nun *wirklich* schließen wollten. Als ob das grelle Licht und der Geruch von Putzmitteln nicht bereits deutlich genug gewesen wären. Ralf legte seinen Arm um Paula und zog sie hinaus auf die Straße. Ein paar Meter vor dem Eingang zum Restaurant hielt er auf dem Gehweg an. Ohne daß sie verstand, was passierte, sah sie, wie ein Taxi vor ihnen hielt. Er öffnete die hintere Tür und schob sie hinein. Dann schloß er die Tür, ging um den Wagen herum, stieg ein und landete neben ihr.

»Na, deine Adresse?« fragte er sie auffordernd. Paula wußte überhaupt nicht, was sie sagen sollte, was meinte er nur? »Hast du keine Adresse?« fragte er ungeduldig, als sie keine Antwort gab.

»Doch, doch ... Sankt Paulsgata«, antwortete sie langsam.

»Gut!« Ralf wandte sich an den Fahrer. »Bitte dorthin.«

Es war ein schlimmer Morgen, und Paula war heilfroh, daß ihr Arbeitstag nicht vor zehn Uhr begann. Sie ließ das warme, beinahe heiße Duschwasser eine Ewigkeit über ihren Körper laufen. Am Ende zwang sie sich, den Wasserhahn auszudrehen und sich aus der Hocke wieder aufzustellen. Sie reckte sich nach einem Handtuch. Es roch nicht besonders, und ihr fiel ein, daß sie dringend eine Waschmaschine im Wäschekeller reservieren mußte.

Punkt zehn Uhr war sie in Solna. Von Ralf war nichts zu sehen, und da wohl keine Eile geboten war, hielt sie nach einer Tasse Kaffee Ausschau, bevor sie in die Maske ging. Eine Dreiviertelstunde später kam Karina, um sie abzuholen.

»Sie sind gerade mit Szene 18 fertig«, sagte sie. »Bist du fertig, wir wollen gern gleich weitermachen?« Paula erhob sich aus dem Schminksessel.

»Ja, klar, ich muß nur noch schnell die Kleider anziehen«, sagte sie und ging zum Kostümständer hinüber. »Heute diese, oder?« sagte sie und hielt eine beige Hose mit dazugehöriger beiger Bluse hoch. Die Kostüm-Ulla schob ein Hemd beiseite und nickte. Bevor sie die kombinierte Schmink- und Bekleidungsgarderobe verließ, warf sie einen Blick in den Spiegel, der vom Boden bis unter die Decke reichte. Sie sah grauenvoll aus, oder besser gesagt, sie sah nach nichts aus. Sandra sollte eine komplexe Person sein, dachte Paula, aber einen besonderen Geschmack hat sie wirklich nicht. Dann folgte sie Karina in Richtung Studio.

Der erste, auf den ihr Blick fiel, war Ralf. Er sprach gerade mit Henrietta. Als er sie sah, beendete er das Gespräch und kam auf sie zu.

»Und wie geht es Paula heute?« fragte er und grinste.

»Gut«, antwortete sie und sah ihn dabei nicht an. »Oder, na ja, es geht so, ist vielleicht richtiger.« Ralf lachte. Als wäre nichts geschehen, dachte Paula. Genauso, als wäre gar nichts geschehen ... Was meinte sie eigentlich? Es *war* nichts geschehen! Ralf benahm sich völlig rational. Er hatte das Taxi nach Hause mit einer Kollegin geteilt, nachdem sie einen netten, völlig harmlosen Abend in einer Kneipe verbracht hatten. Wie ein Gentleman hatte er dafür gesorgt, daß das Taxi sie zuerst heimfuhr, bevor es ihn nach Hause brachte. Ein Gutenachtkuß, ganz freundschaftlich, und der Abend war aus ihrer Sicht zu Ende.

Es war nichts geschehen, versuchte sie sich noch einmal einzureden, aber die Erinnerung an den Kuß, der bei genauerem Nachdenken nicht ganz so freundschaftlich war, blieb in ihrem Kopf hängen. Die Tatsache, daß er aufhörte, als er sie aus dem Taxi schob, obwohl er mit Sicherheit ihr Interesse nicht übersehen haben konnte, bewirkte, daß sie sich billig fühlte. Sie gab sich sonst nie so eine Blöße, und erst recht nicht dann, wenn sie den Ausgang der Geschichte nicht überblicken konnte.

Sie hatte sich ganz einfach getäuscht, versuchte sie sich einzureden. Und überhaupt, was hätte schon passieren sollen? Sie hätte Ralf wohl kaum mit in Johans Wohnung nehmen können. Schreckliche Vorstellung. Wenn man betrunken war, machte man sonderbare Sachen, damit hatte sie sich schon den ganzen Morgen getröstet. Daß sie sich einem einzigen Kuß hingab, war wohl ein angemessener Preis für drei große Biere und unzählige Gin Tonics. Jetzt mußte sie aufhören, sich den Kopf zu zerbrechen. Ralf machte eindeutig klar, daß er diesem Vorfall keinerlei Bedeutung zumaß, und in einer guten Woche würde Johan zurück sein, und alles wäre wie zuvor.

»Vielleicht bleibe ich ein paar Tage länger, ich fange ja erst am Freitag wieder an zu arbeiten, also muß ich noch nicht am Sonntag wieder zu Hause sein.« Johan klang sehr weit weg.

»Aber ...« Paula konnte sich über diese Mitteilung nicht freuen. Nicht daß sie ihn vermißt hätte, jedenfalls nicht sehr, aber seine Anwesenheit fehlte ihr. Daß jemand da war, wenn sie nach Hause kam, daß man mit jemandem fernsehen, gemeinsam essen konnte ... Doch um Widerspruch einzulegen, fehlten ihr die richtigen Argumente.

»Wir haben tolles Wetter, das italienische Essen ist phantastisch, das Auto läuft super, ich habe eine Menge nette Leute kennengelernt ... warum soll ich es nicht genießen, solange es geht?«

»Nein, schon klar.« Paula konnte ihre Enttäuschung nicht verbergen. Johan mußte es gemerkt haben.

»Bist du sauer? Es sind doch nur fünf Tage.«

»Nein, natürlich bin ich nicht sauer ...« *Vermisse dich* ... lag ihr schon auf der Zunge. »Ich habe nur gerade viel zu tun. Tut mir leid, wenn es so klang, natürlich kannst du länger bleiben.«

»Na ja, das dachte ich mir schon.« Hatte sie richtig gehört? Klang nun er enttäuscht? Nein, wahrscheinlich hatte sie sich geirrt. Sie beendeten das Gespräch, und Paula blieb am Küchentisch sitzen. Was soll's, sie hatte wirklich viel zu tun. Es hatte auch Vorteile, sich in aller Ruhe auf die Arbeit konzentrieren zu können. Die halb gegessene Pizza auf dem Teller vor ihr war während des Telefonats kalt geworden, und Paula legte die Reste in den Karton, der auf der Spüle stand. Sie mochte sowieso nichts mehr. Der Karton blieb auf der Spüle stehen, und Paula ging ins Wohnzimmer und stellte den Fernseher an. Kurz darauf machte sie ihn wieder aus, es kam einfach nichts, das sie ablenken konnte. Sie fühlte sich rastlos. In den letzten Tagen hatte sie ein Gefühl beschlichen. Ohne es zugeben zu wollen, hatte sie sich auf Johans Heimkehr gefreut.

Und dann meldete er sich mit dieser Nachricht zwei Tage vor seiner Rückkehr. Sie hatte sogar daran gedacht, am nächsten Tag die Wohnung zu putzen, damit sie sauber war, wenn Johan käme. Das konnte sie sich jetzt sparen.

Sie rief Anna an. Dreißig Sekunden später war das Gespräch beendet. Paula konnte gerade eben hallo sagen, da schrie Anna auch schon aus dem Hintergrund, um das Babygebrüll zu übertönen: »Ich rufe dich gleich zurück!« Dann hatte sie aufgelegt. Paula seufzte, genau das war der Grund, warum man keinen Kontakt zu Eltern hielt, zumindest nicht in den ersten Jahren. Nie hatten sie Zeit. Dieser deprimierenden Schlußfolgerung zum Trotz rief Anna nach zwanzig Minuten zurück. Im Hintergrund war es still.

»Sie schläft. Ich habe keine Ahnung, was los war, plötzlich schrie sie wie am Spieß. Mit den Kleinen ist es manchmal komisch, man weiß überhaupt nicht, was sie haben. Wie geht es dir?«

»Ach danke, ganz gut. Bin ein bißchen unruhig.«

»Kommt Johan nicht bald zurück?«

»Nächsten Donnerstag. Eigentlich wäre er übermorgen gekommen, aber er hat gerade angerufen und gesagt, daß er es so lange wie möglich auskosten wolle.«

»Enttäuscht?« Anna hatte es Paula angemerkt.

»Eigentlich nicht, ich hätte sicher das gleiche getan. Es ist nur so, daß ...«

»... du ihn vermißt?«

Paula schluckte. »Vermutlich.«

»Ich hoffe, du hast es ihm gesagt.«

»Nein, warum denn? Ich will ihm doch kein schlechtes Gewissen machen.« Jetzt seufzte Anna.

»Aber meine Liebe, verstehst du denn immer noch nichts von Männern? Sie warten auf Bestätigung! Immerzu. Männer wollen gebraucht werden!«

»Ach so, ich dachte, die Regel hieße: Sei unnahbar. Stell keine Ansprüche. Sei selbständig. Habe ich etwas falsch verstanden?«

»Überhaupt nicht, wenn du auf neue Eroberungen aus bist. Aber dazu zählt Johan wohl kaum.«

»Ja, stimmt. Egal, er kommt ja in einer Woche, da kann ich es ihm dann sagen.«

»Und wie läuft es mit dem Film?«

»Ich glaube, gut. Ich habe ja keinen Vergleich, aber sie scheinen zufrieden zu sein, und wir sind mit unserem Zeitplan nur ein kleines bißchen in Verzug.«

»Und wie ist es, Schauspielerin zu sein?« Anna klang ein bißchen neidisch. Paula mußte an das Gespräch mit Ralf denken.

»Ich sehe mich gar nicht als Schauspielerin. Ich versuche, so gut es geht, die Sandra darzustellen. Wenn ich zuviel darüber nachdenke, was ich gerade tue, wird es nichts. Meint jedenfalls Ralf.«

»Klingt spannend. Am Kulturama hatten wir einen Lehrer, der immer davon redete, nicht zu spielen, aber wir wollten doch so wahnsinnig gerne *Schauspielerinnen* sein!« Anna schwieg. »Und Henrietta Pålsson, die Legende? Wie ist sie?«

»Wunderbar!« brach es aus Paula heraus.

»O Gott, ich finde es gräßlich, wenn talentierte Leute auch noch nett sind. Hat sie keine Allüren?«

»Kein bißchen. Ich lerne viel von ihr. Sie ist aufmerksam, lieb ... Wie eine perfekte Mutter«, faßte Paula zusammen, und an dem Schweigen, das darauf folgte, konnte man ablesen, daß sie gerade ein sensibles Thema gestreift hatte.

»Du«, sprach Anna weiter, »ich würde dich so gern mal abends zu uns einladen, aber Sture und ich, wir sind beide völlig erledigt. Keiner von uns hat in den vergangenen Wochen mehr als ein paar Stunden am Stück geschlafen, und uns fallen schon am frühen Abend die Augen zu. Aber hast du nicht vielleicht Lust, morgen mal zum Kaffee zu kommen? Wir könnten auf Djurgården im Rosendalpark spazierengehen.«

»Klingt gut.« Paula hatte zwar darauf gehofft, an diesem

Abend noch für eine Stunde vorbeikommen zu können, aber Anna hatte die Argumente auf ihrer Seite, und ein Samstagnachmittagskaffee war auch nicht schlecht. Besonders bei dem Gedanken, daß sie für das Wochenende noch gar nichts vorhatte. Sie verabredeten sich um zwei Uhr an der Djurgårdbrücke, aber Anna wies gleich darauf hin, daß sie seit Ebbas Geburt ein Problem mit der Pünktlichkeit hatte. Nach dem Gespräch war Paula um einiges ruhiger, und den restlichen Abend verbrachte sie vor dem Fernseher mit einer Schachtel Mohrenköpfe und einer halben Flasche säuerlichem Wein, der mehr zum Kochen gedacht war und den sie ganz hinten im fast leeren Kühlschrank gefunden hatte.

Von Anna hatte sie eigentlich mehr Verständnis erwartet, als sie von dem Kuß erzählte. So wie Anna reagierte, hätte sie es ebensogut Rakel beichten können.

»Zuerst einmal: Du hattest gerade eine Menge Streß mit dem Beenden der letzten Affäre.« Anna sah Paula ernst an, und es war nicht nötig, daß der Name Jason fiel, damit sie wußte, was gemeint war. »Zum zweiten ist Johan noch nicht einmal zwei Wochen fort, und zum dritten ist Ralf Brygge dein Regisseur und ein ...«

»... notorischer Frauenheld, ich weiß!« unterbrach Paula sie. »Ich habe ja schon gesagt, daß es nicht okay war.«

»Nein, das kann man laut sagen.«

»Es war aber immerhin nur ein Kuß«, sagte Paula zu ihrer Verteidigung. Wenn sie gewußt hätte, was auf sie zukam, hätte sie die Sache für sich behalten.

»Dann laß es damit gut sein«, ermahnte Anna sie.

»Ich habe auch gar nichts anderes vor. Außerdem wollte er gar nicht mehr«, fügte Paula säuerlich hinzu.

»Als ob das eine Rolle spielte!« empörte sich Anna so heftig, daß Klein-Ebba vor Schreck ihre Brustwarze losließ und einen schrillen Schrei von sich gab. Anna beruhigte sich und stopfte dem Baby die Brust wieder in den Mund. »Na ja, es ist letztlich deine Entscheidung«, sagte sie etwas versöhnlicher. »Du bist zu alt, um dich in solche Affären einfach hineinziehen zu lassen. Du hast doch einen freien Willen.«

»Stimmt, du hast recht. Und ich wollte ja nicht mehr.«

»Dann ist es ja gut.« Es entstand eine kleine Pause, und Anna sah hinunter auf Ebbas winzigen Unterkiefer, der sich nun immer langsamer bewegte.

»Obwohl es nicht schlecht war!« Paula grinste.

»Bei dir ist wirklich Hopfen und Malz verloren!« Anna konnte sich das Lachen nicht verkneifen. Offensichtlich war sie mit ihren Vorwürfen am Ende angelangt. »Hast du eigentlich in der letzten Zeit etwas von Geronimo gehört?«

Paula erstarrte. »O Gott, verdammt! Geronimo ... Ich hätte ihn ja vor ... vor Ewigkeiten anrufen sollen. Der Job ... Ich hab ihn total vergessen, als die Dreharbeiten losgingen!«

»Und er hat sich nicht gemeldet?« Paula schüttelte den Kopf. »Aber dann ist es doch sicher kein Problem.«

»Oder er ist stinksauer.«

»Geronimo? Stinksauer? Kann ich mir nicht vorstellen.«

»Wie gut, daß du mich daran erinnert hast. Heute abend rufe ich ihn an.«

»Tu das.« Anna versuchte aufzustehen, aber mit Ebba im Arm war das ein aussichtsloses Unterfangen. Sie hatten gemütlich auf einer Wiese gesessen und Kaffee getrunken. »Sie ist eingeschlafen, ich dachte, ich kann sie in den Wagen legen.« Paula sprang auf.

»Komm, gib sie mir«, sagte sie und streckte die Arme aus, um das schlafende Bündel zu nehmen. Wie ein Hundebaby, dachte sie, als sie das warme, weiche Kind in den Wagen legte. Sie drehte sich zu Anna um. »Was hältst du von einem Spaziergang, Mutti?«

Die dritte Woche der Dreharbeiten verstrich ohne größere Zwischenfälle. Ralf hatte seine Außenaufnahmen im Kasten, obwohl das Wetter längst nicht mehr beständig war wie am Anfang des Sommers, und jetzt waren sie fast ausschließlich im Studio. Paula gewöhnte sich langsam an den Job, der jeden Tag anders war. Die Leute im Team aber waren unheimlich freundlich und halfen ihr, wo sie nur konnten. Sogar der griesgrämige Kameramann sagte von Zeit zu Zeit etwas Nettes zu ihr. Es war ein sonderbares Gefühl, wenn sie sich vorstellte, daß das alles in ein paar Monaten vorüber sein würde. Daß der Film dann abgedreht und ihre Aufgabe beendet wäre. Es war sonderbar, aber der Reiz, den die Filmrolle zu Beginn auf sie ausgeübt hatte – Erfolgsphantasien und Filmstarstatus –, war völlig in den Hintergrund gerückt. Die Arbeit verlangte ihre ganze Aufmerksamkeit, und die Profis, mit denen sie tagsüber zu tun hatte, machten nicht den Eindruck, als würden sie sich von der Starwelt der Glanzzeitschriften beeindrucken lassen.

Letztlich hatte sie Geronimo doch noch erreicht. Er war tatsächlich ein wenig sauer gewesen, weil sie sich nicht gemeldet hatte, aber als er von ihrer neuen Karriere erfuhr, war er ganz aus dem Häuschen. Und ziemlich neidisch. Wenn sie ihre Meinung zum Job noch ändern sollte, dann würden sie schon noch etwas auf die Beine stellen können, hatte er gesagt.

Das Gespräch mit Geronimo hatte auch noch einen anderen, ganz unerwarteten Effekt. Obwohl er begeistert beschrieb, wie gut es Frank und ihm in Südafrika ging, wie toll das Klima war und wie entspannt alles lief, stellte sich bei Paula dieses Mal nicht das bekannte Gefühl im Magen ein. Fernweh. Die Sehnsucht, mit gepackten Koffern und unbestimmten Plänen am Arlanda zu stehen.

Das mußte am Job liegen, dachte sie verwundert. Es war das erste Mal, daß sie sich auf den nächsten Morgen freute, wenn sie sich abends ins Bett legte. Sicher, es war noch ein bißchen früh, nach einem Monat schon Schlußfolgerungen zu ziehen, aber sie hatte das Gefühl, jetzt war sie angekommen.

Am Donnerstag beeilte sich Paula, nach Hause zu kommen. Sie rechnete mit Johan gegen Abend und wollte vorher duschen und sich umziehen. Die Wohnung hatte sie am Abend zuvor aufgeräumt. Es hatte viel länger gedauert, als sie erwartet hatte, aber das Resultat war beeindruckend. Wenn man vom Wäschekorb absah, der vermutlich demnächst platzte.

Ihr war überraschend kribblig zumute, und auf dem Heimweg in der U-Bahn dachte sie darüber nach, was sie anziehen könnte. Vielleicht das weiße Kleid, das fand Johan doch so schön. Wenn es nicht in der Wäsche war... Oder einen Rock und ein enganliegendes Oberteil. Oder gar nichts. Bei diesem Gedanken bekam sie eine Gänsehaut. Eigentlich war nicht wesentlich mehr Zeit vergangen als üblich, seit sie das letzte Mal Sex hatten, aber Johan war ihr nun fast ein bißchen fremd geworden, seit er fort war, und der Gedanke war durchaus erregend.

Als sie zu Hause ankam, erstarrte Paula. Der rote Audi stand genau vor der Tür. Sie sah zum Wohnzimmerfenster hinauf. Es stand offen. Sie hatte es nicht geöffnet, weil sie mit Regen gerechnet hatte. Verdammt! Sie war schweißgebadet, ungeschminkt und hatte die falschen Kleider an, sie wollte ja nur ins Studio und zurück. Sollte sie sich in ein Café schleichen und versuchen, sich noch ein bißchen frisch zu machen? Doch in ihrer Tasche befanden sich nur ein Lippenstift, der viel zu dunkel war, und ein Kajalstift mit abgebrochener Spitze.

»Hallo?« rief sie, als sie in den Flur kam.

»Hier!« erklang es aus dem Schlafzimmer. Paula streifte sich die Sandalen ab und betrat die Wohnung. Auf dem Bett lag Johan ausgestreckt. Er trug nur eine Unterhose. Er war braungebrannt, wie sie ihn noch nie gesehen hatte, und das blonde Haar war heller und strubbeliger, als sie es kannte. Er machte keine Anstalten aufzustehen. »Ich mußte mich erst mal hinlegen. Habe seit heute morgen um sechs im Auto gesessen.«

»Wann bist du denn angekommen?«

»Vor einer Dreiviertelstunde.« Er sah sie an. »Wie geht's?«

»Gut.« Paula wußte nicht recht, was sie tun sollte. Sich neben ihn legen? Oder auf ihn? Kaffee kochen? Johan löste das Problem, indem er die Hand nach ihr ausstreckte.

»Vielleicht mal in den Arm nehmen?« Er lächelte, und Paula ging zu ihm und beugte sich hinab. Er zog sie herunter, so daß sie quer über seinem fast nackten Körper landete. Er mußte schon unter der Dusche gewesen sein, denn er duftete nach Duschgel. Er rollte herum, so daß sie auf dem Rücken landete. Dann küßte er sie. Kein Küßchen, kein zaghafter Ich-bin-wieder-zu-Hause-Kuß, kein Abklatsch des Kusses, den sie vor einer Woche im Taxi bekommen hatte, sondern ein richtiger Kuß. Seine Lippen ließen sehr lange nicht von ihren ab, und danach war ihr ganz schwindelig. War das ihr Johan?

»Du hast mir gefehlt«, sagte sie leise. Er lächelte.

»Gut.« Paula wartete auf eine Antwort, aber statt dessen sank Johan zurück auf seinen Rücken. »Was für eine Reise«, sagte er nur. »Auf dem Heimweg ging in Paris die Klimaanlage kaputt, ich habe sicher hundert Liter Schweiß verloren auf der Fahrt.« Er schwieg. »Ich habe dir übrigens etwas mitgebracht.« Ächzend drehte er sich aus dem Bett und ging ins Wohnzimmer zu seinen Koffern. Einen Moment später war er wieder zurück und überreichte ihr eine kleine Schachtel. Genau das Klischee, dachte Paula, Frauen bekommen immer solche Schachteln. Dann öffnete sie den Verschluß.

»Wie schön der ist.« Sie hob das kleine Teil in die Höhe.

»Ich dachte, der paßt zu dir. Es ist ein geschliffener Türkis.«

Paula bestaunte den Schmuck. Es war ein Delphin, vielleicht eineinhalb Zentimeter lang, aus einem Stück gearbeitet und poliert, der blaugrüne Stein glänzte. In der Mitte war ein kleines Loch, damit man ihn an eine Kette hängen konnte. »Der ist wirklich total schön«, sagte sie leise.

»Mmh, ich habe ja gesagt, er paßt zu dir.« Johan setzte sich wieder auf das Bett. »So, jetzt legen wir ihn wieder zur Seite«, sagte er, nahm ihr den Delphin aus der Hand und legte ihn auf den Nachttisch. Dann beugte er sich über sie, sie spürte seinen Körper auf sich, und er küßte sie, als sei es das erste Mal.

Ich frage Johan einfach. Wir könnten doch auch zu viert weggehen?« schlug Paula vor.

»Meinst du wirklich? Das wäre supernett!«

»Was sagt Tommy dazu?«

»Das ist mir ehrlich gesagt egal.« Rakel seufzte. »Warum tue ich mir das an, warum kann ich nicht einfach nein sagen.«

»Na ja, eigentlich ist das ja sonst nicht deine Schwäche. Bist du sicher, daß es mit Tommy nicht doch etwas Besonderes ist ...«

»Hör sofort auf! Ich habe dir gesagt, wie die Dinge liegen. Er ist einfach so unglaublich aufdringlich.«

»Ich werde Johan fragen. Wann sagtest du, wäre das?«

»Am Freitag.«

»Möglicherweise haben wir da mit dem Team eine kleine Feier, oder wir gehen nach der Arbeit noch etwas trinken.«

»Ach so.« Rakels Stimme war die Enttäuschung anzuhören, und Paula fühlte sich gezwungen, ihre Verabredung zu erklären.

»Ja, wir pausieren jetzt ein paar Wochen mit den Dreharbeiten.«

»Vielleicht kannst du einfach später nachkommen?« Rakel ließ nicht locker. »Und du, fragst du Johan auch noch? Wir treffen uns im East um halb acht.«

»Klar, mach ich. Und ich kann auf jeden Fall nachkommen. Mach dir keine Sorgen, wir erledigen das mit Tommy schon für dich!«

»Ihr wart alle wirklich phantastisch! Ich bin sehr zufrieden. Ohne daß ich die Bänder schon gesehen habe ...« Die anderen amüsierten sich über Ralfs Wendung. »Wir haben jetzt fast den halben Film im Kasten, damit liegen wir sogar wieder in der Zeit.« Wieder Gekicher. »Und eigentlich wollte ich nur auf euch anstoßen. Und auf mich ... Und sagen: In ein paar Wochen sehen wir uns wieder.« Ralf sah sie der Reihe nach an. »Skål!« Er hob die Bierflasche hoch, und die anderen taten es ihm gleich. »Skål!«

Die Leute hingen noch im Studio herum und aßen Chips und tranken Bier, das in dem kleinen Kühlschrank in der Küchenzeile nicht richtig kalt geworden war. Langsam ging es auf neun Uhr zu.

»Für die, die noch Lust haben«, sagte Ralf und wandte sich an das Grüppchen, das übrig war, »Svante und ich werden in der Stadt weiterfeiern.« Svalan und Jocke schlossen sich sofort an. Paula zögerte, sie hatte Johan gesagt, daß sie etwas später ins East nachkommen würde. Sicher, es war verlockend, Ralfs Einladung zu folgen, aber sie wollte die anderen nicht versetzen. Noch war sie so nüchtern, daß sie klar denken konnte.

»Ich habe leider schon etwas vor«, sagte sie, als Ralf sie fragend ansah. Einen Moment lang machte er ein enttäuschtes Gesicht. Doch schon lächelte er wieder.

»Schade. Dann beim nächsten Mal.«

»Will sich jemand mit uns das Taxi teilen?« Karina tauchte plötzlich mit der Jacke in der Hand auf. »Es ist jetzt startklar.« Paula meldete sich eilig zu Wort.

»Ich! Ich komme schon.« Sie drehte sich zu Ralf um und umarmte ihn. »Bis in ein paar Wochen«, sagte sie und flitzte Karina hinterher.

Die Stimmung im East war gut, und Paula brauchte eine Weile, bis sie Rakel und die anderen in der großen Kneipe ausfindig machte.

»Ach, ihr eßt«, stellte Paula mit einem Blick auf die halbleeren Teller auf dem Tisch fest. »Ich dachte, ihr wolltet nur etwas trinken gehen.«

»Tommy hatte einen Tisch reserviert«, antwortete Rakel rasch, als sie sich erhob, um Paula zu begrüßen. Johan, der auf dem Sofa gegenüber saß, stand ebenfalls auf und drückte sie, was Tommy in eine brenzlige Lage brachte. Es war klar, daß er Paula viel zu wenig kannte, um sie in den Arm zu nehmen, gleichzeitig wäre ein Handschlag viel zu förmlich gewesen. Ein bißchen unbeholfen stand er auf und drückte ihren Arm mit

Abstand. Er roch nach Rasierwasser. Paula setzte sich neben Johan an den kleinen Tisch.

»Ich wußte nicht, daß wir zu viert sind«, entschuldigte sich Tommy. »Sonst hätte ich natürlich einen größeren Tisch reserviert«, erklärte er.

»Ist alles mein Fehler«, sagte Paula. »Ich habe einfach dreist gefragt, ob wir uns euch anschließen können. Ich hoffe, es macht dir nichts aus?«

»Absolut nicht. The more the merrier, oder wie sagt man?« Er konnte seine Enttäuschung gut kaschieren.

Rakel, blaß wie immer trotz des sonnigen Sommers, hatte sich für Tommy nicht gerade schick gemacht. Ein einfaches weißes T-Shirt und eine schwarze Hose, beides so weit, daß man nichts von ihrer Figur ahnen konnte. Ein graues Jackett hing über dem Stuhlrücken. Ihre Kleiderwahl war sicher kein Zufall. Eigentlich überließ Rakel nie etwas dem Zufall. Im Gegensatz zu Paula hatte sie ihr Leben knallhart unter Kontrolle. Die Wahl ihrer Kleider zu diesem Date, obwohl Rakel es nie so genannt hätte, war für den armen Tommy ein deutliches Zeichen. Er selbst trug Jeans und ein Hemd mit aufgekrempelten Ärmeln. Neben dem schmächtigen kleinen Verwaltungstypen sah Johan wie ein Riese aus. Paula lehnte sich an seinen Arm, den er hinter ihr ausgestreckt hatte. Sie war müde.

Als Tommy etwas später vorschlug, noch woandershin zu gehen, und dabei Rakel mit großen Augen ansah, entstand eine gewisse Verwirrung. Tommy wollte unbedingt noch Zeit mit Rakel verbringen, wie und wo auch immer. Rakel hätte zugesagt, aber nur unter der Bedingung, daß sie nicht zu zweit blieben, schon gar nicht um diese Tageszeit. Paula war viel zu müde, um noch über eine Fortsetzung des Abends nachzudenken, und sie freute sich darauf, mit Johan in ein Taxi zu steigen und schnellstmöglich nach Hause zu fahren. Immerhin hatten sie Rakel den ganzen Abend schon beschützt. Als Paula trotz Rakels flehenden Blickes ankündigte, daß sie nach Hause fahren wolle, erklärte auch Rakel den Abend für beendet.

»Jetzt schon? Es ist doch noch nicht einmal elf.« Johan schien kein bißchen müde zu sein. »Wir können doch noch in die Südstadt ziehen und ein Bier trinken. Und wenn wir ein Taxi nehmen, können wir Paula auf dem Weg absetzen.« Johan sah die anderen fragend an. Tommy, der schon gedacht hatte, er hätte die Schlacht verloren, blühte auf.

»Super Idee! Oder was meinst du, Rakel? Die Südstadt liegt doch sowieso auf dem Heimweg.«

Rakel war sich noch immer unschlüssig, aber mit einem bestimmten »Genau, das machen wir« traf Johan die Entscheidung.

»Gut.«

Diese Wendung kam für Paula unerwartet. Sie wollte doch mit Johan zusammen nach Hause fahren. Aber Johan schien überhaupt kein schlechtes Gewissen zu haben, im Gegenteil, er war der erste, der sich vom Tisch erhob und zusammenräumte. »Beeilt euch, es geht los«, sagte er. »Jetzt haben wir noch eine Chance, woanders einen Tisch zu ergattern. Nach Mitternacht ist es freitags so gut wie unmöglich. Hast du es dir vielleicht doch anders überlegt, Paula?« Einen Moment lang war es verlockend, aber es ärgerte sie noch immer, daß er sie übergangen hatte, deshalb schüttelte sie den Kopf. Johan verließ den Tisch. »Auf, Leute, los geht's.«

»Bist du sauer?« Johan sah sie fragend an, während der Toaster laut knackte und zwei fertig geröstete Scheiben Brot in die Luft flogen.

»Nee ...«

»Ach, ich hatte das Gefühl.«

Paula zuckte mit den Schultern. Obwohl es schon fast elf Uhr am Samstagmorgen war, fühlte sie sich kein bißchen ausgeschlafen. Einmal war sie früher aufgestanden als Johan, hatte schon geduscht und die Haare gewaschen, bevor der erste Laut aus dem Schlafzimmer drang. Eigentlich kein Wunder, er war ja auch erst um kurz vor fünf Uhr nach Hause gekommen.

Johan griff nach den getoasteten Scheiben und reichte sie Paula. Sie nahm als erste die Butter und schmierte absichtlich so gemütlich, daß sein Brot schon abgekühlt war, als er an der Reihe war.

»Was für eine schöne Wohnung Rakel hat«, sagte er, als er endlich die Butter bekam.

»Sehr klein.«

»Ja, stimmt, aber sie hat wirklich das Beste daraus gemacht. Sicher wohnt sie da schon lange, oder?«

»Bald zehn Jahre. Sie hat sie über eine Wohnungsvermittlung bekommen.«

Johan nickte. »Ja, das hat sie gesagt.« Dann wurde es wieder still. Johan drehte am Radioknopf und suchte nach einem neuen Sender. Es kam ein Sketch mit zwei älteren Männern.

»Kannst du nicht wieder umschalten?« Die beiden Typen mit ihren abgestandenen Witzen machten es in der Küche nicht gerade gemütlicher.

»Was möchtest du hören?«

»Musik.« Johan drehte weiter und fand einen Hit einer Boygroup.

»Was wollen wir denn heute machen?« fragte er.

»Keine Ahnung.« Paulas Antwort war knapper und härter, als sie es eigentlich beabsichtigt hatte. Eigentlich wollte sie nicht länger beleidigt sein, aber sie kam aus dem Fahrwasser gar nicht mehr heraus. Sie war aufgewacht, als er nach Hause gekommen war, und er hatte ihr erklärt, daß sie noch bei Rakel zu Hause gesessen und Whiskey getrunken hatten, weil es in den Bars keinen Platz mehr gab. Es war sehr nett gewesen, hatte er gesagt. Was war es, das sie daran so ärgerte? Daß es spät war? Daß er schon wieder ihre Freunde mit Beschlag belegte? (In diesem Zusammenhang ging sogar Tommy als Freund durch.) Daß er sie nicht vermißt hatte?

Johan sah ihr ins Gesicht. »Du könntest dich zur Abwechslung mal beherrschen«, entgegnete er kurz, und sein Tonfall unterstrich seine Meinung.

»Wir könnten einen Spaziergang machen. Und dann irgendwo Kaffee trinken gehen«, schlug sie mit etwas übertriebenem Enthusiasmus vor. Sie wollte keinen Streit. Ihr war klar, daß sie ihn nicht gewinnen würde.

»Gut«, sagte er und trank seine Kaffeetasse aus. »Dann gehe ich jetzt duschen.«

Die freien Wochen kamen Paula unendlich lang vor. Sie sehnte sich nach der Arbeit am Film. Das Gefühl war ihr so neu, daß sie anfangs gar nicht wußte, was mit ihr los war. Vor sich hinzubummeln war für sie nichts Besonderes, aber mit einem Mal wußte sie gar nicht, was sie mit ihrer ganzen freien Zeit anfangen sollte. Johan arbeitete. Rakel arbeitete. Eine Verabredung mit Anna wurde abgesagt, weil Ebba plötzlich Husten hatte. Paula hatte sogar ihren Vater angerufen, um zu fragen, ob ihre Geschwister Lust auf einen Ausflug in die Stadt hätten, aber sie waren auf Öland und besuchten die Großeltern.

Das herrliche Sommerwetter war nun definitiv vorüber, und der ständige Nieselregen lockte keinen Hund vor die Tür. Als das Telefon klingelte, lag Paula auf dem Sofa und sah durch das naßgeregnete Fenster hinaus. Sie reckte sich zum Couchtisch hinüber, wo das Telefon lag.

»Paula! Hier ist Anders! Anders Wixell, von ›Geradeaus‹«, fügte er hinzu, als sie nicht gleich im Bilde war. »Wie geht's dir?«

»Danke, prima. Und selbst?«

»Auch gut, bin noch im Urlaub. Die letzten Tage. Dann geht's wieder los! Du bist doch dabei?«

»Also ...« Paula zögerte. »Ein paar Dinge haben sich geändert ...«

Anders stöhnte auf. »Stimmt es also. Ich habe das Gerücht schon gehört, hatte aber keine Ahnung, ob es wahr ist. Daß du gerade mit Ralf Brygge drehst.«

»Doch, das stimmt.«

»Ich kann mich nicht erinnern, daß du beim Vorstellungsgespräch gesagt hast, du seist Schauspielerin.«

»Bin ich auch nicht. Ralf hat da besondere Vorstellungen.«

»Wirst du den ganzen Herbst über eingespannt sein?«

»Nein, aber den ganzen Oktober haben wir noch zu tun. Dann ist es für euch zu spät, oder?«

»Ja, das stimmt. Mitten in der Staffel Leute zu ersetzen, ist problematisch.« Paula wußte nicht recht, was sie sagen sollte.

»Ich hätte mich vielleicht melden sollen ...«

Anders gab sich einen Ruck. »Ach was, ist schon okay. Wir werden schon jemanden auftreiben. Aber für dich ist das wirklich ein Erfolg! Ich meine, der Film.« Er hakte noch mal nach. »Äh ... das hat doch wohl nichts damit zu tun, daß ich ...«

Paula lachte. »Nein, keine Sorge. Ich hätte gern wieder bei euch gearbeitet, wenn der Film nicht dazwischengekommen wäre.«

»Okay, dann vielleicht bei der nächsten Staffel.«

»Klar! Sehr gerne!«

Sie beendeten das Gespräch, und Anders gratulierte ihr nochmals zu der Rolle. Draußen war der Nieselregen in Dauerregen übergegangen, und Paula mußte an die vielen Wochen denken, die ihr noch bevorstanden. Bis es wieder losging. Sie könnte ja in ein Museum gehen ...

Daß das Telefon zweimal am Nachmittag klingelte, war ein ungewohnter Luxus, und Paula hatte sofort den Hörer in der Hand. Johan rief von der Arbeit aus an. Das Gespräch war nach ein paar Minuten vorüber, aber als Paula aufgelegt hatte, stieg das Gefühl in ihr auf, daß dies eher ein Informationsaustausch gewesen war als ein Gespräch. Johan hatte sie gefragt, ob sie am Abend etwas vorhätte, und ihre Antwort war natürlich nein. »Gut«, hatte er gesagt, »dann würde ich vorschlagen, daß wir mal miteinander reden.« Diese merkwürdige Formulierung hatte sie stutzig gemacht, sie kam nicht einmal darauf, nachzufragen, worüber eigentlich. Was meinte er mit *reden*? Sie redeten doch jeden Abend miteinander?

Paula zuckte zusammen, als sie den Schlüssel im Schloß hörte, obwohl sie wußte, daß Johan kurz nach sechs dasein würde. Jetzt war es viertel nach. Paula rührte ein letztes Mal die Hackfleischsoße um, bevor sie in den Flur ging, um ihn zu begrüßen.

»Riecht gut!« war das erste, was er sagte. »Hast du gekocht?«

»Als ob das etwas Besonderes wäre.« Paula wollte einen gekränkten Eindruck machen, mußte ihm aber innerlich recht geben. Es kam nicht gerade häufig vor, daß sie das Essen fertig hatte, wenn er nach Hause kam. War etwas passiert? »Wie war es denn bei der Arbeit heute? Irgend etwas Neues? Mit wem hattest du Dienst?« Johan sah sie verwundert an.

»Woher dieses plötzliche Interesse?«

»Ich frage mich nur…« Sie schwieg und machte sich statt dessen daran, Johan heimlich zu beobachten. Was machte er für einen Eindruck? Sie konnte nichts Ungewöhnliches entdecken, als er in die Küche ging und voller Erwartung den Topfdeckel hob.

»Schon fertig? Sieht total lecker aus.«

Paula deckte den Tisch, das hatte sie bislang noch nicht geschafft. Sie zögerte einen Moment, als sie die Gläser aus dem Schrank nahm. »Möchtest du Wein?«

»Wein? Ja, warum nicht.«

Paula nahm irgendeine Flasche aus dem Weinregal. Von den dreien, die dort lagerten, konnte sie keine beurteilen. Johan hatte sie gekauft. Er kaufte immer den Wein. Es schien jedenfalls ein spanischer zu sein. Sie öffnete ihn und stellte die Flasche auf den Tisch. »Bitte, bedien dich«, sagte sie stolz und wies auf die Töpfe.

Johan aß zwei große Teller voll und hätte beinahe noch einen dritten genommen. Paula freute sich. So sollte es doch sein. Sie schenkte noch einmal Wein nach. Ganz erwachsen, dachte sie und mußte über sich selber lächeln.

»Worüber lächelst du?« Johan lehnte sich auf seinem Stuhl zurück.

»Ach, nichts.«

»Sag's mir doch!«

»Ach, ich dachte nur...« Johan sah sie an. »Daß es schön ist, hier mit dir zu sitzen.« Er schaute sie noch immer an. »So erwachsen irgendwie...«, versuchte sie zu erklären.

»Weißt du, was das Traurige daran ist?« Johan sprach weiter, als Paula keine Antwort gab. »Daß wir schon so lange erwachsen sind.«

»Wie meinst du das?« fragte sie zaghaft.

»Daß das, was du mit erwachsen meinst, heute spürbar ist. Morgen ist es vielleicht schon wieder verschwunden.«

»Ich verstehe nicht, was...«

Johan holte tief Luft. »Ich bin vierunddreißig Jahre alt. Ich bin schon ziemlich lange erwachsen. Ich habe eine Ausbildung, eine Arbeitsstelle, ich habe eine Wohnung und eine Freundin...« Er verstummte. »Von Zeit zu Zeit. Von Zeit zu Zeit habe ich eine Freundin. Wenn sie nicht gerade verreist ist.«

»Aber dann bin ich doch auch deine Freundin«, widersprach Paula.

»Stimmt das?« Er sah sie traurig an, und Paula hatte Mühe, ihm in die Augen zu sehen. »Ich habe gewartet und gewartet und gewartet. Darauf, daß du nach Hause kommst. Daß du dich entscheidest. Ernsthaft.«

»Aber...« Johan schnitt ihr das Wort ab.

»Ich weiß, was du sagen wirst, du hast dich doch entschieden. Aber du hast mir nie *das Gefühl* gegeben! Immer warst du dir selbst wichtiger als unser gemeinsames Leben.«

»Ist das nicht bei jedem so!?« Paula wollte sich den Schuh nicht anziehen.

»Ja. Vielleicht ist es so. Vielleicht ist das die Lehre, die ich ziehen muß.« Paula atmete auf. Johan schien es verstanden zu haben. Verstanden, daß jeder sein eigenes Leben leben mußte. Erst dann konnte man mit jemandem zusammenleben, Seite an Seite, wie zwei selbständige Wesen.

»So...«, Johan nahm den Faden wieder auf, »dann ist es für mich jetzt an der Zeit, das zu tun.«

Was heißt das, er hat Schluß gemacht? Paula, ich kann dich kaum verstehen. Liebes, versuch, dich zu beruhigen!« Anna tat, was sie konnte, um die hysterisch schluchzende Paula zu trösten, aber sie konnte nur einzelne Worte verstehen: »Hackfleischsoße«, »erwachsen«, »Ausland« und dann »Schluß machen«. »Paula, hast du mit Johan Schluß gemacht?« fragte Anna besorgt. Das Heulen wurde noch schlimmer. Anna versuchte, sie zum Sprechen zu bringen. »Komm her! Ruf dir ein Taxi, hörst du? Fahr gleich los!« Sie meinte, so etwas wie ein Ja gehört zu haben, und kurz darauf wurde der Hörer aufgelegt. Eine Viertelstunde später klingelte Paula an der Tür. Sie sah wirklich mitgenommen aus.

»Du Arme«, begann Anna, mehr war definitiv nicht nötig, damit Paula wieder zu weinen begann. »Komm erst mal rein.« Anna führte ihre Freundin zum Sofa im Wohnzimmer. Sie mußte zwangsläufig daran denken, wie Paula das letzte Mal auf diesem Sofa gesessen und geheult hatte. Damals war sie unglücklich verliebt gewesen. Doch dieses Mal schien es ernster. »Jetzt erzähl mal.« Anna setzte sich neben Paula und nahm ihre Hand. »Einen Moment«, sagte sie und stand noch einmal auf. »Ich hole ein paar Taschentücher.« Etwas später kam sie mit einer Rolle Toilettenpapier zurück. »Ich habe keine Taschentücher gefunden. Ich hoffe, das geht auch, ist jedenfalls schön weich.« Sie riß ein Stück ab und gab es Paula. Die griff dankbar zu. Sie schneuzte sich und holte ein paar Male tief Luft. Das Schluchzen wurde weniger. »Laß mal hören.«

»Es war Johan ...« Sie begann wieder zu weinen.

»Ganz ruhig, tief durchatmen. Was war mit Johan?«

Paula setzte erneut an, diesmal mit mehr Erfolg. »Er... Er hat Schluß gemacht.« Sie biß sich auf die Lippe, um nicht wieder mit dem Geheule anzufangen.

»Johan hat Schluß gemacht?« Anna sah sie mit großen Augen an. Das war eine Neuigkeit. »Hat er etwas herausbekommen ...?« Paula schüttelte den Kopf.

»Nein, ich glaube nicht. Er sagte, er müsse sich jetzt um sein Leben kümmern.«

»Um sein Leben kümmern? Was heißt das?«

»Keine Ahnung.« Paula begann zu schniefen.

»Aber er muß doch noch etwas gesagt haben?«

»Daß er schon so lange auf mich gewartet hat. Darauf, daß wir die gleichen Vorstellungen von unserem Leben haben. Und daß er festgestellt hat, daß er sich zu sehr verbiegen muß, wenn er noch länger auf mich wartet.«

»Klingt wie ein Ultimatum.«

»Ja. Ohne Alternative.«

»Gab er dir keine Chance, deine Meinung zu ändern?«

»Nein. Er sagte, jede Grenze sei bereits überschritten. Daß er keine Lösung mehr sehe.«

»War er wütend?«

»Nein.« Paula schüttelte betrübt den Kopf. »Überhaupt nicht, nur traurig. Und verkniffen. Ich hatte nicht das Gefühl, als gäbe es etwas zu diskutieren.«

»Ich verstehe trotzdem nicht ... Was will er denn dann?«

»Na, ist doch klar ...« Paula machte eine Bewegung Richtung Kinderzimmer. »Das, was ihr habt.«

»Kinder?«

»Auch.«

Anna verstummte. »Denkst du, das ist eine Auszeit?« fragte sie etwas später.

»Glaube ich nicht. Ich glaube, er meint es ernst ...« Dann war es mit der Selbstbeherrschung vorbei, und Paula brach wieder in Tränen aus. »Und das ... wo ... ich ... Hackfleischsoße ... gemacht habe!«

Paula schaute sich im U-Bahnwagen um. Die gelben Wände waren mit unleserlichem Gekritzel beschmiert. Einer der leeren Plätze war quer über die Sitzfläche aufgeschlitzt, so daß die Schaumgummifüllung herausquoll. Sie ärgerte sich, daß sie nicht mit dem Bus gefahren war. In der Fensterscheibe sah sie ihr Spiegelbild. Mein Gott, wie schnell man dunkle Ringe unter den Augen bekam! Am Tag davor waren sie doch noch nicht dagewesen ... Die Nacht auf Annas und Stures Sofa hatte ihr immerhin erspart, in die Wohnung zurückzufahren, doch viel geschlafen hatte sie freilich nicht.

Die U-Bahn-Station am Mariatorg sah aus wie immer. Vermutlich. Doch es war ein Gefühl, als betrete sie ein anderes Land, Johanland. Die dreckiggelben Ziegelsteine, die Werbung, wahrscheinlich die gleiche wie in Gamla Stan, aber mit neuen Slogans, Rolltreppe und Zeitungskiosk. Alles hatte seinen Platz in der Propaganda für Johans viele gute Eigenschaften. Wieso war das alles an ihr vorbeigegangen? Und wieso bemerkte sie es erst jetzt, da ihr Visum abgelaufen war?

In der Wohnung war alles beim alten. Sie war fremd wie immer. Das Bett war gemacht, die Töpfe und Teller vom Abendessen abgewaschen und weggestellt. Auf dem Küchentisch lag ein Zettel. *Paula! Wir können unser Gespräch fortführen, wenn du kannst. Ruf mich doch bei der Arbeit an, wenn du willst. Johan.* Sie drehte das Papier eine Weile zwischen den Fingern hin und her. Was gab es noch zu reden? Paula mußte ihre zwei Koffer packen, und dann war die Sache gegessen. Kein Streit ums Sorgerecht, keine Auseinandersetzung über den Hausrat. Eigentlich hätte sie jubeln können: Schaut her, wie einfach es geht! Aber es schien ihr völlig unangebracht, die Vorteile ihrer Situation herauszustellen.

Bevor Paula aus der Wohnung verschwunden war, hatte Johan noch mitgeteilt, daß er eine Weile bei seinem Kollegen Vincent wohnen würde, so daß sie sich in Ruhe eine neue Wohnung suchen könne. Wie lange, hatte er nicht näher beschrieben, allerdings nahm Paula an, daß er höchstens ein paar Wochen bei Vincent wohnen könnte. Zudem würde sie nie darauf pochen, in der Wohnung länger als nötig zu bleiben. Als sie sich umsah, wurde ihr schmerzlich bewußt, wie wenig Spuren sie in dieser Wohnung hinterlassen hatte. Außer den Kleidern, die sie immerhin erfolgreich in der ganzen Wohnung verteilt hatte, und der Teetasse waren an die zehn Bücher, Taschenbücher natürlich, vielleicht drei oder vier CDs und ein bißchen Kleinkram von ihr. Ohne Probleme paßte das in ihre zwei Koffer. Sie setzte sich an den Tisch, hielt noch immer den Zettel in der Hand. Langsam begannen die Tränen wieder zu kullern. Sie fühlte sich so verdammt einsam.

»Klar, natürlich kannst du bleiben ... eine Weile.« Rakel gelang es nur schlecht, ihre Skepsis zu verbergen. »Dann mußt du allerdings auf einer Matratze auf dem Boden schlafen, denn ich habe kein Gästebett.«

»Kein Problem. Nur ein paar Tage. Außerdem fangen wir am Montag wieder mit den Dreharbeiten an, dann bin ich sowieso nicht viel zu Hause. Danke dir ...« Paulas flehender Tonfall weckte offensichtlich Rakels schlechtes Gewissen.

»Aber sicher. Es kommt nur ein bißchen plötzlich. Natürlich kannst du bleiben. Ich werde vermutlich nächste Woche ein paar Tage unterwegs sein. Mein Chef ist krank, ich muß ihn auf einer Konferenz in Malmö vertreten.«

Wie immer reagierte Rakel ganz pragmatisch. Paula hatte ihr von der Trennung erzählt, aber da Rakel sehr gefaßt reagierte, konnte auch Paula ihre Gefühle ganz gut unter Kontrolle halten. Sie schilderte ruhig, daß Johan der Ansicht war, sie hätte nicht genug in ihre Beziehung investiert, und daß er es nun leid war, auf sie zu warten. Rakel hatte etwas gemurmelt, aber es war schwer zu sagen, ob es eine Reaktion auf Paulas Unglück oder Johans Entscheidung war.

»Kann ich morgen meine Koffer bringen?«

»Ja, ab vier Uhr bin ich sicher zu Hause, ich will Wäsche waschen ...«

»Okay, dann komme ich ab vier.« Paula wollte das Gespräch gerade beenden, als Rakel unvermittelt fragte:

»Und was hast du dann vor?«

»Wohnungsmäßig?«

»Mmh.«

»Weiß ich noch nicht«, antwortete Paula wahrheitsgetreu. »Im Moment bin ich noch vollauf damit beschäftigt, eine Übergangslösung zu finden. Ich werde mal den Wohnungsmarkt anschauen, die Zeitung lesen und Leute ansprechen. Hören, ob jemand etwas frei hat. Da wird sich schon etwas ergeben. Muß es ja.«

»Ich kann bei der Arbeit mal fragen. Es gibt ja viele Kollegen, die für längere Zeit ins Ausland müssen, vielleicht ist da was zu machen.«

»Danke, sehr nett von dir.« Einen Moment war es ruhig.

»Und wie geht's dir jetzt?« Rakels Stimme war sanfter geworden. Sie klang plötzlich gefühlvoll. Da war es um Paulas Fassung auch schon geschehen.

»Scheiße«, antwortete sie mit zitternder Stimme. »Ich fühle mich so miserabel.«

»Aber«, sagte Rakel, »das kann dich doch nicht eiskalt erwischt haben.«

»Wie meinst du das?« Paula war über Rakels Kommentar erstaunt.

»Johan hat dir doch so viele Signale gegeben. Jahrelang.«

»Wirklich?«

»Aber Paula, dir wird doch nicht entgangen sein, daß er unzufrieden war? Ihr habt doch so oft darüber gesprochen.«

Paula fühlte sich nur noch schlechter. »Aber ... das war doch nie ernst. Jedenfalls nicht so.«

»Aber vielleicht für ihn.«

Paula schwieg. »Findest du, ich war ein Idiot?«

»Nein. Natürlich nicht. Aber er auch nicht. Er hat gewartet und gewartet, aber es hat sich nichts getan. Irgend etwas mußte er doch tun.«

Paula wußte nicht, was sie sagen sollte. Mußte er? Sie schluckte noch einmal, dann sammelte sie sich. »Ich komme dann morgen ab vier.«

Wie schön, daß ihr alle wieder da seid! Habt ihr euch gut erholt?« Das war wohl bei den meisten der Fall. »Prima!« fuhr Ralf fort. »Dann muß ich euch mitteilen«, er sah hinüber zu Svante, »daß wir sehr zufrieden sind mit unserer Arbeit. Ein paar Szenen sind sogar besser geworden, als ich gedacht hatte. Wenn wir dieses Niveau bis zum Ende halten können, glaube ich, daß wir gerade einen Riesenerfolg produzieren!« Einige flüsterten, andere begannen zu klatschen.

Paula beobachtete Ralf, während er die Arbeit der kommenden Wochen durchging, Aufgaben verteilte und weitere Kommentare zur bisherigen Arbeit abgab. Er wirkte engagiert, gestikulierte lebhaft und lief energisch im Raum hin und her. Seine Locken waren an einer Seite völlig plattgedrückt, als wäre er gerade aus dem Bett gekommen. Paula konnte sich den Gedanken nicht verkneifen, wem dieses Bett wohl gehörte ... Vor ein paar Wochen hatte sie sein Bild in einer Boulevardzeitung gesehen. Die adlige Zweiundzwanzigjährige war tatsächlich schon wieder durch die nächste ersetzt. Eine unwesentlich ältere Frau, Typ Model, tiefrote Lippen und Strähnchen. Paula dachte, sie hätte sie schon einmal gesehen, aber wahrscheinlich lag das an ihrem Äußeren. *Nur Freunde?* war die Bildunterschrift, sicherheitshalber mit Fragezeichen.

Ralf freute sich, als er sie sah. »Mein neuer Star!« sagte er, als er sie umarmte. Irgendwie klang das mehr wie ein Kompliment für ihn als für sie. Auf dem Wort »mein« lag die Betonung. Trotzdem war Paula froh. Diese Begrüßung war wesentlich angenehmer als »Kannst du bitte diese zwei Ordner kopieren und dann einen Kaffee aufsetzen ...«.

»Ein paar Szenen habe ich umgeschrieben.« Ralfs Stimme unterbrach ihren Gedankenfluß. Er stellte sich genau neben sie, während er die weiteren offenen Punkte durchging. »Keine großen Änderungen, aber wir haben die Szenen in Italien, wo Lilian endlich alles einsieht, umgestellt, sie kommen nun nach Sandras Gefühlsausbruch im Büro. Das ist dramaturgisch effektvoller. Wie ihr sehen werdet, besonders Paula und Henrietta, haben wir dafür ein paar Sätze umgeschrieben, damit das Ganze wieder stimmig ist. Karina verteilt die neuen Manuskripte, wenn ich fertig bin.«

Ralf hielt inne, um zu überlegen, ob er alles gesagt hatte. Er strich sich über das unrasierte Kinn. »Heute nachmittag ist Anprobe, morgen beginnen wir mit den Proben. Ich hoffe, ihr habt die Zeitpläne bereits.« Ralf sah sich fragend um, sein Blick blieb an Paula hängen. Sie nickte. »Gut, dann legen wir los!«

Die Proben wurden so intensiv, wie Paula es gehofft hatte. Stundenlang war sie beschäftigt und mußte nicht an Johan denken. Seit der Trennung hatte sie nur einmal mit ihm gesprochen, am Samstag, als Rakel ihr zugesagt hatte. Sie hatte gehofft, daß der Anrufbeantworter anspringen würde, doch Johan ging selbst ans Telefon. So kurz wie möglich hatte sie ihm mitgeteilt, daß er seine Wohnung ab Sonntagabend wieder beziehen könne, dann wäre sie fort. Er fragte nicht nach, wo sie wohnen würde. Vielleicht hatte er doch ein schlechtes Gewissen. Mehrmals hatte er darauf hingewiesen, daß sie nicht überstürzt gehen müsse, daß er bei Vincent mit Sicherheit noch ein paar Wochen bleiben könne. Paula tat so, als hätte sie es nicht gehört. Als er mit dem obligatorischen Vorschlag kam, »ob es nicht gut wäre, miteinander zu reden?«, hatte sie den Sinn eines solchen Gesprächs wiederum in Frage gestellt.

»Gibt es denn noch irgend etwas zu besprechen?«

»Es gibt sicher enorm viel ... wie es soweit kommen konnte, warum ...«

»Und das soll etwas verändern?«

»... nein.«

»Also, am Sonntag um vier bin ich weg.« Dann legte sie auf. Hinterher hatte sie jedes Wort des Gesprächs Revue passieren lassen. Sich selbst als Sieger gefühlt, es sich wieder anders überlegt, daran gedacht, noch einmal zurückzurufen, es sich aber strengstens verboten und statt dessen Anna angerufen. Anna hatte sie getröstet und gemeint, es sei besser, nicht zurückzurufen, wenn sie sich nicht bereit dazu fühlte, dieses Gespräch, das Johan angeboten hatte, zu führen. Ein Gespräch unter *Erwachsenen.* Das damit endete, daß man sich die Hand gab und sich Glück wünschte für den restlichen Lebensweg. So weit war Paula noch nicht. Das war ihr selber klar.

Rakel tat ihr Bestes, Paula von den Gedanken an Johan abzulenken. Sie schlug pausenlos Aktivitäten vor, Spaziergänge, Kinobesuche. Als sie die Idee hatte, daß Paula ins Fitness-Studio mitkommen sollte, mußte Paula schließlich lachen. So weit sei es noch nicht mit ihr, hatte sie Rakel geantwortet. Statt dessen hatte sie zugestimmt, ein paar Videos auszuleihen, um nicht alles abzulehnen. Rakel war großzügig gewesen und hatte Paula die Filme aussuchen lassen, aber dann war sie nervös auf dem Sofa hin- und hergerutscht, wenn es um eine Geschichte ging, in der eine unglückliche, oder was noch schlimmer war, eine glückliche Liebe vorkam. Als läge es in ihrer Verantwortung, Paula bei Laune zu halten.

Beide waren sichtlich erleichtert, als Rakel am Donnerstagmorgen nach Malmö auf ihre Konferenz fuhr. Sie würde die Gelegenheit wahrnehmen und noch einen Freund in Lund besuchen, wenn sie schon in Skåne war, und so käme sie nicht vor Sonntag zurück. Die kleine Einzimmerwohnung war auf Mitbewohner wirklich nicht eingerichtet, das war Paula während dieser Woche durchaus klargeworden, und sie machte sich zunehmend Sorgen, wie es weitergehen sollte. Sie wollte ihre Freundschaft zu Rakel nicht unnötig damit belasten, doch bis jetzt hatte sich niemand auf ihre Wohnungsgesuche gemeldet.

Papa, dachte sie mit einem Mal. Sie würde bestimmt bei Papa draußen wohnen können. Sie hatten doch ein Gästezimmer. Vielleicht wäre ein bißchen Familienanschluß sogar ganz nett, Anita … Sofort schob sie den Gedanken wieder fort. Es würde sich schon eine andere Lösung finden.

Wie, heute abend?« Paula war gerade dabei, am Ende des Arbeitstages ihre Sachen zu packen. Alle anderen waren bereits gegangen.

»Svante wird eventuell auch noch dazukommen ... Ich dachte nur, es wäre gut, vor der nächsten Woche noch ein paar Dinge besprechen zu können. Ganz in Ruhe. Aber wenn du etwas vorhast ...«

»Nein, überhaupt nicht, das ist es nicht ...«

»Dann können wir doch gleich losgehen? Ich habe einen Bärenhunger.«

Paula war überredet. »Okay.«

Das Restaurant war nicht einmal zur Hälfte gefüllt, aber fast jeder Tisch war mit Reservierungsschildchen versehen, so daß der Kellner verzweifelt seinen Plan studierte. Immerhin stand Ralf Brygge vor ihm. Jeder andere hätte ein »Tut mir leid, wir sind belegt!« hinnehmen müssen. Plötzlich erschien ein weiterer Herr, vermutlich der Besitzer der Lokals. Er trug einen eleganten grauen Anzug. Sein weinrotes Hemd paßte hervorragend zur gestreiften Krawatte. Er nickte Ralf und Paula mit freundlichem Blick zu und wandte sich mit steifer Miene an den Ober.

»Gibt es hier ein Problem?« Der Ober teilte mit, daß sie ausgebucht seien, wurde aber schnell von dem Mann im Anzug unterbrochen. »Ich glaube, soeben ist ein Tisch für Sie frei geworden. Bitte sehr.« Er wies auf einen der reservierten Tische am Fenster. Paula machte einen Schritt in diese Richtung, doch Ralf stand noch da wie angewurzelt. Sie hielt inne.

»Wir möchten lieber dort sitzen«, sagte er und zeigte auf einen kleinen Tisch in einer Nische. Für den Mann im Anzug war auch das kein Problem.

»Dann regeln wir das!« Er starrte den Kellner an, der daraufhin zu dem Tisch eilte und einen Stuhl abrückte, vermutlich für sie, wie Paula annahm. Ralf kam hinterher und nahm gegenüber Platz. Der Chef stand noch immer bei ihnen. »Dürfen wir Sie zu einem Drink einladen?«

»Für mich einen Martini dry. Paula?«

»Ja, für mich auch.«

Die beiden Männer verschwanden. Die Szene hatte unter den anwesenden Gästen ein wenig Aufmerksamkeit erregt, und Paula bemerkte, wie sich einige den Hals verdrehten, um noch mehr von dem bekannten Regisseur zu sehen zu bekommen. Und von seiner Begleitung, klar. Bevor sie den Probenraum verlassen hatten, war sie immerhin noch dazu gekommen, ihren Lippenstift aufzufrischen und die Haare zu bürsten, aber ihre Kleidung konnte sie nicht wechseln. Sie hatte nichts anderes dabei. Auf der anderen Seite schien Ralf sich über seinen eigenen Aufzug keinerlei Gedanken zu machen. Paula konnte noch immer nicht sagen, ob sein ausgewaschenes T-Shirt mit Che Guevara als Ironie zu verstehen war oder ob er es noch aus der Zeit hatte, als so etwas in war. Die Militärhose und die Turnschuhe waren die gleichen, die er sonst auch trug.

Diese Gegensätze faszinierten sie: auf der einen Seite sein lumpiges Äußeres, auf der anderen Seite dieses edle Lokal, das zwar ganz in der Nähe lag, aber vor kurzem erst eröffnet hatte. Es war kühl und modern eingerichtet, und die Rezensionen, die Paula gelesen hatte, überschlugen sich. Wahre Lobeshymnen. Ralf mußte gewußt haben, daß man an einem Freitagabend dort keinen Platz bekommt, aber er machte überhaupt keine Anstalten zu gehen, als der Kellner sagte, sie hätten keinen Tisch mehr frei.

Selbstbewußt, dachte Paula und mußte ihm dafür Bewunderung zollen.

»Zum Wohl«, sagte er und erhob das Glas, nachdem er die beiden Oliven gegessen hatte.

»Zum Wohl«, antwortete Paula und nahm einen kleinen Schluck. »Wann kommt Svante?« fragte sie.

»Später«, antwortete Ralf. »Wieso, vermißt du ihn?« Er schien ein bißchen beleidigt.

»Er ist sehr nett«, sagte Paula zögernd.

»Aber ich bin ein bißchen netter, oder?« lachte Ralf. »Was wollen wir essen?« fragte er und schlug die Speisekarte auf.

Sie bestellten beide ein Hauptgericht. Ralf bestand darauf, eine Flasche Wein zu ordern, obwohl Paula meinte, ein Glas würde ihr völlig genügen. Nach dem Essen tranken sie Espresso, und wie immer fühlte Paula sich bei Ralf wohl. Über die Arbeit hatten sie noch gar nicht gesprochen, und so konnte Paula sich nach dem Kaffee eine Frage nicht verkneifen.

»Du wolltest mit mir über etwas Bestimmtes sprechen?« sagte sie vorsichtig. »Ich meine, vor der kommenden Woche.« Ralf lehnte sich zurück und sah sie eine Weile an.

»Ja«, sagte er schließlich. Paula wartete. »Ist irgend etwas passiert?«

»Etwas passiert?« wiederholte sie begriffsstutzig.

»Ja. Ist seit dem Sommer etwas passiert? Du wirkst manchmal so ...«, er suchte nach dem passenden Wort, »... abwesend. Irgendwie bedrückt.«

Paula erstarrte. Und sie dachte, sie hätte sich so gut geschlagen. Was hatte sie nur falsch gemacht? »Was meinst du mit ... abwesend?« Sie wollte nicht antworten. Die Trennung von Johan war eine private Angelegenheit, das war ihre Sache. Das hatte mit Ralf nichts zu tun, aber sein Blick war so eindringlich, daß er sie sofort aus dem Gleichgewicht brachte. »Ja, also ... Das hat nichts mit der Arbeit zu tun«, versuchte sie abschließend mitzuteilen, aber Ralf ließ nicht locker.

»Sondern?« Er wartete.

»Das ist privat.«

»Eins mußt du wissen, Paula. Etwas Privateres, als einen Film zusammen zu drehen, gibt es nicht. Wenn dich etwas belastet, dann möchte ich das wissen.« Er wartete eine Weile, aber als noch immer keine Antwort kam, fuhr er fort. »Liebeskummer?« Paula zögerte noch immer.

»Ja«, sagte sie leise. »Johan hat Schluß gemacht.« So, jetzt war es raus. Sie fühlte sich nackt und lächerlich, und Ralf kam ihr plötzlich wie ein Lehrer oder Seelsorger vor. Solche Situationen waren ihr schon immer zuwider gewesen. Wenn fremde Erwachsene sich einmischten. Wie damals, als ihre Mutter starb und die Lehrer sie zur Seite nahmen und meinten, sie wüßten genau, wie sie sich fühlte. Eine peinliche Situation, genau wie jetzt mit Ralf. »So was kommt vor«, sagte sie, um ihre Gefühle zu überspielen. »Das Leben geht weiter.«

»War das eine gemeinsame Entscheidung?« Ralf ließ sich nicht abspeisen.

»Nein. Er will sich um sein Leben kümmern, das ist alles. Im ersten Moment tut es weh, aber das Leben geht weiter.« Wenn es nun wirklich so wäre, dachte sie in dem Moment, als sie die ungewohnten Worte aussprach. Der Gedanke war tröstlich.

»Hat er eine andere kennengelernt?«

Paula schnaubte. Wie absurd! Der Gedanke lag ihr so fern, daß sie noch nicht einmal auf die Idee gekommen war. »Nein, sicher nicht!« Ralf schaute sie verwundert an.

»Bist du dir sicher?«

»Ja!«

»Wie kommst du darauf?« Er blieb hartnäckig. Paula spürte Wut in sich aufsteigen. Erst schlich er sich in ihr Privatleben, und dann machte er Andeutungen über Dinge, von denen er nicht die geringste Ahnung hatte.

»Weil es Männer gibt, die wirklich nicht fremdgehen, auch wenn man das kaum glauben kann!« Ralf ließ sich nicht provozieren.

»Und Johan ist einer von denen?«

»Ja.« Paula nippte an ihrem Cappuccino und wischte den Schaum von der Oberlippe ab.

»Okay«, sagte Ralf plötzlich. »Entschuldige, daß ich mich einmische. Ich wollte nur wissen, was los ist.«

»Schon gut.« Paula hatte sich beruhigt. »Es war ziemlich anstrengend, aber jetzt kann ich damit umgehen.« Ralf nickte langsam.

»Du sagst Bescheid, falls ...« Paula schnitt ihm das Wort ab, jetzt reichte es mit der Therapie.

»Ja, klar.«

Ralf versuchte, die lockere Stimmung wiederherzustellen, aber dieses Mal fand er mit seinen Geschichten bei ihr kein Gehör mehr, und nachdem er sich vergewissert hatte, daß sie nichts mehr bestellen wollte, schlug er vor, das Restaurant zu verlassen.

»Und Svante?« fragte Paula unschuldig, als ob sie nicht die ganze Zeit gewußt hätte, daß er nicht kommen würde. Vermutlich war er nie gefragt worden.

»Ihm ist sicher etwas dazwischengekommen«, sagte Ralf lapidar, ohne mit der Wimper zu zucken. »Vielleicht was mit den Kindern.«

Daß Johan eine andere habe könnte. Was für ein verrückter Gedanke! Fast lächerlich. Daß Ralf die Stirn hatte, so etwas zu vermuten! Typisch für ihn. Paula fiel ein, was Vendela im Interview gesagt hatte. Daß Ralfs Ex-Frau meinte, er hätte ein Problem, sich innerhalb der Grenzen einer Ehe zu bewegen. Das wunderte sie kein bißchen. Ralf war genau der Typ, der untreu war, der nie nein sagen konnte. Aber anzudeuten, daß Johan, den er nie kennengelernt hatte, auch so einer war! Allein der Gedanke und daß er die Unverschämtheit besaß, es auch noch auszusprechen, machten sie richtig wütend.

Daß Johan eine andere haben könnte. Wer sollte das sein? Und wann hätte das passieren können? Als sie in New York war? Bei der Arbeit? Im Urlaub? Lächerlich!

Daß Johan eine andere haben könnte. Im Urlaub. Konnte das sein?

Paula, hör auf!« Rakel war schon ganz rot im Gesicht. »So was darfst du nicht sagen!«

»Und wenn es stimmt?«

»Was redest du! So etwas würde Johan nie tun!«

»Woher weißt du das? Er war drei Wochen fort, da kann ja alles mögliche passiert sein. Meinst du nicht?«

Rakel sah aus, als hätte Paula sie selbst angegriffen. »Nein! Da kann nicht alles mögliche passiert sein! Man verreist nicht für drei Wochen und verliebt sich einfach in jemand anderen!«

»Nein, du nicht, aber vielleicht ist es ihm passiert.«

Rakel schüttelte den Kopf. »Dann frag ihn doch«, sagte sie schließlich.

»Du bist nicht bei Trost!« Jetzt war Paula aufgebracht. »Das macht man in einer Fernseh-Soap, aber nicht im richtigen Leben!«

»Dann laß es! Du quälst dich nur selbst. Außerdem«, Rakel zögerte ein wenig, »falls, und ich sage falls, was ich eigentlich völlig ausschließe, er jemand anderen kennengelernt hätte, dann könntest du auch nichts dagegen tun.«

»Vielen Dank für die trostreichen Worte ...«

»Ich habe nicht gesagt, *daß* es so ist, ich habe gesagt, *falls* ...«

»Ich habe verstanden, was du gesagt hast. Gleich ist es zwölf. Wollen wir mal schlafen gehen?«

Noch immer war keine Wohnung in Sicht, und Paula begann, ernsthaft darüber nachzudenken, ob es eine Alternative wäre, zu ihrem Vater und Anita zu ziehen. Doch ganz so verzweifelt war sie noch nicht. Außerdem hatte sie ihrem Vater noch gar nicht erzählt, daß es mit Johan vorbei war. Papa hatte Johan immer sehr gemocht, und sie war sicher, daß er enttäuscht sein würde. Ich muß ihn unbedingt diese Woche anrufen, dachte sie. Unbedingt.

Die Dreharbeiten begannen, und die Tage waren wieder mit konzentrierter Arbeit gefüllt, ständig waren Leute um sie. Der Vorsatz, ihren Vater anzurufen, geriet in Vergessenheit, auch wenn es ihr am Abend in der kleinen Wohnung dann wieder einfiel. Eines Abends war sie drauf und dran, doch dann hörte sie Rakels Schlüssel in der Tür. Demnächst ...

Johan hatte nichts von sich hören lassen, und trotz Paulas Bemühungen zu begreifen, daß wirklich Schluß war, war sie enttäuscht. Würde er wirklich bei seiner Entscheidung bleiben? Nicht, daß sie das auch wollte, sie hatte schließlich auch ihren Stolz, aber trotzdem. Sie hätte es gern von ihm gehört. Sie malte sich Unterhaltungen aus, in denen er ihr erklärte, daß er ohne sie nicht leben wollte. In keiner einzigen dieser Phantasien kam eine andere vor.

Am Donnerstag fanden keine Dreharbeiten statt, und Paula gönnte es sich, zum ersten Mal seit langem auszuschlafen. Die Wohnung war still, und sie genoß ihre Einsamkeit, als sie sich allein an den Tisch setzte, um einen Teller Müsli zu essen. Beim Klingeln des Telefons zuckte sie zusammen. Wahrscheinlich war Rakel dran und wollte wissen, ob sie aufgestanden war, dachte Paula, als sie den Hörer abnahm. Aber sie war es nicht.

»Paula, hallo, ich bin's.« Dann war es still. »Hallo?«

»Ja, ich bin da«, antwortete Paula langsam.

»Gut, daß ich dich erreiche.«

»Woher wußtest du, daß ich hier bin?«

»War nicht schwer, auf diesen Gedanken zu kommen ... Ist das schlimm?«

»Nein.«

»Wie geht's dir?« Als ob er ein Recht hätte, das zu fragen.

»Was willst du?«

»Ich wollte nur ...«, er verstummte. »Dein Vater hat angerufen und wollte dich sprechen.«

Mist! Nicht auch das noch. »Was hast du ihm gesagt?«

»Ich hatte ja keine Ahnung, was du erzählt hast. Ich hatte das Gefühl, er weiß noch gar nichts.«

»Tut er auch nicht«, murmelte Paula. »Aber jetzt, oder?«

»Ich habe gesagt, daß ich nicht genau wüßte, wo du wärst. Er hat sich natürlich gewundert, aber ich habe ihn gebeten, besser mit dir selbst zu sprechen.« Paula schluckte, das klang gar nicht nach einer ihrer Ideen von Johans Komm-zurück-Monologen. »Ja, dann will ich nicht länger stören ...«

»Kein Problem! Wie ... wie geht's dir denn?« Johan schien sich über die Frage zu freuen.

»Ja, komisches Gefühl. So … einsam.« Paula hielt den Atem an, vielleicht käme doch noch etwas? »Aber diese Woche bekomme ich Besuch, dann bin ich wieder abgelenkt!«

»Ach ja?«

»Eine Frau aus der holländischen Gruppe, die ich im Urlaub getroffen habe …« Das war genug für Paula.

»Ich muß los«, unterbrach sie ihn mit sonderbar schriller Stimme. Noch lange hielt sie den Hörer in der Hand. Als sie ihn schließlich ablegte, waren Schweißabdrücke auf dem schwarzen Kunststoff zu sehen. Es tat weh. Im Kopf. Im Bauch. Im Herz. Scheiße, Scheiße, Scheiße …!

Der Sommer kehrte nach Stockholm zurück, und in den Straßencafés saßen wieder leichtbekleidete Leute. Paula hatte sich falsch angezogen, und auf dem Weg zur Arbeit war ihr heiß geworden. Sie saß in Lederjacke und langärmeligem T-Shirt im Bus. Als sie im Studio ankam, lief ihr Karina über den Weg, die ihr freudig zuwinkte. Paula gab sich Mühe, ihr Lächeln zu beantworten. Es gelang nur mäßig. Diese Muskelpartien hatte sie seit Tagen nicht bewegt.

Sandras Kleider kamen ihr dieses Mal ganz gelegen. Die glattgebügelte Bluse und die beigefarbenen Nylonstrümpfe, ganz ohne Lycra, hielten ihre Gefühle unter Kontrolle. Jedes Mal, wenn ihre Gedanken in die verbotenen Gefilde abdrifteten, wo Johan mit seiner kleinen Holländerin kuschelte, strich sie mit der Hand über den sythethischen Stoff der schlecht sitzenden Hose oder fingerte an der kleinen goldenen, verkratzten Schnalle des Gürtels. Es half.

Sie wußte nicht, ob Ralf den anderen etwas erzählt hatte, aber sie hatte das Gefühl, daß sie noch netter zu ihr waren als sonst. Henrietta lobte ihre Arbeit der vergangenen Woche, Svalan sagte, es sei phantastisch, wie hübsch man in 100 Prozent Polyester aussehen könne, und Karina bot ihr an, Kaffee zu holen, obwohl das gar nicht ihre Aufgabe war.

Nur Ralf war etwas zurückhaltend. Ihr Verhältnis war nicht mehr ganz unkompliziert seit dem mißglückten Abendessen, und Paula war auf der Hut. Zumindest wenn sie zusammen arbeiteten. Im Studio war alles wie gehabt. Er redete, sie hörte zu. Sie spielte, er kommentierte.

Es tat ihr gut, und die Zeit verging schnell, bis Ralf verkündete, daß der Arbeitstag vorüber war.

Paula legte Sandras Kleider ab und stieg in ihre Jeans. Das Shirt, das ganz durchgeschwitzt gewesen war, war wieder trocken, und sie zog es langsam über den Kopf. Sie war abgeschminkt, und das Haarspray war ausgebürstet. Nur sie stand noch im Umkleideraum. An der Wand sah sie ein Telefon. Sie sollte ihren Vater anrufen. Lange starrte sie auf den Apparat. Schließlich nahm sie den Hörer ab.

Anita war dran. Erst wirkte sie überrascht, doch dann klang Unruhe aus ihrer Stimme.

»Paula, wo bist du denn? Wir haben uns Sorgen gemacht. Wie ist es ... Was ist denn ...« Paula unterbrach ihre unbeholfenen Versuche.

»Ist Papa da?«

»Ja, natürlich. Moment.« Bald hörte sie Schritte zum Telefon und dann die Stimme ihres Vaters.

»Liebes, wo bist du? Ich habe mit Johan gesprochen und ... Ist etwas passiert?«

Paula fühlte den bekannten Kloß im Hals. Sie versuchte, ihn runterzuschlucken.

»Es ist vorbei. Ich bin ausgezogen.«

»Vorbei? Aber Kleines ...« Das war genug.

»Er hat es so entschieden. Er wollte nicht mehr«, heulte sie.

»Aber ... warum denn nicht? Ich dachte, bei euch stimmt alles.«

»Dachte ich auch.« Das Heulen wurde schlimmer.

»Und wo wohnst du jetzt?«

»Bei Rakel!«

»Oje«, murmelte er noch einmal. »Kann ich irgend etwas für dich tun? Willst du, daß ich mit Johan spreche?«

»Nein!« Sein absurder Vorschlag holte Paula wieder auf den Boden zurück. »Um Himmels willen!«

»Ich dachte doch nur...«

»Nein, absolut nicht!«

»Nein, nein...« Einen Moment Schweigen, Paula schniefte, aber das große Heulen war vorüber. »Brauchst du eine Wohnung? Du weißt, daß du bei uns immer willkommen bist. Wir haben doch ein Gästezimmer.«

»Danke, ich habe vielleicht eine Wohnung an der Hand«, log sie, »aber wenn das nicht klappt, dann vielleicht...«

»Ja, natürlich!«

»Ich muß jetzt Schluß machen.« Mehr war nicht zu ertragen. Mitleid machte sie nur noch labiler, es sprengte ihre Mauern, in die sie ihre Gedanken in den letzten Tagen eingeschlossen hatte.

Als das Gespräch zu Ende war, blieb sie noch einen Moment am Telefon stehen. Dann holte sie ein paar Male tief Luft, ging zum Waschbecken, mußte aber nach einer Weile feststellen, daß ihre Augen trotz Unmengen kalten Wassers noch immer rot und verheult aussahen. Bevor sie die Tür öffnete, hielt sie inne und lauschte. Sie hatte keine Lust, jemandem so über den Weg zu laufen. Aber entweder war die Tür gut isoliert, oder Ralf war ungewöhnlich leise, denn genau in dem Moment, als sie zur Tür hinausging, stieß sie mit ihm zusammen.

»Oh, Entschuldigung!« stammelte sie, da hatte Ralf sie schon in seinen Armen. Sie senkte ihren Blick in der Hoffnung, er würde ihre geschwollenen Augen nicht bemerken. Er faßte ihr unters Kinn und sah ihr ins Gesicht.

»Hier ist jemand schrecklich traurig, wie ich sehe. Komm«, sagte er und nahm Paulas Hand, ohne eine Antwort abzuwarten. Willenlos folgte sie ihm. Er sagte nichts, bis sie auf dem Parkplatz standen.

»Steig ein, jetzt fahren wir zu mir.«

Ein enormer Haufen Schuhe, die meisten davon Turnschuhe, lag vor der Eingangstür. Im dunklen Flur stand an der einen Wand eine niedrige Bank, auf der Zeitschriften, Reklame, Post und Klamotten abgelegt waren. Eine Tür war einen Spalt offen, durch sie fiel etwas Licht herein, vermutlich aus dem Schlafzimmer. Paula sah so etwas wie eine Matratze mit Bettenbergen auf dem Fußboden.

»Es ist ein bißchen unaufgeräumt«, entschuldigte sich Ralf, als er seine Schuhe an den Rand des Schuhberges trat. Paula tat es ebenso. Sie ging mit Ralf in die Wohnung hinein und stand plötzlich in einem hellen Wohnzimmer. Der hohe Raum wirkte größer, als er vermutlich war. Bei der Adresse hatte sie erwartet, daß man den Karlaplan von der Wohnung aus sehen müßte, doch die Wohnung ging zum Hof hinaus. In der Mitte des Zimmers stand ein schwarzes, abgewetztes Ledersofa, davor ein Fernseher, ein Videorecorder und Videokassetten. Das war alles. Wenn man die Wollmäuse außer acht ließ, die sich über das ganze Eichenparkett ausbreiteten. »Willst du einen Kaffee? Oder ein Glas Wein?« fragte er und ging auf eine dekorative Glastür am Ende des Raumes zu. Paula folgte ihm.

»Bitte ein Glas Wein. Wenn du auch einen trinkst.«

Die Glastür führte in einen Raum, in dem ein schwerer, dunkler Eßtisch in der Mitte stand. Wenn man durch den Raum hindurchging, gelangte man in die Küche. Ralf holte bereits eine Flasche Wein aus dem Kühlschrank. Er murmelte etwas, als er den Korkenzieher nicht fand, denn er lag nicht an seinem gewohnten Platz. Paula sah sich um. Es war unaufgeräumt, aber die Kücheneinrichtung machte einen edlen Eindruck: Ceranfeld, Grill, eingebaute Mikrowelle, Umluftherd. Der Eßplatz bestand aus einem Klapptisch und vier Stühlen. Sie setzte sich und stützte die Arme auf den Tisch. Als sie sie kurz darauf wieder hob, um das Weinglas entgegenzunehmen, waren sie voller Krümel. Ralf entschuldigte sich ein zweites Mal und gab ihr ein Stück Haushaltspapier, um einen Butterfleck abzuwischen, der genau auf ihrem Ellenbogen gelandet war.

Als sie zur Spüle ging, um das Tuch wegzuschmeißen, machte sie reflexartig einen Schritt zurück. Verschiedene Grüntöne bedeckten die Unmengen Geschirr, die dort standen. Ralf schien ihre Reaktion nicht bemerkt zu haben. Bevor sie sich wieder setzte, entfernte sie diskret einige Krümel auf dem Tisch.

»Neu eingezogen?« fragte sie.

»Na ja, vor eineinhalb Jahren. Ich habe die Wohnung mit dem Geld von ›Wartezimmer‹ bezahlt, aber ich hatte noch keine Zeit zum Einrichten.« Paula nickte verständnisvoll.

»Schöne Wohnung. Ich mag diesen alten Stil.«

»1890. Ein bißchen pompös, aber ganz okay.«

Pompös war nun eigentlich nicht das Wort, das den Zustand der Wohnung passend beschrieb, aber Paula hielt den Mund. Schweigend tranken sie etwas Wein.

»Warum hast du geweint?« fragte Ralf schließlich. Da war es mit Paulas Wachsamkeit vorbei. Sie konnte sich nicht mehr zusammenreißen. Was machte es schon, wenn er es erfuhr, es war ja nun mal eine Tatsache.

»Ich habe meinen Vater angerufen und von der Sache mit Johan erzählt. Das hat mich so mitgenommen.« Ralf nickte, sagte aber kein Wort. Paula sprach weiter. »Ich glaube mittlerweile, daß er eine andere hat. Also Johan.«

»Schon?« Der Kommentar hätte ärgerlich klingen können, doch sein Tonfall war eher erstaunt.

»Er hat sie im Urlaub kennengelernt.«

»Als ihr noch zusammen wart?«

»Mmh.«

»Das ist nicht schön«, sagte Ralf, und es klang nicht triumphierend. Paula ließ den Kopf sinken. Nein, das war nicht schön. Ralf stand auf und ging um den Tisch herum. Er setzte sich auf den Stuhl neben Paula, sein Knie berührte ihres. Er strich ihr sanft über den Rücken. Eine warme, schwere Hand, die immer wieder den Rücken hinabfuhr und über den BH-Verschluß unter dem Pullover. »Es wird vorbeigehen«, flüsterte er tröstend in ihr Haar. »Es geht vorbei.«

Paula hob langsam den Kopf. Am Ende war sein Mund genau auf Höhe ihres Ohres. Sie konnte seinen Atem spüren. Seine Hand lag nun in der Mitte ihres Rückens, und die Wärme ging wie Tigerbalsam direkt unter die Haut. Paula strengte sich an, sich aufzurichten. Seine Hand war noch immer da, das tröstende Murmeln war in schweres Atmen übergegangen. Sie versuchte, einen klaren Gedanken zu fassen. Sie war unglücklich. Sie war verlassen worden. Sie war betrogen worden. Sie war erregt.

»Bist du sicher, daß du wirklich willst?« Ralf sah sie mit ernstem Gesicht an. Er hatte sich bereits den Pullover ausgezogen und war dabei, den Gürtel zu öffnen. Paula lag in Jeans und BH auf der Matratze auf dem Boden. Sie nickte. »Sollen wir lieber noch warten?« Was wollte er eigentlich? Sie wollte mit ihm schlafen. Nicht darüber reden, wie es ihr ging, nichts von Betrug hören, nichts von Johan. Sie wollte Sex, war das so schwierig zu verstehen? Sie verstand sein Zögern nicht. Er zog Hose und Slip in einem Zug aus. Die Kleider landeten auf einem Stapel. Er kam auf Paula zu. Neben ihr fiel er auf die Knie. Sie küßten sich. Ein ungewohntes Gefühl. Sein Dreitagebart rieb an ihrem Gesicht. Nicht wie Johans glattrasierte Wange. Sie schob das Bild beiseite. Damit war es endgültig vorbei. Sie konnte tun, was sie wollte! Und jetzt wollte sie mit Ralf Brygge schlafen.

Hinterher zündete er eine Zigarette aus einer Schachtel an, die neben einem Stapel amerikanischer Filmzeitschriften lag. Sie hatte es noch nie gemocht, wenn die Typen hinterher rauchten. Als wäre das eine Gefühl nicht genug. Aber sie sagte nichts, als er höflich fragte, ob es okay sei. Immerhin war es sein Schlafzimmer. Die graue Asche fiel zu Boden. Er rauchte die Zigarette nur zur Hälfte und versenkte die Kippe dann im Wasser. Sah ziemlich eklig aus.

»Alles klar bei dir?« fragte er. Sie nickte und rollte sich an seinen nackten Körper, um zu zeigen, daß es ihr gutging. Er gab sich mit dieser Antwort zufrieden, und nach einer Weile schliefen sie Arm in Arm ein.

Paula war heilfroh, daß sie am Tag danach nicht ins Studio mußte. Nach ein paar Stunden war sie aufgewacht und wollte sich anziehen, aber Ralf wollte sie nicht gehen lassen. »Bleib doch noch!« bat er sie. »Wie bestellen uns Pizza und trinken den restlichen Wein aus.« Mit Ralfs Morgenmantel über den Schultern rief sie Rakel an.

»Wir arbeiten heute sehr lang«, sagte sie. »Vielleicht bis in die Nacht. Ich kann bei Karina schlafen, dann muß ich dich nicht wecken, wenn ich spät komme.« Sie selbst fand ihre Lüge hundsmiserabel, aber Rakel fragte nicht nach.

»Okay«, sagte sie nur. »Dann viel Erfolg und bis morgen.«

Jetzt war sie auf dem Heimweg in die kleine Einzimmerwohnung, es war erst halb zehn Uhr morgens. Ralf hatte ihr angeboten zu bleiben, solange sie wolle, als er sich auf den Weg zur Arbeit machte. Aber sobald er die Tür hinter sich geschlossen hatte, war sie ins Badezimmer gegangen, um zu duschen. Dann suchte sie nach einem frischen Handtuch, konnte aber keins finden. Sie mußte eins von dem feuchten Stapel nehmen, den Ralf auf dem Boden hinterlassen hatte. Dann zog sie sich an und schlich leise in das gediegene Treppenhaus. Ein Gefühl wie nach einer betrogenen Nacht.

Er war süß. Nein, nicht süß. Katzenjunge sind süß. Männlicher irgendwie ... Gutaussehend? Auf jeden Fall. Aber schon irgendwie süß. Und männlich. Sie sah ihn an. Etwas zu lange, er schaute zurück und lächelte. Sie lächelte auch. Er hob diskret die Hand und formte einen Telefonhörer. Paula nickte, obwohl sie die Message nicht ganz sicher verstanden hatte. Sollte sie anrufen? Oder er? Sie war gerade aus dem Studio gegangen, da löste sich ihr Problem bereits. Ihr neues Handy klingelte. Sie hatte beschlossen, sich eins zuzulegen, da sie nun keinen Festnetz-Anschluß mehr besaß.

»Wolltest du dich aus dem Staub machen?«

Paula mußte lachen. »Warum?«

»Ich hatte vielleicht andere Pläne mit dir.«

»Ach so. Und die wären?«

»Was hältst du von ...«, Ralf tat, als würde er überlegen. »Einem kuscheligen Abend daheim ...?«

»Kuschelig wie ...?«

»Mit Essen vom Chinesen, mit Marlon Brando in ›Der Pate‹ ...«

»Den ersten, zweiten oder dritten Teil?«

»Welchen haben wir gestern gesehen?«

»Den zweiten.«

»Dann ist wohl der dritte dran. Willst du wissen, wie es weitergeht?«

»Hat das was mit physischen Aktivitäten zu tun?«

»Mit größter Sicherheit.«

»Hanteln? Gewichtheben?«

»Mehr in Richtung Aerobic, würde ich sagen.«

»Ich glaube, ich weiß, wovon du sprichst. Treffen wir uns bei dir?«

»Mmh, ich besorge auf dem Heimweg etwas zu essen.«

Paula drückte das Handy aus und schmunzelte. Die letzten Wochen waren schnell vergangen. Sie war davon ausgegangen, daß das mit Ralf ein One-Night-Stand war. Ein gewisser Kick fürs Ego, vielleicht auch eine kleine Rache für Johans Fremdgehen. Mit Ralfs Interesse hatte sie gar nicht gerechnet. Daß er anrufen, ihr im Flur hinterherschleichen, mit ihr ausgehen würde, sie mit nach Hause nähme. Immer wieder. Sie fühlte sich geschmeichelt und konnte einfach nicht nein sagen. Dennoch versuchte sie, cool zu bleiben. Klar, es war schön, sich trösten zu lassen und umsorgt zu werden, solange man keine Erwartungen hatte. Sonst handelte man sich nur Probleme ein. Leichter gesagt als getan. Ralf ließ ihr keine Zeit zum Nachdenken, und sie forderte sie auch nicht ein. Natürlich war ihr in den Sinn gekommen, daß sie das sollte, daß sie stopp sagen müßte, nicht so schnell, aber immer, wenn er etwas vorschlug, hörte sie sich selbst jedesmal zustimmen. Als sie das dritte Mal bei ihm übernachtete, drückte er ihr einen Wohnungsschlüssel in die Hand. Er machte nicht viel Aufhebens davon, er könnte ja am Abend mal spät dran sein, und dann wäre es doch unnötig, im Treppenhaus zu hocken und zu warten.

Wenn sie es nicht besser gewußt hätte, hätte sie annehmen können, daß er sich in sie verliebt hatte, dachte sie noch, aber den Gedanken schob sie schnell wieder beiseite. Es war schön mit ihm, es tat ihr gut. Es mußte ja nicht die große Liebe sein. Dann, später mal ... wenn vielleicht ... Ach, wer wußte schon, wie sich die Sache entwickeln würde ...

Es wurde langsam schwierig, Rakel zu erklären, was sie in den Nächten machte. Vermutlich mußte sie ihr bald die Wahrheit sagen, obwohl es ihr widerstrebte. Sie konnte sich Rakels Reaktion lebhaft vorstellen. O Gott! Am Abend erzählte sie Ralf von ihren Bedenken.

»Rakel? Die, die so einen vernünftigen Eindruck gemacht hat?«

»Ja, genau das ist das Problem. Sie ist immer vernünftig, sie tut immer das Richtige. Ich bin mir nicht so sicher, ob sie unsere Geschichte«, sie gestikulierte etwas unbeholfen, »für eine so glänzende Idee hält.«

Ralf drückte auf den Pausenknopf, so daß Al Pacinos Gesicht zur Grimasse gefror. »Du meinst, du und ich?«

»Ja. Zumindest meinetwegen. Das mit Johan ist doch erst ein paar Wochen her ...« Paula konnte nicht zu Ende sprechen, bevor Ralf sie prustend unterbrach.

»Johan! Er hat dich doch verlassen! Was will sie, sollst du etwa dasitzen und Däumchen drehen, bis er zurückkommt? Du hast dein eigenes Leben!« Er verstummte und strich ihr über die Wange. »Paula, vielleicht ist es dir noch nicht klargeworden, aber das hier ist kein Spaß für mich. Ich habe mich in dich verliebt.«

»Und jetzt willst du bei ihm einziehen?« Rakel starrte sie entsetzt an.

»Nein, ich werde nicht bei ihm einziehen. Jedenfalls nicht so.«

Paula versuchte zu lachen, um zu unterstreichen, wie lächerlich dieser Gedanke war, doch es klang unecht.

»Habe ich das jetzt mißverstanden? Du wirst also deine Sachen nicht mitnehmen, um bei Ralf einzuziehen?«

»Also ... ja, schon ...«

»Dann klingt es doch so, als würdest du bei ihm einziehen.«

»Aber ich nutze doch nur die Gelegenheit. Hier kann ich doch auch nicht bleiben, in deiner Wohnung.«

»Und die beste Alternative, die dir einfiel, war, in Ralf Brygges Wohnung zu ziehen, mit dem du jetzt ein Verhältnis hast?« Rakels Stimme klang mit jedem Wort verständnisloser.

»Das ist kein Verhältnis ...«

»Ach so, du hast kein Verhältnis mit Ralf Brygge, und du ziehst nicht bei ihm ein. Paula, hör doch mal, was du redest!« Wie so oft in den Diskussionen mit Rakel stand Paula mit dem Rücken zur Wand. »Wenn du schon auf deine Gefühle keine Rücksicht nimmst, dann solltest du wenigstens an deine Karriere denken. Immerhin arbeitet ihr zusammen.«

»Wir drehen nur noch zwei Wochen, dann fahren die anderen nach Italien, und anschließend wird der Film geschnitten. Aber so lange wird das sicher gar nicht gehen«, versicherte Paula noch einmal.

»Meinst du nicht, es wäre angebracht, nach Johan mal eine Pause einzulegen? Mal darüber nachzudenken, was eigentlich schiefgelaufen ist?«

»Ich hatte doch eine Pause ...«

»Nicht mal einen Monat! Paula, jetzt reiß dich mal am Riemen!« Rakels sonst so blasses Gesicht lief rot an. Paula wußte nicht, was sie antworten sollte, natürlich hatte Rakel recht. Aber sie durfte ihr Leben doch wohl selbst bestimmen? Und überhaupt, woher nahm Rakel das Recht, Paulas Wahl zu kritisieren? Sie, die es selbst nicht auf die Reihe bekam. Lächerlich.

»Na ja, nun ist es eben so gekommen«, sagte Paula trotzig und begann demonstrativ, ihre Klamotten vom Sessel einzusammeln, der neben dem provisorischen Bett auf dem Boden stand. Rakel beobachtete sie stumm.

»Nur komm hinterher nicht zu mir, um dich trösten zu lassen«, sagte sie verkniffen.

»Keine Sorge«, zischte Paula zurück, während sie die Koffer hinter dem Sofa hervorzog. »Wenn das für dich ein Trost ist, kann ich gern darauf verzichten.« Dann schmiß sie die Kleider in die Koffer, verschwand im Badezimmer und schnappte sich den Kulturbeutel.

Als sie die Wohnungstür zuschlug, klingelte ihr Handy. Rakel hatte kein Wort mehr gesagt. Paula blieb auf der Treppenstufe stehen und stellte ihre Koffer ab. Es war Ralf.

»Wie sieht's aus? Hast du mit Rakel gesprochen?«

»Ja.«

»Und wie war's?«

»Beschissen.« Ihre Stimme war zittrig. »Kann ich zu dir kommen?«

»Natürlich!«

»Ich erzähle es dir gleich.« Paula hatte eigentlich nicht vorgehabt, schon am selben Abend umzuziehen. Sie wollte es Rakel einfach erzählen, ihr erklären, daß Ralf ihr im Moment guttat. Daß sie sich als Frau wieder beachtet fühlte und daß sie das sogar glücklich machte. Zumindest zeitweise. Sie hatte gehofft, Rakel würde es verstehen, sich vielleicht sogar für sie freuen. Natürlich hatte sie auch mit Vorwürfen gerechnet, aber nicht in dieser Form.

Als sie unten auf der Straße stand, kamen ihr die Tränen. Mensch, so ein Mist! So ein Mist!

Die Schwedische Filmindustrie will mit dir die PR-Artikel besprechen, kannst du bitte diese Frau mal anrufen. Sanna Josefsson.« Karina reichte ihr einen gelben post-it-Zettel.

»Klar!« Presse? Anfangs hatte Paula sich viel damit beschäftigt, was es hieße, eine Hauptrolle in einem Film zu bekommen. Doch je länger sie mit der Arbeit beschäftigt gewesen waren, desto weniger hatte sie daran gedacht. Alle Träume und Vorstellungen von Glanz und Gloria waren nun der tagtäglichen Arbeit gewichen, die alles andere als glamourös war. Als Karina sie nun wieder daran erinnerte, hatte sie ein flaues Gefühl im Magen.

Die Unterhaltung mit Sanna Josefsson war kurz. Ob sie nächsten Dienstag um zwei Uhr ins Büro kommen könne, damit sie die Dinge durchsprechen könnten? Paula versuchte, ihre Erwartungen niedrig zu halten, aber es fiel ihr ein wenig schwer, ihre Phantasie zu zügeln.

Sie war bester Laune. Die Dreharbeiten waren beendet, was ihren Teil betraf. Alle hatten sie für ihre Leistung gelobt. Henrietta hatte sie sogar beiseite genommen und ihr geraten, sich der Schauspielerei ernsthaft zu widmen, sie sei ein echtes Talent. Der Kommentar hatte sie einige Tage begleitet. Henrietta war ein hervorragendes Vorbild.

Ralf war schon für die letzten Aufnahmen nach Italien gereist. Ein paar Mal hatte er sie angerufen. Auf dem Handy. Er hatte es nicht gern, wenn sie sein Telefon zu Hause abnahm. Sie hatten beschlossen, ihre Beziehung geheimzuhalten, es täte der Arbeitsmoral nicht gut, wenn es bekannt würde, hatte Ralf gesagt. Obwohl Paula sicher war, daß Ralf seinem besten Freund Svante davon erzählt hatte. Egal.

Paula streifte sich die Schuhe ab und betrat die Wohnung. Das kahle Wohnzimmer hallte von ihren Schritten, und sie ging in die Küche. Seit sie eingezogen war, hatte sie Ralf nicht ein einziges Mal beim Abwaschen gesehen, dennoch schien der Berg von schmutzigem Geschirr kaum zu wachsen. Lag wahrscheinlich an den Unmengen Essen, das sie von Bringdiensten in

Folienverpackungen und Pappkartons zu sich nahmen. Meist gab es dazu sogar Plastikbesteck. Wie praktisch.

Paula stand eine Weile unschlüssig vor der Spüle herum. Vielleicht sollte sie dem Chaos zu Leibe rücken. Ralf würde sich sicherlich freuen. Sie krempelte die Ärmel hoch und fing an, grünliche Teller und Becher aus der Spüle zu nehmen, damit sie Wasser einlaufen lassen konnte. Es war eklig. Eine Stunde später war sie fertig. Ihren Fingern sah man das heiße Wasser an, und ihre Nägel waren ganz aufgeweicht. Aber es hatte sich gelohnt. Das Geschirr war gewaschen und weggeräumt, die Spüle abgewischt und der Herd geputzt. Ob ich mich noch an den Boden machen sollte, dachte Paula kurz, bevor sie den Gedanken verwarf. Genug war genug.

Es würde noch eine Woche dauern, bis Ralf wieder nach Hause kam, und Paula war unruhig. Die Wohnung war ihr fremd, und die paar Dinge, die darin standen, fand sie uninteressant. Es war, als würde die Wohnung erst zum Leben erweckt werden, wenn auch Ralf da war. Zwangsläufig mußte sie an die gemütliche Wohnung in der Sankt Paulsgata denken, die war von allein schon heimelig. Ob das in den Wänden saß oder an Johans Händchen lag, wußte sie nicht.

Paula hatte Hunger und ging wieder in die Küche. Sie hatte die Schränke schon einmal nach etwas Eßbarem durchgesehen und war nicht fündig geworden, aber man wußte ja nie. Ob sie etwas übersehen hatte? Seufzend gab sie auf. Nicht einmal eine Dose Tomaten war zu finden. Nur ein steinhartes Stück Parmesan war der Beweis dafür, daß in dieser Wohnung tatsächlich schon einmal gekocht worden war. Das hieß also, sie mußte sich einen Hamburger holen, oder Sushi. Sie ging und zog sich die Schuhe an.

»Magst du nicht zum Mittagessen zu uns kommen?« fragte Anna sie am Telefon. Das ließ Paula sich nicht zweimal sagen.

»Wahnsinnig gern, ich kann kein Essen vom Chinesen mehr sehen. Ich war sogar schon drauf und dran, mal selbst zu kochen!«

»Aus deinem Mund klingt das, als wolltest du den Mount Everest besteigen.«

»Na ja, wenn man alle Zutaten erst besorgen muß, wird es schon ein größeres Projekt.« Paula mußte lachen. »Wann soll ich bei dir sein? Kann ich noch etwas mitbringen?«

»Wie wär's mit einer Packung Eis? Wir planen nichts Besonderes, Sture will einfach Pasta kochen. Ich dachte nur, es wär schön, wenn wir uns sehen.«

»Selbstgekochtes Essen! Klingt wundervoll. Ich bin gegen sieben Uhr da.«

Es wurde wirklich ein schöner Abend. Stures »einfache Pasta« entpuppte sich als phantastische Lasagne, und Anna ließ die Rotweingläser nie leer werden. Ebba war gut drauf, und da Paula sich nicht von Johans wachem Blick beobachtet fühlen mußte, konnte sie sich sogar erlauben, mit dem kleinen Mädchen Späße zu machen und ihm das eine oder andere Lächeln zu entlocken. Anna sagte kein Wort, aber es war ihr anzusehen, daß sie sich über Paulas Interesse freute. So sind Mütter eben, dachte Paula und beugte sich zu Ebba hinunter, so daß ihr Haar das Baby im Gesicht kitzelte. Es gefiel ihr.

Paula hatte Anna von Ralf und ihrem Umzug erzählt, und auch wenn sie nicht gerade in Jubel ausbrach, hatte sie sich wenigstens mögliche Vorwürfe verkniffen.

Sture war selbstverständlich im Bilde, und er wagte eine vorsichtige Frage.

»Weiß Johan von der Sache mit Ralf?«

»Glaube ich nicht«, antwortete Paula kurz. Sie hatte darüber nachgedacht. Manchmal hätte sie sich gewünscht, daß er es wüßte. Daß er nicht der einzige war, dessen Leben weiterging. Dann wieder fand sie, daß das mit Ralf ihre Privatsache sei. Schluß, aus.

»Anna hat gesagt, Johan hätte eine neue ...«

»Scheint so«, Paula versuchte, cool zu klingen.

»Ich dachte, ihr hättet noch Kontakt.«

»Nein. Johan meinte, wir sollten uns treffen und *reden*, aber ich habe keine Lust, alles aufzurollen, damit er sein schlechtes Gewissen wegreden kann.«

Sture nickte verständnisvoll. »Es kam einfach so plötzlich, und Johan machte gar nicht den Eindruck ...«

Paula schnitt ihm das Wort ab. »Nein, das habe ich auch geglaubt.« Einen Moment wurde es still am Tisch. Dann standen sie auf, und Sture räumte ab.

»Erzähl doch mal von Ralf!« sagte Anna und reichte Sture ihren leeren Teller. Paula wurde albern.

»Er ist ... Was soll ich sagen. Sexy.« Das letzte Wort flüsterte sie, so daß Sture es nicht zu Ohren bekam. Anna mußte lachen.

»Und sonst?«

»Smart, bemüht, lustig, ein bißchen ein Bohemien vielleicht.«

»Bohemien im Sinne des Künstlers oder des schlampigen Lebensstils?«

Paula dachte nach. »Sowohl als auch. In der Wohnung wohnt er nun seit eineinhalb Jahren, und es stehen noch immer Umzugskartons im Flur.«

»Klingt ein bißchen nach einer Frau, die ich kenne ...« Anna grinste.

»Ich weiß nicht, wen du meinst ... Ich will mal so sagen, er ist nicht der Typ, der zwei Wochen im voraus die Waschmaschine reserviert.«

»Wie Johan?«

»Wie Johan.« Paula zuckte mit den Schultern. Der Vergleich gefiel ihr nicht.

»Er hat ja den Ruf, er sei ein Frauenheld«, versuchte Anna es zaghaft. Paula war sofort auf der Hut.

»Es ist ja nicht direkt so, daß ich mich ihm an den Hals geworfen habe. Er hat sich in mich verliebt. Zuerst jedenfalls. Und ich kann ihn doch nicht danach beurteilen, was in den Klatschzeitungen über ihn steht, oder?«

Paula verschränkte die Arme und machte damit klar, daß ihr das Thema nicht gefiel. Anna insistierte nicht.

»Nein, natürlich nicht. Außerdem kann der Mensch sich ja ändern.«

Paula nickte und entspannte sich, als Sture gerade kleine Schälchen mit Eis hereintrug. Sie staunte, wie kunstvoll er es angerichtet hatte. »Was für ein Mann!« sagte sie voller Bewunderung und wechselte einen Blick mit Anna, die gerade ihre Portion bekommen hatte.

»Ich kann mich nicht beklagen«, sagte sie und strich Sture verschämt über den Rücken. »Er kümmert sich auch hervorragend um unsere Blumen«, fügte sie hinzu und zwickte ihn in die Wange. Sture lachte nur. Paula schluckte, ihr war klar, daß es ein Spaß war, aber die Art, wie sich die beiden ansahen, war so liebevoll und gleichzeitig ernst, daß sie sich mit einem Mal völlig leer fühlte.

In der Nacht wurde sie vom Klingeln des Telefons wach, das auf der Aufladestation neben dem Bett lag.

»Wo warst du denn?« fragte Ralf besorgt. »Ich habe den ganzen Abend versucht anzurufen.«

»Bei Anna«, antwortete Paula schlaftrunken. »Ich hatte das Handy zu Hause gelassen. Wie geht's dir?«

»Gut, aber ich vermisse dich.«

»Klingt gut. Ich vermisse dich auch.« Sie legte sich auf ihr Kopfkissen.

»Noch ein paar Tage, dann liege ich wieder neben dir.«

»Kannst du nicht gleich kommen?« sagte Paula mit kindischem Tonfall.

»Du mußt einfach von mir träumen. Schlaf jetzt weiter, ich wollte nur wissen, wo du warst. Schlaf gut!«

»Gute Nacht!« Paula legte das Telefon zur Seite und reckte sich. Mit ihm fühlte sie sich gut. Das war das einzige, das zählte, dachte sie als letztes, bevor sie wieder in den Schlaf fiel.

Wir dachten an ein paar wenige, ausgewählte Interviews ein paar Wochen vor der Premiere. ›Dagens Nyheter‹, ein paar Abendzeitungen, vielleicht eine Frauenzeitschrift – ›Amelia‹ … Nach der Premiere und dem Erscheinen der ersten Rezensionen überlegen wir weiter. Ich rechne mit ziemlich starkem Interesse, zumindest nach dem zu urteilen, was ich bislang gesehen habe.« Paula wagte nicht, den letzten Kommentar zu hinterfragen.

Sanna Josefsson lehnte sich auf ihrem Bürostuhl zurück und streckte ihre langen Beine unter dem Schreibtisch aus. Sie mußten ungefähr gleich alt sein, dachte Paula und war beeindruckt. Sanna Josefsson sah gut aus, aber nicht nur das. Vermutlich war sie auch noch intelligent und gebildet. Hatte Stil und Erfolg im Beruf. Zudem ein phantastisches Liebesleben, unter anderem mit einem vierundzwanzigjährigen Flamencotänzer als Lover. Nur um die anderen Frauen vor Neid erblassen zu lassen. Paula kam sich wie eine graue Maus vor. Dann mußte sie an Ralf denken. Von wegen, worüber beschwerte sie sich eigentlich? Genausogut könnte Sanna Josefsson diejenige sein, die Paula beneidete. Sie war ein Filmstar! Paula richtete sich auf.

»Gut, und wie laufen diese Interviews ab?«

»Ein Journalist ruft Sie an – ich würde Ihre Handynummer weitergeben, wäre das in Ordnung?« Paula nickte. »Sie verabreden einen Termin. Sie beantworten seine Fragen und machen einen Fototermin aus. Ungefähr so.«

»Muß ich auf etwas Bestimmtes achten?« fragte Paula.

»Es liegt bei Ihnen, wieviel Sie preisgeben möchten, aber generell kann man wohl sagen, daß es die wenigsten Leute mögen, wenn etwas über ihr Privatleben in der Zeitung steht. Daran sollte man von Anfang an denken. Wenn es um Dinge geht, die den Film betreffen, sollten Sie sich mit Ralf absprechen. Vermutlich möchte er nichts von der Handlung verraten. Ich kann ihn auch fragen, falls Sie ihn nun nach Ende der Dreharbeiten nicht mehr sehen.«

»Kein Problem, ich rufe ihn an«, antwortete Paula und versuchte, neutral auszusehen.

»Haben Sie seine Nummer?«

»Mmh.« Paula nickte.

Als sie das Büro der Filmgesellschaft verließ, begann sie zu summen. Draußen auf der Straße sang sie so laut, daß sich ein paar Passanten nach ihr umdrehten.

Ralfs Rückkehr aus Italien war wie ein Heiliger Abend. Er hatte ihr Unmengen Geschenke mitgebracht. Ein Paar goldene Ohrringe, eine Prada-Handtasche – die ein Vermögen gekostet haben mußte –, zwei Pullover und ein Kleid. Paula verschlug es den Atem.

»Für mich? Du bist völlig verrückt!«

Ralf sah sie stolz an. »Schlüpf mal rein!« Er zeigte auf das Kleid. Es war rot und bodenlang. Als Paula es vor sich hielt, sah es wie ein Schlauch aus, oder ein Rohr. Formlos. Sie warf einen diskreten Blick auf das Etikett, konnte die Marke aber nicht zuordnen. Das Logo jedoch mit seinen stilvollen Blockbuchstaben machte einen teuren Eindruck. Sie ging mit dem Kleid ins Badezimmer und zog es über den Kopf. Das Futter fühlte sich kühl auf ihrer nackten Haut an. Sie sah in den Spiegel und mußte sich auf die Zehenspitzen stellen, um auch ihre Hüften sehen zu können. Es saß wie angegossen. Die gerade Form verwandelte sich an ihrem schlanken Körper, und der glänzende, drapierte Stoff verlieh ihr Kurven, die sonst gar nicht sichtbar waren. Es war hochgeschlossen, und ihre Schultern waren bis zum Armansatz bedeckt.

Paula fuhr mit der Bürste ein paarmal durch die Haare und dachte zum Glück noch daran, ihre abgewetzten Socken abzustreifen. Dann präsentierte sie sich Ralf im Wohnzimmer. Er pfiff.

»Perfekt! Das habe ich mir gedacht. Dreh dich mal!« Paula tat artig, was er wollte. »Für das Premierenfest«, sagte er, als sie wieder stand. »Dazu die Ohrringe, was meinst du?«

»Phantastisch ... ich weiß gar nicht, was ich sagen soll«, Paula brachte kaum mehr ein Wort heraus.

»Sag nichts, komm einfach her.« Ralf, der auf dem Ledersofa saß, streckte die Hand aus. Er zog sie zu sich herunter. »Aber es wäre doch schade, es zu zerknittern, oder?« sagte er und schob den Rock über Paulas Schenkel. »So, und jetzt die Arme hoch!«

»Was hast du jetzt vor?« Ralf räkelte sich. Dieses Mal rauchte er nicht, zum Glück.

»Ich weiß nicht recht. Ich bin noch gar nicht richtig zum Nachdenken gekommen.« Das war eine schlechte Ausrede, sie hatte ja gerade alle Zeit der Welt gehabt, immerhin eine ganze Woche für sich, aber Ralf sagte nichts dazu.

»Was hast du denn für Zukunftspläne, Paula?«

»Schwierige Frage. Hast du welche?« Paula versuchte, witzig zu sein, um das Thema wegzuschieben.

»Aber bevor du die Rolle bekommen hast, mußt du doch irgendwelche Pläne gehabt haben.«

»Ja, schon ...« Das Problem war ja, daß sie die umgeworfen hatte, um die Rolle anzunehmen. Sollte sie Ralf das sagen?

»Erzähl mal!«

»Ich wollte studieren ...«

»Schauspielschule!? Ich hoffe, du machst Witze!«

»Nein, Internationaler Tourismus.«

»Echt? Was wolltest du denn damit?«

»Einfach einen Beruf lernen. Mir wurde immer wieder gesagt, es sei an der Zeit.«

»Na ja, aber Tourismus ... Was soll denn das für ein Beruf sein? In einem Büro sitzen und deutschen Touristen den Weg zum Schloß erklären? Im Ernst?« Er setzte sich auf und griff nach der Zigarettenschachtel.

»Ich habe abgesagt.«

»Gut.«

»Bislang gibt es keine neuen Pläne.«

»Hast du sonst nichts laufen?« Paula verstand nicht, worauf er hinauswollte. »Ich meine, irgendwas Kreatives?« versuchte er sich verständlich zu machen.

»Vielleicht kann ich im Frühjahr wieder meinen Job beim Fernsehen bekommen.« Ralf stöhnte auf, und Paula beeilte sich, weiterzureden. »Oder ich gehe ins Ausland, ich habe Freunde, die in Südafrika ein Hotel eröffnet haben ...«

»Ach, kleine Paula«, Ralf versuchte, den Rauch zur Seite zu pusten, doch das meiste davon landete dennoch über ihrem Gesicht. Sie mußte husten. »Was dir fehlt, sind Visionen. Hast du keine Träume?«

»Ich funktioniere wohl anders«, versuchte Paula zu erklären. Die Leichtigkeit der letzten Tage machte sich langsam auf und davon. »Erst mal abwarten, was nach dem Film kommt«, sagte sie still.

»Nein, man darf nie dasitzen und abwarten! Man muß selbst das Kommando übernehmen, nur so bekommt man Sinn in sein Leben. Schau mich an«, sagte er und lächelte selbstzufrieden. »Wer hat schon vor fünf Jahren an mich geglaubt? Niemand! Aber ich wußte, wohin ich will. Und jetzt bin ich angekommen.« Er ließ seine Kippe ins Wasserglas fallen. Dann zog er Paula an sich heran. »Und bei dir wird sich auch etwas finden«, flüsterte er ihr ins Haar.

Ralf Brygge, hast du gesagt?« Ihr Vater sah ihr kurz ins Gesicht, bevor er in die kleine Straße zwischen den Einfamilienhäusern einbog. »War das nicht dein Regisseur?«

»Ja.«

Papa sagte nichts, aber Paula konnte sich vorstellen, was er dachte. Sie erwartete keine Lobeshymnen. Das war nicht der Grund, warum sie die Einladung zum Sonntagnachmittagskaffee angenommen hatte. Sie wollte unter Menschen. »Und jetzt wohnt ihr zusammen?«

»Nein, nur vorübergehend. Ich wohne bei ihm, bis ich etwas für mich gefunden habe.«

»Ach so. Und hast du was in Aussicht?«

»Vielleicht«, flunkerte Paula. Seit sie bei Ralf wohnte, hatte sie keine größeren Anstrengungen unternommen, als ab und zu in der Tageszeitung zu blättern. Einmal hatte sie auch im Supermarkt einen Zettel abgerissen, da wurde ein Zimmer in Skarpnäck angeboten. Angerufen hatte sie nie.

»Ich dachte, du wohnst bei Rakel?«

»Das wurde zu uns eng.«

»Habt ihr euch gestritten deswegen?« Ihr Vater hatte Rakel immer gemocht. Irgendwie waren sie sich ähnlich. Ruhig, äußerlich etwas kantig, aber wahnsinnig verläßlich.

»Nein.« Das war Paulas zweite Lüge innerhalb von fünf Minuten. Sie hatte im Grunde keine Ahnung, wie ihr Verhältnis zu Rakel war. Seit dem Streit hatten sie nicht mehr miteinander gesprochen, und Paula tat alles, nicht darüber nachdenken zu müssen. »Wir haben gerade nicht soviel Kontakt«, murmelte sie, während ihr Vater vor seinem Haus vorfuhr. Zum Glück endete das Gespräch abrupt, weil Rebecka angestürmt kam.

»Paula! Komm, guck dir mal meine Butze an!« Rebecka zog ihre große Schwester aus dem Auto, und Paula mußte Riesenschritte machen, um Rebecka an der Hand ins Haus zu folgen. In der Küche sah sie Anita stehen, konnte aber nur schnell hallo rufen, bevor sie die Treppe hinaufbeordert wurde, in Rebeckas Zimmer. Das üblicherweise so aufgeräumte Kinderzimmer hatte sich in ein Chaos aus Decken, Stühlen und Kissen verwandelt. »Wenn du reinkommst, kannst du sehen, daß ich sogar zwei Zimmer habe!« Paula ging auf die Knie und kroch unter einer herunterhängenden Puppenbettdecke hinein. »Ist das nicht gemütlich?« Rebecka krabbelte gleich hinter ihr her.

»Total gemütlich!« sagte Paula und versuchte, sich umzudrehen, ohne die Konstruktion zu zerstören.

»Du kannst da sitzen, das ist das Wohnzimmer.« Rebecka zeigte auf einen Platz, der zehn Zentimeter von ihr entfernt war.

»Leistest du mir Gesellschaft?«

»Ich hole uns nur einen Schluck Saft!« Rebecka verschwand durch die Puppenbettdeckenöffnung. Paula konnte hören, wie sie die Treppe hinuntersprang. Einen Augenblick nur, dann war sie wieder zurück und balancierte zwei Gläser mit Strohhalm. »Bitte sehr.«

»Danke.« Paula trank einen Schluck von dem süßen Saft.

»Du kannst auch hier wohnen, wenn du nichts anderes findest«, sagte Rebecka plötzlich mit vollem Ernst. »Papa hat gesagt, daß du nicht mehr bei Johan wohnst.«

»Ja, das stimmt . . .«

»Werden wir Johan dann auch nicht mehr sehen?«

»Ich weiß nicht. Ich glaube, eher nicht.«

»Habt ihr euch scheiden lassen? Viele in meiner Klasse haben geschiedene Eltern.«

»Wir waren ja gar nicht verheiratet, dann muß man sich nicht scheiden lassen, aber wir sind nicht mehr zusammen.«

»Warum nicht?«

Paula nahm noch einen Schluck Saft. Was sollte sie jetzt sagen? In der Dunkelheit der Butze konnte sie Rebeckas Augen leuchten sehen. Ihr Blick haftete auf ihr. »Johan wollte nicht mehr«, sagte sie schließlich. Rebecka schwieg.

»Dann finde ich ihn blöd!« sagte sie entschieden.

Die Puppendecke wurde zur Seite gezogen, und Anita schaute herein. »Paula! Entschuldige, daß du derartig verschleppt wirst.«

»Ich hab sie nicht verschleppt«, protestierte Rebecka. »Paula wollte meine Butze sehen, oder?«

»Ja, klar!«

»Ja, aber wenn Paula nun damit fertig ist, kann sie doch zu uns anderen herunterkommen, oder?« schlug Anita vor. Rebecka schmollte. Sie hätte ihren Gast gern noch länger für sich gehabt.

»Wir können deine Butze ja später noch mal besuchen«, sagte Paula, und Rebecka nickte eifrig. Anita machte den Ausgang frei, und kurz darauf hörte man auf der Treppe ihre Absätze.

Rebecka drehte sich um und krabbelte heraus. Paula folgte ihr. Sie mußte blinzeln, als ihr das Licht aus dem rosafarbenen

Zimmer entgegenkam. »Komm«, sagte Rebecka entschlossen und nahm Paulas Hand, als sie wieder auf den Füßen standen. »Jetzt gehen wir zu den anderen.«

»Und wann ist Premiere?« fragte Anita und reichte Paula die Schüssel mit dem Eisbergsalat.

»Am zwölften Dezember.«

»Wie lange ist das noch hin?« fragte Papa. »So sechs Wochen?«

»Ja, gut sechs Wochen.«

»Sind die Dreharbeiten schon vorbei?«

»Ja, schon eine ganze Weile. Jetzt wird der Film geschnitten.«

»Also bist du mit deiner Arbeit schon fertig?« Anita lächelte.

»Ja.«

»Wovon handelt denn der Film?« fragte Alexander, der gerade von einem Pfadfinderwochenende heimgekehrt war. Seine Haare rochen nach Lagerfeuer, und seine Fingernägel waren noch immer schwarz, obwohl Anita ihn zu einer gründlichen Wäsche vor dem Essen ins Bad geschickt hatte.

»Von einer jungen Frau und ihrer Mutter, kann man sagen.«

Alexander sah sie enttäuscht an. »Aber, hat er keine *Handlung*?« Anita lachte etwas beschämt.

»Aber Alexander, ein Film kann doch wohl von einer Frau und ihrer Mutter handeln?«

»Klingt überhaupt nicht witzig.«

»Finde ich schon«, sagte Rebecka trotzig. »Ich finde, das klingt spannend. Sie hätten einen Film über uns beide machen können, Mama!«

»Aber«, unterbrach sie ihr Vater, »was ist deine Rolle?«

»Wart's ab.« Paula tat geheimnisvoll.

»Wie ...?«

»Warte auf den Film, dann wirst du's sehen. Es kommen ja auch noch ein paar Interviews und so.« Sie gab sich zugeknöpft und lächelte. Nach einer kurzen Pause ergriff ihr Vater wieder das Wort.

»Diese Schule ... hast du eigentlich die Möglichkeit, dort im Frühling anzufangen?«

Paula seufzte. Das nun wieder. »Nein, ich denke nicht.«

»Schade. Es klang so gut.« Anita lächelte, und Paula ärgerte sich, daß sie nicht oben in Rebeckas Höhle geblieben war.

Vier Stunden später war Paula zurück in der leeren Wohnung. Ralf war selten vor zehn Uhr zu Hause. Er erzählte nicht viel von der Arbeit am Film, Paula konnte nur raten, in was für einer Stimmung er sich jeweils befand. Sie hatte aufgehört zu fragen, das schien ihn zu nerven. Überhaupt wirkte er zunehmend gereizt. In den ersten Wochen hatte es gereicht, daß sie anwesend war – schon war er gut drauf. Jetzt übersah er sie fast, wenn er kam. Als sie ihn vorsichtig gefragt hatte, ob ihn irgend etwas störe, hatte er lapidar geantwortet, er sei einfach so, wenn er an einem Film arbeite. »Wenn dich das streßt, ist es vielleicht besser, wenn du eine Weile nicht bei mir wohnst«, hatte er irgendwann gesagt, als er besonders mies gelaunt war. Paula war verletzt, doch am nächsten Tag hatte er sie für seine derben Worte um Entschuldigung gebeten.

Sie versuchte, ihn so wenig wie möglich zu verärgern. Sich nützlich zu machen. Sie putzte die Wohnung, kochte Essen, zumindest einige Male, bis sie es leid wurde, kalt gewordene Reste wegzuschmeißen, die sie für Ralf aufgehoben hatte. Viel mehr war nicht zu tun. Sie kam sich in der großen Wohnung verloren vor und vermißte ihre Freunde, die Dreharbeiten, Ralf. Alles, was sie sich vornahm, war hohler Zeitvertreib. Ralf hatte von Projekten gesprochen. Sie brauchte ein kreatives Projekt. Was auch immer das sein sollte.

Paula schaltete den Fernseher aus und holte sich einen Collegeblock. Dann setzte sie sich wieder aufs Sofa. Ihr Stift fuhr die Stahlspirale am Rand hoch und runter, hoch und runter. Sollte sie ein Buch schreiben? Ein Theaterstück? Vielleicht einen Liedtext? Nach zehn Minuten legte sie den Block wieder beiseite. Sie war vermutlich kein kreativer Mensch.

Pereric Svensén sah müde aus. Sein halblanges Haar, das vorne schon dünner wurde, lockte sich über dem abgewetzten Kragen seines Jacketts, und das stand ihm überhaupt nicht. Über der ausgebleichten schwarzen Jeans hing der Bauch wie ein Hefeteig im Hemd. Er mochte um die fünfundvierzig sein, schwer zu schätzen. Er sah verlebt aus.

Halbherzig versuchte er, sich aus seinem Ledersessel zu erheben, um Paula die Hand zu schütteln. Sie erkannte ihn von seiner Kolumne in der Zeitung wieder und hatte ihn in dem eher leeren Lokal sofort entdeckt. »Bitte setzen Sie sich«, sagte er und zeigte auf den Sessel gegenüber. »Ich habe gerade ein Bier bestellt, möchten Sie auch eins?« Paula nickte. Er hatte den Ort für dieses Interview ausgesucht, die Skybar im Royal Viking Hotel. Die Aussicht auf Gamla Stan war einzigartig. Ansonsten sah die Bar aus wie auf jeder x-beliebigen Finnlandfähre, und der Geruch von Tabakqualm, der in den Stoffen hing, stach ihr in die Nase. Der Reporter hatte erklärt, nachmittags sei dort nicht viel los, und er hatte recht. Außer zwei Japanern ein paar Tische weiter waren sie allein.

Die Biere kamen, Svensén zog einen Block aus seiner Tasche und begann zu blättern. »Wenn wir zuerst ein paar Fakten klären könnten«, sagte er. »Paula Wilhelmsson, mit zwei ›s‹?« Paula nickte, und der Journalist notierte. »Alter?«

»31.«

»Familie?«

Paula dachte daran, was die Pressereferentin gesagt hatte. »Single«, antwortete sie nach kurzer Bedenkzeit. Pereric Svensén sah auf und hob fragend die Augenbrauen.

»Tatsächlich?«

»Mmh.« Paula tat so, als müsse sie Fussel von ihrem Pulloverärmel abzupfen. Schon bei der zweiten Frage durchgefallen, so ein Mist.

Svensén fuhr fort. »Beruf?« Paula zwinkerte. Waren Interviews immer so unangenehm? Was sollte sie darauf antworten? Svensén wartete einen Moment. »Haben Sie keinen Beruf?«

»Keinen, den man in einem Satz zusammenfassen könnte«, fuhr sie fort.

Der Reporter seufzte. »Okay. Was haben Sie gemacht, bevor Sie die Filmrolle angenommen haben?«

»Ich bin viel gereist, habe studiert, gejobbt ...«

Svensén schaute gelangweilt, während er seine Liste mit Fragen durchging.

»Was macht Ihnen Spaß?«

»Reisen.«

»Was mögen Sie nicht?«

Sie dachte nach. Entscheidungen treffen? Klatsch? Pflichten? »Ungerechtigkeit«, sagte sie schließlich. Svensén machte ein Gesicht, als würde er gleich einschlafen.

»Und was machen Sie im Moment? – ›In Ralf Brygges neuem Film ‚Der Fahrschein' zu sehen‹«, notierte er und beantwortete sich seine Frage selbst. »Okay«, er zog einen Strich über sein Papier. »Wie sind Sie denn da rangekommen?«

»Durch Zufall, würde ich sagen. Ich habe Ralf Brygge bei einer Aufzeichnung fürs Fernsehen kennengelernt. Er hat mich zu Probeaufnahmen eingeladen und ... ja, so bekam ich die Rolle der Sandra.« Sie mußte selber staunen, wie einfach das klang. Svensén schaute sie mißtrauisch an.

»Wie kam es, daß er Sie gefragt hat?«

»Da fragen Sie ihn besser selbst.«

»Aber eine Erklärung werden Sie doch wohl haben?«

»Er hat in mir anscheinend etwas gesehen, das ihn an Sandra erinnerte, nehme ich an.« Paula kam sich blöd vor.

»*Ist* es so, daß Sie Ähnlichkeit mit Sandra haben?«

Paula überlegte. »Ja, vielleicht. Diese Art, den Dingen nicht ins Auge sehen zu wollen. Nicht, daß ich das nicht tue, aber ...«

»Können Sie Sandra beschreiben?«

»Sie ist das Ergebnis ihrer Erfahrungen in der Kindheit. Ein Mensch, der sich zurückhält und nicht weiß, warum. Sie trägt eine Leere in sich, die sie nur mit Gewohnheiten und Alltag füllen kann.« Ralfs Worte flossen aus Paulas Mund.

»Ist sie traurig?«

»Kann man wohl sagen«, antwortete Paula wahrheitsgemäß. »Aber sie entwickelt sich. Es passiert etwas mit ihr, in dem Moment, in dem sie ihre Mutter kennenlernt.«

»Die sie verlassen hat, als sie klein war ...« Paula nickte.

»Klingt nicht gerade nach einer Komödie.«

»Ist es auch nicht, aber der Film enthält trotzdem witzige Elemente. Wenn Ihnen jemand die Handlung von ›Wartezimmer‹ erzählt, denken Sie auch nicht, daß man dabei lachen kann. Kann man aber.« Svensén nickte, während er Notizen machte. Bevor er fortfuhr, drehte er sich zur Bar um und winkte dem Barkeeper mit seinem leeren Bierglas zu.

»Möchten Sie auch noch eins?« Paula sah den Reporter fasziniert an. Sie selbst hatte gerade erst ein paar Schlucke genommen. Sie schüttelte den Kopf. Als Svensén sein Getränk serviert bekam, fuhr er fort.

»Ralf Brygge kann in der Zusammenarbeit manchmal schwierig sein. Was ist Ihre Meinung?« Paula überlegte. Schwierig? War ihr nie aufgefallen. »Launisch?« versuchte der Reporter.

»Nein«, antwortete sie zögerlich. »Konzentriert, mit dem Blick für das Wesentliche, intensiv... aber nicht launisch.« Armer Svensén.

»Er hat ja auch den Ruf, sehr ... intensiv zu sein, was Frauen angeht?« Paula konnte nichts dagegen machen – sie wurde rot. Das war das Signal, auf das der lechzende Reporter gewartet hatte.

»Mit Kristina Wallén hatte er ja wohl auch eine Affäre ...«

»Möglich.« Paula schluckte.

»Ich nehme an, daß man sich bei den Dreharbeiten schnell verliebt ...?« Paula zuckte mit den Schultern, aber was sie auch unternahm, alles schien die Unterstellungen dieses Typen nur zu bekräftigen.

»Wo wohnen Sie?« fragte er mit einem Mal.

»Ich ... äh, ich wohne mal hier und mal da.«

»Aha, und wo wohnen Sie im Moment?« Svensén lächelte zum ersten Mal. Es war aber kein nettes Lächeln.

»Bei einem Freund.«

»Mann? Frau?«

»Als ob das eine Rolle spielte!« Paula wurde langsam über seine Fangfragen sauer, aber Svensén überging ihren ärgerlichen Ton in der Stimme.

»Und wenn ich das so fragen darf: Sind Sie und Ralf Brygge mehr als ... Freunde?«

»Vielleicht«, antwortete sie schnippisch. »Aber darüber werde ich mit Ihnen nicht reden.«

»Okay, okay!« Svensén hob die Hände, um zu zeigen, daß er eigentlich friedliche Absichten hatte. »Lassen wir das.« Paulas Finger, die sich in die Armlehnen gebohrt hatten, wurden wieder lockerer. »Was haben Sie für Zukunftspläne?« Wann war diese Tortur endlich vorüber?

»Nichts, über das ich im Moment sprechen kann«, sagte sie und versuchte, wie Sharon Stone zu klingen.

»Filmen Sie weiter?«

»Wie gesagt ...«

Svensén fiel ihr ins Wort. »Okay, verstehe. Gleich wird der Fotograf dasein. Er möchte gern ein paar Bilder hier im Hotel machen. Ich habe eine Suite gebucht. Haben Sie es eilig?« Paula schüttelte den Kopf. »Lassen Sie uns zur Rezeption gehen und nachfragen, ob er schon angekommen ist.« Er trank eilig die letzten Tropfen aus. Paula hatte kaum die Hälfte ihres ersten Glases getrunken. Bevor er sich erhob, griff er noch einmal in die Schale mit Erdnüssen, die vor ihrer Nase stand. Man hörte ihn kauen. »Sind Sie soweit?«

Der Fotograf stand bereits da, als sie zur Rezeption kamen. Es war ein stiller, älterer Mann mit dem gleichen verbrauchten Gesichtsausdruck wie der Reporter. Svensén ließ sich den Schlüssel aushändigen, und dann fuhren sie mit dem Fahrstuhl nach oben.

Die Suite war luxuriös, aber nicht sehr geschmackvoll eingerichtet. Teppichboden, Glastische und blankpoliertes Messing. Im Schlafzimmer standen auf dem Mahagonitisch frische Blumen in einer Vase, und auf dem Bett befand sich ein pastellfarbener Überwurf. Der Fotograf drehte eine Runde und summte vor sich hin. Paula setzte sich auf das Sofa. Glücklicherweise trug sie Kleider, in denen sie sich wohl fühlte, und beim Schminken war sie besonders sorgfältig gewesen. Nicht nur, weil sie wußte, daß ein Fototermin anstand, sondern weil sie beim Interview einen guten Eindruck machen wollte. Jetzt war sie nervös. Es war ungewohnt für sie, so fotografiert zu werden, doch sie versuchte sich damit zu beruhigen, daß sie immerhin die Dreharbeiten gut gemeistert hatte, und daher waren ihr die Kameras ja nun wirklich nicht fremd.

»Jetzt weiß ich, wie wir es machen.« Der Fotograf kam zurück. »Wenn Sie sich auf das Bett legen würden. So wie eine Diva. Dann besorgen wir eine Flasche Sekt und ein Glas. Das darf ruhig ein bißchen mondän wirken, oder was sagst du dazu, Pereric?« Svensén nickte zustimmend. Dann ging er zum Telefon und bestellte den Room-Service. Nach etwa zehn Minuten klopfte es diskret an der Tür. Der Reporter öffnete und sagte dem jungen Mann, er möge den Sekt auf dem Tisch abstellen. Als er gegangen war, nahm er die Flasche aus dem Eis und zog die Folie ab. »Okay, legen Sie sich dort hin?« sagte der Fotograf zu Paula, die etwas zögernd zum Doppelbett ging.

»Und wie? Einfach so?« fragte sie und postierte sich zaghaft.

»Nein, nein! Quer übers Bett. Wie ein Filmstar!« Mit einer Geste deutete er an, was er meinte. Sie sollte wie eine glamouröse Hollywood-Diva aussehen.

Sie kroch etwas weiter und legte sich quer übers Bett. »Und jetzt stützen Sie mit der einen Hand den Kopf und halten in der anderen das Sektglas.« Er schenkte ein und hielt ihr das schmale Glas hin. Von der Seite sah sie, wie Svensén sich selbst bediente. »Okay, jetzt geht's los!« sagte der Fotograf. »Bitte lächeln!«

Eine halbe Stunde später stand Paula allein auf der Vasagata. Kalter Wind blies ihr um die Ohren. Was hatte sie dem Reporter eigentlich alles erzählt, und was für ein Bild war das geworden? Da hatte sie auf einem Hotelbett gelegen mit einem Glas Sekt in der Hand. Was sollte der Quatsch? Was hatte das mit dem Film zu tun? Langsam machte sie sich auf den Weg zur U-Bahn. Auf halbem Weg abwärts drehte sie um. Falscher Bahnsteig, sie mußte doch zum Karlaplan, nicht zum Mariatorg.

BRYGGES NEUE FRAU! Paula Wilhelmsson, die eine der Hauptrollen in Brygges neuem Film – ›Der Fahrschein‹ – spielt, bestätigt, daß sie ein Verhältnis mit dem Regisseur hat. Brygge ist für seine Affären bekannt, besonders wenn es sich um die Schauspielerinnen in seinen Filmen handelt. Seinen neuen Fang machte er bei der Aufzeichnung der Fernsehsendung ›Geradeaus‹. Paula Wilhelmsson hat weder Film- noch Theatererfahrung, und nun gibt sie ihr Debüt in der Rolle der verschlossenen Sandra. Die Mutter wird von Henrietta Pålsson gespielt …

Paula legte die Zeitung zur Seite. Ihr lief kalter Schweiß über den Rücken; es war schlimmer, als sie befürchtet hatte. Das Bild von ihr auf dem Hotelbett mit Sektglas in der Hand und Blick auf den Zeitungsleser war mit der Bildunterschrift abgedruckt: *Paula Wilhelmsson hat allen Grund zum Feiern. Im Dezember debütiert sie als Schauspielerin im Film ihrer neuen Liebe Ralf Brygge.*

Sie zuckte zusammen, als das Handy klingelte. Es war Anna.

»Sture kam gerade mit der Zeitung nach Hause. Das ist ja der Wahnsinn! Eine ganze Doppelseite nur über dich!«

»Ja, nur was für eine …«

»Aber hallo! Freust du dich nicht? Das ist doch riesig!«

»Hast du den Text gelesen?«

»Nur überflogen. Ich hab sofort angerufen …«

»Dann hast du vielleicht den Witz an der Sache übersehen. Daß ich aus dem Nichts komme und die Chance bekommen habe, im Film eines Regisseurs zu spielen, der jedem Rock hinterherschaut ...«

»Findest du das wirklich so schlimm?«

»Lies doch erst mal ...«

»Ach, ich bin mir sicher, daß du übertreibst. Aber ... wie haben sie das mit dir und Ralf rausbekommen?«

»Wahrscheinlich mein Fehler. Ich war nicht überzeugend genug, als er anfing, bohrende Fragen zu stellen.«

»Au weia ...«

»Keine Gardinenpredigt, bitte.«

»Ralf wird das sicher gar nicht gefallen ... Und Johan weiß noch immer nichts, oder?«

»Jetzt wird er es wohl wissen ... Wenn er von seiner Holländerin absteigt, um die Zeitung zu lesen.«

»Aber was macht das schon? Irgendwann mußte er es ja erfahren.«

»Ja, seinetwegen muß ich wohl kaum ein schlechtes Gewissen haben.«

»Ich finde, du mußt überhaupt kein schlechtes Gewissen haben! Freu dich lieber, du hast eine ganze Doppelseite in einer Abendzeitung bekommen. Und das noch, bevor der Film Premiere hat! Wart's nur ab, bis sie dich auf der Leinwand sehen, du wirst allen die Sprache verschlagen!«

»Wie lieb von dir!«

»Ich muß jetzt aufhören. Ebba ist wach geworden. Bis bald! Vergiß mich nicht, jetzt, wo du berühmt bist!«

Paula fühlte sich ein bißchen besser, nachdem sie mit Anna gesprochen hatte, aber sobald ihr Blick wieder auf den Artikel fiel, sank ihre Stimmung. Nie mehr würde ihr so etwas passieren! Sie tröstete sich damit, daß sie auf dem Bild immerhin ganz gut getroffen war.

Als Ralf am Abend nach Hause kam, war es ihr beinahe gelungen, das Fiasko zu verdrängen. Die Wohnungstür schlug hinter ihm zu. Ohne Schuhe oder Jacke auszuziehen, kam er ins

Wohnzimmer, wo Paula vor dem Fernseher saß. In der Hand hielt er eine Abendzeitung.

»Was zum Teufel hat das zu bedeuten?« brüllte er und wedelte mit der Zeitung.

»Ein idiotischer Artikel«, sagte Paula so nüchtern sie konnte.

»Wer hat dir erlaubt, von uns zu erzählen?«

»Ich habe nichts von uns erzählt«, verteidigte sich Paula. »Der Typ hat seine eigenen Schlüsse gezogen.«

»Er kann doch wohl nicht ins Blaue geschrieben haben!?«

»Doch, so ist das aber.«

»Daß du nicht noch die Gelegenheit genutzt hast, um ihn zu einer Homestory zu uns einzuladen!«

»Was soll das ...« Sie verkroch sich in der Sofaecke. »Von mir hat er das jedenfalls nicht. Und du hättest mir ja ein paar Tips geben können.« Tatsächlich hatte sie ihn am Abend vor dem Interview gefragt, was sie sagen solle, wenn ihre Beziehung zur Sprache käme, aber er hatte schlechte Laune gehabt und nur vor sich hin gegrummelt.

»Ich dachte, ich könnte mich auf deinen gesunden Menschenverstand verlassen«, schimpfte er. »Außerdem ist das Bild so was von lächerlich. Wie konntest du dich darauf einlassen, das sieht doch total bescheuert aus!« Dann drehte er sich um und ging hinaus in den Flur. Nach einer Weile kam er zurück. Er hatte sich etwas beruhigt. Er setzte sich neben sie auf das Sofa. »Bei diesen Idioten mußt du vorsichtig sein, verstehst du?«

»Ich dachte, ich war es.« Paula war den Tränen nahe. Ralf merkte es und strich ihr über die Wange.

»Jetzt weißt du es für das nächste Mal. Entschuldige, daß ich so wütend geworden bin, es ist nur so, daß ich seit meiner Scheidung jede Menge Mist über mich lesen muß. Ich bin es so leid. Kannst du das verstehen?« Er sah sie fragend an. Paula nickte. Seine Wut hatte sie verschreckt, und sie war froh, daß er sich wieder beruhigt hatte. »Wenn es ein Trost für dich ist«, sprach er weiter, »der Film ist klasse. In einigen Szenen bist du wirklich umwerfend. Heute haben wir die Szene im Restaurant geschnitten. Erstklassig!« Er lächelte, als hätte es seinen Wutanfall nie gegeben. »Du«, Ralfs Stimme wurde noch einmal sanfter, »ich weiß, daß ich in der letzten Zeit nicht besonders freundlich war. In der kommenden Woche führen wir den Film der Filmgesellschaft vor, das liegt mir total im Magen. Verstehst du doch, oder?«

»Mmh.«

»Das heißt, es wäre vielleicht keine schlechte Idee, wenn du jetzt nicht bei mir wohnen würdest ...« Paula erstarrte. »Deinetwegen, meine ich.«

»Was ...?«

»Was meinst du, was das heißt? Nicht mehr als das, was ich gesagt habe.« Ralf wurde wieder sauer. »Das war nur ein Vorschlag. Deinetwegen«, wiederholte er und stand vom Sofa auf. »Gibt es was zu essen?«

Das Interview mit ›Dagens Nyheter‹ lief schon besser. Zum einen ließ der Journalist ihr Privatleben aus dem Spiel, zum anderen hatte Paula sich tagelang vorbereitet. Anfangs war sie so zugeknöpft, daß sie nur einsilbig antwortete, aber als sie feststellte, daß dieses Interview anders angelegt war, atmete sie auf. Es gab keinen langen Artikel, aber Paula war zufrieden. Sie wurde als Schauspielerin präsentiert, das war ungewohnt und ein bißchen sonderbar. Aber es war in jedem Fall besser, als wie ein Stück Fleisch beschrieben zu werden, das ein geiler Regisseur aus dem Studio direkt ins Schlafzimmer gezerrt hatte. Sie hatte Pereric Svensén noch immer nicht verziehen und erinnerte sich an die peinliche Darstellung jedesmal, wenn ein Fremder sie etwas zu lange ansah.

Ralfs Launen wechselten zwischen Ärger und Entschuldigungen. Zwischendurch war er in zärtlicher Stimmung. Hätte sie eine Alternative gehabt, dann hätte sie der Wohnung am Karlaplan gern den Rücken gekehrt, zumindest vorübergehend. Doch das einzige, was zur Wahl stand, war, zu ihrem Vater und

Anita zu ziehen. Dann würde sie lieber Ralf noch eine Weile ertragen. Oder besser gesagt, er müßte sie noch eine Weile ertragen. Sie war ihm ja im Weg, soviel war klar.

Einen Monat vor der Premiere hatten Paula und Henrietta einen gemeinsamen Fototermin für das Filmplakat. Die Filmgesellschaft hatte einen der coolsten Fotografen engagiert, und das durchgestylte Studio erinnerte Paula an ihre Agenturzeiten in New York. Die Dachfenster des weiß gestrichenen Ateliers sorgten dafür, daß der Raum trotz des bedeckten Novembertages lichtdurchflutet war, und an den Wänden hingen riesige Abzüge von Bildern, die Paula aus verschiedenen Reportagen und Anzeigenkampagnen kannte. Ihre Visagistin hatte sie begleitet, und nachdem sie Paulas sorgfältig eingesprühtes Haar zu dem unvorteilhaften Seitenscheitel gekämmt hatte, an den sie sich mit der Zeit gewöhnt hatte, mußte Paula das wohlbekannte Lindex-Teil wieder anziehen.

»Ich möchte eine ganz bestimmte Stimmung haben«, erklärte der Fotograf. Sein Assistent, der neben ihm stand, sah aus, als würde er auf der Stelle losspringen, um eine zu besorgen. Paula machte die angespannte Atmosphäre kribbelig, aber Henrietta war ganz entspannt.

»Was haben Sie sich denn vorgestellt?« fragte sie einfach.

»Ich denke an ein starkes Band zwischen den beiden, an Schuld und unterdrückte Aggression.« Der Fotograf gestikulierte.

»Haben Sie den Film gesehen?« fragte Paula.

»Nein.« Der Fotograf wirkte eingeschnappt. »Ich möchte die Köpfe ganz dicht beieinander, intensive Blicke und einen schwarzen Hintergrund.«

»Sie meinen, so wie zur Zeit alle Filmplakate aussehen?« Paula merkte sofort: Das war der falsche Kommentar. Der Assistent räusperte sich nervös. Henrietta hielt sich eine Hand vor den Mund, damit man ihr Grinsen nicht sah. Der Fotograf schnaubte.

Nach einer knappen Stunde mit unterdrückten Aggressionen und intensiven Blicken zeigte sich der Fotograf zufrieden, und Paula und Henrietta zogen sich in den kleinen Raum zurück, in dem sie sich umzogen. Henrietta klopfte ihr auf die Schulter.

»Und was ist das jetzt für ein Gefühl? So kurz vor der Premiere?«

»Nervös. Es ist, als ob da der Rest meines Lebens auf mich wartet.«

Henriette nickte. »Verstehe. Man hat sich so dermaßen ausgeliefert, daß fast nichts mehr übrig ist, so fühlt sich das an, oder?«

Paula hatte es eigentlich anders gemeint, aber als Henrietta es so formulierte, spürte sie, wie recht sie hatte.

»Exakt! Geht es dir auch so?« Henrietta lachte.

»Heute nicht mehr, aber ich erinnere mich noch sehr gut, wie es früher war. Besonders wenn man mit dieser Sorte Regisseur zusammenarbeitet. Die *alles* von einem wollen. Genau dieses Gefühl, daß nichts mehr von einem übrig ist. Da darf man den Boden unter den Füßen nicht verlieren, nicht vergessen, wer man war. Du hattest ja dein Leben.«

»Mmh.« Paula mußte an die letzte Zeit denken, wie ihr eigenes Leben in Ralfs leerer Wohnung immer kleiner geworden war. Henrietta sah sie forschend an. »Hast du die Abendzeitung gelesen?« fragte Paula schließlich und seufzte.

»Ja. Stimmt das?«

Paula seufzte noch einmal, dieses Mal tiefer. »Ja, schon ...«

»Es gibt keinen Grund für Moralpredigten. Warum soll man seine Liebe nicht bei den Dreharbeiten finden?« fragte Henrietta sanft. Ja, warum eigentlich nicht? Der Gedanke war befreiend nach all den Vorwürfen. »Hast du das?«

»Es ging alles so schnell ...« Sie mußte an Ralf denken, »aber, ich bin verliebt in ihn. Glaube ich zumindest«, fügte sie leise hinzu.

»Und er?«

»Er war es jedenfalls.«

»War?«

»Ich weiß gerade nicht, wo er steht.«

»Wohnt ihr nicht zusammen?«

»Ja, das hat sich so ergeben, aber wir sehen uns nicht so oft. Er sitzt fast rund um die Uhr am Film.«

Henrietta nickte und sah sie freundschaftlich an. »Man kann nicht immer wissen, was das richtige ist«, sagte sie, »manchmal muß man es ausprobieren.« Paula wäre ihr am liebsten um den Hals gefallen. Endlich jemand, der ihr recht gab, der sie verstand! »Vergiß nur nicht, daß du noch ein Leben hast, das lange vor Ralf Brygge und dem ›Fahrschein‹ da war!« Dann drehte sie sich zu dem kleinen Wandspiegel um und begann, sich das Haarspray auszubürsten, das ihre grauen Locken in einen steifen Helm verwandelt hatte.

Die Plakate hingen in der ganzen Stadt, und sobald Paula eine Zeitung aufschlug, stieß sie auf das Bild mit Henrietta. Intensive Blicke und unterschwellige Aggression. Nur noch ein paar Tage. Dieses Gefühl, in einem Vakuum zu sitzen, hatte sie schon die ganze letzte Zeit gespürt. Und täglich nahm es zu. Nur wenn sie mit Anna sprach, bekam sie etwas Luft zum Atmen. Anna munterte sie unentwegt auf mit ihrer positiven Einstellung. Am Ende konnte Paula nicht anders, als ihre Freundin so gut wie jeden Tag anzurufen, um nicht zu ersticken.

»Ich bin so schrecklich nervös!«

»Wird schon gutgehen, Paula!«

»Aber wenn nun alle Rezensenten einen Haß auf Ralf Brygge haben und den Film komplett absägen? Und mich mit?« Paula versagte die Stimme.

»Jetzt reiß dich mal zusammen, warum sollten sie einen Haß auf Ralf Brygge haben?«

»Weil ... ich weiß auch nicht, vielleicht um ihn wieder auf den Boden zu holen.«

»Gut«, Anna änderte ihre Taktik, »dann geh davon aus, daß

der Film floppt. Daß ihr alle verrissen werdet.« Paula stöhnte auf. »Überleg mal, vor einem Jahr gab es in deinem Leben keinen Film. Einen Ralf Brygge auch nicht ... Du kannst gelassen nach vorn schauen. Und das Ganze unter Erfahrungen verbuchen.«

»Wie? Als hätte ich auf einer Schaffarm in Neuseeland gejobbt?«

»Zum Beispiel.«

»Aber was soll ich danach machen? Nach meiner mißglückten Karriere als Schauspielerin?«

»Du meinst, was du aus deinem Leben machen sollst?«

»Ja.«

»Was hast du vor, wenn der Film ein Erfolg wird?« konterte Anna. Paula schwieg, natürlich hatte sie daran gedacht, aber nie gewagt, es sich richtig vorzustellen. Sie war sich sicher, es würde sich schon ergeben. Pläne hatte sie keine gemacht. Sie mußte einsehen, das war wirklich naiv.

»Keine Ahnung ...«

»Weißt du, was das Beste für dich wäre, bis Premiere ist?« Ohne eine Antwort abzuwarten, fuhr Anna fort: »Ich finde, du solltest darüber nachdenken, was du danach mit deinem Leben vorhast, ganz egal, wie der Film aufgenommen wird.«

»Als Plan B, meinst du?«

»Eher als Plan A.«

Paula schwieg. »Kommt ihr denn zur Premiere?«

»Klar! Gestern haben wir die Karten bekommen. Stures Eltern werden babysitten. Zum ersten Mal. Aufregend! Seit Tagen pumpe ich Milch ab, damit wir auch hinterher zur Feier bleiben können. Wenn ich nicht Entzugserscheinungen bekomme ...«

»Nach Alkohol?«

»Nein, du Dummkopf! Nach Ebba.«

»Ach so, natürlich.« Paula schämte sich.

Offensichtlich waren die Briefe eingetrudelt. Paula hatte zehn Namen nennen dürfen, an die die Filmgesellschaft Einladungen verschickte. Zehn Leute, das war so gut wie nichts, hatte sie zuerst gedacht, aber als sie sich daranmachte, war sie unangenehm überrascht.

Ihr Vater und Anita, klar. Die Kinder waren noch zu klein.

Anna und Sture, das war einfach.

Dann kam eine Pause.

Rakel?

Johan? Nein, Johan nicht! Sie wollte ihn nicht sehen. Sie wollte, daß er sie sah, aber das war etwas anderes. Also: Johan durchstreichen. Rakel ließ sie fürs erste stehen.

Helena. Seit dem Frühjahr hatten sie sich nicht mehr gesehen, aber trotzdem war sie eine der wenigen Freunde, die Paula in der Stadt hatte. Plus Begleitung, bei ihr wußte man nie.

Noch drei. Geronimo und Frank, aber das war wohl überflüssig. Mit Sicherheit wären sie gerne dabei, aber aus Südafrika anzureisen, um einen Film zu sehen, von dem man nicht ein Wort verstand, das war wohl etwas zuviel verlangt. Paula überflog die Liste noch einmal. Sollte sie Rakel wirklich einladen? Paula vermißte sie, und je mehr Zeit verstrich, desto belangloser erschien ihr der Streit. Sollte man dafür tatsächlich seine langjährigste Freundin opfern? Paula strich das Fragezeichen hinter Rakels Namen. Es würde eine Geste der Versöhnung sein. Wenn sie sie nicht annehmen wollte, hatte Paula es immerhin versucht. Plus Begleitung, notierte sie auch bei Rakel. Man konnte ja nie wissen, vielleicht war ein Wunder geschehen. Paula mußte beim Gedanken an Tommy Vinterhed lächeln. Vielleicht war ja doch ...

Noch immer hatte sie zwei Karten zu vergeben, nicht daß die zehn voll werden mußten, aber ihr war es peinlich, nicht mal zehn Personen nennen zu können. Sie überlegte. Anders Wixell? Gute Idee, sie schrieb seinen Namen auf. Nur noch einer. Sie biß auf den Stift. Nach einer Weile gab sie auf. Bei Anders schrieb sie ebenfalls plus Begleitung dazu. Fertig, aus! Zehn Namen. Sie steckte die Liste in einen Umschlag und schrieb Sanna Josefssons Namen darauf.

Offensichtlich hatte ein professioneller Veranstalter die Organisation des Premierenfestes übernommen, und neben den geladenen Gästen wurde, so munkelte man, eine ganze Reihe von Prominenten erwartet. Etwas, das Ralf überhaupt nicht mochte. »Was haben die da zu suchen. Das ist mein Film, und ich habe keine Lust, eine Horde von Möchtegern-Schauspielern auf meiner Premiere an Salzstangen knabbern zu sehen. Ich brauche sie nicht zum Small talk, und wenn sie den Film sehen möchten, dann sollen sie sich gefälligst Karten besorgen wie alle anderen auch!« Paula stimmte ihm zu – vor allem deshalb, um seine Stimmung zu heben. Aber der Schuß ging nach hinten los: »Du mußt mir immer alles nachplappern! Hast du keine eigene Meinung?«

In den letzten Wochen war es ein schwieriger Balanceakt gewesen. Paula tröstete sich damit, daß es nur noch ein paar Tage dauern würde. Kein Wunder, daß er vor der Premiere unausgeglichen und nervös war. War sie schließlich auch. Es würde besser werden, wenn alles vorüber war. Mit Sicherheit.

So geht es nicht.«

»Was geht nicht?«

»Mein Gott, ist sage doch nur, wie es ist!«

»Wie was ist?«

»Daß es eben nicht geht.«

»Daß es eben nicht geht?«

»Paula. Bitte zieh aus. *That's it.*« Ralf schaute sie demonstrativ an. Er stand in der Küche und hielt die Arme verschränkt, der Morgenmantel war verrutscht, und er trug nichts darunter. Paula konnte sich einen Blick nicht verkneifen. Ralf bemerkte das und zog am Gürtel. »Du bist ein süßes und liebes Mädchen, aber ich habe keine Ahnung, wie es so weit kommen konnte!«

»So weit?« Paula dachte nach, sie konnte nicht jedes Wort wiederholen, aber ihr fiel nichts Besseres ein.

»Daß du hier wohnst!«

»Aber ... du warst doch derjenige, der ...«

»Schon möglich«, unterbrach sie Ralf, »aber das ist jetzt eben vorbei.«

»Du willst, daß ich ausziehe?«

»Ja.« Ralf atmete auf, endlich hatte sie es kapiert.

»Richtig?«

»Ja, was glaubst du denn?«

»Und du und ich ...?«

»Du und ich? Ja, verdammt, keine Ahnung! Wir legen eine Pause ein. Oder so.«

»Oder so ...«

»Hör auf, mir alles nachzuplappern!«

»Tut mir leid.«

»Zieh zu deinem Vater oder ... ach, ich weiß auch nicht, so geht es jedenfalls nicht weiter.«

»Jetzt sofort?«

»Jetzt sofort.« Ralf war es offensichtlich unangenehm, aber nicht so sehr, daß er ihr noch eine Frist einräumte. Er bestand darauf, obwohl es totenstill in der Küche wurde. Schließlich ging er zur Tür, und Paula blieb am Küchentisch sitzen. In ihrem lauwarmen Tee schwamm die Milch auf der Oberfläche. Es sah eklig aus. »Ich gehe jetzt, es wäre schön, wenn du nicht mehr da wärst, wenn ich heute abend nach Hause komme.«

Er war total gelassen, fast kalt. »Tut mir leid, daß es so enden muß, aber du weißt, man muß auf seine Gefühle hören. Wenn es nicht geht, geht es nicht.« Er zuckte mit den Schultern, als wollte er mitteilen, daß er mit der Sache an sich nichts zu tun hätte. Er war ebenso Opfer wie sie auch. Vielleicht mußte man überhaupt ihn am meisten bedauern?

Der Koffer lag geöffnet auf der Matratze im Schlafzimmer. Der Reihe nach legte Paula ihre Kleider hinein. Als würde sie Sand auf einen Sarg schaufeln. Ihre Tränen waren getrocknet, und die Haut an ihren Wangen spannte. Das Salz brannte in den Augen, wenn sie blinzelte.

Mit dem letzten Teil, dem weinroten Morgenmantel, war der Koffer proppenvoll, und Paula mußte sich darauf setzen, um ihn schließen zu können. Sie hatte bei ihrem Vater angerufen und ihn vorgewarnt. Er hatte ihr angeboten, sie mit dem Auto aus der Stadt abzuholen, doch sie hatte abgelehnt. Ihre Koffer waren schwer und klobig, es würde sicher eine Tortur werden, sie in den Zug zu schaffen, aber sie hatte das Gefühl, es wäre nicht richtig, Hilfe anzunehmen. Sie mußte ihr eigenes Kreuz tragen, das spürte sie.

Zwei Stunden später stieg Paula am Bahnhof des Vorortes aus. Dieses Mal wartete ihr Vater nicht im Auto, sondern stand am Ausgang und nahm ihre Koffer, ehe sie widersprechen konnte.

»Ich hätte dich wirklich abholen sollen. Es muß eine Plackerei gewesen sein, diese Dinger durch den Zug zu schleppen.«

»Na ja«, murmelte Paula. Sie war schon von dem kurzen Stück durchgeschwitzt und genervt.

Paula saß im Auto und schwieg. Ihr Vater nahm ein paar Anläufe und redete über das Wetter. Der erste Schnee war gekommen, aber es hatte nicht den Anschein, als würde er liegenbleiben. Trotzdem war es hier draußen viel weißer, stellte Paula fest. In der Stadt war die kleine dünne Schneedecke innerhalb von ein paar Stunden zu einer grauen Matschschicht verkommen.

Im Haus war es ruhig – die Kinder waren in der Schule, und Anita machte in ihrem Geschäft Überstunden. Als ihr Vater einen Kaffee aufsetzte, traute er sich schließlich zu fragen.

»Die Sache mit Ralf, ist das ... vorbei?«

Erst nach einer Weile konnte Paula antworten. »Ich glaube schon«, sagte sie schließlich.

Ihr Vater stellte Becher auf den Tisch und schenkte frischen Kaffee ein. »Magst du eine Safranschnecke?« fragte er, »wir haben welche eingefroren.« Paula schüttelte den Kopf. »Wie geht's dir?« fragte er vorsichtig, während er für sich selbst ein Teigstück herausholte und in die Mikrowelle legte. Der Safranduft erfüllte die Küche, und Paula bekam plötzlich Appetit.

»Leer«, antwortete sie und nahm einen Schluck Kaffee.

»Wie lange ging das mit euch ...?«

»Nicht lange. Seit Johan ...« Papa nickte.

»Du«, Papa sah sie ernsthaft an und sprach schließlich weiter, »du wirst sehen, es wird alles gut.«

Aber was? Das mit Ralf? Mit der Wohnung? Mit dem Job ...? Ja, sicher, es wird schon alles gut. Alles. Ganz von selbst.

»Ich bringe meine Sachen ins Gästezimmer«, sagte sie und stand auf.

»Ich hole Bettwäsche.« Ihr Vater erhob sich vom Stuhl und ging hinterher. Paula hielt ihn an.

»Ist nicht eilig. Das können wir später machen. Ich werde mich jedenfalls noch nicht hinlegen.« Paula schleppte ihre Koffer nach oben und öffnete die Tür des kleinen Gästezimmers. Es war sehr ordentlich und sauber, wie in einem Hotel. Im Fenster stand sogar eine Topfpflanze, obwohl der Raum im Grunde nie benutzt wurde und die Tür meist abgeschlossen war. Paula sackte auf dem Bett zusammen. Was sollte sie jetzt machen? Am Ende ließ sie sich auf dem geblümten Bettüberwurf nieder, mit einem Dekokissen unter dem Kopf.

Jetzt war sie allein. Von den Wochen abgesehen, in denen Johan im Urlaub gewesen war, war sie das schon acht Jahre lang nicht mehr gewesen. Und jetzt? Nach Johan hatte sie immerhin ihre Arbeit, den Film und dann Anna und natürlich Rakel gehabt. Viel war nicht geblieben. Ein Gästezimmer in einem Vorort und zwei miserabel gepackte Koffer mit all ihrem Hab und Gut.

Paula merkte nicht, daß ihr die Tränen übers Gesicht liefen, bis sie die nassen Flecken auf dem Kissen sah. Sie machte es sich auf der Seite bequem und schloß die Augen. Müdigkeit überkam sie. Einfach nur schlafen ...

Von einem leisen Klopfen an der Tür wurde sie wach. Im Zimmer war es ganz dunkel, und zuerst wußte sie überhaupt nicht, wo sie sich befand. Dann hörte sie die Stimme ihres Vaters.

»Kleines, es gibt jetzt etwas zu essen. Bist du wach?«

Paula setzte sich auf und suchte nach einer Nachttischlampe. »Mmh, ich komme«, sagte sie verschlafen. Sie hörte, wie er die Treppe wieder hinunterging. Erst jetzt bemerkte sie, daß es nach Essen roch. Sie ging in den Flur und dann ins Bad. Ihr Gesicht sah im Spiegel total blaß aus, und auf der einen Gesichtshälfte hatte das Kissen Abdrücke hinterlassen. Die Haare waren ganz plattgelegen. Sie ließ etwas kaltes Wasser über ihr Gesicht laufen und lieh sich Zahncreme, um den Mund auszuspülen. Dann ging sie hinunter in die Küche.

Ihr Vater und die Kinder waren schon da. Rebecka und Alexander hatten wohl gesagt bekommen, sich etwas zu zügeln, denn der Empfang fiel wesentlich ruhiger aus als sonst. Paula sah sich um.

»Wo ist Anita?«

»Sie war kurz zu Hause und ist jetzt zu ihrem Töpferkurs gegangen.«

»Mama kommt erst, wenn wir schon schlafen«, erklärte Rebecka. Paula nickte.

»Setz dich, jetzt gibt es was zu essen«, sagte Vater. Paula nahm neben Alexander auf der Kiefernbank Platz, die die Küche wohl etwas rustikaler wirken lassen sollte. Über der Eckbank hing ein Wandbehang mit gestickten Nikoläusen, und im Fenster stand zwischen Christsternen ein Lichterbogen. Paula hatte kaum registriert, daß Advent war, geschweige denn, daß es auf Weihnachten zuging. Ralf war nicht gerade der Typ, der die Fenster mit Schnee besprühte und Weihnachtssterne aufstellte. Jetzt saß sie plötzlich hier bei ihrer Familie unter der gestickten Botschaft, daß Weihnachten das Fest der Liebe ist. Ach ja.

»Reich doch Paula bitte mal das Kartoffelpüree«, forderte ihr

Vater Alexander auf. Rebecka schob ihr die Schüssel mit gebratenen Fleischwurstscheiben hin. »Du mußt doch hungrig sein?« Paula wollte ihren Vater nicht verletzen und zugeben, daß sie kein bißchen Appetit hatte, sondern nahm sich brav eine Portion auf ihren Teller. Die Kinder erzählten von der Schule, ihr Vater vom Gespräch mit einem Nachbarn, der seinen Hund einschläfern lassen mußte, nachdem er angefahren worden war. Die Kinder waren ganz aufgebracht von dieser Nachricht, und beide beschlossen einstimmig, daß das Überfahren von Hunden mit der Todesstrafe geahndet werden müßte. Niemand erkundigte sich, wie Paulas Tag gewesen war.

Nach dem Essen bot Paula an, sich um den Abwasch zu kümmern. Rebecka machte ein enttäuschtes Gesicht. Abwaschen, das konnte doch auch ihr Papa tun. Aus der Küche hörte Paula den Protest der Kinder, als ihr Vater mitteilte, es sei Schlafenszeit. Sie umarmte sie, bevor sie hinauf in ihre Zimmer gingen. Als der letzte Topf abgewaschen war und die Spüle geputzt, ging sie hinüber zu ihrem Vater, der vor dem Fernseher saß. Kurz vor zehn, gleich nach den Nachrichten, entschuldigte sie sich und stand auf.

»Ich gehe schlafen«, sagte sie und tat so, als müßte sie gähnen. Papa sah auf.

»Ja, tu das. Du mußt sehr müde sein.« Paula versuchte zu lächeln.

»Bis morgen.«

Nachdem sie den halben Nachmittag verschlafen hatte, war Paula kein bißchen müde, aber lieber lag sie auf der geblümten Decke und blätterte in einer uralten Zeitung, als Anitas mitleidige Blicke ertragen zu müssen. Es war wirklich erstaunlich, wie einsam man sich fühlen konnte, obwohl man unter Menschen war.

Sie mußte an das letzte Weihnachtsfest denken, das im Chinarestaurant. Sie war damals auch traurig gewesen, allerdings aus ganz anderem Grund. Damals war sie diejenige gewesen, die die Wahl hatte, sie mußte eine Entscheidung treffen. Sie konnte sich noch gut erinnern, wie schwer ihr das fiel. Jetzt konnte sie von dieser Art Problem nur träumen. Derjenige zu sein, der die Entscheidung traf. Was für ein Luxus. Wie kam es nur, daß sie das damals nicht begriffen hatte? Paula seufzte und zog sich aus. Sie suchte nach einem einigermaßen sauberen T-Shirt und kroch unter die Decke.

Vor dem Fenster sah sie, daß das Wetter sich allen Prognosen entgegenstellte: Im Licht der Bettlampe konnte sie kleine, winzig kleine Schneeflöckchen entdecken, die auf die Erde schwebten und sich sanft zu ihren Schwestern und Brüdern legten. Es war kälter geworden.

Nein, ich gehe nicht hin.« Paula warf Anita einen trotzigen Blick zu.

»Natürlich gehst du!«

»Nein, sage ich. Geht ihr hin, wenn ihr wollt. Es wird sicher nett.«

Paula begann, in der Zeitung zu blättern, um zu demonstrieren, daß die Diskussion beendet war. Oder vielmehr ihr Monolog ... Paula hatte Anita erklärt, daß sie nicht vorhabe, zur Premiere ihres Filmes zu gehen. Wenn Anita ein Problem damit hatte, war das ihre Sache. Paula ließ das kalt. Völlig kalt, dachte sie, während ihr Blick zum dritten Mal über dieselbe Überschrift zur Wohnungsnot in Stockholm glitt.

»Wie schade.« Sie fand es fast ärgerlich, daß Anita sich so schnell geschlagen gab. Paula hatte bereits eine treffende Antwort im Kopf, nämlich, daß jeder sein eigenes Leben hätte und daß sie auch nicht mit Vorschlägen für Anitas Leben kam. »Würde es dir etwas ausmachen, wenn Gunnar und ich auf jeden Fall hingingen?« fragte sie zögernd.

»Wie gesagt, geht nur, wenn ihr wollt«, wiederholte Paula großmütig. »Es gibt mit Sicherheit Erdnüsse und Weißwein.« Ohne den Blick von der Zeitung abzuwenden, konnte sie spüren, wie Anita sie anstarrte, bevor sie das Wohnzimmer langsam verließ. Eine Spur von schlechtem Gewissen befiel sie. Zumindest der letzte Kommentar war überflüssig gewesen.

Um halb sechs standen ihr Vater und Anita ausgehfertig im Flur. Vermutlich würden sie die ersten Gäste sein. Anitas dicke Schicht getönte Tagescreme glänzte im grellen Licht der Flurlampe. Ihr Vater wirkte richtig blaß neben ihr. Sein Jackett schaute ein wenig unter der Jacke hervor, und Paula konnte sich lebhaft vorstellen, wie Anita ihn zu überreden versucht hatte, sich einen Mantel zuzulegen, wenigstens einen Trenchcoat. Paula freute sich, daß er es nicht getan hatte. Immerhin: Die Schuhe blitzten, und die Bügelfalte in der Hose war einwandfrei. Sie würden zwischen all den Promis und Medientypen ziemlich auffallen.

Paula verabschiedete sich knapp und ging in die Küche. Sie hatte keine Lust auf weitere Überredungsversuche. Durch das Fenster sah sie das Auto rückwärts auf die Straße stoßen und in der Allee zwischen Christsternen und Lichterbögen verschwinden. Im Haus wurde es plötzlich ganz still. Die Kinder übernachteten bei Freunden, hier draußen war es nicht leicht, einen Babysitter zu bekommen. Die Nachbarn hatten eigene Kinder, und Paula kam dieses Mal nicht in Frage. Es war ihr nur recht. So gern sie ihre Geschwister auch hatte, heute abend war es ihr lieber, allein zu sein.

Sie marschierte ein wenig planlos durchs Haus und ließ sich schließlich aufs Sofa fallen. Anita hatte gesagt, im Gefrierschrank sei etwas zu essen. Königsberger Klopse oder so. Etwas, was heute keiner mehr aß. Paula hatte überhaupt keinen Appetit. Sie schaltete den Fernseher an. Kinderprogramm, Verkaufssendungen und eine australische Soap. Also am ehesten die Soap. Sie gab sich Mühe, sich auf die Handlung zu konzentrieren, eine Frau mit eindeutig zuviel Lipgloss versuchte, ihre Schwiegermutter zu vergiften. Paula feuerte die Frau an, nicht weil sie besonders sympathisch war, sondern weil sie anscheinend einen Rachefeldzug führte. Sie wollte Gerechtigkeit. Das gefiel Paula.

Auch wenn sie alles tat, um nicht daran denken zu müssen, warum sie allein im Haus ihres Vaters saß und fernsah, drifteten ihre Gedanken ab zu dem Kino in der Stadt. Es hatte ja nicht gerade auf der Hand gelegen, daß sie nicht hingehen würde. Und im Grunde war sie selbst überrascht gewesen von ihrem Entschluß. Nach Ralf war der Film der einzige kleine Strohhalm gewesen, an den sie sich jetzt noch hatte klammern können. Aber als sie heute morgen aufgewacht war, hatte sie mit einem Mal gespürt, daß es nicht ging. Sie konnte nicht gehen. So vielen Menschen begegnen, Fragen beantworten, sich präsentieren und fröhlich von ihren Zukunftsplänen berichten.

Ralf würde sicher stinksauer sein, wenn sie nicht kam – aber das freute sie. Oder war das vielleicht doch ein bißchen heftig? dachte sie jetzt. Sie wartete darauf, daß sich ein Gefühl von Triumph einstellen würde, schließlich brauchte sie weder ihn noch seinen Film. Sie hatte ein eigenes Leben! Aber das Gefühl ließ auf sich warten.

Ihr planloses Zappen wurde mit einem Mal von lautem Telefonklingeln unterbrochen. Erst wollte Paula nicht abheben, aber es klingelte und klingelte. Schließlich erhob sie sich vom Sofa und ging in den Flur, um abzunehmen.

»Ja hallo, hier ist Paula, äh ... bei Wilhelmsson.« Es war gar nicht so leicht, das Telefon bei anderen zu bedienen. Die Person am anderen Ende war kaum zu verstehen, so laut war es im Hintergrund. Endlich erkannte Paula Annas Stimme.

»Ich gehe kurz raus, bleib dran!« Ein paar Sekunden später war die Geräuschkulisse verschwunden, dafür hörte sie Straßenlärm, aber die Stimme war nun leichter zu verstehen. »Was machst du eigentlich!?« Anna war aufgebracht.

»Ich sehe fern.« Paula sah in den Spiegel. Ihre Haare waren frisch gewaschen, was man von den Klamotten, die sie trug, kaum sagen konnte.

»Ich habe deinen Vater und Anita getroffen ... In zehn Minuten beginnt der Film. Du setzt dich jetzt auf der Stelle in ein Taxi!«

»Aber ich will überhaupt nicht ...«

»Das ist mir scheißegal! Du kommst auf der Stelle her. Ganz einfach!«

Paula biß sich auf den Finger.

»Ich habe keine Lust, Ralf zu sehen«, versuchte sie.

»Das ist nicht der Abend für Selbstmitleid. Wenn du jetzt kneifst, werde ich richtig stinkig. Nur daß du es weißt.« Kein Zweifel, daß es ihr ernst war. Paula unternahm einen letzten Versuch.

»Ich habe überhaupt nichts anzuziehen.«

»Dann kommst du eben nackt! Oder leihst dir was Geblümtes von Anita. Sieh zu, daß du in die Gänge kommst.«

Paula verstummte, insgeheim hatte sie ja darauf gewartet, daß jemand sie wachrütteln würde, und trotzdem zögerte sie noch. Sie wollte Ralf wirklich nicht über den Weg laufen. Aber verdammt, sie mußte sich ja nicht mit ihm beschäftigen! Sie hatte ja ihre eigenen Freunde, mindestens zehn! »Okay«, sagte sie schließlich, aber ihre Antwort mußte wohl im Gedröhne eines vorbeirauschenden Busses untergegangen sein, denn Anna schrie.

»Was?«

»Ich habe gesagt, ich komme!« Paula brüllte so laut, daß das leere Haus ganz von ihrer Stimme gefüllt war.

»Gut.« Anna machte eine Pause. »Wir halten dir einen Platz frei.«

»Danke.« Dann legten sie auf. Paula warf einen Blick in den Spiegel. Danach bestellte sie ein Taxi und flitzte nach oben.

Verzweifelt wühlte sie in einem ihrer Koffer zwischen der Schmutzwäsche. Sie fand nicht ein Stück, das annähernd paßte, da konnte sie genausogut bleiben, wie sie war. Sie wollte gerade den Koffer wieder schließen, um für den anderen Platz zu machen, da fiel ihr Blick auf eine Tüte, die unter einer Jeans lag. Das war's doch! Sie schaute hinein und holte den kleinen roten Fummel heraus. Sie hatte das Kleid von Ralf ganz vergessen. Konnte sie das heute anziehen? Er würde es sicher mißverstehen, eitel, wie er war. Ihr Blick fiel auf die kleine Schachtel ganz unten in der Tüte. Das mußten die Ohrringe sein. Und da hatte sie die Lösung. Sie würde das Kleid anziehen, aber die Ohrringe liegenlassen.

Schnell ins Bad, raus aus den Joggingklamotten und dann das Kleid übergezogen. Perfekt! Warum waren nicht alle Klamotten bügelfrei? Beim Versuch, die Haare hochzustecken, mußte sie feststellen, daß sie unbedingt noch schnell die Achseln rasieren mußte. Stoppeln hätten zum langen Kleid nun wirklich nicht gepaßt, Feminismus hin oder her. Die hochgesteckten Haare hingegen konnten bleiben. Gerade als sie ein paar Schminkutensilien in die Handtasche gestopft hatte, hörte sie einen Wagen vor dem Haus anhalten. Strümpfe! Sie rannte ins Schlafzimmer ihres Vaters und zog die erste Schublade einer Kommode auf. Bingo! Sie nahm einen beigefarbenen zusammengerollten Ball heraus, warf ihn in die Tasche und sauste die Treppe hinunter. Sie mußte die Lederjacke überziehen, auch wenn sie zum langen Kleid nicht paßte. Die schwarzen Stiefel gingen so leidlich, nur etwas sauberer hätten sie sein können. Als sie in der Wohnungstür stand, hielt sie plötzlich inne. Ihr schlug die kalte Luft entgegen, und einen Augenblick lang stand sie ganz still. Dann schritt sie hinaus zum Taxi, das auf sie wartete.

Vor dem Kino war es leer. Im Foyer räumte ein Mann im Smoking die leeren Weingläser ab. Von innen hörte man Geräusche.

»Läuft der Film schon?« fragte Paula. Der Mann blickte auf.

»Seit zwanzig Minuten. Ist aber nur für gelad...« Er verstummte und glotzte Paula an. »Dann schleichen Sie sich rein«, sagte er und lächelte.

Paula öffnete die schwere Tür vorsichtig und blieb kurz im Dunkeln stehen, damit sich ihre Augen an das Licht gewöhnen konnten. Kein Platz mehr frei. Anna zu finden würde jetzt sicher unmöglich sein. Plötzlich erblickte sie eine Hand, die ihr entfernt zuwinkte. »Paula!« zischte eine wohlbekannte Stimme.

Paula versuchte, sich möglichst klein zu machen, als sie sich zwischen den Reihen hindurchdrängte. Da vorn war tatsächlich ein freier Stuhl. Anna hob die Jacken hoch, die sie dort abgelegt hatte, und Paula sank nieder. Im Dunkeln sah sie Anna lächeln, und gleich darauf nahm sie ihre Hand und drückte sie fest. Dann drehte Anna sich wieder zur Leinwand um.

Lautes Lachen vom Publikum erklang, so daß auch Paula zwangsläufig zur Leinwand sah. Und da war sie. Sie selbst. Unglaublich! Allein ihre Nase metergroß! Paula schluckte, und lange Zeit nahm sie nichts anderes wahr als ihre eigenen Poren. Sie hielt die Luft an, hörte ihre Stimme, die Sätze hallten in ihrem Kopf wider. Um sie herum wurde getuschelt und gelacht, dann war es wieder mucksmäuschenstill.

Über eine Stunde saß sie so da, versuchte, Sandra zu erkennen, sah aber bis auf ein paar sekundenlange Eindrücke nur eine Paula Wilhelmsson wie durchs Vergrößerungsglas, die zu ihr sprach und Sandras Geschichte erzählte. Als der Film zu Ende war, lief eine Musik zum Abspann, die sie schon unzählige Male im Radio gehört hatte. Plötzlich klatschte das Publikum und stand auf, einige trampelten sogar mit den Füßen. Und sie hörten gar nicht mehr auf. Da erschien Ralf auf der Bühne im Scheinwerferlicht. Der Applaus wurde noch heftiger. Jemand gab ihm ein Mikrofon.

»Darf ich Henrietta und Paula auf die Bühne bitten«, sagte er und versuchte, den Applaus zu übertönen. Anna knuffte sie in die Seite.

»Nun los, hoch mit dir! Was sitzt du noch hier!?« Paula starrte sie verwirrt an, aber Anna schob sie hoch, und der junge Mann neben ihr lächelte und wies mit einer Geste, die wie ein Diener aussah, den Weg. Mit zaghaften Schritten bewegte sie sich zum Gang. Alle strahlten sie an. Einige klopften ihr auf die Schulter. Der Applaus war in rhythmisches Klatschen übergegangen. Paula fühlte, wie alle Blicke auf ihr ruhten auf dem Weg zur Bühne, aber sie wagte es nicht, zur Seite zu sehen. Anitas Strumpfhose, die sie unter großen Anstrengungen im Taxi angezogen hatte, war verrutscht und rieb jetzt bei jedem Schritt an den Oberschenkeln.

Als sie die kleine Treppe an der Seite der Bühne hinaufstieg, kam Ralf ihr entgegen. Er streckte die Hand aus. Sie nahm sie. Er lächelte. Der Applaus wurde noch lauter, als er sich mit ihr auf die Mitte der Bühne zubewegte. Dann streckte er die Hand in die andere Richtung, von wo Henrietta auf die Bühne trat. Umgeben von seinen Schauspielerinnen, verbeugte er sich vor dem Publikum. Auch Henrietta verbeugte sich, und Paula folgte mit leichter Verspätung. Dann machte Ralf einen Schritt zurück und überließ die beiden dem Publikum. Henrietta ergriff ihre Hand und drückte sie. Dann verbeugten sie sich ein zweites Mal, und Paula schaffte es dieses Mal gleichzeitig mit Henrietta.

Als Ralf entschieden hatte, daß es genug war, wies er mit deutlicher Geste zur Treppe. Henrietta ging voran, Paula folgte ihr dankbar. Ralf war am Bühnenrand genau auf ihrer Höhe und legte seine Hand selbstsicher um ihre Taille. Paula sah ihn an, als sie die Treppe hinabstiegen. Ralf zwinkerte ihr mit einem Auge zu, und seine Hand an ihrer Taille glitt vertraut über ihre Hüfte.

Das Publikum strömte auseinander, und sie gehörten zu den letzten, die sich in Richtung Ausgang bewegten. Ralf war sofort von Menschen umringt, und Paula nutzte die Gelegenheit, sich ihm zu entwinden. Sie merkte, wie er versuchte, sie festzuhalten, doch sie war schon verschwunden. Vorn winkte Anna, um mitzuteilen, daß sie warten würden, und wedelte mit Paulas Jacke. Paula versuchte, mit der Masse mitzuschwimmen, die sich langsam zu einer Schlange formierte, aber es war nicht leicht. Sie wurde plötzlich angehimmelt, wildfremde Menschen gratulierten ihr. Wie gut, als sie endlich Anna und Sture erreichte. Anna hängte ihr die Jacke über die nackten Schultern, und Sture nahm sie gleich in den Arm.

»Phantastisch! Was für ein Film!« sagte er und küßte sie auf die Wange.

»Und was für eine Sandra!« fügte Anna hinzu. »Ich bin völlig sprachlos! Überleg mal, da kämpfe ich mich jahrelang als Schauspielerin durch, und jetzt stellt sich heraus, daß eigentlich du das Talent bist!«

»Unsinn, du bist wirklich gut, dir hat nur die Bananenschale gefehlt, um reinzurutschen.«

»Das war kein ›fishing for compliments‹, ich meine es ernst, du warst wunderbar!« Anna machte einen Schritt zurück und bewunderte Paulas Figur. »Und was für ein Kleid!«

»Danke.« Beschämt sah Paula auf ihre schwarzen Stiefel.

Vor dem Kino hatten einige Busse geparkt, und viele stiegen ein, um zum Lokal außerhalb der Stadt zu fahren, wo die Party stattfinden sollte. Die meisten Busse waren bereits abgefahren, als Paula, Anna und Sture etwas verspätet einstiegen. Der Bus wartete noch eine Weile, um die Nachzügler aufzulesen. Von Ralf keine Spur. Wahrscheinlich war er schon weg oder hatte sich ein Taxi genommen. Er würde doch auf das Fest kommen? Ja, natürlich, keine Frage. Schließlich war es sein Fest! Dann schloß sich die Tür hinter den feierlich gekleideten Gästen, und der Bus rollte über die Kungsgata. Paula sah hinaus zum Kino. Kein Ralf. Herrlich. Oder schade. Sie wußte nicht recht, was sie fühlen sollte.

Sobald Paula im Restaurant ankam, das an diesem Abend nur für die Premierengäste geöffnet war, kam ihr Vater auf sie zu. Anita hielt sich einen Schritt hinter ihm.

»Bist du also doch gekommen, meine Kleine«, sagte er und nahm sie in den Arm.

»Da mußt du dich bei Anna bedanken«, antwortete Paula und legte den Arm um ihre Freundin, die neben ihr stand. Papa nickte ihr zu.

»Ja, wir haben uns schon gesprochen. Sie hatte offensichtlich die besseren Argumente.«

»Paula, du warst umwerfend!« Anita hatte sich durchgedrängt und drückte sie. »Jetzt bist du ein richtiger Filmstar! Wir sind so stolz auf dich, nicht wahr, Gunnar?« Ihrem Vater war es etwas peinlich.

»Na ja«, kommentierte er vorsichtig. Sture unterbrach ihn.

»Möchte jemand etwas zu trinken von der Bar?«

»Ein Glas Rotwein«, antworteten Paula und Anna wie aus einem Mund. Sture bahnte sich einen Weg. »Und ihr möchtet nichts?« Paula wandte sich an ihren Vater und Anita.

»Doch, eigentlich schon«, sagte ihr Vater.

»Ein Selters bitte«, sagte Anita. »Ich muß noch fahren.«

Paula sah Anita an. »Jetzt hast du die einmalige Gelegenheit, mit ein paar Promis ins Gespräch zu kommen, ich habe gerade Börje Ahlstedt gesehen.«

»Wirklich, Börje Ahlstedt?« Anita sah sich neugierig um. »Und ich meine, vorhin Pernilla Wahlgren erkannt zu haben«, Anita machte ein ernstes Gesicht, »aber ich kann mich auch getäuscht haben. Ist sie wirklich so klein?«

Paula konnte sich das Lachen nicht verkneifen. »Da mußt du sie schon selber fragen.«

Anita lächelte betreten und sah auf ihre Pumps. Sie hatte sich bei ihrem Mann eingehakt und stand verlegen auf einem Bein. Wie ein kleines Mädchen, dachte Paula erstaunt. Sie hatte sich schon so sehr an das Bild von Anita als aufgetakeltem Vorortfrauchen gewöhnt, daß sie von dem Anblick dieses kleinen Mädchens ganz überwältigt war. Plötzlich war ihr danach, die pastellfarbene Gestalt in den Arm zu nehmen. In dem Moment drehte sich ihr Vater um und machte sich auf den Weg an die Bar. Anita zog er mit sich. Paula blieb schweigend stehen und sah ihnen nach.

»Hast du das gleiche gesehen wie ich?« Sie drehte sich zu Anna um.

»Was denn?« Anna begriff nicht.

»Ach was, nichts. Noch mal danke, daß du mich angerufen hast.«

Anna lächelte. »Ich habe mir wirklich Sorgen gemacht, als dein Vater sagte, du würdest nicht kommen. Ich wußte ja nichts von der Sache mit Ralf. Oder daß du bei ihnen zu Hause ...« Sie nickte in Richtung Gunnar und Anita.

»Ich konnte einfach nicht anrufen. Es war so niederschmetternd, wieder nach Hause ziehen zu müssen. Und schon wieder verlassen zu werden.«

»Also war er derjenige, der...?« Paula nickte. »Das Gefühl hatte man nicht, als ihr auf der Bühne standet.« Paula zuckte mit den Schultern.

»Freudentaumel, denke ich«, sagte sie tonlos. In dieser Sekunde betrat Ralf das Restaurant, und die Gäste, die nahe der Tür standen, applaudierten spontan. Ihn schien das Aufsehen, das er erregte, nicht im geringsten zu stören, während er sich den Weg durch die Schar seiner Bewunderer bahnte. Paula hatte ein flaues Gefühl im Magen. Er war so unschlagbar selbstbewußt. Sie kam sich wie ein kleines Blatt vor, das nicht anders konnte, als mit den Wogen, die er hinter sich ließ, an Land zu schwappen. Anna räusperte sich.

»So, jetzt bist du an der Reihe, dich unter die Leute zu mischen. Es ist immerhin dein Fest. Wir sagen dir Bescheid, bevor wir gehen.« Anna klopfte ihr aufmunternd auf die Schulter. Paula hatte nicht die geringste Lust auf Small talk. Da, wo sie stand, fühlte sie sich sicher, aber als Sture von seiner Expedition zurück war, drückte er ihr das Weinglas in die Hand und sagte aufmunternd »Viel Spaß!«, als er ihr zweifelndes Gesicht sah.

Weit kam sie nicht. Plötzlich stand Karina vor ihr, die mit Yannis und Svante plauderte. Paula war über die bekannten Gesichter heilfroh, und sogar der sonst so barsche Yannis beteiligte sich an den allgemeinen Glückwünschen und umarmte sie. Die Stimmung war so locker, daß Paulas Nervosität langsam nachließ. Von Zeit zu Zeit überflog sie das Lokal. Anscheinend war das Büfett eröffnet worden, denn immer mehr Leute erschienen mit Tellern in der Hand.

»Italienisches Essen«, erklärte Karina. »Nicht gerade originell, aber Ralf bestand darauf. Wollen wir mal kosten?«

»Ich bleibe vorerst noch beim Wein«, antwortete Paula, »aber geht ruhig.« Karina und Yannis machten sich auf den Weg. Svante blieb noch einen Moment.

»Ich weiß von der Geschichte mit Ralf«, sagte er sanft und strich ihr über den Arm. »Ich habe auch beobachtet, wie er sich auf der Bühne verhalten hat. Ich kenne ihn. Seine Eskapaden. Alles tanzt nach seiner Pfeife. Ich will mich nicht einmischen, Ralf ist mein bester Freund, aber darf ich dir einen Rat geben?«

»Nicht mehr nötig«, antwortete Paula. »Ob du es glaubst oder nicht, aber dieses Mal weiß ich, woran es lag. Ich habe den Geruch der großen weiten Welt gerochen, damit reicht es.«

Svante machte ein verwirrtes Gesicht, dann grinste er. »Okay, dann halte ich den Mund. Du möchtest bestimmt auch etwas vom Büfett?« Paula nickte, und schon stand sie alleine da, weil Svante verschwand. Sie widerstand der Versuchung, sich wieder in Stures und Annas Nähe zu begeben. Sie hatten recht, sie sollte noch eine Runde drehen. Diese Art von Festen war genau dafür gedacht.

Noch immer kam ihr alles so unwirklich vor. Es war ein sonderbares Gefühl, wenn Menschen ihr zulächelten, anstießen und ihr für den Film dankten. Sie antwortete, so gut es ging, bedankte sich, sagte »zum Wohl«, aber so richtig begreifen konnte sie es nicht, daß es um sie ging.

Und plötzlich tauchte, zwischen all den unbekannten Leuten, jemand Bekanntes auf. Paula sah das blasse Gesicht, den blonden Pagenkopf und die grünen Augen.

»Rakel«, rief sie. Rakel lächelte zaghaft und ging einen Schritt auf sie zu.

»Hallo.«

»Du bist also gekommen.«

»Natürlich bin ich gekommen. Danke für die Einladung.« Einen Moment lang sahen sie sich nur an. Dann begann Rakel, in ihrer Handtasche zu kramen. »Hier, für dich«, sagte sie und überreichte ihr einen Umschlag. Paula nahm ihn.

»Soll ich aufmachen?« Rakel nickte. Paula öffnete den Umschlag, er war nicht zugeklebt, und holte ein Foto heraus. Darauf waren Rakel und sie. Sie waren aufgekratzt und prosteten in die Kamera, die Köpfe dicht beieinander. Durch den starken

Blitz der Kamera waren die Gesichtszüge verschwommen, aber es war trotzdem nicht zu übersehen, daß das Bild ungefähr zehn Jahre alt sein mußte. Paulas Dauerwelle fiel in Rakels blonde Strähnen. »Das Fest des Studentenverbandes in Uppsala, stimmt's?« Rakel nickte.

»Dreh mal um.« Paula gehorchte. Auf der Rückseite stand ein einziges Wort in Rakels ordentlicher Handschrift. *Entschuldige.* Paula sah auf. Rakel war es mulmig zumute. Paula spürte, wie ihr die Tränen in die Augen schossen. Sie streckte die Arme aus.

»Ich entschuldige mich auch«, sagte sie, während sie Rakel umarmte.

»Nein, ich habe blöd reagiert, ich hatte überhaupt kein Recht ...«

»Doch, natürlich. Du bist meine Freundin, du hast natürlich das Recht, dich einzumischen. Und du hattest auch recht.«

»Ja, logisch.« Rakel lachte. »Aber ich war so unsensibel und plump«, schob sie hinterher.

»Schon möglich. Das wird dir verziehen!«

»Danke.« Dann schwiegen sie beide. Sie wußten beide nicht so recht, was sie sagen sollten. Schließlich ergriff Paula das Wort.

»Bist du allein hier?« Rakel wurde stocksteif, und das Lächeln verschwand.

»Nicht ganz«, sagte sie nervös. »Ich habe noch jemanden mitgebracht.«

»So, so«, Paula hob neugierig die Augenbrauen und sah sich um. »Eine Sie oder ein Er?«

»Ein Er.«

»Kenne ich ihn?« Rakel nickte. »Und?« Paula wartete auf die Fortsetzung. Rakel holte tief Luft und begann dann, sich einen Weg durch die Menschenmassen zu bahnen. Sie drehte sich zu Paula um.

»Komm mit.«

Johan.« Paula war wie versteinert. Ein paar Meter weiter sah sie ihn an eine Wand gelehnt stehen. Er korrigierte sofort seine Haltung, als er sie sah. Rakel räusperte sich nervös.

»Ich lasse euch mal einen Moment allein«, sagte sie, und bevor Paula etwas sagen konnte, war sie verschwunden. Johan ging einen Schritt auf sie zu.

»Herzlichen Glückwunsch«, sagte er. Paula mußte auf den Boden schauen, als sie die vertraute Stimme hörte, sie konnte ihm nicht in die Augen sehen. »Zu deinem Erfolg«, fügte er hinzu. »Ein phantastischer Film. Und du warst ...«, er suchte nach dem passenden Wort, »überragend.« Paula nuschelte ein undeutliches Dankeschön. Johan stand nun direkt vor ihr. Er trug einen Anzug, was nicht häufig vorkam, aber der stand ihm hervorragend. Sein Hemd war aufgeknöpft, und er trug keine Krawatte. »Wie geht es dir?« fragte er und legte seine Hand auf ihren nackten Arm. Paula machte fast instinktiv einen Schritt zurück. Die Berührung kam so überraschend. Er zog die Hand schnell zurück.

»Danke ...« Sie wußte nicht, was sie sagen sollte. »... Ist schon okay.«

»Ich hab gehört, daß du mit Ralf Brygge zusammenwarst?« Johans Stimme verriet nicht, was er dachte.

»Vorbei.« Paulas Antwort kam schneller als beabsichtigt. Ralf war *ihr* Mißerfolg. Sie wollte es Johan nicht wissen lassen, wollte ihm nicht die Bestätigung geben, daß bei ihr Hopfen und Malz verloren waren. Als sei sie jemand, der nicht beziehungsfähig war. »Das war nur eine kurze Geschichte«, sagte sie und versuchte, cool zu klingen. Johan nickte. »Und bei dir?« fragte sie schließlich. Als erfordere es die Höflichkeit. Eigentlich wollte sie gar nichts wissen. »Bist du noch mit der Holländerin zusammen?«

»Mit der Holländerin?« Johan sah sie mit großen Augen an. »Meinst du ...? Aber liebe Paula, hast du gedacht, daß ...?« Er mußte grinsen. Paula verstand den Witz an der Sache nicht. »Du meinst Eva? Die mich besucht hat?«

»Du hast mich ihr nie vorgestellt«, sagte Paula knapp. Sie kam sich lächerlich vor, offensichtlich war ihr etwas entgangen.

»Eva ist zweiundvierzig und lesbisch. Aber sehr nett.« Johan lächelte noch immer. »Du Arme, hast du geglaubt, ich hätte im Urlaub eine andere kennengelernt? Dann mußt du ja verdammt sauer auf mich gewesen sein. Oder sehr traurig.« Paula sah zu Boden. Ja, sie war traurig gewesen. Sie war vielleicht noch immer traurig. Der Kloß im Hals war wieder da, sie konnte einfach nichts dagegen tun. Johan mußte es bemerkt haben, denn er nahm sie in die Arme. Dieses Mal wendete sie sich nicht ab, und er wiegte sie langsam hin und her.

»Deshalb habe ich nicht Schluß gemacht«, sagte er und strich ihr über das Haar. »Genau das wollte ich dir erklären, aber du wolltest ja nicht mehr reden.« Paula legte den Kopf auf Johans Schulter. Plötzlich überkam sie eine bleierne Müdigkeit. Als würde Johans Umarmung alle Spannungen in ihr lösen, die ganze Verzweiflung und Enttäuschung, die sie seit dem letzten Jahr in sich trug. Sie wollte dableiben, wieder die Paula sein, die sie mit Johan war. Aber besser. Es ihm beweisen. Aber Johan ließ sie wieder los und tat einen Schritt zur Seite. Die Wärme seines Körpers verschwand. Er sah sie mit ernstem Gesicht an. »Aber jetzt habe ich mich verliebt«, sagte er. »Es ist ganz frisch, mal sehen, ob es klappt.«

»Aha.« Paula sah ihn an, ohne seine Worte tatsächlich zu verstehen. Die vertraute Umarmung, sein Duft und seine Hand, die über ihr Haar gefahren war – sie hatte die Waffen gestreckt. Nun stand sie schutzlos vor ihm. Wieder einmal.

»Rakel hat mich vor ein paar Wochen angerufen. Nach eurem Streit. Sie war schrecklich traurig und wußte nicht, mit wem sie reden sollte. Wir haben uns ein paarmal getroffen, und ... ja ...« Paula sah Johan an, sie begriff nicht. Warum wechselte er das Gesprächsthema? Was hatte das nun mit Rakel zu tun? Dann ging ihr langsam ein Licht auf.

Rakel.

Johan und Rakel.

»Ja, ich muß zugeben, daß ich mich von dir noch nicht richtig verabschiedet hatte, irgendwo hatte ich noch immer die Hoffnung, daß wir es einmal hinbekommen, aber dann habe ich gehört, daß du bei Ralf eingezogen warst, und den Fußtritt habe ich anscheinend gebraucht.« Johan sah ihr ins Gesicht. Sein Blick hatte etwas Flehendes. »Ich kann verstehen, wenn das für dich ein sonderbares Gefühl ist, und Rakel ist unglaublich nervös. Für sie ist die Freundschaft zu dir das Allerwichtigste. Mir ist noch nie jemand begegnet, der so loyal ist. Wenn du also etwas einzuwenden hast, dann ... dann tu es. Ich will unter keinen Umständen eure Freundschaft gefährden!« Johan machte ein sorgenvolles Gesicht.

Johan und Rakel.

In Paulas Kopf rauschte es. Dann mußte sie so heftig lachen, daß ihr die Tränen über die Wangen liefen. Sie konnte es einfach nicht unterdrücken.

Johan und Rakel.

Die Leute um sie herum sahen sie entgeistert an. Einige lachten mit, ohne eine Ahnung zu haben, worum es ging. Johan sah unglücklich aus. Langsam entfernte er sich. »Entschuldige«, war das einzige, was sie zwischen ihren Lachsalven herausbrachte. »Entschuldigung.«

Als sie zu Anna und Sture hinüberkam, die noch am selben Platz standen, hatte sich ihr Lachanfall etwas gelegt. »Ich muß jetzt nach Hause«, sagte sie. »Wir hören voneinander.« Anna wollte Widerspruch einlegen, aber Paula hatte sich bereits die Jacke übergehängt. Kurz vor der Tür hörte sie, wie Anna besorgt hinter ihr herrief.

»Was ist los mit dir? Ist alles okay?« Paula drehte sich ein letztes Mal um, bevor sie in der kalten Nacht verschwand.

»Ja«, sagte sie. »Ich glaube schon.«

Und was geschah dann?

Paula sah sich um. Die Wohnung war geschmackvoll eingerichtet, als wolle man sie für ein Magazin fotografieren. Eine Wolldecke war über der Rücklehne eines Sofas drapiert, und die wenigen Bücher im Regal waren ordentlich abgestaubt. Nur eine Schale Apfelsinen auf dem Couchtisch fehlte noch, aber das war ja kein Problem. Darum könnte sogar sie sich kümmern.

In der Küche stand die Espressomaschine wie ein Thron in der einen Ecke der geölten Eichenplatte. Man konnte sie auch im Spiegel sehen, der an der dunkelblauen Rückwand gegenüber hing. Der Eßplatz bestand aus einem an der Wand festmontierten Tisch und zwei Barhockern.

Das Schlafzimmer war klein, aber das Bett großzügig bemessen. Ein Meter vierzig, oder vielleicht sogar ein Meter sechzig, schätzte Paula. Kopf- und Fußende waren aus filigranem Messing, und auf dem Bett lagen farbig gemusterte Kissen dekorativ verteilt. Hübsch, bestätigte Paula nach ihrem Erkundungsgang.

Mindestens ein Jahr, hatte Helena gesagt. Sie hatte einen Job als Produzentin in Göteborg bekommen, und wenn sie sich bewährte, konnte sie sicher mit einer Verlängerung rechnen. Das paßte Paula hervorragend. Ein Jahr. Wenn es nicht länger ging, würde sie schon eine andere Bleibe finden. Kein Problem. Außerdem hatte sie ja jetzt noch keinen blassen Schimmer, wie ihr Leben dann aussähe.

Ein Monat war seit der Premiere vergangen. Der Film lief gut. Man konnte sagen, besser als gut, und Paulas Leistung war in allen Rezensionen herausgestellt worden. Später sollte der Film im europäischen Ausland Premiere haben. Beim schwedischen Fernsehen war sogar von den USA die Rede.

Paula zuckte zusammen, als das Klingeln ihres Handys die Stille der Wohnung unterbrach. Sie fischte es aus ihrer Handtasche.

»Hallo, Paula Wilhelmsson.« Sie hörte jemanden tief durchatmen und dann die Stimme einer jungen Frau.

»Hallo, mein Name ist Matilda Marklund, und ich rufe von der Sendung ›Geradeaus‹ an …«

Kajsa Ingemarsson im dtv

»Erstklassige Unterhaltung«
Helsingbors Dagblad

Vermisse dich jetzt schon ...
Roman
Übers. v. Stefanie Werner
ISBN 978-3-423-**21249**-6

Annika, 37, Ehefrau und Mutter, verliebt sich in ihren neuen Arbeitskollegen. Da steht eine handfeste Ehekrise ins Haus. – Ein Roman zum Schutz der Liebe. »Das liest sich in einer Nacht.« (Elle)

Eins, zwei, drei – beim vierten bist du frei
Roman
Übers. v. Stefanie Werner
ISBN 978-3-423-**21291**-5

Plötzlich machen alle Nägel mit Köpfen: Heirat, Kinder, Karriere. Und Paula sieht ihr lustiges Leben in Frage gestellt. Da erhält sie ein Angebot, dem sie nicht widerstehen kann ... »Ein höchst witziger Roman über die Angst, erwachsen zu werden.« (Uppsala Nya Tidning)

Liebe mit drei Sternen
Roman
Übers. v. Stefanie Werner
ISBN 978-3-423-**21091**-1

Das Schicksal schlägt bei Agnes gleich zweimal zu: Job weg und Freund weg – und alles in einer Nacht. Doch in jedem Ende steckt auch ein Anfang. »Ziehen Sie den Stecker aus der Steckdose. Das ist ein Buch, bei dem man nicht gestört werden will.« (Söndagsmorgon, TV 4)

Bitte besuchen Sie uns im Internet: www.dtv.de

Dora Heldt im dtv

»Ein Muss, nicht nur für die Ferienzeit,
egal ob am Meer oder auf dem Balkon.«
Rhein-Neckar-Zeitung

Ausgeliebt
Roman
ISBN 978-3-423-21006-5

Wenn man nach 10 Jahren Ehe mit fast 40 per Telefon verlassen wird, dann ist das ein Schock. Genau das passiert Christine eines schönen Abends auf dem schwesterlichen Sofa in Hamburg. Zum Glück ist Frau nicht alleine – Freundinnen und Schwester sind gleich zur Stelle. Ein wunderbarer Identifikationsroman für alle Frauen um die 40.

Unzertrennlich
Roman
ISBN 978-3-423-21133-8

Geht's auch ohne beste Freundin? Für Christine ist die Antwort auf diese Frage ein klares Ja. Und das nicht ohne Grund. Dabei verpasst sie eine Menge, findet ihre Kollegin Ruth und plant für Christines 44. Geburtstag eine grandiose Überraschung.
»Ein launig-gefühlvoller Roman, den man wirklich jeder Freundin schenken möchte.« (The Medical Journal)

Bitte besuchen Sie uns im Internet: www.dtv.de

Anja Jonuleit im dtv

»Spannend und einfühlsam zugleich.«
Die Presse, Österreich

Herbstvergessene
Roman · dtv premium
ISBN 978-3-423-**24788**-7

Nach dem rätselhaften Tod ihrer Mutter Lilli Sternberg findet Maja in deren Nachlass ein Foto. Es zeigt Großmutter Charlotte mit einem Baby. Doch dieses Baby hat keinerlei Ähnlichkeit mit der hellblonden, blauäugigen Lilli. Maja stößt auf ein dunkles Familiengeheimnis, das alle Gewissheiten in ihrem Leben mit einem Schlag zunichte macht.

Novemberasche
Kriminalroman
ISBN 978-3-423-**21246**-5

November am Bodensee. Auf dem Friedhof wird die Leiche eines jungen Mannes gefunden. Er wurde betäubt und erstickt. Zur gleichen Zeit wartet eine furchtbare Nachricht auf Marie Glücklich: Erik, der Mann ihrer besten Freundin, ist bei einem Fallschirmsprung ums Leben gekommen. Gibt es einen Zusammenhang zwischen den beiden rätselhaften Todesfällen? Marie Glücklich und Kommissar Sommerkorn ermitteln.

dtv

Ein frecher Frauenroman mit viel guter Laune – und einer Leiche

Jutta Profijt
Schmutzengel
Roman

ISBN 978-3-423-21206-9
ISBN 978-3-423-40262-0 (eBook)

Corinna (31) hat eine geniale Geschäftsidee; sie gründet die »Schmutzengel« – ein Dienstleistungsunternehmen, das gestressten Managern und unbeholfenen Muttersöhnchen die Organisation des lästigen Haushalts und der anstrengenden Freizeit abnimmt. Der Erfolg lässt nicht lange auf sich warten, bis zu dem Tag, an dem im Haus des penibeln neuen Kunden plötzlich dieser Tote liegt. Besorgt um das Image ihrer Firma beschließt Corinna: Der muss weg! Doch wie und wohin? - Der neue witzige Roman von der Erfolgsautorin der Kultbücher um den vorlauten Geist Pascha (›Kühlfach 4‹, dtv 21129, und ›Im Kühlfach nebenan‹, dtv 21185).

Bitte besuchen Sie uns im Internet: www.dtv.de